KB093204

걸리버 여행기

클래식 보물창고 26
걸리버 여행기

펴낸날 초판 1쇄 2014년 1월 15일
지은이 조너선 스위프트 | **옮긴이** 김율희
펴낸이 신형건 | **펴낸곳** (주)푸른책들 | **등록** 제321-2008-00155호
주소 서울특별시 서초구 양재천로7길 16 푸르니빌딩 (우)137-891
전화 02-581-0334~5 | **팩스** 02-582-0648
이메일 prooni@prooni.com | **홈페이지** www.prooni.com
카페 cafe.naver.com/prbm | **블로그** blog.naver.com/proonibook

ISBN 978-89-6170-350-5 04840
* 잘못된 책은 구입한 곳에서 바꾸어 드립니다.

ⓒ (주)푸른책들, 2014
* 이 책 내용의 일부 또는 전부를 재사용하려면 반드시
(주)푸른책들의 서면 동의를 얻어야 합니다.

이 도서의 국립중앙도서관 출판시도서목록(CIP)은 서지정보유통지원시스템 홈페이지(http://seoji.nl.go.kr)와
국가자료공동목록시스템(http://www.nl.go.kr/kolisnet)에서 이용하실 수 있습니다.
(CIP제어번호: 2013025468)

표지 그림 | 아서 래컴
보물창고는 (주)푸른책들의 유아, 어린이, 청소년, 문학 도서 임프린트입니다.

Gulliver's Travels

걸리버 여행기

조너선 스위프트 지음 | 김율희 옮김

보물창고

차례

걸리버 선장이 사촌 심슨에게 보내는 편지

　언제든 질문을 받게 되면 자네가 공개적으로 순순히 인정하기를 바라네. 무척 엉성하고 부정확한 내 여행 이야기를 출판하라며 자네가 나를 다그치고 집요하게 설득했다는 사실을 말일세. 나는 자네에게 사촌 댐피어가 『세계 일주』라는 책을 쓸 때 내 조언에 따라 그랬듯이 양쪽 대학의 젊은 학생들을 고용해 기행문을 순서대로 정리하고 문체를 교정하라고 지시했네. 그러나 내용을 생략할 권한은 물론이고 삽입을 허락할 권한은 더더욱 준 기억이 없네. 따라서 그런 식으로 삽입된 내용은 모두 폐기하게. 고(故) 앤 여왕 폐하를 몹시 신성하고 영광스럽게 회상한 단락이 특히 그렇지.

　물론 나는 그 누구보다도 여왕 폐하를 존경한다네. 그러나 자네나 그 내용을 삽입한 편집자는 그 내용이 내 성향과 맞지 않으며 내가 주인인 '휘님'을 제치고 내 동족 동물을 칭송할 수 없다는 사실을 감안했어야 하네. 게다가 그 내용은 전적으로 거짓이었네. 내가 알기로 앤 여왕 폐하는 재위 기간 중 수상을 통해 영국을 통치하셨기 때문이네. 아니, 두 수상을 연속으로 임명하셨지. 첫째는 고돌핀 경, 다음으로는 옥스퍼드 경 말일세. 그러니 자네는 나에게 '없는 것을 말하게' 만든 셈이야. 마찬가지로 학술원에 대한 설명이나 주인인 휘님과 내가 나눈 대화의 몇몇 구절에서 자네가 이런 식으로 중요한 정황을 생략하거나 뭉개고 바꿔 버린 바람에 나조차도 이게 내 글인지 모를 정도가 되어 버렸어. 일전에 내가 편지로 이 문제를 넌지시 일러 주었을 때, 자네는 권력자들의 심기를 거스를까 걱정스럽다고 했지. 그들이 언론을 엄격히 감시하고 있고 '빈정대는(자네가 이렇게 표현한 것 같군.)' 것처럼 보이는 내용을 샅샅이 찾아내 해석하고 처벌한다고 말일세.

그런데 내가 그토록 오래전에, 그것도 2만 5천 킬로미터나 떨어진 다른 나라에서 한 말이 현재 국민을 다스린다고 하는 '야후'들에게 어떻게 적용된다는 말인가? 특히 당시의 나는 다시 야후들 밑에서 불행하게 살 생각도 없었고 그런 삶을 두려워했는데 말일세. 그 야후들이 휘님을 짐승이라 여기고 자신들은 이성적 동물인 것처럼 휘님들이 끄는 마차를 타고 다니는 모습을 보는데 내가 어찌 울분을 터뜨리지 않을 수 있겠는가? 사실 내가 한적한 곳으로 물러나려는 가장 큰 이유는 그토록 기괴하고 혐오스러운 광경을 보고 싶지 않아서라네.

자네의 소행이나 내가 자네에게 주었던 신뢰와 관련된 이야기는 이쯤만 하겠네.

다음으로는 자네와 다른 사람들의 애원과 거짓 논리에 설득당해 판단력을 상실하고 원래 결심과는 달리 여행기를 출판하도록 허락한 나 자신을 탓하고 싶네. 자네가 공익을 위해서라고 주장할 때마다 내가 야후들은 결코 훈계나 본보기로 교정할 수 없는 동물임을 생각하라고 얼마나 많이 타일렀는지 떠올려 보게. 내 말이 사실임이 증명되었지. 이 작은 섬에서조차 내가 예상한 대로 그 모든 학대와 부정부패가 종지부를 찍기는커녕 내 책이 내 본뜻과 일치하는 영향력을 조금이라도 발휘했다는 이야기를 출간 여섯 달이 지나도록 접할 수 없었으니 말일세.

　나는 자네가 파벌과 당쟁이 사라졌다고 편지로 알려 주기를 바랐네. 판사들이 박식해지고 강직해졌다고, 변호사들이 기초적인 상식을 갖추게 되어 정직하고 겸손해졌다고, 스미스필드(*세인트폴 대성당의 북서쪽에 있는 공터로 16세기에 이교도나 순교자들의 책을 모아 불태운 곳이다. ─이하 *표시 옮긴이 주)가 피라미드처럼 높이 쌓인 법률 서적들로 눈부시게 빛났다고, 젊은 귀족들이 완전히 새로운 교육을 받게 되었다고, 의사들이 추방되었다고, 여자 야후들이 덕과 명예와 진실과 분별력을 부족함 없이 갖추게 되었다고, 법원과 알현실에서 활개 치던 장관들이 싹쓸이 되었다고, 기지와 공적과 학식을 갖추면 보상받게 되었다고. 수치스러운 산문과 운문을 출판하던 사람들이 자신의 글이 적힌 종이 외에는 다른 것을 먹지 못하고 자신이 쓴 잉크 말고 다른 것으로는 갈증을 해소할 수 없는 선고를 받았다고 알려 주기를 바랐네. 자네의 격려 때문에 나는 이런 개혁과 그 외에 수천 가지 다른 개혁이 일어나리라 굳게 믿었지. 내 책에 담긴 가르침이라면 얼마든지 일어날 법한 일이었어. 그리고 야후들의 천성에 미덕이나 지혜를 닮은 기질이 조금이라도 있었다면, 그들을 지배하는 모든 악덕과 어리석음을 바로잡기에 일곱 달은 사실 충분한 시간이었다네.

그러나 지금까지 자네가 보낸 편지에는 내가 기대하는 내용이 전혀 없었어. 반대로 자네는 매주 풍자를 더하자거나 주석을 달자거나 소책자를 발간하자거나 속편을 준비하자거나 내용을 각색하자는 따위의 요구만 늘려 갔는데, 어느새 나는 수많은 영국 국민들을 비난했다고 욕을 먹고 있더군. 인간의 본성을 모독하고(이 부분에서는 다들 여전히 자신감이 있는 모양이야.) 여성을 학대했다고 말일세. 이렇게 나를 욕하는 작가들은 자기들끼리도 의견이 엇갈리더군. 어떤 이들은 나를 내 여행기의 저자로 인정할 수 없다고 하고, 어떤 이들은 나로서는 아예 알지도 못하는 책을 내가 썼다고 하니 말일세.

또 자네의 식자공은 부주의하기 짝이 없어서 시간을 혼동하고 내가 항해를 떠난 날짜와 돌아온 날짜를 몇 차례나 잘못 표기했더군. 연월일을 사실대로 조판한 적이 없었어. 그리고 내 책을 출간하면서 원본을 모두 파기했다고 들었네. 나 역시 남은 사본이 없지만 몇 가지 교정 사항을 보냈으니 재판을 찍게 되면 바로잡아 주게. 강요할 수는 없고 공정하고 정직한 독자들이 사정을 감안해 판단하도록 해야겠지.

바다에서 일하는 야후들이 내가 쓴 해상 용어가 여러 면에서 부적절하고 현재는 쓰이지 않는 것이라며 헐뜯는다더군. 어쩔 수 없는 일이야. 나는 젊은 시절 처음 항해를 시작하면서 늙은 뱃사람들의 가르침을 받았고 그들이 쓰는 말을 배웠다네. 하지만 그 후로 보니 육지의 야후들처럼 바다 야후들도 최신 유행하는 말을 쓰려고 하더군. 매년 변하는데 말이야. 어느 정도였느냐면 내가 기억하기로 고국에 돌아올 때마다 예전에 쓰던 용어들이 싹 바뀌어서 새로운 용어는 통 알아듣지 못했다네. 그리고 런던의 야후들이 호기심으로 우리 집을 찾아오는데 그때마다 우리는 서로의 생각을 표현하는 방식을 이해하지 못했다네.

야후들의 비난이 내게 어떻게든 영향을 미쳤다면, 나는 일부 야후들이 감히 이 여행기를 순전히 내 머리에서 나온 허구로 생각한다며 불만을 터뜨렸을 걸세. 그리고 휘넘과 야후가 '유토피아'의 주민들처럼 실존하지 않는다고 암시할 지경에 이르렀겠지.

그러나 솔직히 말해 릴리푸트와 브롭딩그랙('브롭딩낵'이라고 잘못 쓰지 말고 이렇게 써야 하네.)과 라푸타 사람들의 경우, 그들의 존재나 내가 그들에 관해 이야기한 사실을 두고 주제넘게 논쟁하는 야후가 있다는 말은 한 번도 듣지 못했네. 어떤 독자든 진실을 만나면 즉시 그 진실을 수긍하게 되기 때문이지. 또 휘넘이나 야후에 대한 내 설명에 개연성이 부족하다고 하는데 야후의 경우는 이 도시에만 해도 수천 명에 이르는 그 족속들이 명백한 개연성을 나타내 준다네. 휘넘 나라의 야만스러운 동족과 다른 점이라면 빠르게 지껄여 대는 것과 벌거벗고 돌아다니지 않는다는 점뿐이지.

나는 그들의 칭찬을 얻기 위해서가 아니라 그들을 교화하기 위해서 이 글을 썼다네. 야후 종족 전체가 입을 모아 찬사를 바친들 나에게는 내 마구간에 있는 퇴화한 두 휘님의 울음소리가 더 중요해. 퇴화하긴 했지만 그 휘님들에게서 악덕이 조금도 섞이지 않은 미덕을 배우며 내 인격을 함양할 수 있기 때문이지.

그 딱한 야후들은 내가 진실성을 입증해야 할 만큼 타락했다고 생각하는 모양이야. 나는 야후로서 거짓말하고 발뺌하고 속이고 애매하게 얼버무리는 그 지긋지긋한 습관을 내 훌륭한 주인의 가르침과 본보기 덕분에 2년에 걸쳐서 버릴 수 있었어. 그것은 휘님 나라 전체에 잘 알려진 사실이라네. 그런 습관은 모든 야후들의 영혼, 특히 유럽 인들에게 깊이 뿌리박혀 있지.

이 짜증스러운 문제로 불평하려면 얼마든지 할 수 있네. 그러나 나 자신이나 자네를 더는 괴롭히지 않으려 하네. 솔직히 고백하자면 나도 본성이 야후인지라 마지막 귀국 이후 어쩔 수 없이 몇몇 야후 족속, 특히 가족들과 말을 섞다 보니 타락한 모습이 다시금 나타나기 시작했어. 그렇지 않았다면 이 나라의 야후 종족을 개화하겠다는 터무니없는 계획을 실행에 옮길 생각은 결코 하지 않았겠지. 그러나 이제는 그런 비현실적인 계획을 포기했다네.

1727년 4월 2일

편집자가 독자에게

　이 여행기의 저자인 레뮤얼 걸리버 씨는 나와 예전부터 친한 벗이며 외가 쪽 친척이기도 하다. 3년 전 걸리버 씨는 레드리프에 있는 자택으로 호기심 많은 사람들이 몰려오는 데 지친 나머지 고향 노팅엄셔 주의 뉴어크 인근에 아늑한 집과 작은 땅을 구입했다. 걸리버 씨는 현재 그곳으로 물러나 이웃들의 존경을 받으며 살고 있다.

　걸리버 씨는 노팅엄셔에서 태어났고 부친 역시 그곳에 살았으나 자신의 가족이 옥스퍼드셔 출신이라고 말한다는 이야기가 들려왔다. 사실을 확인하려고 옥스퍼드셔 주 밴버리에 있는 교회 묘지에 가 보니 걸리버 가문의 묘지와 비석이 몇 개 있었다.

　걸리버 씨는 레드리프를 떠나기 전 이 책의 원고를 내 손에 맡기면서 내 생각에 따라 자유롭게 처리하라고 했다. 나는 원고를 세 번이나 주의 깊게 숙독했다. 문체는 매우 평범하고 단순했다.

내가 찾은 유일한 결점은 여행가들이 흔히 그러하듯 정황을 너무 길게 설명한다는 점이었다. 책 전체를 관통하는 진실성만큼은 명확했다. 실제로도 저자는 진실하기로 유명한 사람이었고, 레드리프의 이웃들 사이에는 어떤 내용을 단언할 때 '걸리버 씨가 말한 것만큼이나 확실하다.'라는 표현이 속담처럼 자리 잡았다.

저자의 허락을 받아 몇몇 유명 인사들에게 원고를 보여 주었고 그들의 조언에 따라 용기를 내어 이제 이 책을 세상으로 내보낸다. 다만 얼마간이라도 이 책이 우리의 젊은 귀족들에게 정치와 정당에 관해 끄적거린 평범한 책들보다 더 큰 즐거움을 주기를 바란다.

몇 차례 여행을 할 때마다 바뀐 자기 편차와 방위는 물론이고 바람과 조수에 관련된 장황한 내용, 폭풍이 몰아치는 중에 배를 움직인 방법에 대한 자세한 묘사, 선원들의 옷차림, 경도와 위도 등 수많은 구절을 내가 과감하게 삭제하지 않았다면 이 책은 지금보다 두 배는 두꺼워졌을 것이다. 걸리버 씨가 약간 불쾌해할지도 몰라 걱정스럽다. 그러나 나는 가능한 한 일반적인 독자의 수준에 작품을 맞추기로 결심했다. 항해에 관한 내 무지로 내용에 오류가 생겼다면 책임은 오로지 나의 몫이다. 작품 전체를 저자의 손에서 전달받은 상태 그대로 보고 싶은 여행가가 있다면 기꺼이 협조하겠다.

저자에 관해 더 자세히 알고 싶다면 이 책 앞부분에 실어 두었으니 참고하기 바란다.

리처드 심슨

제1부

릴리푸트 여행

1장

저자가 자신과 가족의 이야기를 간단히 들려준다. 여행을 시작한 동기를 설명한다. 저자는 배가 난파되어 죽을힘을 다해 헤엄을 친다. 릴리푸트라는 나라의 뭍에 안전하게 도착한다. 포로가 되어 나라 안으로 옮겨진다.

아버지는 노팅엄셔에 조그마한 토지가 있었고 나는 다섯 아들 중 셋째였다. 아버지는 내가 열네 살이 되자 케임브리지에 있는 에마누엘 대학에 보냈고 나는 3년 동안 거기에 머물며 학업에 몰두했다. 그러나 얼마 되지 않는 재산으로 나를 학교에 계속 보내는 것은(나에게 주는 용돈이 코딱지만 했음에도 불구하고) 아버지에게 너무 벅찬 일이었기에 나는 런던의 이름 높은 외과 의사인 제임스 베이츠 씨의 실습생으로 들어가 4년을 지냈다. 아버지가 이따금씩 부쳐 주는 적은 돈으로, 여행을 꿈꾸는 이들에게 유용한 항해술과 여타 수학 지식을 익혔다. 언젠가는 여행을 떠나는 것이 내 운명이라고 생각했기 때문이다. 베이츠 씨를 떠난 다음에 아버지를 찾아갔을 때 아버지와 존 삼촌과 다른 친척들이 40파운드를 주며 네덜란드의 레이덴 대학을 다니는 동안 1년에 30파운드를 보내 주겠다고 했다. 나는 장거리 항해에 유용하리란 생각으로 그 대학에서 2년 7개월 동안 의학을 공부했다.

레이덴에서 돌아온 후 얼마 지나지 않아 훌륭한 스승인 베이츠 씨의 추천으로 에이브러햄 선장이 지휘하는 스왈로호의 담당의가 되었다. 그와 함께 3년 반을 지내며 동부 지중해와 다른 지역을 한두 차례 항해했다. 돌아온 후에는 스승인 베이츠 씨의 권유대로 런던에 정착하기로 결심했고 베이츠 씨에게서 환자를 몇 명 소개받았다. 나는 올드 주리에 작은 집을 구했다. 그리고 이 상태로는 안 된다는 조언에 따라 뉴게이트 가에서 양품점을 운영하는 에드먼드 버튼 씨의 둘째 딸 메리 버튼 양과 결혼했고 지참금으로 4백 파운드를 받았다.

그러나 훌륭한 스승인 베이츠 씨가 2년 후에 세상을 떠난 후 나는 연줄이 거의 없어 일이 잘 안 풀렸다. 수많은 동료 의사들이 저지르는 나쁜 관행을 양심상 따를 수 없었기 때문이다. 결국 아내 및 지인 여럿과 상의한 후 다시 바다로 나가기로 결심했다. 연달아 배 두 척의 담당의를 지내면서 6년 동안 동인도제도와 서인도제도까지 몇 번 항해를 했다. 덕분에 수입이 좀 불어났다. 배에는 수많은 책이 갖춰진 터라 여가 시간에 고대와 현대의 훌륭한 작가들이 쓴 책을 읽었고, 상륙한 동안에는 현지인들의 풍습과 기질을 관찰하고 그곳의 언어를 배우기도 했는데 기억력이 좋아 낯선 언어를 쉽게 습득했다.

마지막 항해 때 큰돈을 벌지 못하자 바다가 점차 지겨워져 집으로 돌아가 아내와 아이들 곁에 머무르기로 했다. 올드 주리에서 페터 레인으로 이사를 갔다가 선원들을 상대로 일을 해 볼까 해서 다시 워핑으로 거처를 옮겼다. 그러나 소득은 없었다. 상황이 나아지리라는 기대로 3년을 보낸 후 남쪽으로 항해 중이던 앤틸로프호의 선장인 윌리엄 프리처드가 유리한 조건으로 제안을 하기에 받아들였다. 우리는 1699년 5월 4일에 브리스톨을 떠났고 처음에는 항해가 무척 순탄했다.

그 바다에서 겪은 모험을 구구절절 이야기해 독자를 괴롭히는 것은 여러 가지 이유에서 온당치 못한 일이다. 그곳에서 동인도제도로 가던 중 격렬한 태풍 때문에 반 디멘스 랜드(*오스트레일리아 남동쪽에 있는 태즈메이니아 섬의 옛 지명.)의 북서쪽으로 떠밀려갔다는 점만 말해 두면 충분할 것이다. 관측해 보니 우리는 남위 30도 2분에 위치해 있었다. 선원 중 열둘이 과로와 상한 음식 때문에 죽었고 나머지는 몹시 허약해진 상태였다. 그 지역에서 여름이 시작되는 11월 5일은 짙은 안개 때문에 시야가 흐렸는데 선원들이 약 90미터 앞에 있는 암초를 발견했다. 그러나 바람이 너무 강해 배는 곧장 암초로 휩쓸려가 순식간에 쪼개지고 말았다.

나를 비롯한 선원 여섯 명은 바다에 띄운 보트를 타고 배와 암초에서 가까스로 벗어났다. 내 짐작으로, 우리는 15킬로미터쯤 노를 저었지만 배에 있는 동안 이미 체력이 바닥난 탓에 더는 기운을 쓸 수가 없었다. 파도의 자비에 목숨을 맡기고 가는데

30분쯤 지났을 때 북쪽에서 갑자기 비바람이 몰아쳐 보트가 뒤집혔다. 난파 당시 암초 위로 몸을 피했거나 배에 남았던 이들은 물론이고 함께 보트를 탄 동료들이 어떻게 되었는지 나는 모른다. 아마 모두 실종되었을 것이다.

나는 운이 이끄는 대로 헤엄을 치면서 바람과 파도에 떠밀려 나아갔다. 가끔 다리를 내려 보았지만 바닥이 느껴지지 않았다. 그러나 기운이 다 떨어져 더는 발버둥을 칠 수 없게 되었을 때 수면이 내 키를 넘지 않는다는 사실을 깨달았다. 그 무렵에는 폭풍도 꽤 가라앉은 상태였다. 바닥 경사가 몹시 완만해서 1킬로미터 이상 걸은 후에야 해변에 닿았는데 아마 저녁 여덟 시 무렵이었을 것이다. 그 후 8백 미터쯤 더 걸었지만 집이나 주민의 흔적은 찾을 수 없었다. 너무 기진맥진해서 보지 못했는지도 모르겠다. 지칠 대로 지친 데다 날도 무덥고 배를 떠나며 브랜디를 반병쯤 마신 탓에 졸음이 쏟아졌다.

풀밭에 누워 보니 풀이 무척 짧고 부드러웠다. 평생 그토록 곤히 잠든 적은 처음이었는데 아홉 시간도 더 잔 모양이었다. 잠에서 깼을 때 대낮이었기 때문이다. 일어나려고 했지만 몸을 움직일 수가 없었다. 어찌된 일인지 등이 바닥에 닿은 채로 팔다리가 양옆의 땅에 단단히 고정되어 있었다. 길고 숱이 많은 머리카락도 같은 방식으로 묶여 있었다. 게다가 겨드랑이부터 허벅지까지 몸 전체를 가느다란 실 여러 가닥이 두르고 있는 것 같았다.

나는 위쪽만 볼 수 있었다. 해가 점점 뜨거워졌고 빛 때문에 눈이 시렸다. 주위에서 정체 모를 소리가 들렸지만 누운 자세로는 하늘밖에 보이지 않았다. 잠시 후 어떤 생물이 내 왼쪽 다리를 타고 가슴 위로 천천히 올라오더니 턱에 닿을 듯 말 듯한 거리까지 다가왔다. 시선을 최대한 아래로 내리니 15센티미터도 되지 않는 사람 형체가 보였는데 두 손에 활과 화살을 들고 등에는 화살집을 메고 있었다. 그 사이에(추측건대) 비슷한 존재들이 적어도 마흔 명쯤 따라 올라오는 느낌이 들었다. 내가 소스라치게 놀라 고함을 지르자 그들은 모두 겁에 질려 달아났다. 나중에 듣기로 그중 몇 명은 내 옆구리에서 땅으로 펄쩍 뛰어내리다가 다쳤다고 한다.

그러나 그들은 곧 되돌아왔다. 한 명은 과감하게도 내 얼굴 전체가 보이는 곳까지 다가와서는 감탄하는 기색으로 두 손을 들고 시선을 위로 던지며 날카롭지만 분명한 목소리로 "헤키나 데굴." 하고 외쳤다. 다른 이들이 똑같은 말을 몇 차례 반복했지만 그때의 나는 무슨 뜻인지 알 수가 없었다. 독자도 짐작하겠지만 이 모든 일이 일어나는 동안 나는 불안하기 짝이 없는 상태로 누워 있었다. 밧줄에서 벗어나려고 낑낑거리다가 운 좋게 줄이 끊어지며 내 왼팔을 땅에 붙잡아 맨 말뚝이 뽑혔다. 팔을 얼굴로 들어 올리니 내가 어떤 방법으로 묶여 있는지 알 수 있었다.

머리를 홱 당기자 몹시 아프기는 했지만 왼쪽에서 내 머리카락을 묶어 둔 끈들도 느슨해졌다. 덕분에 고개를 5센티미터쯤 돌릴 수 있었다. 그러나 작은 인간들은 내가 붙잡을 겨를도 없이 달아났다. 매우 날카로운 말투로 고함치는 소리가 들렸다. 그 소리가 멈추자 작은 인간들 중 하나가 "톨고 포낙." 하고 큰 목소리로 외치는 소리가 들렸고 즉시 100개도 넘는 화살이 내 왼손으로 쏟아지며 바늘처럼 사정없이 찔러 댔다. 또 그들은 유럽 사람들이 포탄을 쏘아 올리듯이 공중으로 화살을 쏘았다. 나는 느끼지 못했지만 많은 화살이 내 몸에 떨어졌을 것이고 일부가 얼굴로 날아와서 나는 즉시 왼손으로 얼굴을 가렸다. 이렇게 빗발치던 화살들이 사라졌을 때 나는 괴롭고 아파서 신음 소리를 냈다.

자유로워지기 위해 다시 몸을 꿈틀거리자 먼젓번보다 더 세찬 화살비가 쏟아졌다. 어떤 이들은 창으로 내 옆구리를 찌르려고 했다. 그러나 다행히도 가죽조끼를 입고 있어서 창이 꿰뚫지는 못했다. 가만히 누워 있는 것이 가장 현명한 대책이라는 생각이 들었다. 밤이 될 때까지 그대로 있다가 이미 자유로워진 왼손으로 쉽게 결박을 풀자는 계획이었다. 그리고 이곳 주민들에 관해서는, 모두 내가 본 것 같은 크기라면 대군을 이끌고 공격해 오더라도 상대할 자신이 있었다. 그러나 운명은 나를 달리 이끌었다. 작은 인간들은 내가 얌전해진 모습을 보고 더는 화살을 쏘지 않았다. 그러나 소리가 커져 가는 상황으로 보아 수가 늘어나고 있음을 알 수 있었다. 내 옆으로, 그러니까 오른쪽 귀에서 4미터쯤 떨어진 곳에서 뭔가 작업 중인 듯 두드려 대는 소리가 한 시간 넘게 들렸다.

말뚝과 밧줄이 허용하는 범위에서 그쪽으로 최대한 고개를 돌려서 보니 땅에서 50센티미터쯤 올라온 무대에 작은 인간 네 명이 서 있었고 무대에는 사다리가 두세 개 달려 있었다. 그 인간들 중 신분이 높은 듯한 사람이 무대에서 나에게 긴 연설을 했지만 한 마디도 이해할 수 없었다. 그러나 그 중요한 인물이 정식 연설을 시작하기 전에 "랑그로 데훌 산."이라고 세 번 외쳤다는 사실은 말해 두어야겠다(나는 나중에 이 문장과 이전의 문장을 다시 들으며 설명을 받았다.). 즉시 작은 인간 50명가량이 다가와 내 머리 왼쪽 부분을 묶은 밧줄을 잘랐고 덕분에 나는 오른쪽으로 자유롭게 고개를 돌려 말을 하는 인간의 풍채와 몸짓을 볼 수 있었다.

나이는 중년으로 보였고 시중을 드는 다른 세 인간보다 키가 컸다. 그의 옷자락을 들고 있는 한 사람은 시종으로 내 가운뎃손가락보다 약간 더 긴 것 같았다. 다른 둘은 신분 높은 인간을 보필하려고 양옆에 서 있었다. 그는 그야말로 연설가답게 행동했다. 한참 위협을 하다가 뭔가를 약속하더니 동정과 호의를 표시했다. 나는 몇 마디 대답을 하되 태양이 증인이라는 듯 왼손과 두 눈을 위로 들어 올리며 더할 나위 없이 고분고분한 태도를 보였다.

배를 떠나고 몇 시간 동안 음식을 입에 대지 못한 터라 몹시 허기가 졌다. 본능적 욕구가 너무 강한 나머지 인내심을 발휘할 수가 없어서(엄중한 예절에 벗어나는 행동일지 몰라도) 손가락으로 입을 가리키며 먹을 것을 달라는 신호를 보냈다. 후르고(나중에 알게 되었지만 훌륭한 귀족을 지칭하는 표현이다.)는 내 뜻을 제대로 파악했다.

그는 무대에서 내려가 내 옆구리로 사다리 몇 개를 대라고 명령했다. 100명쯤 되는 작은 인간들이 고기가 가득 실린 바구니를 지고 사다리를 타고 올라와 내 입 쪽으로 걸어왔다. 내가 나타났다는 소식을 듣자마자 왕이 명령을 내려 준비한 고기였다.

여러 동물의 고기가 섞여 있었지만 맛만 봐서는 무슨 동물인지 알 수 없었다. 양고기의 어깻살, 다릿살, 허릿살처럼 생긴 것들이 훌륭하게 손질되어 있었으나 크기는 종달새 날개보다 작았다. 나는 한 입에 두세 바구니씩 먹어 치웠고 소총의 총알만 한 빵 덩어리도 한 번에 세 개씩 입에 털어 넣었다. 작은 인간들은 내 어마어마한 식욕에 기절초풍할 만큼 놀라며 최대한 빠르게 음식을 가져다주었다.

곧 나는 목이 마르다고 다시 신호를 보냈다. 작은 인간들은 내 먹성을 보고 작은 양으로는 만족시킬 수 없다는 사실을 깨달았다. 정말 영리한 족속인 그들은 가장 커다란 통 하나를 더없이 민첩하게 쓰러뜨려 내 손 쪽으로 굴린 다음 뚜껑을 뜯었다. 0.5리터도 되지 않는 양이었기에 당연히 단숨에 마셨는데 작은 부르고뉴 와인처럼 느껴졌지만 맛이 훨씬 좋았다. 작은 인간들이 두 번째 통을 가져오자 나는 같은 방식으로 마셨다. 그리고 더 달라고 신호를 보냈지만 나에게 줄 것이 남아 있지 않았다.

내가 이런 기적을 선보이자 그들은 기뻐 외치며 내 가슴 위에서 춤을 추었고 처음에 그랬듯이 "헤키나 데굴."이라는 말을 몇 차례 반복했다. 그들은 나에게 물통 두 개를 아래로 던지라고 신호를 보내고는 우선 아래에 있는 사람들에게 "보라치 미볼라."라고 큰 소리로 외치며 물러서라고 경고했다. 허공을 가르는 물통들을 보고는 다 함께 "헤키나 데굴."이라고 외쳤다.

솔직히 작은 인간들이 내 몸 위를 이리저리 지나갈 때 손이 닿는 거리까지 다가온 사오십 명을 붙잡아 땅으로 내동댕이치고 싶다는 생각이 불쑥불쑥 들었다. 그러나 최악의 공격은 아니었을 아까의 고통스러운 기억도 있고 고분고분 있겠다고 약속하기도 했으니 그런 충동을 얼른 떨쳐 버렸다. 게다가 이제는 큰 비용을 치르며 극진하게 환대해 준 사람들에게 함부로 굴 수 없는 처지가 된 것 같았다. 사실 내 한 손이 자유로운데도 대담하게 내 몸으로 올라와 걸어다니며 나처럼 거대한 생물을 빤히 보면서도 떨지 않는 이 작은 인간들의 용맹스러움이 더없이 놀라웠다.

잠시 후 내가 고기를 더 달라고 하지 않자 내 앞에 국왕이 보낸 고위층 대사가 나타났다. 내 오른쪽 발목에 올라와 있던 그 대사는 열 명이 넘는 수행원과 함께 내 얼굴까지 다가왔다. 그리고 국왕의 인장이 찍힌 신임장을 꺼내 내 눈 가까이에 들이대더니 10분쯤 연설을 했는데 화난 기색은 전혀 없었지만 단호한 결의 같은 것이 느껴졌다. 그는 가끔 앞쪽을 가리켰는데 나중에 알았지만 그쪽으로 800미터쯤 떨어진 곳에 이 나라의 수도가 있었고 국왕이 회의를 거쳐 나를 그곳으로 운반하기로 했다는 내용이었다.

나는 몇 마디 대답을 했지만 허사였고 자유로운 손으로(그러나 대사나 수행원단이 다치지 않도록 대사의 머리 위쪽으로 움직였다.) 다른 손과 머리와 몸을 가리키며 풀어 주면 좋겠다는 뜻을 전했다. 대사는 내 뜻을 충분히 이해한 것 같았다. 거절의 뜻으로 고개를 젓더니 내가 포로의 몸으로 호송되어야 한다는 뜻을 손짓으로 전했기 때문이다. 그러나 그는 다른 몸짓을 보여 주며 내가 고기와 음료를 충분히 먹게 될 것이고 훌륭한 대접을 받을 것이라는 사실을 알려 주었다.

줄을 끊어 버릴까 하는 생각이 다시 떠올랐지만 역시 얼굴과 손에 남은 화살 자국이 무척 따끔거렸고 상처마다 물집이 잡혔으며 많은 화살이 아직 그대로 박혀 있었다. 게다가 살펴보니 적군의 숫자는 더 많아진 상태였다. 나는 원하는 대로 하라고 몸짓으로 표현했다. 그러자 후르고와 수행원단은 즐거운 표정으로 무척 정중하게 물러났다. 잠시 후 모두가 "페플롬 셀란."이라는 말을 몇 번이고 반복해서 외치는 소리가 들렸다. 왼쪽에서 수많은 사람들이 밧줄을 느슨하게 풀어 준 덕분에 나는 오른쪽으로 몸을 돌려 안심하고 소변을 보았다. 작은 사람들은 내 동작을 보고 의도를 짐작하고는 즉시 양옆으로 갈라져 내가 시끄럽고 격렬하게 쏟아 내는 물줄기를 피했고 엄청난 소변의 양에 무척 놀라워했다. 그러나 이 일이 있기 전에 내 얼굴과 두 손에 몹시 향긋한 냄새가 나는 연고 같은 것을 발라 주었는데 몇 분 후에 화살 자국의 통증이 모두 사라졌다.

영양가 높은 음식을 얻어먹은 데다 아픔까지 사라지자 잠이 쏟아졌다. 나중에 들었지만 나는 여덟 시간가량 잠을 잤다. 놀라운 일은 아니었다. 국왕의 명령에 따라 의사들이 음료수 통에 수면제를 섞어 두었기 때문이다.

내가 육지에 닿은 후 땅에서 잠든 모습이 발견되자마자 국왕은 특사를 통해 일찍이 그 소식을 보고받았다. 그리고 회의를 거쳐 그런 방식으로 나를 붙잡아 두고(작업은 내가 잠든 밤중에 진행되었다.) 고기와 음료를 충분히 보낸 뒤 기구를 준비해 나를 수도로 운반해 가기로 결정한 것이다.

이 계획이 몹시 대담하고 위험해 보일지 모르지만 확신하건대 유럽의 어떤 군주도 같은 상황에서 흉내 내지 못할 방책이었다. 내 생각으로는 관대할 뿐 아니라 지극히 분별력 있는 계획이었다. 이 사람들이 내가 잠든 사이에 창과 화살로 죽이려 했다면 나는 분명 화살에 찔리자마자 잠에서 깼을 테고 분노와 더불어 기운이 샘솟아 나를 묶은 줄들을 끊어 버렸을 것이다. 그 후 이들은 저항할 수도 없고 어떤 자비도 기대할 수 없게 되었을 것이다.

이 사람들은 정말 뛰어난 수학자였다. 학문을 장려하기로 이름 높은 국왕의 지지와 격려를 받아 기계학에서는 완벽에 가까운 수준에 이르렀다. 이 왕은 나무와 크고 무거운 물체를 옮길 수 있도록 바퀴 달린 기계를 몇 대 만들었다. 가끔은 목재를 키우는 숲 속에서 거대한 군함을 짓기도 했는데 그중에는 길이가 3미터 가까이 되는 것도 있었다. 왕은 그 군함들을 바퀴 달린 기계에 싣고 300미터 이상 떨어진 바다로 옮기기도 한 인물이었다. 목수와 기술자 500명이 사상 최대의 기계를 마련하려고 즉시 작업에 착수했다. 땅에서부터의 높이가 8센티미터, 길이는 210센티미터, 너비는 120센티미터에 이르는 나무 뼈대에 바퀴 스물두 개를 달아 움직이는 기계였다.

내가 들은 탄성은 기계가 막 도착한 때문이었는데 내가 육지에 닿은 후 네 시간 만에 준비가 완료된 것 같았다. 그 기계는 누워 있는 내 몸과 평행하게 배치되었다. 그러나 가장 큰 문제는 나를 들어 올려 이 탈것에 태우는 일이었다. 그 목적을 달성하기 위해 높이가 30센티미터인 장대 여덟 개가 세워졌고, 매우 튼튼한 밧줄에 갈고리를 달아 일꾼들이 내 목과 손, 몸, 다리에 감아 둔 수많은 붕대에 단단히 걸었다. 천하장사 900명이 동원되어 장대에 달린 수많은 도르래로 이 밧줄들을 당겼다. 그리고 이런 식으로 세 시간이 지나지 않아 그들은 내 몸을 들어 올려 운반 기계에 내리고는 단단히 결박했다. 이 모든 이야기는 나중에 들은 것인데 일이 진행되는 동안 술에 우려 넣은 수면제의 위력 때문에 나는 깊이 잠들어 있었기 때문이다.

키가 10센티미터가 겨우 넘는 왕의 큰 말 1,500마리가 동원되어 앞서 말했듯이 800미터쯤 떨어진 수도를 향해 나를 끌고 갔다.

이 여정이 시작된 지 네 시간 후 나는 몹시 우스꽝스러운 사건 때문에 잠이 깼다. 마차에 고장 난 부분이 있어 손보려고 잠시 멈춘 동안 젊은이 두세 명이 잠든 내 얼굴을 보고 싶다고 생각한 것이다. 그들은 운반 기계로 올라와 내 얼굴로 살금살금 다가왔고 그중 호위대 장교인 한 사람이 짧은 창의 날카로운 끝을 내 왼쪽 콧구멍에 쏙 넣었다. 그것이 지푸라기처럼 코를 간질였고 나는 세차게 재채기를 했다. 젊은이들이 흔적도 남기지 않고 달아난 탓에, 내가 그렇게 갑자기 깼던 이유를 알게 된 것은 3주가 지나서였다.

우리는 날이 저물도록 오래 행진했고 밤이 되어 쉴 때도 감시병이 500명씩 내 양옆에 섰는데 반은 횃불을 들었고 반은 내가 몸을 움직일라치면 즉시 쏠 수 있도록 활과 화살을 들고 있었다. 다음 날 아침 동틀 녘에 우리는 다시 행진을 시작해 정오 무렵에는 성문까지 200미터쯤 남은 지점에 이르렀다. 국왕과 모든 궁중 사람들이 우리를 맞이하러 나왔다. 그러나 국왕이 위험하게도 내 몸에 올라오려 했다면 각료들이 필사적으로 막았을 것이다.

마차가 멈춘 곳에는 이 나라에서 가장 크다고 정평이 난 오래된 신전이 있었다. 몇 년 전 그곳에서 몹시 잔혹한 살인 사건이 일어나 더럽혀진 탓에 신앙심이 깊은 이 사람들은 이곳을 불경하다고 여기고 모든 장식품과 가구를 옮긴 후 공공시설로 썼다. 나는 이 건물에 머물기로 되어 있었다. 북쪽으로 난 거대한 문은 높이가 약 120센티미터, 폭이 약 60센티미터로 내가 수월하게 기어서 통과할 수 있는 크기였다. 문의 양편에는 땅에서 15센티미터쯤 되는 높이에 작은 창문이 하나씩 있었다. 왕실 대장장이들이 왼쪽 창문을 통해 사슬 아흔한 개를 나르더니 유럽에서 귀부인들이 쓰는 시계 사슬과 모양이나 크기가 비슷한 자물쇠 서른여섯 개를 이용해 내 다리에 채웠다. 대로 건너편, 이 신전에서 7미터쯤 떨어진 곳에는 150센티미터가 넘는 작은 탑이 하나 있었다. 국왕은 내 모습이 보일까 해서 주요 대신들을 대거 거느리고 그곳에 올라갔다고 하는데 내 눈에는 보이지 않았기 때문에 나중에 들은 이야기였다.

같은 목적으로 수도 밖으로 나온 주민들은 10만여 명이 넘었다. 그리고 경비병들이 있는데도 줄잡아 1만 명은 되는 사람들이 몇 차례 사다리를 타고 내 몸으로 올라왔다. 그러나 곧 그 행위를 금지하고 위반하면 사형이라는 엄명이 떨어졌다. 내가 사슬을 풀 수 없다는 사실을 깨달은 대장장이들은 나를 묶고 있던 밧줄을 모두 잘랐다. 나는 평생 느껴 보지 못한 우울한 기분으로 일어섰다. 그러나 내가 일어나서 걷는 모습을 본 작은 사람들의 소란과 놀라움은 설명하지 않겠다. 내 왼다리를 묶은 사슬의 길이가 2미터 정도여서 반원을 그리며 앞뒤로 자유롭게 움직일 수 있었고, 사슬이 문 안쪽 10센티미터쯤 되는 곳에 고정되어 있어서 안으로 기어 들어가 신전 속에 몸을 쭉 펴고 누울 수 있었다.

2장

릴리푸트의 국왕이 귀족을 여럿 거느리고 감금된 저자를 만나러 온다. 국왕의 모습과 옷차림이 묘사된다. 저자에게 그 나라 언어를 가르칠 학자들이 임명된다. 저자는 순한 기질 덕분에 호감을 얻는다. 주머니 수색 후 칼과 권총이 압수된다.

두 발로 일어설 수 있게 되자 나는 주변을 둘러보았다. 고백하건대 그보다 더 눈이 즐거운 광경을 본 적이 없었다. 나라 전체가 죽 연결된 정원처럼 보였다. 주변을 둘러싼 12제곱미터쯤 되는 밭들은 한데 모인 꽃밭을 연상시켰다. 이런 밭 사이사이에는 500제곱미터쯤 되는 숲이 있었고 가장 큰 나무도 짐작건대 높이가 2미터 정도였다. 왼편에 있는 도시를 바라보니 극장에 걸린 도시 풍경화처럼 보였다.

나는 몇 시간 동안 생리적 욕구 때문에 몹시 끙끙대고 있었다. 마지막 대변을 본 지 거의 이틀이 지났으니 놀라운 일도 아니었다. 나는 절박함과 수치 사이에서 몹시 고민했다. 생각해 낼 수 있는 가장 좋은 방책은 신전으로 기어 들어가는 것이어서 실행에 옮겼다. 문을 닫고 사슬이 닿는 가장 먼 곳까지 가서 그 불편한 짐을 몸에서 내려놓았다. 그러나 내가 이토록 불결한 행동을 저지른 것은 그때뿐이었다. 공정한 독자가 성숙하고 공평하게 내 상황과 고뇌를 고려해 어느 정도 용인해 주기를 바라는 수밖에 없다.

이후로는 아침에 일어나자마자 사슬이 닿는 가장 먼 야외로 나가 일을 보는 것을 습관처럼 지속했다. 그리고 매일 아침 사람들이 오기 전에 그 불쾌한 물건을 담당 시종 두 명이 손수레로 실어 가도록 신경 썼다. 내가 깔끔한 성격이라는 사실을 세상 사람들에게 증명할 필요를 느끼지 않았다면 언뜻 보기에 별로 중요하지도 않은 이런 사정을 장황하게 설명하지 않았을 것이다. 그러나 나에게 악의를 품은 이들이 이 일이나 다른 일로 옳다구나 하고 꼬투리를 잡아 내 청결함을 문제 삼는다는 이야기가 들려 이 말을 하는 것이다.

나는 이 어려운 일을 치른 뒤 신선한 공기를 마시려고 신전 밖으로 나갔다. 국왕은 이미 탑에서 내려와 말에 올라타고 나에게 다가오고 있었는데 그 바람에 큰 봉변을 당할 뻔했다. 훈련을 잘 받은 짐승이었지만 산처럼 큰 것이 다가오는 광경에는 도무지 익숙하지 않은 그 말이 앞발을 번쩍 들어 올린 것이다. 그러나 훌륭한 기수인 국왕은 수행원들이 달려와 고삐를 잡을 때까지 그대로 말 등에 앉아 있다가 곧 천천히 말에서 내렸다. 그 뒤 국왕은 무척 감탄하는 표정으로 내 몸을 여기저기 살폈지만 나를 묶은 사슬이 닿는 범위로는 들어오지 않았다. 국왕은 대기 중이던 요리사들과 집사들에게 나에게 먹고 마실 것을 가져다주라고 명령했고 그들은 바퀴 달린 수레 같은 것을 내 손이 닿는 거리까지 밀었다.

나는 수레들을 들어 순식간에 싹 비웠다. 수레 스무 대에는 고기가 가득 실려 있었고 열 대에는 술이 있었다. 나는 고기 수레 한 대에 실린 고기를 두세 입에 해치우고 술 수레 한 대에 실린 도자기 병 열 개를 수레에 모두 쏟아 단숨에 들이켰다. 나머지도 이런 식으로 먹어 치웠다. 왕비와 젊은 왕자들과 공주들은 많은 귀부인들을 거느리고 약간 떨어진 의자에 앉아 있었다. 그러나 국왕의 말에게 사고가 생기자마자 의자에서 내려와 국왕 옆으로 다가왔다.

이제 국왕에 대해 묘사해 보려고 한다. 그는 궁정 사람들보다 내 손톱 너비만큼 더 컸다. 그 사실만으로도 보는 이들에게 경외감을 불러일으켰다. 이목구비는 또렷하고 남자다웠는데 오스트리아 사람 같은 입술에다 코는 매부리코였고 혈색은 올리브 빛이었으며 자세가 곧고 팔다리는 비례가 좋았고 일거수일투족이 기품이 넘치고 위풍당당했다. 당시 국왕의 나이는 28세 9개월로 한창때는 지났지만 재위 7년째였고 전쟁에서 대개 승리를 거두며 나라를 평화롭게 다스리고 있었다.

나는 좀 더 편하게 국왕을 살피려고 옆으로 누워 얼굴을 국왕의 얼굴과 나란히 놓았고 그는 3미터 거리에 서 있었다. 그러나 그 후로 수차례 국왕을 내 손에 올려두었으므로 그를 정확히 묘사할 수 있다. 국왕의 옷은 아시아와 유럽의 양식이 섞여 몹시 수수하고 단순했지만 머리에는 보석 장식을 달고 벼슬처럼 깃털을 세운 가벼운 금빛 투구를 쓰고 있었다. 내가 우연하게라도 사슬을 끊게 되면 자신을 방어하기 위해 손에는 칼을 빼들고 있었다. 칼은 길이가 8센티미터 가까이 되었고 손잡이는 금으로 만들었으며 칼집에는 다이아몬드가 잔뜩 박혀 있었다. 국왕의 목소리는 높고 날카로웠지만 무척 분명하고 또렷해서 나는 일어섰을 때도 그 목소리를 명확히 들을 수 있었다.

귀부인들과 궁중의 조신들은 모두 옷차림이 화려해서 그들이 서 있는 지대는 금실과 은실로 그림을 수놓아 땅에 펼친 속치마를 연상시켰다. 국왕은 나에게 종종 말을 걸었고 나는 대답을 했지만 우리 둘 다 서로의 말을 조금도 알아들을 수 없었다. 나와 대화를 해 보라는 명령을 받은 사제와 법률가 몇 명(옷차림을 보고 유추한 것이다.)이 그 자리에 있었는데 나는 독일어와 네덜란드 어, 라틴 어, 프랑스 어, 스페인 어, 이탈리아 어, 지중해 동부에서 쓰이는 혼합어 등 어설프게라도 아는 언어를 총동원했지만 소용이 없었다.

두 시간쯤 지나 국왕 일행이 돌아갔다. 나는 강력한 경비대와 함께 남겨졌는데 무례한 이들과 혹시 모를 악의적인 군중을 막기 위해서였다. 군중은 할 수 있는 한 나와 가까운 곳까지 밀고 들어오려 안달복달했다. 그중에는 신전 출입구에 앉은 나에게 파렴치하게 화살을 쏘아 댄 이들도 있었다. 그 화살 중 하나가 내 왼쪽 눈을 아슬아슬하게 빗나갔다. 경비대장은 주동자 여섯 명을 붙잡으라고 명령했고 그들을 내 손에 맡기는 것만 한 벌이 없다고 생각한 모양이었다.

경비병 몇 명이 대장의 명령대로 그들을 데려와 내 손이 닿는 곳까지 창 손잡이 부분으로 떠밀어 보냈다. 나는 그들을 오른손으로 한꺼번에 붙잡아 다섯 명은 윗옷 호주머니에 넣고 나머지 한 명에게는 산 채로 잡아먹을 듯한 표정을 보였다. 그 불쌍한 남자는 무시무시하게 비명을 질렀다. 경비대장과 장교들은 내가 주머니칼을 꺼내는 모습을 보자 특히나 괴로워했다. 그러나 나는 재빨리 공포를 잠재웠다. 온화한 표정으로 그 남자를 묶은 밧줄을 잘라 조심스럽게 땅에 내려놓았고 그는 달아나 버렸다. 나는 나머지 사람들을 주머니에서 한 명씩 꺼내 똑같이 풀어주었다. 그리고 나의 이런 관대함에 병사들과 군중은 몹시 고마워하는 얼굴이었다. 이 사건은 궁중에서 나에게 무척 유리하게 작용했다.

밤이 다가오자 나는 어렵사리 집으로 들어가 바닥에 누웠고 2주 정도 그렇게 생활했다. 그동안 국왕은 내가 쓸 침대를 마련하라는 명령을 내렸다. 보통 크기의 매트리스 600개를 싣고 와 내가 사는 집 안에서 작업했다. 매트리스 150개를 가로세로로 연결하고 그것을 네 겹으로 쌓았다. 그러나 바닥에 깔린 돌이 매끄러워 나에게는 딱딱한 바닥에 눕는 것과 큰 차이가 없었다. 그들은 똑같은 방식으로 시트와 담요와 침대 덮개도 만들어 주었는데 나처럼 매우 오랫동안 불편함에 익숙해진 사람에게는 그 정도면 괜찮은 편이었다.

내가 나타났다는 소식이 온 나라에 퍼져 부유하고 한가하고 호기심 많은 사람들이 나를 보러 어마어마하게 몰려들었다. 그래서 마을들은 대부분 텅 비게 되었다. 국왕이 이런 피해를 막는 포고령과 칙령을 내리지 않았다면 농작물과 집안일은 심각하게 방치되었을 것이다. 국왕은 나를 이미 구경한 사람들은 집으로 돌아가야 하며 공적인 허가 없이 내가 사는 집 반경 50미터 안으로 들어와서는 안 된다고 명령했다. 덕분에 국무대신들은 수수료를 짭짤하게 챙겼다.

그러는 동안 국왕은 대신들로 구성된 위원회를 자주 소집해 나를 어떻게 처리할지 논의했다. 국가 기밀에 정통한 어느 상류 인사 친구를 통해 나중에 들었는데 궁중은 나와 관련해 이래저래 골치를 앓고 있었다. 그들은 내가 사슬을 끊어 버릴까 봐 걱정했다. 내 식사를 마련하는 데 돈이 너무 많이 들어 기근이 들까 봐 염려했다. 가끔은 나를 굶겨 죽이거나 여의치 않으면 얼굴과 손에 독화살을 쏘아 빠른 시간 안에 해치우기로 결의하기도 했다. 그러나 다시 생각해 보면 이렇게 큰 시체에서 악취가 풍기면 수도에 전염병이 생겨 온 나라로 퍼질지도 모를 노릇이었다.

이런 논의가 진행되던 중 육군 장교 몇 명이 대회의실 입구로 다가갔다. 그리고 그중 출입을 허락받은 두 장교가 앞서 언급한 범죄자 여섯 명을 내가 어떻게 대했는지 설명했다. 그것은 국왕과 위원회 전체의 마음에 무척 좋은 인상을 남겼고 나로서는 다행스럽게도 국왕이 칙령을 공표했다. 수도에서 800미터 이내에 위치한 모든 마을은 매일 아침 소 여섯 마리와 양 마흔 마리 그리고 내가 먹을 기타 식량을 배달해야 한다는 내용이었다. 아울러 빵과 포도주 및 다른 음료도 그만큼의 양을 배달해야 했다. 필요 경비는 국왕의 금고에서 지출하기로 했다.

이 왕은 주로 왕실 사유지에서 나오는 수입으로 생활하고 있었다. 중대한 일이 발생한 경우가 아니면 국민에게 보조금을 걷지 않았는데 국민은 국왕이 벌이는 전쟁에 자비를 들여 참여할 의무가 있었다. 나를 도울 사람들 600명으로 구성된 기관도 설립되었다. 그들에게는 생활에 필요한 숙식이 제공되었고 일의 편의성을 높이려고 내 거처의 양옆으로 천막이 지어졌다. 또한 재단사 300명이 명령에 따라 그 나라의 방식에 맞게 내 옷을 지어야 했고 국왕의 뛰어난 학자 여섯 명이 나에게 그들의 언어를 가르치도록 고용되었다. 그리고 마지막으로 국왕의 말을 포함해 귀족과 경비대의 말들은 내 모습에 익숙해지도록 내가 보는 앞에서 훈련해야 했다. 이 모든 명령은 어김없이 실행되었다. 그리고 3주쯤 지났을 때 나는 그 나라 언어를 배우는 데 큰 진척을 보였다. 그동안 국왕은 황송하게도 나를 자주 찾아왔고 나를 가르치는 학자들을 흔쾌히 거들었다.

우리는 어느새 대화를 약간 나누게 되었다. 내가 가장 먼저 익힌 말은 부디 나를 자유롭게 해 달라는 소원을 표현하는 것이었다. 나는 날마다 무릎을 꿇고 그 말을 되풀이했다. 내가 알아들은 바에 따르면 국왕의 대답은 시간이 필요하며 위원회의 권고 없이는 고려할 수 없다는 내용이었다. 또 우선 내가 '루모스 켈민 페소 데스마르 론 엠포소'해야 한다고 했다. 즉 '국왕과 이 나라에 평화를 맹세'해야 한다는 것이었다. 그러나 나에게 모든 호의를 베풀어 줄 것이며 인내와 신중한 행동으로 왕 자신과 국민의 호감을 사라고 조언했다.

국왕은 담당 장교들에게 내 몸을 수색하도록 명령을 내리더라도 기분 나빠 하지 말라고 당부했다. 내가 무기를 지니고 있을지도 모르고 이토록 거대한 인간과 어울리는 무기라면 분명 위험할 것이므로 수색이 필요하다고 했다. 나는 국왕 앞에서 옷을 벗거나 주머니를 뒤집어 보일 준비가 되었으니 원하는 대로 하라고 말했다. 말과 몸짓을 섞어 내 뜻을 전달했다. 국왕은 국법에 따라 장교 두 명에게 몸수색을 받아야 한다고 대답했다. 내 동의와 도움 없이는 불가능한 일임을 알고 있으며 내 관대함과 정의로움을 높이 사기 때문에 그 두 사람을 내 손에 맡긴다고 했다. 압수한 물건은 무엇이든 내가 이 나라를 떠날 때 돌려줄 것이며 아니면 내가 제시하는 값을 지불하겠다고 했다. 나는 두 장교를 내 손에 태워 우선 외투 주머니 속에 넣었고 그 뒤에는 내 옷에 달린 모든 주머니에 넣어 주었다. 바지 시계 주머니 둘과 수색당할 생각이 조금도 없는 비밀 주머니는 예외였는데 비밀 주머니에는 나 외에는 다른 누구에게도 중요하지 않을 물건들이 들어 있었다. 시계 주머니 하나에는 은시계가 들어 있었고 다른 주머니에는 금이 조금 든 지갑이 있었다. 두 장교는 펜과 잉크와 종이로 자신들이 본 모든 것을 꼼꼼하게 적었으며 일을 마치자 그 보고서를 국왕에게 전달해야 하니 내려 달라고 부탁했다. 나는 나중에 이 목록을 영어로 옮겼는데 직역하면 다음과 같다.

우선 철저한 수색 결과 이 '산 같은 거인'('퀸부스 플레스트린'이라는 말을 해석한 것이다.)의 오른쪽 외투 주머니에서는 거칠고 커다란 천 조각만 발견되었습니다. 폐하의 집무실에 양탄자로 깔아도 좋을 만큼 넓었습니다. 왼쪽 주머니에서 큰 은상자를 보았는데 뚜껑도 은이었고 검사관인 저희들로서는 들어 올릴 수가 없었습니다. 그에게 상자를 열어 달라고 해서 검사관 한 명이 상자 속으로 들어갔더니 먼지 같은 것에 무릎까지 빠졌고 그 먼지가 저희의 얼굴로 날아와 두 검사관 모두 몇 차례 재채기를 했습니다.

거인의 오른쪽 조끼 주머니에서 얇고 하얀 물질이 겹겹이 쌓인 거대한 꾸러미가 나왔는데 사람 셋을 합친 크기였고 강하고 굵은 밧줄로 묶여 있었으며 검은 그림들이 그려져 있었습니다. 감히 추측건대 그 검은 그림은 글씨가 아닐까 싶으며 모든 글자가 저희 손바닥의 절반 크기에 이르렀습니다. 왼쪽 조끼 주머니에는 기계 같은 것이 들어 있었는데 뒤쪽으로 긴 막대 스무 개가 뻗어 있고 궁정 앞에 세워진 울타리와 비슷했습니다. '산 같은 거인'은 이것으로 머리를 빗는 것 같습니다. 그에게 하고 싶은 말을 전하기가 무척 어려워 시시콜콜 질문을 하지는 않았으므로 추측한 내용입니다.

허리 덮개('란푸 로'라는 단어를 번역한 것으로 내 반바지를 가리킨다.)의 오른쪽에 달린 큰 주머니 속에서 사람 키 높이의 속 빈 쇠기둥이 그 기둥보다 더 큰 단단한 나무토막에 고정되어 있는 것을 보았습니다. 그 기둥의 한쪽으로 큰 쇳조각들이 이상한 모양으로 뻗어 나와 있었습니다. 무엇에 쓰는 물건인지 도무지 알 수 없습니다. 왼쪽 주머니에는 똑같은 종류의 기계가 하나 더 있었습니다.

오른쪽 옆에 달린 작은 주머니에는 흰 금속과 구리가 몇 개 있었는데 둥글납작하고 크기가 다양했습니다. 은처럼 보이는 흰 금속은 무척 크고 무거웠으며 동료와 저로서는 거의 들어 올릴 수가 없었습니다. 왼쪽 주머니에는 모양이 불규칙한 검은 기둥이 두 개 있었습니다. 주머니 바닥에 서 있던 저희가 그 기둥들 꼭대기까지 손을 뻗으려면 꽤 애를 써야 했습니다. 기둥 하나는 덮개에 싸여 있었고 전체가 한 도막인 것 같았습니다. 그러나 다른 기둥의 꼭대기에는 저희 머리보다 두 배 가량 큰 희고 둥근 물체가 있었습니다. 두 기둥 속에는 각각 거대한 철판이 들어 있었습니다. 혹시 위험한 기계일지 몰라서 그것을 보여 달라고 명령했습니다. 그는 철판을 보관 용기에서 꺼냈고 자기 나라에서는 그중 하나로 수염을 깎고 다른 하나로는 고기를 자른다고 말했습니다.

저희가 들어갈 수 없는 주머니가 두 개 있었습니다. 그는 그것을 '시계 주머니'라고 불렀습니다. 허리 덮개의 윗부분에 좁고 길게 트인 구멍이었는데 배에 눌려 꽉 조여진 상태였습니다. 오른쪽 시계 주머니에는 커다란 은사슬이 늘어져 있었고 그 끝에 놀라운 기계가 달려 있었습니다. 저희는 그에게 그 사슬의 끝에 있는 것이 무엇이든 끌어내라고 명령했습니다. 그것은 반은 은이고 반은 투명한 금속인 둥근 물체였습니다. 투명한 금속을 통해 기묘한 무늬가 원형으로 그려진 모습이 보였고 그것을 만질 수 있을 줄 알았는데 그 투명한 물질이 저희의 손가락을 막았습니다. 그는 이 기계를 우리의 귀에 대 주었고 물레방아처럼 끊임없는 소리가 들렸습니다. 추측건대 그것은 알려지지 않은 동물이거나 그가 숭배하는 신일 것입니다. 그러나 후자가 더 가능성이 있다고 생각됩니다. (그의 설명이 매우 불완전한 관계로 저희가 그의 말을 제대로 이해했다면) 거의 모든 일을 할 때마다 그것과 상담한다고 그가 장담했기 때문입니다. 그는 그것을 자신의 신탁이라고 불렀고 생활의 모든 행동을 언제 해야 하는지 알려 준다고 했습니다.

그는 왼쪽 시계 주머니에서 그물을 하나 꺼냈는데 어부가 써도 좋을 만큼 컸지만 지갑처럼 여닫게 되어 있었고 그가 바로 그런 용도로 쓰이는 것이라고 했습니다. 그 속에 크고 노란 금속이 몇 개 있었는데 진짜 금이라면 어마어마한 가치가 있을 것입니다.

이와 같이 국왕 폐하의 명령에 따라 그의 모든 주머니를 성실히 검사한 후 그의 허리춤에서 거대한 동물의 가죽으로 만든 띠를 보았습니다. 그것의 왼쪽에는 남자 다섯 명의 키를 합친 길이의 칼이 걸려 있었습니다. 오른쪽에는 두 칸으로 나뉜 자루 같은 것이 달려 있었습니다. 각 칸은 국왕 폐하의 백성 세 명이 거뜬히 들어갈 크기였습니다. 그 칸 하나에 육중한 금속으로 만들어진 공 같은 물체가 몇 개 들어 있었는데 저희의 머리 크기만 했고 들어 올리려면 상당한 힘이 필요했습니다. 다른 칸에는 검은 낱알이 수북이 담겨 있었는데 그다지 크지도, 무겁지도 않아서 저희의 손바닥에 50개쯤 올려놓을 수 있었습니다.

이것은 저희가 '산 같은 거인'의 몸에서 발견한 물품을 정확하게 기록한 내용입니다. 그는 국왕 폐하의 명령에 따라 저희를 무척 정중하고 예의 바르게 대했습니다. 폐하의 치세 89개월 4일에 서명 날인합니다.

클레프렌 프렐록, 마시 프렐록

보고서 낭독이 끝나자 국왕은 나에게 몇 가지 물건을 꺼내 놓으라고 했다. 먼저 긴 칼을 보여 달라고 해서 칼집까지 통째로 내놓았다. 그사이에 국왕은 대동한 최정예군 3천 명에게 당장이라도 쏠 수 있도록 활과 화살을 준비하고 멀리서 나를 둘러싸라고 명령했다. 그러나 나는 그 광경을 보지 못했다. 내 눈은 국왕만을 주시하고 있었기 때문이다. 곧 국왕은 나에게 칼을 뽑으라고 했다. 칼은 바닷물 때문에 약간 녹슬기는 했지만 대부분 몹시 번쩍거렸다. 내가 왕의 명령에 따르자 그 즉시 온 군대가 두려움과 놀라움이 뒤섞인 탄성을 질렀다. 햇빛이 밝았고 내가 칼을 들고 앞뒤로 흔들자 반사된 빛에 다들 눈이 부셨기 때문이었다. 어떤 왕보다도 배짱이 두둑한 국왕은 내 예상만큼 위축되지는 않았다. 그는 나에게 칼을 칼집에 도로 꽂아 내 사슬 끝에서 2미터쯤 떨어진 바닥에 최대한 조심스럽게 내려놓으라고 했다.

국왕이 다음으로 요구한 것은 속 빈 쇠기둥이었는데 내 소형 권총이었다. 나는 권총을 꺼내 국왕의 바람대로 그것의 쓰임새를 최대한 쉽게 설명하고 화약만 넣었다. 화약 주머니를 꼭 닫아 둔 덕분에(신중한 선원이라면 누구나 이런 번거로움을 마다하지 않는다.) 화약이 바닷물에 젖지 않은 상태였다. 나는 우선 국왕에게 놀라지 말라고 주의를 준 다음 공중에 발사했다. 사람들은 내 칼을 보았을 때보다 훨씬 놀랐다. 수백 명이 총을 맞고 죽은 것처럼 쓰러졌다. 국왕 역시 두 다리로 서 있기는 했지만 한동안 제정신을 차리지 못했다.

나는 칼을 내놓았을 때와 마찬가지로 권총을 내놓고 뒤이어 화약 주머니와 총알을 주었다. 국왕에게 화약 주머니를 불 가까이 가져가지 말라고 부탁했다. 작은 불꽃이라도 붙으면 궁전을 공중으로 날려 버릴 것이기 때문이었다. 나는 마찬가지 방식으로 시계도 내놓았는데 국왕은 몹시 궁금한 듯이 그것을 보고 싶어 했다. 그리고 키가 가장 큰 근위병 둘에게 그것을 장대에 얹어 어깨로 지고 나르라고 했다. 짐꾼들이 영국에서 맥주 통을 나를 때와 같았다. 국왕은 시계가 끊임없이 내는 소리와 분침이 움직이는 모습을 보고 놀라워했다. 국왕은 분침의 움직임을 쉽게 식별할 수 있었는데 이 나라 사람들의 시력은 우리보다 훨씬 예리하기 때문이다.

국왕이 대동한 학자들에게 의견을 물었는데 내가 굳이 여기 옮기지 않아도 다양하고도 엉뚱한 의견이 나왔으리란 사실을 독자는 쉽게 상상할 수 있을 것이다. 사실 나는 그들의 말을 완전히 알아듣지 못했지만 말이다. 그 후 은화와 동화 그리고 큰 금 조각 아홉 개와 작은 금 조각 여러 개가 든 지갑을 내놓았다. 주머니칼과 면도칼, 빗과 은으로 만든 코담뱃갑, 손수건과 일기장도 꺼냈다. 내 칼과 권총과 화약 주머니는 마차에 실려 국왕의 창고로 옮겨졌다. 그러나 나머지 물건은 나에게 돌아왔다.

앞서 말했듯이 수색을 피한 비밀 주머니 하나가 있었는데 안경(시력이 나빠 가끔 써야 했다.)과 휴대용 망원경, 그밖의 잡다한 생활용품 몇 개가 들어 있었다. 국왕에게는 전혀 중요하지 않은 물건들이라서 굳이 보여 줘야 한다는 생각이 들지 않았다. 그리고 겁 없이 내놓았다가 잃어버리거나 망가뜨릴까 봐 걱정스럽기도 했다.

3장

저자가 국왕과 귀족 남녀를 매우 남다른 방식으로 즐겁게 해 준다. 릴리푸트의 궁정 오락을 묘사한다. 조건부로 자유를 얻는다.

당시 나는 관대함과 단정한 처신으로 국왕과 궁정 사람들은 물론이고 군대와 일반 국민에게도 호감을 주었으므로 머지않아 자유를 얻게 되리라는 희망을 품게 되었다. 나는 이런 호감을 쌓기 위해 가능한 모든 방법을 동원했다. 이 나라 사람들은 내가 위험할지도 모른다는 염려에서 차츰 벗어나기 시작했다. 나는 가끔 바닥에 누워 내 손 위에서 작은 사람들 대여섯 명이 춤을 추도록 해 주었다. 마침내는 소년소녀들이 내 머리카락 속에서 숨바꼭질을 할 정도가 되었다. 이 나라 말을 이해하고 표현하는 능력도 꽤 향상되었다.

어느 날 국왕은 그 나라의 몇 가지 공연으로 나를 즐겁게 해 주기로 했다. 기교로 보나 화려함으로 보나 내가 아는 그 어떤 나라의 공연보다도 뛰어났다. 줄타기 곡예사의 묘기가 가장 큰 즐거움을 주었는데 길이가 60센티미터가량 되는 가늘고 하얀 실을 땅에서부터 30센티미터 높이에 설치하고 보여 주는 공연이었다. 이 공연에 관해서는 독자의 인내심을 기대하며 좀 자세히 설명하고 싶다.

이것은 궁중에서 높은 자리를 차지하고 싶거나 환심을 사려는 사람들만 선보이는 공연이다. 어릴 때부터 이 기술을 연마하며 귀족 태생이나 고등 교육을 받은 사람들만 하는 것은 아니다. 사망이나 실각으로 고위 관직에 공석이 생기면(종종 일어나는 일이다.) 지원자 대여섯 명이 국왕에게 줄타기 곡예로 국왕과 궁중 사람들을 즐겁게 해 주고 싶다고 청원한다. 그리고 줄에서 떨어지지 않고 가장 높이 뛰어오르는 사람이 그 관직을 이어받는다. 현직 고위 관료들 역시 곡예를 선보여 국왕에게 실력이 녹슬지 않았다는 사실을 증명하라는 명령을 받는 때가 허다하다.

재무대신인 플림냅은 좁다란 줄 위에서 왕국의 모든 귀족들보다 최소한 2.5센티미터는 더 높이 뛰어오를 수 있다. 나는 그가 밧줄에 고정된 나무 쟁반 위에서 연달아 몇 차례 공중제비를 도는 모습을 보았다. 그 밧줄은 영국에서 쓰는 흔한 노끈보다도 굵지 않았는데 말이다. 내 친구이자 비서실장인 렐드레살의 실력은 내 판단이 공정하다면 재무대신 다음이었다. 나머지 대신들은 비슷비슷한 수준이었다.

이 공연에는 종종 치명적인 사고가 뒤따랐는데 상당수가 기록되어 있다. 나 역시 지원자 두세 명의 팔다리가 부러지는 모습을 목격했다. 그러나 현직 대신들이 기교를 선보이라는 명령을 받으면 위험은 훨씬 커졌다. 동료들을 능가하려고 무리하게 경쟁하다가 몸이 경직된 나머지 한 번쯤 추락하지 않은 사람이 없었다. 어떤 대신들은 두세 번이나 떨어졌다. 듣기로는 내가 나타나기 일이 년 전, 플림냅 역시 땅에 우연히 놓여 있던 왕의 방석이 추락의 충격을 줄여 주지 않았다면 분명 목이 부러졌을 것이라고 했다.

비슷한 오락거리가 또 있었다. 특별한 경우에 국왕과 왕비 그리고 총리 앞에서만 열리는 공연이었다. 국왕은 탁자에 15센티미터 길이의 고급 비단실 세 개를 놓는다. 하나는 파란색, 하나는 빨간색, 하나는 녹색이다. 이 실들은 국왕이 특별한 총애의 증표를 하사해 다른 사람과 구별하고 싶은 이에게 상으로 내려진다. 의식은 국왕의 넓은 국무실에서 거행된다. 지원자들은 줄타기와 매우 다른 기교로 대회를 벌인다. 유럽과 아메리카의 어느 나라에서든 이와 조금이라도 비슷한 것을 보지 못했다.

국왕은 막대의 양끝이 수평이 되도록 두 손으로 들고, 지원자들은 한 사람씩 나와 위아래로 움직이는 막대의 위치에 따라 뛰어넘기도 하고 막대 밑을 기어 앞뒤로 왔다 갔다 한다. 가끔은 막대의 한쪽 끝을 국왕이, 다른 쪽을 총리가 잡기도 한다. 총리혼자서 막대를 드는 때도 있다. 가장 민첩하게 묘기를 부리며 가장 오랫동안 기고 뛴 사람이 파란색 비단실을 받는다. 그다음 사람이 빨간색, 그다음 사람이 녹색을 받으며 수상자들은 모두 허리에 그 실을 두른다. 궁정의 고위 대신들 중 그런 허리띠로 장식하지 않은 사람은 거의 없다.

군마와 왕실 소유의 말들은 매일 내 앞으로 이끌려온 덕분에 더는 놀라지 않았고 내 발치까지 겁 없이 다가왔다. 기수들은 땅을 짚은 내 손을 뛰어넘곤 했다. 그리고 왕실 사냥꾼 하나는 큰 군마를 탄 채로 신발까지 신은 내 발을 뛰어넘기도 했다. 정말로 대단한 도약이었다.

어느 날 나는 운 좋게도 무척 비상한 방식으로 국왕을 즐겁게 해 주었다. 나는 국왕에게 길이가 60센티미터, 두께가 영국에서 쓰는 일반 지팡이 정도인 막대 몇 개를 가져다 달라고 했다. 국왕은 산림관에게 내 요청을 전달하라고 명령했다. 다음 날 아침, 산지기 여섯 명이 말 여덟 필이 끄는 마차를 여섯 대 몰고 나타났다. 나는 막대 아홉 개를 땅에 단단히 박아 가로세로가 각각 75센티미터인 정사각형 형태를 만들었다. 다른 막대 네 개를 수평으로 뉘어 60센티미터 높이에 묶었다. 그런 다음 수직으로 세운 막대 아홉 개에 내 손수건을 묶었다. 그리고 손수건이 북 윗면처럼 팽팽해지도록 사방으로 당겼다. 수평으로 고정된 막대 네 개는 손수건보다 10센티미터 이상 솟아 있어 사면에서 담장 역할을 해 주었다.

나는 작업을 마친 후에 국왕에게 그의 명마 스물네 마리로 구성된 기병대를 불러 이 평원 위에서 훈련하면 좋을 것이라고 말했다. 국왕은 제안을 받아들였다. 나는 기병이 탄 무장한 말을 한 마리씩 손으로 들어 올렸고 훈련 담당 장교들도 올려 주었다. 기병대는 대오를 맞추자마자 두 무리로 나뉘어 모의 전투를 벌였고 뭉툭한 화살을 쏘고 칼을 뽑아 쫓고 쫓기며 공격하고 후퇴했다. 요컨대 내가 본 것 중 가장 훌륭한 군사 훈련이 펼쳐졌다.

수평 막대들은 기병과 말이 무대에서 굴러떨어지지 않도록 보호해 주었다. 국왕은 무척 기뻐하며 이 오락을 며칠 동안 계속하게 했다. 한 번은 기꺼이 무대에 올라 호령하기도 했고 매우 어렵게 왕비를 설득해 왕비가 공연 전체를 한눈에 볼 수 있도록 무대에서 2미터쯤 떨어진 곳에서 나에게 왕비의 가마를 들고 있도록 했다. 나로서는 다행스럽게도 이 오락 중에 불행한 사고는 일어나지 않았다.

단 한 번 어느 대위의 사나운 말이 발굽으로 내 손수건을 긁어 대다 구멍을 내는 바람에 발이 미끄러지며 기수와 함께 나뒹굴었다. 그러나 내가 즉시 그 둘을 구출했다. 한 손으로 구멍을 막고 다른 손으로 기병대를 들어 손수건에 올렸을 때와 마찬가지로 내려놓았다. 넘어진 말은 왼쪽 어깨를 삐었지만 기수는 조금도 다치지 않았다. 나는 손수건을 최대한 말짱하게 수선했다. 그러나 이제는 손수건이 이런 위험한 훈련을 잘 버텨 주리라고 믿을 수가 없었다.

내가 자유를 얻기 이삼 일 전에 이런 묘기로 궁중 사람들을 즐겁게 해 주고 있을 때 국왕 앞으로 긴급한 보고가 들어왔다. 내가 처음 붙잡힌 곳 근처에서 말을 타던 국민들이 땅에 놓인 크고 검은 물체를 발견했는데, 모양이 몹시 기묘했고 가장자리는 둥그런 모양으로 국왕의 침실만큼 넓게 뻗어 있으며 가운데가 사람 키만 한 높이로 솟아 있다는 것이었다. 그 사람들이 처음에 예상한 것처럼 생물은 아니었다고 했다. 풀밭에서 꼼짝하지 않았기 때문이다. 몇몇 사람이 그 둘레를 따라 몇 차례 걸어 보았다. 서로의 어깨를 타고 꼭대기로 올라가니 평평하고 매끈했다.

발을 굴러 보니 속이 비어 있는 것 같았다. 사람들은 그것이 '산 같은 거인'의 물건일지도 모른다고 감히 추측했다. 그리고 국왕이 허락한다면 말 다섯 마리만으로 그것을 끌고 오겠다고 했다.

나는 그 사람들이 말하는 것이 무엇인지 금세 알았다. 그 소식이 내심 반가웠다. 난파를 당하고 처음 해변에 이르렀을 때 제정신이 아니어서 육지에 닿은 후 잠든 곳까지 가기 전에 모자를 떨어뜨린 모양이었다. 노를 젓는 동안 끈으로 머리에 묶어 두었고 헤엄치는 동안 내내 그대로 달려 있던 모자를 말이다. 알지 못할 사고로 끈이 끊어져 바다에서 잃어버린 줄로 생각하고 있었다. 나는 국왕에게 최대한 빨리 모자를 가져오라는 명령을 내려 달라고 간청하며 그것의 쓰임새와 특징을 설명했다. 다음 날 모자가 마차에 실려 도착했지만 상태가 썩 좋지는 않았다. 사람들이 가장자리에서 4센티미터 안쪽에 구멍을 두 개 뚫어 거기에 갈고리 두 개를 고정했던 것이다. 이 갈고리를 긴 끈으로 마구에 연결했고 내 모자는 이 상태로 800미터 가량을 줄곧 끌려온 것이다. 그러나 그 나라의 땅이 매우 매끄럽고 평평한 덕분에 모자는 내 예상만큼 망가지지 않았다.

이 사건이 있고 이틀 후 수도와 그 인근에서 숙영 중이던 일부 군대에 대기 명령을 내려 둔 국왕은 매우 특이한 방식으로 기분 전환을 하고자 했다. 그는 나더러 두 다리를 가능한 넓게 벌리고 서 있으라고 했는데 그런 내 모습은 꼭 로도스 섬의 아폴로 거상 같았다. 그런 다음 장군(나이 많고 노련한 지휘자로 나를 아낌없이 후원해 주었다.)에게 명령해 군대를 밀집 대형으로 정렬하고 내 다리 밑으로 행진하게 했다.

보병은 스물네 명씩, 기병은 열여섯 명씩 일렬횡대로 서서 북을 울리고 깃발을 휘날리고 창을 내밀었다. 이 부대는 보병 3천 명, 기병 1천 명으로 구성되어 있었다. 국왕은 행진 중인 모든 병사가 나에게 엄격한 예절을 지켜야 하며 위반 시 사형에 처하라고 명령했다. 그러나 젊은 장교들 일부가 내 다리 밑을 지나가며 눈을 들어 올리는 것을 막을 수는 없었다. 그리고 솔직히 당시 내 반바지는 몹시 상태가 안 좋아서 웃으며 감상할 빌미가 되기는 했다.

나는 자유를 얻으려고 건의서와 탄원서를 수없이 제출했다. 결국 국왕은 처음에는 각료 회의에서, 그다음에는 대신들이 모두 모인 회의에서 그 문제를 언급했다. 스키레쉬 볼골람을 빼고 반대하는 사람은 아무도 없었는데 그는 화낼 이유가 없는데도 필사적으로 나를 적대했다. 그러나 그의 의견과는 반대로 이 안건은 회의에서 가결되고 국왕의 승인을 받았다. 스키레쉬는 '갈베트', 즉 국가의 해군 사령관이었다. 국왕의 두터운 신임을 받았고 해당 임무에 정통했지만 까다롭고 심술궂었다.

그는 결국 결과에 따르겠다고 했지만 내게 자유를 주는 조건 및 조항과 내가 서약해야 할 내용을 직접 작성하겠다고 고집했다. 스키레쉬 볼골람은 차관 둘과 고위 관리 여럿을 대동하고 그 조문을 나에게 직접 가져왔다. 그들은 조문 낭독 후 나에게 그대로 실행하겠다는 맹세를 하라고 했다. 처음에는 내 본국의 방식대로, 그 후에는 이 나라 법률이 정한 방식대로 하라는 것이었다. 이 나라의 방식은 왼손으로 오른발을 잡고 오른손 가운뎃손가락을 정수리에 대고 엄지를 오른쪽 귀 끝에 대는 것이었다. 그러나 독자들이 내가 자유를 되찾는 데 필요한 조항이 무엇이었는지, 이 나라 국민 특유의 표현법이 무엇인지 궁금해 할 것 같아 가능한 글자 그대로 문서 전체를 직역했다. 그 내용을 여기 공개한다.

'골바스토 모마렌 에블라메 구르딜로 셰린 물리 울리 구에'는 릴리푸트의 위대하고도 위대한 국왕이자 세계의 기쁨이자 두려움이며 그의 영토는 5천 블루스트룩스(둘레가 약 20킬로미터)로 지구 끝까지 이른다. 왕 중의 왕이요, 모든 인간보다 키가 크며 두 발로 지구의 중심을 누르고 머리는 태양에 닿는다. 그가 고개를 끄덕이면 땅의 왕들이 무릎을 떤다. 봄처럼 상냥하고 여름처럼 경쾌하며 가을처럼 풍성하고 겨울처럼 매섭다. 그토록 숭고한 국왕이 최근 이 신성한 나라에 나타난 '산 같은 거인'에게 다음 조항을 제시하니 엄숙하게 맹세하고 지켜야 할 것이다.

제1조, '산 같은 거인'은 국새가 찍힌 허가서 없이 이 나라 영토를 떠나서는 안 된다.

제2조, '산 같은 거인'은 긴급 명령 없이 수도에 들어와서는 안 된다. 명령이 내려지면 두 시간 전에 주민들에게 외출을 삼가라는 경보가 발령될 것이다.

제3조, 상기 '산 같은 거인'은 주요 도로로만 걸어다녀야 한다. 초원이나 곡식이 자라는 들판을 걷거나 누워서는 안 된다.

제4조, '산 같은 거인'은 길을 걸을 때 친애하는 이 나라 국민의 몸이나 말, 마차를 짓밟지 않도록 극도로 주의를 기울여야 한다. 또한 이 나라 국민을 당사자의 동의 없이 손으로 붙잡아서는 안 된

다.

제5조, 이례적으로 급한 전갈을 보내야 할 경우 '산 같은 거인'은 주머니에 전령과 말을 넣어 옮겨야 한다. 한 달에 한 번, 6일 정도의 여정일 것이며 (필요하다면) 전령을 국왕 앞에 안전히 돌려보내야 한다.

제6조, '산 같은 거인'은 우리의 동맹군이 되어 블레푸스쿠 섬에 있는 적과 맞서야 하며 현재 이 나라를 침략하려고 준비 중인 그들의 함대를 최선을 다해 격파해야 한다.

제7조, 상기 '산 같은 거인'은 여유 시간에 이 나라의 노동자들을 도와 주요 공원의 담장 및 왕실 건물을 짓는 데 필요한 거대한 돌을 옮겨야 한다.

제8조, 상기 '산 같은 거인'은 두 달 이내에 이 나라 해안을 돌며 걸음 수를 계산한 다음 정확한 둘레 길이를 보고해야 한다.

제9조, 위 조항을 모두 준수하기로 엄숙하게 선서한 경우 상기 '산 같은 거인'은 매일 이 나라 국민 1,728명을 먹이기에 충분한 고기와 음료 및 여타 호의의 징표를 받게 될 것이다.

통치 91개월 12일 벨파보락 궁전에서 발령함.

나는 무척 유쾌하고 만족스럽게 이 조문에 동의하고 맹세했다. 일부 조항은 내 바람과 달리 명예롭지 못했는데 그 조항들은 오로지 해군 사령관 스키레쉬 볼골람의 악의에서 비롯된 것이었다. 사슬이 즉시 풀리고 나는 완전한 자유의 몸이 되었다. 황송하게도 국왕은 친히 그 모든 의식을 지켜보았다. 나는 국왕의 발치에 엎드려 감사의 뜻을 전했다. 그러나 국왕은 일어나라고 했다. 우쭐거린다는 비난을 받을지 모르니 국왕이 나에게 한참 이야기한 자애로운 말들은 옮기지 않겠다. 왕은 내가 유익한 하인이 되어 그가 이미 나에게 베풀었고 앞으로 베풀 그 모든 호의를 받을 만한 사람이 되기를 바란다고 덧붙였다.

내 자유 회복의 조건인 마지막 조항에 주목하기를 바란다. 국왕이 릴리푸트 국민 1,728명이 먹기에 충분한 고기와 음료를 나에게 주기로 했다는 내용이다. 나중에 궁정에 있는 어느 친구에게 그 정확한 수치가 어떻게 나왔는지 물었더니, 국왕의 수학자들이 사분의(*망원경 이전에 쓴 천체 관측 기구.)를 이용해 내 키를 측정한 후 이 나라 사람들과 12대 1의 비율로 크다는 사실을 발견했다고 한다. 수학자들은 내 몸이 그들과 비슷하니 적어도 1,728명이 모여야 몸집이 비슷해질 것이므로 그 수만큼의 릴리푸트 국민을 먹이는 데 필요한 식량이 필요하다고 결론을 내렸다. 이 점으로 미루어 독자는 위대한 국왕의 경제 원칙이 얼마나 빈틈없고 꼼꼼한지는 물론이고 이 나라 국민이 얼마나 창의적인지 추측할 수 있을 것이다.

4장

릴리푸트의 수도인 밀렌도와 국왕의 궁전이 묘사된다. 저자와 국무대신이 왕국의 상황에 관해 대화를 나눈다. 저자는 전쟁 시에 기꺼이 국왕을 돕겠다고 말한다.

내가 자유를 얻은 뒤 가장 먼저 한 요청은 수도인 밀렌도를 구경하도록 허가를 내 달라는 것이었다. 국왕은 쉽게 허락했지만 주민이든 집이든 해를 끼치지 말라고 특별히 당부했다. 주민들에게는 내가 그 도시를 방문할 계획이라는 포고를 내렸다. 수도를 둘러싼 성벽은 높이가 80센티미터, 폭이 30센티미터 남짓이어서 말들이 끄는 대형마차를 몰고 안전하게 돌 수도 있었다. 튼튼한 탑이 3미터 간격으로 성벽 측면에 배치되어 있었다. 나는 서쪽의 큰 성문 위로 다리를 들어 무척 조심스럽게 넘었고 외투 자락으로 집의 지붕이나 처마를 망가뜨릴까 봐 짧은 조끼만 입고서 두 중심 도로 사이로 옆걸음질 쳤다. 위험할지 모르니 모든 주민은 집 밖으로 나오지 말라는 매우 엄격한 명령이 내려졌지만 혹시 길에 남아 미적거리는 사람이 있어 짓밟을까 봐 나는 조심하고 또 조심하며 걸음을 옮겼다.

다락방 창문과 집 꼭대기마다 구경꾼이 어찌나 바글바글 몰려 있던지 여행을 많이 다녔지만 이토록 북적거리는 곳은 처음 본다는 생각이 들었다. 도시는 정사각형이었고 각 성벽의 길이는 150미터였다. 도시를 네 구역으로 나누며 교차하는 두 중심 도로는 폭이 150센티미터였다. 들어갈 수 없어서 지나가며 보기만 한 좁은 도로와 골목은 30~45센티미터였다. 도시는 인구 50만 명을 수용할 수 있었다. 집은 3층에서 5층이었다. 상점과 시장은 물건을 넉넉히 갖추고 있었다.

국왕의 궁전은 두 중심 도로가 만나는 도시 중앙에 있었다. 궁전은 건물에서 6미터 떨어진 60센티미터 높이의 담으로 둘러싸여 있었다. 나는 국왕의 허락을 받고 이 담을 넘어갔다. 담과 궁전 사이의 공간이 무척 넓어서 궁전을 모든 각도에서 쉽게 살펴볼 수 있었다. 외부 궁은 가로세로 각각 12미터 길이의 정사각형으로 그 안에 궁이 두 개 더 있었다. 맨 안쪽에는 왕의 방이 있었는데 무척 보고 싶었지만 아무리 생각해도 어려웠다. 궁에서 궁으로 이어지는 대문들은 높이가 45센티미터, 폭이 18센티미터 정도밖에 되지 않았기 때문이다. 게다가 외부 궁을 구성한 건물들의 높이는 적어도 150센티미터였다. 담은 깎아 낸 돌들로 단단하게 지어졌고 두께가 10센티미터였지만 건물에 막대한 손상을 입히지 않고서 넘기란 불가능했다. 국왕 또한 나에게 웅장한 자신의 궁을 무척이나 보여 주고 싶어 했다. 그러나 그 일은 사흘이 지나서야 가능해졌는데 그 사흘 동안 나는 수도에서 90 미터쯤 떨어진 왕립 공원의 가장 큰 나무들을 칼로 잘랐다. 그 나무들로 높이가 90센티미터쯤이고 내 무게를 지탱할 만큼 튼 튼한 디딤대 두 개를 만들었다.

수도의 주민들에게 두 번째로 경계령이 내려졌고 나는 다시 한 번 수도에 들어가 디딤대 두 개를 손에 들고 궁전으로 향했 다. 외부 궁의 측면에 도착하자 디딤대 하나를 밟고 다른 디딤대 를 손에 들었다. 그 디딤대를 지붕 너머로 들어 올려 첫 번째 궁 과 두 번째 궁 사이의 공간에 조심스럽게 내려놓았는데 그 공간 의 넓이는 250센티미터 정도였다. 나는 바깥 디딤대에서 안쪽 디딤대로 걸음을 옮겨 매우 편하게 건물을 넘었고 뒤에 남은 바 깥 디딤대를 갈고리 달린 막대기로 끌어 올렸다. 이런 방식으로 맨 안쪽에 있는 궁에 이르렀다. 그리고 옆으로 누워 얼굴을 건 물 중간층 창문에 댔고, 나를 위해 열려 있던 그 창문을 통해 상 상을 뛰어넘는 무척 화려한 방을 보게 되었다. 여러 방에서 수석 하인들을 대동한 왕비와 젊은 왕자들이 보였다. 왕비는 나를 보 고 무척 우아하게 웃음 지으며 내가 입을 맞추도록 창문으로 손 을 내밀었다.

그러나 독자에게 이런 이야기를 더 들려주지는 않을 생각이 다. 나머지 내용은 더 방대한 책에 담기 위해 남겨 두어야 하기 때문이다. 현재 출간 준비가 거의 끝난 그 책은 이 제국을 폭넓 게 설명하는 것으로 건국에서부터 여러 대를 거친 왕들의 이야 기는 물론이고 이 나라의 전쟁과 정치, 법률, 학문, 종교에 관한 자세한 설명과 함께 동식물과 독특한 풍습과 관습 및 매우 특이하고도 유용한 다른 내용들을 실었다. 당장은 이 나라에 9개월가량 머무는 동안 그 사람들이 혹은 나 자신이 어떤 일과 과정을 겪었는지에 집중하는 것이 주목적이다.

자유를 얻고 2주쯤 지난 어느 날 아침이었다. 이 나라에서 부르는 바에 따르면 비서실장인 렐드레살이 시종 한 명만 데리고 내 거처로 찾아왔다. 그는 마차가 멀리에서 대기하도록 지시한 뒤 나에게 한 시간 동안 이야기를 들어 달라고 했다. 내가 궁중에 탄원서를 보내는 동안 그가 유익한 일들을 많이 해 주기도 했을 뿐더러 그의 지위와 인품 때문에라도 나는 기꺼이 동의했다. 그가 내 귀에 좀 더 편하게 닿을 수 있게 눕겠다고 했다. 그러나 그는 자신이 내 손에 올라와 대화하는 편이 낫겠다고 했다. 그는 자유를 얻게 되어 축하한다는 말부터 꺼냈다. 자신의 공도 조금 있을 것이라고 말했다. 그러나 궁중의 현재 상황이 아니었다면 그토록 빨리 자유를 얻지 못했을 것이라고 덧붙였다. 그는 이렇게 설명했다.

외국인에게는 우리 나라가 번영을 누리고 있는 것처럼 보이겠지만 심각한 두 가지 해악에 시달리고 있습니다. 내부적으로는 격렬한 당파 싸움이고, 외부적으로는 가장 강력한 적의 침략 위협입니다. 첫 번째 문제에 관해서는 이 나라에서 70개월이 넘는 지난 세월 동안 두 당파가 갈등해 왔다는 사실을 알아야 할 것입니다. '트라멕산'과 '슬라멕산'인 두 당파는 신발 굽이 높은 쪽과 낮은 쪽으로 구별하고 있습니다.

사실 높은 굽 당이 이 나라의 오랜 헌법에 가장 부합한다고들 말하기는 합니다. 그러나 그럼에도 국왕 폐하는 행정부와 주요 관직에 낮은 굽 당만 기용하기로 결심하셨던 것입니다. 당신도 분명 보았겠지만 특히 국왕 폐하의 신발 굽은 다른 신하들보다 적어도 1드러르(약 2밀리미터.)는 더 낮습니다. 이 두 당파 사이의 적개심이 어찌나 큰지 함께 먹고 마시지도 않고 말을 섞지도 않습니다. 높은 굽인 '트라멕산' 당이 수적으로 우리보다 우세할 것입니다. 그러나 권력은 온전히 우리 쪽에 있지요.

왕위 계승자인 왕자님이 높은 굽 당으로 기울까 봐 염려가 됩니다. 어쨌든 왕자님의 한쪽 굽이 다른 쪽보다 더 높은 것은 명백해 보입니다. 그 때문에 절뚝거리며 걸으시지요. 내부적으로 이렇게 불안한 상황에서 우리는 '블레푸스쿠' 섬의 침략 위협을 받고 있습니다. 또 다른 대제국으로 우리 나라만큼이나 넓고 강하지요. 당신은 세상에 다른 나라들이 있고 당신만큼 큰 인간들이 살고 있다고 주장하지만 이 나라 철학자들은 심히 의심하고 있습니다. 당신이 달이나 다른 별에서 떨어졌다고 생각하려고 하지요. 당신처럼 큰 사람이 100명만 있어도 이 나라의 과일과 가축은 얼마 안 가 죄다 없어지고 말 것이기 때문입니다. 게다가 6천 개월이나 되는 우리 역사에는 릴리푸트와 블레푸스쿠라는 두 대제국 말고 다른 지역에 관한 언급이 없습니다.

이제 이야기하겠지만 두 강대국은 지난 36개월 동안 도무지 끝날 것 같지 않은 전쟁을 벌이고 있습니다. 그 발단은 다음과 같은 사건입니다. 계란을 먹기 전에 더 굵은 쪽 끝을 깨는 것이 모두가 지키는 예법이었습니다. 그러나 현 국왕 폐하의 조부께서 소년이

셨을 때 계란을 먹으려고 오랜 관습에 따라 껍질을 깨다가 손가락을 베이고 말았습니다. 그러자 그분의 부친이신 당시의 국왕 폐하께서 모든 백성은 계란의 가는 쪽 끝을 깨야 하며 위반 시에는 엄벌에 처한다는 포고를 내리셨습니다. 역사에 따르면 백성들은 이 법에 몹시 분개하였고 그 문제로 폭동이 여섯 번 일어났습니다. 어느 국왕은 목숨을 잃었고, 어느 국왕은 왕좌를 잃었습니다.

이런 내란은 늘 블레푸스쿠 군주들이 조장한 것이었습니다. 폭동이 진압되면 추방된 자들은 어김없이 그 나라로 망명을 갔지요. 몇 차례에 걸쳐 가는 쪽 끝으로 달걀을 깨느니 차라리 죽음을 감수하겠다고 한 사람들의 수를 계산해 보니 1만 1천 명이었습니다. 이 논쟁을 다룬 두꺼운 책들이 수백 권 출간되었지요. 그러나 '굵은 쪽 옹호자'들의 책은 오래전에 금서가 되었고 그쪽 무리 전체가 법에 의해 공직에 진출할 수 없게 되었습니다.

이런 어려움을 겪는 동안 블레푸스쿠의 왕들은 자꾸 대사를 파견해 우리가 종교적 분열을 일으키고 있다고 비난하며, 브룬드레칼(이들의 경전이다.) 54장에 나오는 대예언자 러스트로그의 기본 교리를 위반했다고 말했습니다. 그러나 이것은 경전을 왜곡하여 억지 해석한 것으로 여겨집니다. 그 구절은 '진실한 신자들은 편한 쪽으로 달걀을 깰지어다.'이기 때문입니다. 그리고 제 변변찮은 의견으로, 편한 쪽이라 함은 각자의 양심이나 적어도 그것을 결정하는 국왕의 권한에 달려 있는 것 같습니다.

어쨌든 추방당한 굵은 쪽 옹호자들은 블레푸스쿠의 국왕에게 크나큰 신임을 받게 되었습니다. 또한 여기 고국에 있는 한패로부터 은밀한 원조와 지지를 꽤나 받고 있어서 36개월 동안 두 제국 사이에는 피비린내 나는 싸움이 수없이 계속 일어났던 것입니다. 그동안 우리는 주력함 40척을 잃었고 더 작은 군함은 훨씬 많이 잃었으며 최정예 해군과 육군 4만 명을 잃었습니다. 적이 받은 피해는 우리보다 좀 더 크리라 생각됩니다. 그러나 이제 그들은 수많은 함대를 갖추고 우리를 급습할 준비를 하고 있습니다. 당신의 용기와 힘을 무척 신뢰하고 계신 국왕 폐하께서 저에게 당신 앞에서 이러한 사정을 설명하라고 명령하신 것입니다.

나는 비서실장에게 보잘 것 없더라도 내 의무를 다하겠다는 말을 국왕에게 전해 달라고 부탁했다. 그리고 그에게 외국인인 내가 당쟁에 참견하는 것은 합당하지 않다고 여겨지지만 목숨을 걸고서 국왕과 그의 나라를 모든 침략자들로부터 방어할 준비가 되었다고 말했다.

5장

저자는 비범한 전략으로 침략을 막는다. 명예로운 작위를 받는다. 블레푸스쿠의 국왕이 보낸 사절단이 도착해 화평을 청한다. 왕비의 처소에 우연히 화재가 발생하고 저자는 궁전의 나머지 건물을 구하는 데 주된 역할을 한다.

블레푸스쿠 왕국은 릴리푸트의 북동쪽에 위치한 섬으로 7백 미터가 조금 넘는 해협을 사이에 두고 있을 뿐이었다. 나는 그 섬을 보지 못한 상태였고 침략 계획이 있다는 통보를 받자 그쪽 해안으로는 모습을 드러내지 않으려고 했다. 나에 관한 정보가 전혀 없는 적의 함대에 발견될까 걱정스러웠기 때문이다. 전쟁 중에 두 왕국의 교류는 엄격히 금지되었고 위반하면 사형이었다. 릴리푸트의 모든 배는 국왕의 명령으로 입출항이 금지되어 있었다. 나는 적군의 함대 전체를 붙잡을 계획을 짜서 국왕에

60

게 전했다. 정찰병이 확인한 바에 따르면 적군의 함대는 순풍만 불면 바로 출항할 준비를 마치고 항구에 정박하고 있었다. 나는 해협의 깊이를 자주 헤아리고 다니는 노련한 선원들에게 조언을 구했다. 선원들은 만조 때 해협 한가운데의 깊이가 70글럼그루프라고 했는데 말하자면 1.8미터가량이다. 나머지 경우에는 깊어 봤자 50글럼그루프였다.

나는 블레푸스쿠를 마주 보는 북동쪽 해안으로 걸어갔다. 낮은 산 뒤에 엎드린 뒤 작은 휴대용 망원경을 꺼내 정박 중인 적군의 함대를 관찰하니 군함이 50여 척이었고 수송선이 무척 많았다. 나는 집으로 돌아와 가장 튼튼한 밧줄과 쇠막대를 많이 가져다 달라고 했다(그럴 만한 이유가 있었다.). 밧줄은 노끈 정도의 두께였고 쇠막대는 길이와 크기가 뜨개바늘 정도였다. 나는 강도를 높이려고 밧줄을 세 겹으로 꼬았다. 같은 이유로 쇠막대를 세 개씩 꼬고 끝을 구부려 갈고리를 만들었다. 이렇게 갈고리 50개에 밧줄 50개를 묶어 다시 북동쪽 해안으로 갔다.

외투와 신발, 양말을 벗고 가죽조끼 차림으로 만조가 되기 30여 분 전에 바다로 들어갔다. 최대한 서둘러 걷다가 30미터쯤 되는 해협 한복판부터 발이 땅에 닿을 때까지 헤엄을 쳤다. 30분도 채 되지 않아 함대가 있는 곳에 이르렀다. 적군은 나를 보자 소스라치게 놀라 배에서 뛰어내리더니 해변으로 헤엄쳐 갔다. 해변에는 줄잡아 3만 명은 되는 군사들이 있었다. 나는 준비한 도구를 꺼내 뱃머리의 구멍에 갈고리를 걸고 모든 밧줄 끝을 하나로 묶었다.

내가 이 작업을 하는 동안 적군은 화살 수천 개를 쏘아 댔고 상당수가 내 손과 얼굴을 찔렀다. 몹시 따끔거렸을 뿐 아니라 작업에도 큰 방해가 되었다. 가장 걱정스러운 것은 눈이었는데 불현듯 응급 대책이 생각나지 않았다면 분명 시력을 잃고 말았을 것이다. 전에 말한 대로 국왕이 보낸 검사관들에게 들키지 않은 비밀 주머니에 다른 잡화와 함께 안경이 있었다. 나는 안경을 꺼내 최대한 단단하게 코에 고정했다. 이렇게 무장하자 적군의 화살에 아랑곳하지 않고 대담하게 작업을 계속할 수 있었다. 안경 유리알에 화살이 빗발쳤지만 약간 흔들릴 뿐 그 이상의 영향은 없었다.

드디어 나는 갈고리를 모두 한 다발로 묶었고 그 매듭을 손으로 들고서 당기기 시작했다. 그러나 닻이 너무 단단히 박혀 배는 한 척도 움직이지 않았다. 이제 대담하기 짝이 없는 활약을 펼칠 때였다. 나는 밧줄 다발을 놓고 갈고리는 배에 그대로 고정한 채 닻에 달린 밧줄을 칼로 단호히 잘랐다. 얼굴과 손에 200개가 넘는 화살이 쏟아졌다. 그 후 나는 갈고리에 달린 밧줄 다발의 매듭을 다시 들었고 무척 쉽게 적군의 대군함 50척을 등 뒤로 끌고 왔다.

내 의도를 조금도 헤아리지 못한 블레푸스쿠 사람들은 처음에는 놀라서 어리둥절했다. 내가 닻에 달린 밧줄을 자르는 모습을 보고 그저 배를 떠내려 보내거나 서로 충돌시키려는 것으로 생각했다. 그러나 함대 전체가 차례로 움직이고 있으며 내가 그 끝을 당기고 있다는 사실을 깨닫자 그들은 설명할 수도, 상상할 수도 없는 슬픔과 절망으로 비명을 질러 댔다. 나는 위험에서 벗어나자 잠시 멈춰서 손과 얼굴에 박힌 화살을 뽑았고 전에 말했듯이 처음 도착했을 때 작은 사람들이 내 몸에 발랐던 연고를 발랐다. 그 후 안경을 벗고 조수가 좀 빠질 때까지 한 시간 가량 기다렸다가 내 화물과 함께 해협 한복판을 걸어 릴리푸트의 항구에 무사히 도착했다.

국왕과 대신들은 모두 이 위대한 모험의 성과를 기대하며 해변에 서 있었다. 그들은 배가 커다란 반달 대형으로 전진하는 모습을 보았지만 가슴까지 물에 잠긴 내 모습을 알아보지는 못했다. 해협 한복판에 갔을 때는 물이 목까지 차올라 그들은 더욱 근심에 사로잡혔다. 국왕은 내가 익사했으며 적군의 함대가 전투적으로 접근하고 있다는 결론을 내렸다. 그러나 국왕의 두려움은 곧 사라졌다. 내가 걸음을 옮길 때마다 해협이 점점 얕아져 금세 말을 하면 들릴 거리에 이르렀기 때문이다. 나는 군함에 고정시킨 밧줄 다발의 끝을 잡고 '막강한 릴리푸트 국왕 폐하 만세!'라고 큰 소리로 외쳤다. 이 위대한 왕은 상륙하는 나를 온갖 찬사로 맞이했고 가장 영예로운 '나르닥'이라는 작위를 그 자리에서 수여했다.

국왕은 다른 기회를 틈타 적군의 나머지 배들을 모조리 항구로 끌어오라고 했다. 왕들의 야망이란 도무지 끝이 없어서, 국왕은 블레푸스쿠 왕국 전체를 예속시켜 총독이 관할하는 지방으로 만들고 싶어 했다. 그곳으로 망명한 '굵은 쪽 옹호자'들을 모두 없애고 백성이 달걀의 가는 쪽 끝을 깨서 먹도록 강요하려고 했다. 그렇게 전 세계의 유일한 군주가 되고자 하는 것이었다. 그러나 나는 정의와 정책에 관한 격언을 논거로 제시하며 국왕의 그런 생각을 바꾸려고 했다. 그리고 자유롭고 용감한 국민을 노예로 만드는 도구는 결코 되지 않겠다고 분명히 밝혔다. 이후 대신 회의에서 이 문제를 토론할 때 대신들 중 현명한 이들은 내 의견에 동조했다.

나의 이런 공개적이고 대담한 선언은 국왕의 계획이나 정치와는 상반되는 것이어서 국왕은 나를 결코 용서하지 못했다. 그는 대신 회의에서 무척 교묘하게 그 문제를 언급했고 현명한 대신들 일부는 하다못해 침묵이라도 지켜 내 의견에 동감을 표시했다고 한다. 그러나 은밀히 나를 미워하던 다른 이들은 나를 간접적으로 겨냥한 폭언을 삼가지 않았다. 그리고 이때부터 국왕과 일부 대신들 사이에서 나를 해치려는 음모가 시작되었다. 그것은 두 달도 지나지 않아 수면 위로 드러나며 내 목숨을 완전히 끊어 버릴 뻔했다. 왕의 야망을 만족시키기를 거부하면 제아무리 대단한 공적도 그토록 하잘것없게 여겨지는 것이다.

내가 이런 공을 세우고 3주쯤 지나 블레푸스쿠에서 장엄한 사절단이 도착해 겸허히 화평을 청했다. 곧 릴리푸트의 국왕에게 무척 유리한 조건으로 평화 협정이 맺어졌다. 그 내용을 이야기해 독자를 괴롭히지는 않을 것이다. 사절단에는 대사가 여섯 명이었고 5백 명가량의 수행원이 딸려 있었다. 그들은 자기 나라 국왕의 위엄과 사절 임무의 중요성에 어울리게 무척 웅장한 모습으로 등장했다.

협정을 맺는 동안 나는 아직 궁정의 신임을 받고 있었으므로 아니, 적어도 그렇게 보였으므로 사절단을 이래저래 배려해 주었다. 협정이 체결되었을 때 내가 얼마나 큰 호의를 베풀었는지 은밀히 전해 들은 블레푸스쿠의 대사들이 나를 공식적으로 초청했다. 그들은 우선 내 용기와 관대함에 대한 찬사를 퍼부었다. 그리고 블레푸스쿠 국왕의 이름으로 그 나라에 나를 초대했다. 그리고 무척 놀라워하며 전해 들었던 내 어마어마한 힘을 직접 보고 싶다고 했다. 나는 그들의 기대에 기꺼이 부응했지만 어떻게 했는지 구구절절 늘어놓아 독자의 정신을 산만하게 만들지는 않겠다.

나는 얼마 동안 대사들에게 한없는 만족과 놀라움을 안겨 준 다음 미천하지만 그 나라 국왕에게 경의를 표할 영광을 달라고 했다. 높은 덕망으로 온 세계에 이름을 떨치고 예찬을 받으시니 고국으로 돌아가기 전에 배알하기로 마음먹었다고 말이다. 그래서 그 후 릴리푸트의 국왕을 만날 기회가 생겼을 때 나는 블레푸스쿠의 국왕을 만날 수 있도록 출입 허가를 내 달라고 했다.

국왕은 순순히 허락했지만 내가 분명히 알아차릴 수 있을 만큼 무척 차가운 태도였다. 그 이유를 짐작할 수가 없었지만 나중에 누군가 나에게 플림냅과 볼골람이 대사들과 만난 내 행위가 불만의 표시라고 주장했다는 사실을 귀띔해 주었다. 내 마음에는 그런 생각이 한 점도 없었는데 말이다. 이 일로 궁중과 대신들에 대한 내 믿음에 처음으로 금이 가기 시작했다.

블레푸스쿠의 대사들과 내가 대화할 때 통역이 필요했다는 사실에 유념하길 바란다. 두 왕국의 언어는 유럽의 경우와 마찬가지로 서로 무척 달랐다. 각국은 자기 나라의 말에 오랜 역사와 아름다움과 활력이 있다고 자부했으며 이웃 나라의 말을 공공연하게 무시했다. 그러나 적국의 함대를 손에 넣어 유리한 입지에 서게 된 릴리푸트의 국왕은 대사들이 신임장을 전할 때나 발언을 할 때 릴리푸트의 언어만 쓰게 했다. 사실 두 나라는 교역이 무척 활발했다. 두 나라 모두 망명자를 끝없이 유입했고 견문을 넓히고 세상 물정을 파악해 교양을 갖추도록 젊은 귀족과 부유한 상류층 자제들을 상대국에 보내는 관습이 있었다. 따라서 고위층 인사든 상인이든 해안 지대에 사는 선원이든 두 나라의 말을 못하는 사람이 거의 없었다. 몇 주 뒤 내가 블레푸스쿠의 국왕에게 경의를 표하러 갔을 때에도 목격한 사실이다. 적들의 악의로 크나큰 어려움을 겪는 중에 이루어진 그 방문은 무척 다행스러운 모험이었는데 그 내용은 적절한 때에 이야기하겠다.

독자는 내가 자유 회복 조문에 서명할 때 너무 굴욕적이라 거부감이 드는 내용이 있었고 극단적인 상황이라 어쩔 수 없이 따라야 했다는 사실을 기억할 것이다. 그러나 이 나라에서 가장 높은 작위인 '나르닥'을 받은 지금, 그런 조항은 내 위엄에 어울리지 않는 것으로 여겨졌다. 또한 공정하게 말해서 황제도 그 내용을 나에게 언급한 적이 없었다. 그러나 오래지 않아 국왕에게 매우 의미 있는 봉사를 할 기회가 생겼다. 적어도 그때 내 생각은 그랬다.

한밤중에 수많은 사람들이 내 집 문 앞에서 소리를 질러 대어 나는 깜짝 놀랐다. 갑자기 잠이 깬 탓에 일종의 두려움이 일었다. '부르글럼'이라는 단어가 끊임없이 되풀이되는 소리가 들렸다. 궁중에서 파견된 몇몇 사람이 군중을 헤치고 다가와 당장 궁전으로 가자고 간청했다. 연애소설을 읽다 잠든 시녀의 부주의로 왕비의 거처에 불이 났다는 것이었다. 나는 즉시 일어섰다. 내가 지나가도록 길을 트라는 명령이 내려졌다. 게다가 달이 밝은 밤이어서 나는 한 사람도 밟지 않고 궁전에 이를 수 있었다.

이미 사람들이 왕비의 방 쪽 벽에 사다리를 댔고 양동이도 준비했지만 물은 좀 떨어진 곳에 있었다. 양동이는 큰 골무만 했는데 그 딱한 사람들은 최대한 빠르게 나에게 양동이를 날라 주었다. 그러나 불길이 격렬해서 별 소용이 없었다. 내 외투가 있으면 쉽게 진압할 수 있었을 텐데 불행히도 서둘러 오느라 가죽조끼 차림이었다. 그야말로 절망적이고 비참한 상황인 것 같았다. 내가 평소와 다른 침착함으로 적절한 대응책을 떠올리지 않았다면 이 장엄한 궁전은 분명 불에 타서 잿더미로 변했을 것이다.

전날 저녁 나는 '글리미그림'이라는 맛이 기막힌 포도주(블레푸스쿠에서는 '플루네크'라고 불렀지만 릴리푸트의 것이 더 고급이라는 평가를 받았다.)를 많이 마셨는데 그것이 이뇨제 역할을 했다. 참으로 운 좋게도 나는 아직 소변을 전혀 보지 않은 상태였다. 불길에 무척 가까이 다가가 불을 끄려고 애쓴 탓에 열기가 올라 소변이 보고 싶어졌다. 적절한 지점에 조준하고 엄청난 양을 비워 낸 덕분에 3분이 지나자 불길은 완전히 소멸되었다. 건립하는 데 아주 오랜 세월이 걸린 그 고귀한 건물의 나머지 부분은 파괴되지 않았다.

그 후 날이 밝았다. 나는 국왕과 기쁨을 나누기 위해 기다리지 않고 집으로 돌아갔다. 내가 무척 뛰어난 공적을 세우기는 했어도 그 방법 때문에 국왕이 얼마나 진노할지 알 수 없었기 때문이다. 그 나라 헌법에 따르면 지위와 신분에 관계없이 궁내에서 소변을 본 사람은 사형을 당했다. 그러나 국왕이 대법관에게 공식적으로 내 죄를 사면하라는 명령을 내릴 것이라는 전갈을 받고 마음이 좀 놓였다. 그러나 나는 사면을 받지 못했다. 은밀히 전해들은 이야기에 따르면 왕비는 내가 한 짓에 극도로 혐오감을 느껴 궁전 안에서 그곳과 가장 멀리 떨어진 곳으로 거처를 옮겼으며 그 건물이 수리되어도 다시 사용할 생각이 조금도 없다는 것이었다. 그리고 측근들이 있는 곳에서 서슴없이 나에 대한 복수를 맹세했다고 한다.

6장

릴리푸트 주민들의 학문과 법률, 관습, 자녀 교육 방식을 설명한다. 저자가 그 나라에서 살아가는 방식을 이야기한다. 어느 귀부인의 무죄를 주장한다.

이 왕국과 관련한 묘사는 특정한 논문으로 쓰기 위해 남겨 둘 생각이지만 한편으로는 개괄적인 내용 일부로 호기심 많은 독자를 만족시켜 주고 싶다. 이 나라 국민의 평균 키는 15센티미터가 조금 안 되는데 초목과 다른 동물들에게도 정확한 비율을 적용할 수 있다. 예를 들어 가장 큰 말과 소의 키는 10센티미터에서 12센티미터 사이이고 양은 대략 4센티미터보다 작았다. 거위는 우리 나라의 참새만 했다. 이렇게 점점 작아지다가 가장 작은 동물에 이르면 내 눈에는 거의 보이지 않았다.

그러나 자연은 릴리푸트 사람들이 마땅히 보아야 할 모든 사물을 볼 수 있도록 그들의 눈을 만들었다. 그들은 먼 거리만 아니라면 대단히 정확하게 사물을 파악했다. 가까이 있는 사물을 보는 그들의 시력이 얼마나 예리한지 알려 주자면 나는 요리사가 보통의 파리보다도 크지 않은 종달새의 깃털을 뽑는 모습과 어린 여자아이가 보이지 않는 바늘에 보이지 않는 명주실을 꿰는 모습을 무척 즐겁게 지켜보았다. 키가 가장 큰 나무도 2미터 정도였다. 넓은 왕립 공원에 있는 나무들인데 주먹 쥔 팔이 꼭대기에 닿을 수 있었다. 다른 식물의 크기도 이런 비율이었다. 구체적으로 어땠을지는 독자의 상상에 맡기겠다.

지금은 이 나라 사람들의 학문에 관해 조금만 이야기하겠다. 오랜 세월을 거치며 갖가지 분야가 융성해졌지만 글 쓰는 방식은 무척 특이했다. 유럽 사람들처럼 왼쪽에서 오른쪽으로 쓰지도 않고 아라비아 사람들처럼 오른쪽에서 왼쪽으로 쓰지도 않았다. 중국인들처럼 위에서 아래로 쓰지도 않고 카스카지아 사람들처럼 아래에서 위로 쓰지도 않았다. 이 사람들은 영국의 여인들처럼 종이의 한 귀퉁이에서 다른 귀퉁이로 비스듬히 글을 썼다.

이 나라에서는 죽은 사람을 묻을 때 머리가 아래로 향하도록 세워서 묻었다. 1만 1천 개월이 지나면 모두가 다시 살아난다고 믿기 때문이다. 그 시기에는 그들이 평평하다고 생각하는 지구가 거꾸로 뒤집어질 것이고 이렇게 묻어야만 다시 살아났을 때 똑바로 설 준비가 된다는 것이다. 그중 박식한 사람들은 이 신조가 말도 안 된다고 인정한다. 그러나 대중의 믿음에 부응하여 관행은 여전히 지속된다.

이 왕국에는 매우 독특한 법률과 관습이 있다. 내 고국의 것과 그토록 상반되지 않았다면 그 법률과 관습을 조금이나마 변호하고 싶다는 마음이 들었을 것이다. 그것이 제대로 실행되었기만을 바랄 뿐이다. 가장 먼저 언급할 내용은 밀고자에 관한 것이다. 국가를 적대하는 범죄는 모두 극도로 엄격한 처벌을 받았다. 그러나 피고가 재판에서 무죄를 분명히 밝히면 원고는 그 즉시 굴욕적인 사형에 처해진다. 그리고 결백한 피고는 원고의 재산이나 토지를 통해 시간적 손해와 그가 감당한 위험, 가혹한 수감 생활, 변호로 지출된 비용을 네 배로 보상받는다. 혹시 그 재원이 부족하면 대개 국왕이 지급한다. 또한 국왕은 결백한 피고에게 공개적인 총애의 징표를 수여해 도시 전체에 그의 무죄를 선포한다.

이 나라에서는 도둑질보다 사기를 더 큰 죄라고 여긴다. 따라서 사기를 치면 거의 사형을 당한다. 이들의 통념에 따르자면 주의하고 경계하면 도둑으로부터 물건을 지킬 수 있지만 정직은 노련한 교활함을 당해 낼 도리가 없다. 또 신용을 기반으로 경제 행위가 끝없이 이어져야 하는데 사기를 용납하거나 묵인하면 혹은 처벌할 법이 없으면 정직한 상인은 늘 손해를 보고 부정직한 사람이 이득을 본다는 것이다.

나는 주인의 지시를 받고 막대한 금액을 수금하다가 그 돈을 갖고 달아난 범죄자를 용서해 달라고 왕에게 청원한 적이 있었다. 난 그저 정상을 참작해 달라는 뜻으로 무심히 말했다. 그가 신뢰를 무너뜨린 것뿐이라고 말이다. 국왕은 내가 범죄를 옹호해 더욱 악화시키려 하다니 도무지 말이 안 되는 일이라고 생각했다. 사실 나는 나라마다 풍습이 다르다는 뻔한 대답 말고 더는 할 말이 없었다. 솔직히 진심으로 부끄러웠기 때문이다.

우리는 대개 상과 벌이 모든 정부를 굴러가게 하는 구심점이라고 말한다. 그러나 나는 릴리푸트를 제외한 어떤 나라에서도 그 격언이 실천되는 것을 보지 못했다. 누구든 73개월 동안 국법을 엄격히 준수했다는 충분한 증거를 보여 줄 수만 있다면 당사자의 신분과 생활 형편에 따라 특권을 갖게 되며 전용 기금에서 일정 비율의 돈을 받게 된다. 또한 '스닐팔'이나 '레갈'이라는 칭호가 이름 뒤에 붙여지는데 자손에게 물려줄 수는 없다.

내가 영국의 법률에는 상에 대한 언급이 없고 처벌만 시행된다고 말하자, 릴리푸트 사람들은 우리의 정책에 어마어마한 결함이 있다고 생각했다. 이 때문에 이 나라의 법원에는 주의 깊게 경계해야 한다는 뜻으로 눈이 앞과 뒤에 두 개씩, 양쪽에 하나씩 총 여섯 개가 달린 정의의 여신상이 있다. 그 여신상은 오른손에 입구가 열린 금 자루를, 왼손에는 칼집에 꽂힌 칼을 들고서 벌보다는 상을 주고 싶은 마음이 강하다는 뜻을 나타냈다.

이 나라에서는 어떤 일자리든 사람을 뽑을 때 뛰어난 능력보다 도덕적 품성을 더 중요하게 여긴다. 정부는 인간에게 반드시 필요한 것이므로 보통 수준의 지식만 갖추면 어떤 직책이든 감당할 수 있다고 믿는다. 공적 업무를 처리하는 능력이 한 시대에 세 명 나올까 말까 한 뛰어난 천재들만 이해할 수 있는 신비스러운 것일 리가 없다고 생각하는 것이다. 이들은 정직과 정의, 인내 등은 누구나 실천할 수 있는 것으로 여긴다. 경험과 선의의 도움을 받아 이런 미덕을 실천하면 전문 교육이 필요한 경우를 제외하고 누구든 자기 나라의 공직에 나설 수 있다는 것이다. 그러나 도덕성 결핍은 우수한 재능으로 보완할 수 없는 결점이어서 그런 위험한 사람을 적임자로 여겨 일을 맡길 수는 없다고 생각했다. 또한 도덕적인 사람이 뭘 몰라서 저지르는 실수가, 기질적으로 부패하기 쉬운 음흉한 사람이 뛰어난 능력으로 부정을 저지르고 악화시키고 변호하는 경우만큼 사회 복지에 치명적인 결과를 초래하지는 않는다는 것이다.

비슷한 방식으로 신의 섭리를 믿지 않는 사람은 어떤 공직에도 진출하지 못한다. 왕이 스스로를 신의 대리인으로 고백하는 만큼 릴리푸트 사람들은 자신이 속한 권위를 부정하는 사람을 왕이 고용하는 것이야말로 가장 터무니없는 일이라고 생각한다.

이런 법률과 앞으로 설명할 법률에 관한 내 이야기에서 가리키는 것은 최초의 헌법일 뿐 이 나라 사람들이 인간의 타락한 본성 때문에 초래한 수치스러운 부패는 해당되지 않는다. 예를 들어 밧줄 위에서 춤을 춰서 고위 관리를 선발하거나 막대기 위를 뛰어넘고 밑을 기어다녀 왕의 총애와 영예의 징표를 얻는 그 악명 높은 관행은 현재 보위에 오른 국왕의 조부가 가장 먼저 도입한 것으로, 당쟁이 심해짐에 따라 현재와 같은 수위에 이르렀기 때문이다.

책에 나오듯이 어떤 나라에서는 배은망덕이 사형에 처해 마땅한 범죄라고 하는데 이 나라에서도 마찬가지다. 이 나라 사람들이 생각하는 이유는 이렇다. 은인에게 악으로 보답하는 사람은 직접적인 빚을 지지 않은 나머지 인류에게도 공공의 적이며 따라서 그런 사람의 목숨은 살려 두지 말아야 한다는 것이다.

부모와 자식의 의무에 관한 생각도 우리와는 굉장히 다르다. 릴리푸트 사람들은 암수는 종족을 번식하고 존속하려는 위대한 자연 법칙에 근거해 결합하는 것이므로 남자와 여자도 다른 동물들처럼 성욕에 자극받아 결합하며 자녀에 대한 애정도 그런 자연의 원리에서 비롯된다고 생각한다. 따라서 자식이 자신을 존재하게 해 준 아버지나 이 세상에 태어나게 해 준 어머니에게 의무감을 느낄 필요가 조금도 없다는 것이다.

인생의 고통을 생각해 보면 태어남 자체로는 이점이 없으며 부모 역시 애정 행위를 할 때 자식을 만들려는 생각은 전혀 하지 않는다. 이런 이유 및 여타 비슷한 이유들 때문에 이 나라 사람들은 부모에게 자녀의 교육을 떠맡기지 않아야 한다고 생각한다. 그래서 도시마다 국립 보육원이 있으며 농부와 노동자를 제외한 모든 부모는 자녀가 20개월이 되면 그곳에 보내 양육과 교육을 받게 해야 한다. 20개월 무렵이면 가르침을 받을 만한 기초가 어느 정도 갖추어진다고 보기 때문이다.

이런 교육 시설은 성별과 다양한 신분에 맞게 종류가 여러 가지다. 이곳에는 부모의 신분 및 아이의 성향과 능력에 어울리는 삶의 조건을 갖추도록 아이들을 준비시키는 능력 있는 교사들이 있다. 우선 남자 보육원, 그다음에는 여자 보육원에 관해 이야기하겠다.

귀족이나 명문가 출신의 남자아이들이 다니는 보육원에는 진지하고 박식한 교사들과 몇몇 보조 교사들이 있다. 아이들의 옷과 음식은 단순하고 소박하다. 아이들은 명예, 정의, 용기, 겸손, 관용, 신앙, 애국심이라는 원칙을 기준으로 길러진다. 아이들은 먹고 자는 매우 짧은 시간과 체력 단련으로 구성된 두 시간의 오락 시간 외에는 언제나 교육을 받는다. 네 살까지는 성인 남자가 옷을 입혀 주지만 그 이후에는 제아무리 신분이 높다고 해도 스스로 옷을 입어야 한다.

영국으로 치면 50세쯤인 여자 하인들이 있는데 허드렛일만 맡는다. 아이들은 하인들과 말을 섞어서는 안 되며 오락 시간에도 서너 명 이상씩 무리지어 있어야 하고 반드시 교사나 보조 교사 한 명이 동석해야 한다. 이렇게 해서 영국 어린이들이라면 빠지고 마는 어리석고 악한 행동에 일찍부터 오염되지 않게 된다. 부모들은 1년에 두 번씩만 자녀를 볼 수 있다. 면회는 한 시간을 넘어서는 안 된다. 만나고 헤어질 때 아이에게 입맞춤을 할 수는 있다. 그러나 그때마다 반드시 교사가 옆을 지키며 부모가 자녀에게 귓속말을 하거나 애정 어린 표현을 하거나 장난감이나 사탕 같은 것을 주지 못하게 한다.

각 가정에서 아이의 교육비와 활동비를 지불 기한까지 내지 않으면 국왕의 관리들이 강제 징수한다.

평민과 상인, 무역업자, 수공업자의 자녀를 위한 보육원도 비슷한 방식으로 운영된다. 다만 장차 상업에 종사할 아이들은 일곱 살에 수습생으로 나가고 반면 신분이 높은 사람의 자녀들은 영국의 스물한 살에 맞먹는 나이인 열다섯 살이 될 때까지 공부를 계속한다. 그러나 마지막 3년 동안은 규제가 서서히 완화된다.

여자 보육원에서는 신분이 높은 집의 여자아이들은 남자아이들과 비슷하게 교육을 받되 반드시 교사나 보조 교사가 동행한 상태에서 단정한 여자 하인이 옷을 입혀 준다. 그러다가 다섯 살이 되면 스스로 옷을 입어야 한다. 이 보모들이 영국의 가정부들처럼 무섭거나 분별없는 이야기나 상스럽고 어리석은 짓으로 소녀들을 즐겁게 해 주려 한다는 사실이 발견되면, 이들은 공개적으로 도시 곳곳에서 세 번 채찍질을 당하고 1년 동안 수감되었다가 나라의 가장 황량한 곳으로 평생 추방된다. 따라서 이곳의 젊은 여자들은 겁쟁이와 바보가 되는 것을 남자들만큼이나 수치스럽게 여기고, 품위 있고 청결한 수준을 넘어서는 개인적인 장신구를 경멸한다.

나는 이 나라의 교육에서 성별로 인한 차이를 조금도 느끼지 못했다. 다만 여자의 운동은 남자들처럼 그렇게 거칠지는 않았다. 여자들은 가정생활에 관한 규칙을 익혔고 배우는 학문의 범위가 좀 더 좁았다. 아내가 젊음을 영원히 유지하기란 불가능하므로 늘 분별 있고 싹싹한 반려자가 되어야 한다는 것이 지체 높은 사람들의 신조이기 때문이었다. 소녀가 이 나라의 결혼 적령인 열두 살이 되면 부모나 보호자가 교사들에게 깊은 감사를 표하며 집으로 데려가는데 소녀와 친구들은 눈물을 흘리지 않는 경우가 거의 없다.

신분이 더 낮은 여자아이들이 다니는 보육원에서 아이들은 성별과 몇 개로 나뉜 등급에 맞게 갖가지 일을 배운다. 수습생으로 나갈 아이들은 일곱 살에 떠나고 나머지는 열한 살까지 계속 보육원에 머문다.

이런 보육원에 자녀를 맡긴 하층민 가정에서는 계층에 걸맞도록 낮게 책정된 연간 수업료 외에 매달 수입 중 소액을 보육원사무장에게 보내야 한다. 그리고 이렇게 모인 돈은 나중에 아이에게 돌아간다. 모든 부모는 법이 정한 일정 금액을 내야 한다. 릴리푸트 사람들은 자신의 욕망에 순응해 이 세상에 아이를 낳았기 때문에 그 아이의 양육을 공공시설에만 부담시킨다면 그야말로 부당한 일이라고 생각한다. 신분이 높은 사람들은 형편에 맞게 한 아이에게 들 총비용을 계산해 보증금으로 낸다. 그리고 이런 자금은 반드시 알뜰하고 더없이 공정하게 운용된다.

농부와 노동자는 자녀를 집에서 키운다. 하는 일이 땅을 갈고 경작하는 것뿐이므로 그들을 교육하는 것이 국가적으로 그다지 의미가 없기 때문이다. 그러나 늙고 병들면 병원에서 이들을 부양한다. 이 나라에서는 구걸이란 도무지 있을 수 없는 일이기 때문이다.

이제 내가 9개월 13일 동안 이 나라에서 살면서 어떤 살림살이를 갖추고 어떻게 살았는지 설명해 호기심 많은 독자를 즐겁게 해 줄까 한다. 나는 손으로 물건을 만드는 일을 좋아하기도 했고 어쩔 수 없이 필요하기도 해서 왕립 공원에 있는 가장 큰 나무들로 그럭저럭 유용한 탁자와 의자를 하나씩 만들었다.

여자 재봉사 200명이 동원되어 이 나라에서 구할 수 있는 가장 질기고 거친 천으로 내 셔츠와 침대보, 식탁보를 만들었다. 그러나 가장 두꺼운 천도 영국의 론(*거칠게 짠 얇은 면.)보다 좀 더 얇았기 때문에 몇 겹으로 누벼야 했다. 이 나라의 천은 대개 폭이 8센티미터였고 90센티미터가 한 조각이었다. 여자 재봉사들은 나를 땅에 눕히고 치수를 쟀는데 한 명이 내 목 근처에, 한 명은 내 무릎 근처에 서서 튼튼한 밧줄을 늘여 각자 밧줄 끝을 잡고 있는 동안 다른 사람이 2.5센티미터짜리 자로 그 밧줄의 길이를 쟀다. 그다음에는 내 오른손 엄지를 재고 끝이었다. 수학적 계산에 의하면 엄지 둘레에 두 배를 곱하면 손목 둘레가 되고, 목과 허리도 마찬가지 비율이기 때문이었다. 또 나는 재봉사들이 본을 뜨도록 입고 있던 셔츠를 땅에 펼쳤고 재봉사들은 그것을 참조해 나에게 꼭 맞는 옷을 지었다. 남자 재단사 300명이 동원되어 같은 식으로 내 옷을 만들었다. 그러나 내 치수를 재는 방법은 달랐다. 내가 무릎을 꿇고 있으면 땅에서 내 목까지 사다리를 댔다. 한 사람이 이 사다리에 올라가 내 목덜미에서 바닥까지 다림줄을 내렸는데 그렇게 해서 나온 것이 내 외투의 길이였다.

그러나 내 허리둘레와 팔 둘레는 내가 직접 쟀다. 내 집에서 완성된 옷을 보니(이 나라의 집은 제아무리 커도 내 옷을 다 수용할 수 없었다.), 영국의 여인들이 천을 조각조각 이어서 만든 이불 같았다. 다만 내 옷은 색이 한 가지라는 차이점이 있었다.

식사를 제공하는 요리사가 300명 딸려 있었는데 내 집 근처에 세운 작고 편리한 오두막에서 가족과 함께 살며 각자 요리를 두 접시씩 준비했다. 나는 손으로 웨이터 스무 명을 들어 탁자에 놓았다. 탁자 밑 땅바닥에는 시중을 드는 이가 100명 더 있었다. 어떤 이들은 고기 접시를, 어떤 이들은 포도주 통과 다른 음료를 어깨에 얹고 있었다. 위쪽에 있는 웨이터들이 내가 원할 때마다 밧줄로 매우 기발하게 음식을 끌어 올렸다. 유럽에서 우물물을 담은 들통을 끌어 올릴 때와 비슷했다. 고기 한 접시는 한 입 분량이었고 술 한 통은 한 모금 정도였다. 이 나라의 양고기는 영국의 것만큼 맛있지는 않았지만 쇠고기는 훌륭했다. 쇠고기의 허릿살이 무척 큼직해서 세 입에 나누어 먹어야 할 때도 있었다. 그러나 그런 경우는 드물었다. 영국에서 종달새 다리를 먹을 때처럼 내가 고기를 뼈째로 삼키자 시종들은 놀라워했다. 이 나라의 거위와 칠면조는 대개 한입감이었고 솔직히 우리 나라의 것보다 훨씬 맛있었다. 더 작은 새고기는 스무 마리에서 서른 마리씩 칼끝에 꽂아 삼킬 수 있었다.

내가 어떻게 사는지 보고를 받은 국왕은 어느 날 왕비와 어린 왕자와 공주들이 나와 함께 식사를 하는 기쁨(국왕의 표현이었다.)을 누리면 좋겠다고 말했다. 이에 따라 왕족들이 찾아왔고, 나는 그들을 내 탁자의 맞은편 의자에 올리고 주변에 근위대를 배치했다. 재무대신 플림냅도 하얀 지팡이를 들고 그 자리에 있었다. 그는 가끔 못마땅한 표정으로 나를 바라보았는데 나는 신경 쓰지 않는 척하면서 왕족들의 감탄을 자아내기 위해, 또한 내 조국의 영광을 위해 평소보다 많이 먹었다.

개인적인 몇 가지 이유에서 나는 이 방문으로 플림냅이 국왕에게 나를 비방할 빌미를 얻었다고 믿는다. 플림냅은 겉으로는 평소의 까다로운 성격과 달리 우호적으로 대했으나 남몰래 늘 나를 미워했다. 그는 국왕에게 국고의 상태가 좋지 않다고 보고했다. 어쩔 수 없이 대폭 절감한 가격으로 국채를 발행해 돈을 마련해야 하는데 재무부 증권이 액면가보다 9퍼센트 이하로도 유통되지 않을 것이라고 했다. 내가 150만 스프럭(이 나라의 가장 큰 금화로 스팽글 크기다.)도 넘는 국고를 썼다고 했다. 전체적인 상황으로 볼 때 기회만 생기면 나를 내쫓는 것이 상책이라고 주장했다.

　여기에서 나는 나 때문에 죄 없이 고통받은 훌륭한 귀부인의 명예를 회복시켜야겠다. 재무대신은 그의 아내 때문에 까닭 없이 질투를 하고 있었다. 중상모략을 일삼는 사람들이 그의 아내가 나를 열렬히 사모하고 있다고 악의적으로 일러 준 탓이었다. 궁중에는 그녀가 내 거처로 은밀히 찾아온 적이 있다는 소문이 잠시 돌았다. 이점에 관해서 엄숙히 선언하는데 이것은 근거가 조금도 없는 수치스러운 거짓이며 그 귀부인은 더없이 순수하게 자유와 우정을 표하며 나를 대했다. 내 거처를 가끔 찾아왔지만 늘 공적인 방문이었고 반드시 세 명 이상이 함께 마차를 타고 왔다. 대개 여동생이나 어린 딸이나 사이가 각별한 지인들이었다.

　그러나 궁중의 다른 귀부인들도 그런 식으로 자주 찾아왔다. 또한 내 시종들에게 누가 타고 있는지 알리지 않은 마차가 내 집 문간에 서 있는 것을 본 적이 있느냐고 물어봐도 좋을 것이다. 마차가 서 있으면 시종이 나에게 알려 주었고 나는 즉시 출입구로 향하곤 했다. 그리고 경의를 표한 다음 마차와 말 두 마리(육두마차인 경우에는 왼쪽 말을 이끄는 마부가 네 마리의 마구를 반드시 풀어 둔다.)를 매우 조심스럽게 들어, 사고를 예방하려고 높이 12센티미터인 이동식 테두리를 두른 탁자에 올렸다.

　가끔은 마차 네 대와 말들이 한꺼번에 내 탁자를 차지하곤 했고 나는 의자에 앉아 손님들 쪽으로 얼굴을 내밀었다. 내가 한 마차의 손님들과 대화에 열중하면 마부들은 다른 손님들을 태우고 탁자 둘레를 천천히 달리곤 했다. 이런 대화를 나누며 매우 기분 좋게 오후를 보낸 적이 많았다.

그러나 나는 재무대신이나 그의 두 정보원인 클루스트릴과 드룬로(반박하고 싶으면 얼마든지 하라는 뜻에서 이름을 밝힌다.)에게 국왕의 급한 명령으로 찾아온 비서실장 렌드레샬을 제외하고 익명으로 나를 찾아온 사람이 있는지 증명할 수 있으면 해 보라고 말하고 싶다. 훌륭한 귀부인의 명예와 긴밀한 관계가 있는 일이 아니었다면 이 문제를 이토록 장황하게 다루지는 않았을 것이다. 나 자신을 위해서는 아무 말도 하지 않겠다. 나는 '나르닥'이라는 작위를 받았으나 재무대신은 그런 작위가 없다. 온 나라가 알듯이 그는 더 아래 작위인 '클룸플럼'일 뿐으로 영국으로 따지자면 후작과 공작만큼이나 차이가 난다.

그러나 직책에 따른 권한으로는 그가 나보다 앞선다는 사실을 인정한다. 밝힐 수는 없지만 어떤 우연으로 내 귀에도 들어온 이 거짓 정보 때문에 재무대신은 얼마 동안 못마땅한 얼굴로 부인을 대했고 나에게는 더 심하게 굴었다. 결국에는 사실을 알고 아내와 화해했지만 나는 그의 신용을 모조리 잃어버렸다. 그리고 나에 대한 국왕의 관심도 급속도로 줄어들었는데 정말이지 국왕은 그 대신에게 지나치게 휘둘렸다.

7장

저자는 자신을 반역죄로 고발하려는 음모가 있음을 전해 듣고 블레푸스쿠로 달아난다. 그곳에서 환대를 받는다.

내가 이 나라를 어떻게 떠나게 되었는지 설명하기 전에, 독자에게 나를 음해하려는 비밀스러운 계획이 두 달 동안 진행되었다는 사실부터 알려 주는 것이 옳다고 여겨진다.

나는 지금까지 평생 궁중에 관해서는 전혀 알지 못하고 살아왔는데 여건상 그럴 만한 자격이 없었기 때문이다. 사실 위대한 왕과 대신들의 기질에 관해서는 충분히 들었고 책에서도 읽었지만 이토록 멀리 떨어진 나라에서, 내 생각에 유럽과는 전혀 다른 신조로 통치되는 이 나라에서 그런 기질의 끔찍한 결과를 경험하게 될 줄은 전혀 예상하지 못했다.

내가 블레푸스쿠 국왕을 알현하려고 준비 중일 때, 궁중의 중요 인사(국왕의 지독한 노여움을 샀을 때 내가 큰 도움을 준 사람이었다.)가 사방이 막힌 가마를 타고 한밤중에 은밀히 내 거처를 찾아왔다. 이름을 전하지도 않고 들여보내 달라고 했다. 가마꾼들이 밖으로 나갔다. 나는 가마와 거기에 탄 귀족을 내 외투 주머니에 넣었다. 믿음직한 하인에게 내가 몸이 불편해 잠자리에 들었다고 말하도록 지시를 내린 뒤 출입문을 꼭 닫고 평소 습관대로 가마를 탁자에 내려놓고는 옆에 앉았다. 일상적인 인사를 나눈 후 근심으로 가득한 그 귀족의 얼굴을 보고 이유를 물었다. 그는 내 명예와 생명을 좌우할 문제이니 끈기 있게 들어 달라고 당부했다. 그가 떠나자마자 기록한 바에 따르면 그가 말한 내용은 다음과 같다.

최근에 당신의 문제로 굉장히 비밀스러운 각료 회의가 몇 차례 열렸다는 사실을 알아 두어야 합니다. 그리고 불과 이틀 전에 국왕 폐하께서는 최종 결정을 내리셨습니다.

스키레쉬 볼골람('갈베트', 즉 해군 사령관이다.)이 당신이 나타난 이후로 거의 줄곧 당신을 무섭도록 미워했다는 사실을 잘 알 것입니다. 그 발단이 무엇이었는지는 모릅니다. 그러나 그의 증오는 당신이 블레푸스쿠를 상대로 큰 공을 세운 후 더욱 커졌습니다. 해군 사령관으로서의 영예가 떨어졌기 때문입니다. 그는 부인 때문에 당신을 미워하기로 악명 높은 재무대신 플림냅과 육군 사령관 림톡, 총리 랄콘, 대법원장 발무프와 연대해 당신을 반역 및 기타 중죄로 고발할 탄핵문을 준비했습니다.

나는 이와 같은 서론을 듣다가 그동안 세운 공과 결백함을 생각하니 도저히 참을 수가 없어서 말을 끊고 끼어들려고 했다. 그는 나에게 조용히 해 달라고 부탁한 후 말을 이었다.

당신이 나에게 베풀어 준 호의에 보답하는 뜻으로 모든 일이 진행된 경위에 관한 정보와 탄핵문의 사본을 입수했습니다. 당신을 돕기 위해 내 목을 내걸었습니다.

퀸부스 플레스트린(산 같은 거인)에 대한 탄핵문

제1조

칼린 데파르 블루네 폐하의 통치 기간 중 제정된 법령에 의하면 궁내에 소변을 본 사람은 누구든 대역죄에 합당한 고통과 처벌을 감당해야 한다. 그럼에도 불구하고 퀸부스 플레스트린은 국왕 폐하께서 가장 아끼시는 왕비마마의 처소에 발생한 불을 끈다는 구실로 상기 법령을 공공연하게 위반하여 악의적이고 불충하고 사악하게 소변을 방출해 상기 궁내의 상기 처소에 발생한 불을 껐다. 의무에 반할 뿐 아니라 해당 법령을 위반한 행위다.

제2조

상기 퀸부스 플레스트린은 블레푸스쿠 왕국의 함대를 항구로 끌고 왔다. 그 후 상기 블레푸스쿠 왕국의 다른 배를 모두 붙잡아 그 왕국을 예속시키고 총독에게 관할권을 주며, '굵은 쪽 옹호자'인 망명자들을 모조리 죽여 없앨 뿐 아니라 '굵은 쪽' 이론을 당장 버리지 않을 그 왕국의 모든 백성도 그렇게 처리하라는 국왕 폐하의 명령을 받았다. 상기 플레스트린은 불성실한 반역자답게 가장 상서롭고 평화로운 나라를 만드신 국왕 폐하의 뜻을 거슬러, 양심을 어기고 무고한 사람들의 자유와 생명을 빼앗을 수 없다고 주장하며 상기 임무를 면제해 달라고 청원했다.

제3조

블레푸스쿠 궁전의 사절단이 국왕 폐하의 궁전으로 화평을 청하러 왔을 때 상기 플레스트린은 그들이 최근까지 국왕 폐하의 공공연한 적이자 국왕 폐하에 맞서 공공연히 전쟁을 벌인 적국 국왕의 신하들임을 알면서도 불성실한 반역자답게 상기 사절단을 돕고 선동하고 위로하고 오락거리를 제공했다.

제4조

상기 퀸부스 플레스트린은 충실한 신하의 의무에 반해 현재 블레푸스쿠 궁중과 왕국으로 여행을 떠날 준비를 하고 있다. 최근 국왕 폐하로부터 구두로만 허가를 받았음에도 불구하고 불성실하고 불충하게도 상기 허가를 핑계로 상기 여행을 떠나 최근까지 적이었으며 국왕 폐하에 맞서 공공연하게 전쟁을 벌인 블레푸스쿠 국왕을 돕고 위로하고 선동하려고 한다.

다른 조항들이 더 있지만 당신에게 읽어 준 이 요약문이 가장 중요한 내용입니다. 이 탄핵에 관해 몇 차례 논의를 진행하면서 사실 국왕 폐하는 크나큰 관대함을 자주 표하셨습니다. 당신이 세운 공을 역설하시고 죄를 경감하려 노력하셨습니다. 재무대신과 해군 사령관은 밤중에 당신의 거처에 불을 질러 가장 고통스럽고 수치스러운 죽음을 맞이하게 해야 한다고 주장했습니다. 육군 사령관은 독화살로 무장한 병사 2만 명을 데리고 가서 당신의 얼굴과 손을 쏘겠다고 했습니다. 당신의 시종 일부에게 당신의 셔츠와 침대보에 독즙을 뿌리라는 명령을 은밀히 내려 곧 당신이 스스로 살을 잡아 뜯으며 더없는 고통 속에서 죽게 만들자는 이야기도 있었습니다. 육군 사령관도 같은 의견이었습니다. 이렇게 오랫동안 당신에게 불리한 의견이 대다수였습니다. 그러나 가능하다면 당신의 목숨을 살려 주기로 결심하신 국왕 폐하는 마침내 총리를 설득하셨습니다.

이 사태에 관해 국왕 폐하는 언제나 당신의 진실한 친구로 자처하는 비서실장 렐드레살에게 의견을 제시하라는 명령을 내리셨습니다. 그가 폐하의 명령에 따라 한 말을 들으니 당신이 그를 좋게 생각하는 데는 정당한 이유가 있었습니다. 그는 당신의 죄가 무척 크다는 사실을 인정했습니다. 그러나 왕의 가장 훌륭한 미덕인 자비를 베풀 여지는 남아 있다고 했습니다. 국왕 폐하가 그 미덕으로 명성이 자자하기 때문입니다.

그는 당신과의 우정이 온 나라에 잘 알려진 만큼 각료 회의의 훌륭한 위원들이 자신이 편파적이라고 여길 수도 있겠다고 말했습니다. 그러나 그가 받은 명령에 복종해 의견을 자유롭게 이야기하겠다고 했습니다. 국왕 폐하께서 당신이 세운 공을 고려하고 폐하의 자비로운 기질에 맞게 당신의 목숨을 살려 주시되 두 눈만 뽑으라는 명령을 내리신다면 그 조치만으로도 정의가 어느 정도 실현되며 온 세상이 국왕 폐하의 관대함을 칭송할 것이며 폐하의 영광스러운 자문 기관인 각료 회의의 공정하고 너그러운 처사에 박수를 보낼 것이라고 말했습니다. 당신이 눈을 잃어도 육체적 힘에는 조금도 지장이 생기지 않을 것이므로 국왕 폐하에게 여전히 유용한 존재일 것이라고 했습니다. 눈이 먼 탓에 눈앞의 위험이 보이지 않아 용기가 배가할 것이라고 했습니다. 당신이 적의 함대를 끌고 올 때 겪은 가장 큰 어려움은 시력을 잃을지 모른다는 두려움이었기 때문입니다. 가장 위대한 왕들처럼 대신들의 눈을 통해 세상을 보는 것으로 충분하다는 말이었습니다.

이 제안은 각료 회의 전체의 격렬한 반대에 부딪혔습니다. 해군 사령관인 볼골람은 성질을 참지 못하고 격분해서 벌떡 일어났습니다. 어찌 비서 따위가 감히 반역자의 목숨을 살려 주자는 의견을 낼 수 있느냐고 말했습니다. 당신이 세운 공은 모두 정치적 계산에서 비롯된 것으로 죄를 심히 가중할 뿐이라고 했습니다. 왕비마마의 처소에 소변을 봐서(그는 끔찍하다는 듯이 말했습니다.) 화재를 진압할 수 있는 당신이라면 다른 때에 똑같은 방법으로 홍수를 일으켜 궁전 전체를 물에 빠뜨릴 수 있다는 것입니다. 또 적의 함대를 끌고 올 수 있는 그 힘으로 불만이 생기자마자 다시 함대를 끌고 가 버릴 수도 있다는 것입니다.

볼골람은 당신이 마음속으로 '굵은 쪽 옹호자'라고 여겨지는 충분한 근거가 있다고 말했습니다. 반역은 명백한 행동으로 드러나기 전에 마음에서 시작되므로 당신을 반역자로 고발하면서 사형에 처해야 한다고 주장했습니다.

재무대신도 같은 의견이었습니다. 그는 당신에게 드는 경비 때문에 국왕 폐하의 수입이 급격히 감소했음을 보고하며 머지않아 더는 버티지 못하게 될 것이라고 말했습니다. 당신의 눈을 뽑자는 비서실장의 방책은 이 폐해를 해결하기는커녕 악화할 것이라고 말했습니다. 흔한 사례에서 명백히 볼 수 있듯이 어떤 종류의 새는 눈이 멀면 먹이를 더욱 빨리 먹고 더욱 빨리 살이 찌기 때문이라는 것입니다. 당신의 재판관인 신성한 국왕 폐하와 각료 회의는 당신의 유죄를 마음속으로 더없이 확신하고 있으므로 '철저한 법률 문서를 갖춘 공식적 증거'가 없이도 당신에게 사형을 내릴 근거가 충분하다는 것입니다.

　　그러나 사형은 내리지 않기로 굳게 결심하신 국왕 폐하는 관대하게 말씀하셨습니다. 각료들이 생각하기에 당신의 시력을 빼앗는 것이 너무 가벼운 벌이라면 나중에 다른 벌을 내리면 되지 않겠느냐고 말입니다. 그리고 당신의 친구인 비서실장은 당신에게 드는 경비가 국왕 폐하께 큰 부담이 된다며 반대한 재무대신의 의견에 답하고자 다시 한 번 발언권을 요청했습니다. 그리고 폐하의 수입을 독자적으로 관리하는 재무대신이 당신에게 보내는 식량을 서서히 줄여 이 폐해를 쉽게 타파할 수 있을 것이라고 말했습니다.

　　음식을 충분히 먹지 못하면 당신은 점점 약해질 것이고 식욕을 잃어 결국 몇 달 안에 기력이 쇠해 죽고 말 것이라고 했습니다. 몸집이 절반 이상 줄어든 당신의 시체에서는 위험한 악취가 풍기지 않을 것이며 당신이 죽은 뒤 전염병을 예방할 수 있도록 폐하의 신하 오륙천 명이 이삼 일 동안 당신의 뼈에서 살을 발라내 수레에 싣고 먼 곳에 묻으면 된다는 것입니다. 뼈대는 찬탄할 만한 기념물로 후대에 물려주자고 했습니다.

이렇게 비서실장의 깊은 우정 덕분에 모든 문제가 정리되었습니다. 당신을 점차 굶겨 죽이기로 한 계획은 엄중한 명령에 따라 비밀에 부쳐졌지만 눈을 뽑으라는 선고는 기록에 남게 되었습니다. 해군 사령관인 볼골람을 제외하고는 이의를 제기하는 사람은 없었습니다. 볼골람은 왕비의 사람으로 왕비마마의 끊임없는 부추김을 받아 당신에게 반드시 사형 선고를 내리고자 했기 때문입니다. 왕비마마는 당신이 왕비마마의 처소에 발생한 화재를 진압하기 위해 수치스럽고 불법적인 방법을 동원했다는 이유로 뿌리 깊은 적의를 품고 있습니다.

사흘 안에 당신의 친구인 비서실장이 당신의 집으로 찾아가 탄핵문을 낭독하라는 명령을 받을 것입니다. 그런 다음 국왕 폐하와 각료 회의의 관대함과 호의를 공표할 것입니다. 당신은 두 눈을 잃는 처벌만을 받게 되며, 국왕 폐하는 당신이 감사하는 마음으로 겸손히 따르리라 믿어 의심치 않는다는 내용일 것입니다. 수술이 잘 시행되는지 지켜보기 위해 폐하의 외과의 20명이 참석할 것이며 당신이 누워 있는 동안 끝이 무척 날카로운 화살로 당신의 눈알을 찌를 것입니다.

어떤 조치를 취할 것인지는 당신의 신중함에 맡기겠습니다. 의심을 받지 않도록 이제는 여기 찾아왔을 때처럼 은밀히 돌아가야 합니다.

귀족은 그렇게 떠났고 혼자 남은 나는 수많은 의심과 당혹감에 휩싸였다.

현재의 왕과 각료들이 도입한 관습이 있다(이전의 관행과는 매우 다른 것이라는 이야기를 들었다.). 궁중에서 군주의 분노나 대신들의 악의를 만족시키기 위해 잔혹한 형벌을 시행하겠다고 공표한 후 국왕이 반드시 전체 대신 회의에서 온 세상이 알고 인정하는 자신의 크나큰 관대함과 자상함을 표현하며 연설을 하는 것이었다.

이 연설은 즉시 온 나라에 발표되었다. 국왕의 자비에 대한 찬사만큼이나 백성을 공포에 떨게 하는 것은 없었다. 그러한 찬사가 열렬히 강조될수록 그 형벌은 더욱 냉혹하며 죄인은 그만큼 무고하다는 뜻이기 때문이었다. 그러나 솔직히 태생으로 보나 교육 수준으로 보나 궁정에 출사할 생각을 해 본 적이 없는 나로서는 판단력이 부족한 탓인지 이 선고에서 관대함이나 호의를 조금도 찾아볼 수 없었다. 틀린 생각일지 몰라도 관대하다기보다는 가혹하게 느껴졌다. 재판을 받아 볼까 하는 생각이 가끔 머리를 스쳤다. 몇몇 조항에 진술된 사실을 부정할 수는 없겠지만 웬만큼 정상 참작을 해 줄 것 같다는 생각이 들었기 때문이다.

그러나 그동안 국사범 재판에 관한 책을 많이 읽으며 결국 재판관의 의도대로 판결이 내려지는 내용을 보았던 터라 이 중대한 시점에 이토록 위험한 결정을 그토록 강력한 적들에게 내맡길 수는 없었다. 저항해야겠다는 생각이 강하게 들기도 했다. 나는 자유의 몸이었고 이 왕국의 병력을 모두 합쳐도 나를 제압할 수는 없을 것이므로 얼마든지 수도에 돌을 던져 부숴 버릴 수 있을 터였다. 그러나 곧 국왕에게 했던 맹세와 그동안 받은 호의 그리고 그가 나에게 내린 '나르닥'이라는 작위가 생각나 오싹한 마음으로 그 생각을 떨쳐 버렸다. 그렇다고 국왕의 이 가혹한 처사로 그동안의 빚을 모두 털어 버릴 수 있다고 믿으며 궁중 대신들에게 고마워할 수도 없었다.

마침내 나는 결심을 굳혔다. 비난을 받을 수도 있겠고 그래야 마땅한 일일지도 모른다. 고백하건대 내가 눈을 잃지 않고 결국 자유를 지킬 수 있게 된 것은 나 자신의 경솔함과 경험 부족 덕분이다. 내가 이후에 수많은 다른 나라의 궁중에서 목격한 왕과 대신의 본성과 나보다 덜 추악한 범죄자를 다루는 그들의 방식을 당시에 알고 있었다면 나는 무척 고분고분하게 그 '가벼운' 벌을 받았을 것이다. 그러나 젊은이다운 조급함에 쫓긴 데다 블레푸스쿠의 왕을 만나도 된다는 국왕의 허가까지 받은 터라 나는 그 기회를 놓치지 않았다.

사흘이 지나기 전에 내 친구인 비서실장에게 국왕의 허가에 따라 그날 아침 블레푸스쿠로 출발하기로 결심했다는 편지를 보냈다. 그리고 답을 기다리지 않고 릴리푸트의 함대가 정박한 섬 한쪽으로 갔다. 큰 군함을 붙잡아 뱃머리에 끈을 묶고 닻을 끌어 올린 다음 옷을 벗어 옆구리에 끼고 간 이불과 함께 배에 실었다. 그리고 배를 끌고 걷거나 헤엄을 치면서 블레푸스쿠의 항구에 도착했다. 그곳 사람들은 오랫동안 내가 찾아오기를 기다리고 있었다. 나에게 길잡이 두 명을 붙여 나라 이름과 똑같이 불리는 수도로 가는 길을 안내했다. 나는 길잡이들을 손에 올리고 가다가 성문을 200미터쯤 남겨 둔 지점에 도착했다. 길잡이들에게 왕의 비서 중 한 명에게 내 도착을 알리고 국왕의 명령을 기다리겠다는 말을 전해 달라고 부탁했다.

한 시간쯤 지나 국왕이 왕족들과 궁중의 각료들을 데리고 나를 맞이하러 오는 중이라는 전갈을 받았다. 나는 100미터쯤 전진했다. 국왕과 일행은 말에서 내렸고 왕비와 귀부인들은 마차에서 내렸다. 그들의 얼굴에서 놀라움이나 걱정을 찾아볼 수 없었다. 나는 땅에 엎드려 국왕과 왕비의 손에 입을 맞추었다. 국왕과 약속한대로 찾아왔으며 릴리푸트 국왕의 허락을 받아 이토록 강력한 왕을 만나게 되어 영광이라고 말했다. 그리고 릴리푸트 국왕에 대한 내 의무를 저해하지 않는 일이라면 힘이 닿는 대로 애쓰겠다고 덧붙였다. 내가 당한 치욕에 관해서는 한 마디도 꺼내지 않았는데 아직 그 판결을 정식으로 통보받지도 않았고 나는 그런 음모에 관해 전혀 모르는 것으로 되어 있었기 때문이다. 또 릴리푸트의 국왕이 내가 자신의 힘이 닿지 않는 곳에 있는 동안 그런 비밀을 밝힐 리 없다는 생각도 들었다. 그러나 곧 내 착각이라는 사실이 드러났다.

블레푸스쿠의 궁중에서 어떤 환영을 받았는지 일일이 설명해서 독자를 괴롭히지는 않겠다. 그토록 위대한 왕의 관대함에 어울리는 환대였다. 집이나 침대가 없어서 어쩔 수 없이 이불로 몸을 감싸고 땅바닥에서 자야 했던 어려움에 대해서도 말하지 않겠다.

8장

저자는 운 좋게도 블레푸스쿠를 떠날 방법을 찾아낸다. 그리고 어려움을 겪다가 고국으로 무사히 돌아간다.

도착한 지 사흘째 되던 날, 호기심에서 그 섬의 북동쪽 해안으로 갔다가 2킬로미터쯤 떨어진 바다에서 뒤집힌 보트처럼 보이는 것을 발견했다. 신발과 양말을 벗고 이삼백 미터쯤 물속을 걸었을 때 그 물체가 조류에 밀려 더 가까이 다가왔다. 그리고 진짜 보트라는 사실을 분명히 알 수 있었다. 아마 폭풍우 때문에 큰 배에서 떨어져 나온 모양이었다. 나는 즉시 수도 쪽으로 돌아가 블레푸스쿠의 국왕에게 릴리푸트에 빼앗기고 남은 함대들 중 가장 큰 배 스무 척과 해군 중장의 지휘를 받는 해군 3천 명을 빌려 달라고 했다.

이 함대가 바닷길로 오는 동안 나는 지름길을 통해 보트를 처음 발견한 해안으로 갔다. 조류 덕분에 훨씬 가까이 다가와 있었다. 해군들에게는 내가 미리 단단하게 꼬아 둔 밧줄을 지급한 상태였다. 함대가 가까이 다가오자 나는 옷을 벗고 보트가 약 100미터 앞으로 다가올 때까지 걸어갔다. 그 후에는 보트가 있는 곳에 이를 때까지 헤엄을 쳐야 했다. 해군이 나에게 밧줄을 던졌다. 나는 밧줄의 한쪽 끝을 보트의 앞부분 구멍에 묶고 다른 끝은 군함에 묶으려 했다. 그러나 애를 써도 별 소용이 없었다. 물이 너무 깊어 작업을 제대로 할 수가 없었다. 어쩔 수 없이 나는 배 뒤에서 헤엄을 치며 한 손으로는 힘닿는 대로 보트를 앞으로 밀고 또 밀었다. 조류가 거들어 준 덕분에 한참 전진하다 보니 턱을 치켜들어야 했지만 발이 바닥에 닿는 곳에 이르렀다. 나는 이삼 분쯤 쉬었다가 다시 보트를 밀었고 그런 식으로 전진하다 보니 수면이 내 겨드랑이 정도로 내려갔다.

드디어 가장 고된 작업은 끝이 났다. 나는 군함 한 척에 실어 둔 다른 밧줄들을 꺼내 먼저 보트에 묶고 그다음에는 나를 따라온 배 아홉 척에 묶었다. 순풍이 불었고 해군들이 보트를 이끌고 나는 밀면서 해변을 40미터도 남겨 두지 않은 곳까지 오게 되었다. 썰물이 될 때까지 기다렸다가 몸을 물에 적시지 않고 보트가 있는 곳까지 갔다. 밧줄과 기계를 동원한 해군 2천 명의 도움으로 보트를 똑바로 뒤집었는데 파손된 곳이 거의 없었다.

열흘 걸려 만든 노를 저어 보트를 블레푸스쿠 항구까지 옮기며 어떤 어려움을 겪었는지 늘어놓아 독자를 괴롭히지는 않겠다. 내가 항구에 도착했을 때 거기 모인 많은 사람들은 엄청나게 큰 배를 보고 놀라움을 금치 못했다. 나는 국왕에게 행운이 이 보트를 내가 있는 곳으로 보내 주었고 나를 어딘가로 떠날 수 있게 해 주었으며 그곳을 거쳐 고국으로 돌아갈 수 있을지도 모른다고 말했다. 그리고 설비를 갖추는 데 필요한 자재와 떠나도 좋다는 허락을 내려 달라고 간청했다. 국왕은 자상한 조언과 더불어 기꺼이 승낙했다.

이런 일이 진행되는 동안 릴리푸트의 국왕이 블레푸스쿠 궁정으로 나와 관련된 긴급한 전갈을 보냈다는 소식이 들려오지 않아 나는 상당히 놀라고 있었다. 그러나 나중에 은밀히 듣기로, 릴리푸트의 국왕은 내가 그의 계획을 눈치채고 있다고는 전혀 생각하지 못했다고 한다. 그리고 궁중 사람 누구나 아는 대로 그의 허가에 따라 약속을 지키기 위해 블레푸스쿠에 갔다고만 믿었다. 의례를 마치면 며칠 안에 돌아오리라 생각한 것이다. 그러나 내가 오래 자리를 비우자 국왕은 근심에 잠겼다. 재무대신 및 음모에 가담한 나머지 대신들과 상의한 후 나에 대한 탄핵문을 어느 귀족을 통해 보냈다.

그 특사는 지시받은 대로 블레푸스쿠 국왕에게 내 눈을 빼앗는 형벌만 내리는 것으로 만족하는 릴리푸트 국왕의 크나큰 관대함을 표명했다. 그는 내가 공정한 집행을 피해 달아났으며 두 시간 안에 돌아오지 않으면 '나르닥'이라는 작위를 박탈당하고 반역자로 선포될 것이라고 전했다. 그는 다른 말도 덧붙였다. 릴리푸트의 국왕은 친애하는 블레푸스쿠 국왕이 양국의 평화와 우호를 유지하기 위해 내가 반역자로 처벌받도록 손발을 묶어 릴리푸트로 돌려보내리라 믿는다고 했다.

블레푸스쿠의 국왕은 사흘 동안 논의를 거친 뒤 정중함과 해

명이 잔뜩 실린 답장을 보냈다. 그는 나를 묶어서 보내라고 했는데, 친애하는 릴리푸트 국왕이 알듯이 그것은 불가능하다고 했다. 비록 내가 그의 함대를 빼앗았지만 평화 협정을 맺을 때 내가 베풀어 준 호의 때문에 큰 빚을 지고 있다고 했다. 그는 자신과 릴리푸트 국왕이 곧 편안해질 것이라고 말했다. 내가 바다에서 엄청나게 큰 배를 발견했는데 내 지휘 아래 배에 필요한 장비를 갖추라고 명령을 내렸으니 곧 그 배를 타고 바다로 나갈 것이라고 했다. 몇 주 후면 두 국왕 모두 이토록 먹여 살리기 힘든 손님으로부터 자유로워질 것이라고 당부했다.

특사는 이 답장을 가지고 릴리푸트로 돌아갔다. 블레푸스쿠의 국왕은 그동안 나에게 있었던 일을 모두 이야기했다. 동시에 아주 비밀스럽게, 계속 자신에게 봉사할 마음이 있다면 보호해 주겠다는 관대한 제안을 했다. 나는 그것이 왕의 진심이라고 생각했지만 다시는 왕이나 대신들을 믿지 않기로 결심한 터라 휩쓸리지 않을 수 있었다. 그래서 그의 호의를 잘 알면서도 정중하게 양해를 구했다. 행운이든 불운이든 나에게 배가 찾아왔으니 두 국왕 사이에 불화를 일으키느니 그냥 배를 타고 모험을 감행하기로 결심했다고 말했다. 국왕은 전혀 불쾌한 것 같지 않았다. 그리고 우연히 그가 내 결심을 무척 반기고 있으며 그 나라 대신들 대부분도 마찬가지라는 사실을 알게 되었다.

이런 사정으로 나는 출발을 좀 더 앞당기게 되었다. 내가 어서 떠나기를 바라는 궁중 사람들도 기꺼이 도움을 지원했다. 내 지시에 따라 보트에 돛 두 개를 달기 위해 인부 500명이 동원되었다. 그들은 가장 튼튼한 천을 열세 겹 겹쳐 누볐다. 나는 그 나라에서 가장 두껍고 질긴 밧줄을 열 개, 스무 개, 서른 개씩 꼬아서 밧줄과 끈을 만들려고 애썼다. 해변을 한참 뒤진 끝에 발견한 커다란 돌을 닻으로 삼았다. 소 300마리에서 나온 기름으로 보트에 기름칠을 하고 그밖에 다른 곳에도 활용했다. 나는 어마어마한 노력을 기울여 가장 큰 나무를 잘라 노와 돛대를 만들었다. 기본 작업을 마친 후에는 국왕의 배를 만드는 이들이 나를 도와 매끈하게 손질해 주었다.

한 달쯤 지났을 때 모든 준비가 끝이 났다. 나는 떠나도 좋다는 국왕의 허가를 받으려고 사람을 보냈다. 국왕과 왕족들이 궁궐에서 나왔다. 나는 고개를 숙여 국왕이 자애롭게 내밀어 준 손에 입을 맞추었다. 왕비와 젊은 왕자들에게도 그렇게 했다. 국왕은 나에게 2백 스프럭이 든 가방 50개를 주었다. 실물 크기로 그린 자신의 초상화도 주었는데 나는 초상화가 망가지지 않도록 즉시 장갑 속에 넣었다. 내 출발을 기념하는 의식이 너무 거창했기에 지금 그 이야기로 독자를 괴롭히지는 않겠다.

나는 소고기 100마리분과 양고기 300마리분, 그에 맞먹는 빵과 음료 그리고 요리사가 400명은 있어야 만들 수 있는 손질된 고기를 보트에 실었다. 나는 영국으로 데려가 번식시킬 생각으로 암소 여섯 마리와 황소 두 마리, 암양 여섯 마리와 숫양 두 마리를 데려가기로 했다. 배에서 그 동물들을 먹이기 위해 큰 건초 꾸러미와 옥수수자루를 실었다. 이 나라 사람들 10여 명을 데리고 갈 수 있으면 좋았을 것이다. 그러나 국왕은 절대 허락할 수 없는 일이라고 했다. 그는 내 주머니를 샅샅이 뒤졌을 뿐 아니라 나에게 백성들이 스스로 원하더라도 절대 데려가지 않겠다고 맹세하게 했다.

이렇게 할 수 있는 모든 준비가 끝이 났다. 나는 1701년 9월 24일 아침 여섯 시에 출항했다. 저녁 여섯 시, 남동풍에 밀려 북쪽으로 16킬로미터쯤 갔을 때 북서쪽으로 약 2킬로미터 거리에 작은 섬이 보였다. 나는 그쪽으로 가서 섬의 바람 없는 쪽에 닻을 내렸는데 무인도 같았다. 나는 가볍게 음식을 먹고 쉬었다. 잠을 푹 잤는데 적어도 여섯 시간은 잔 것 같았다. 잠에서 깬 후 두 시간이 지나자 동이 텄기 때문이다. 화창한 밤이었다. 나는 해가 뜨기 전에 아침을 먹었다. 닻을 끌어 올리고 순풍을 받으며 휴대용 나침반에 의지해 전날과 똑같은 방향으로 나아갔다. 가능하면 반 디멘스 랜드의 북동쪽에 있으리라 여겨지는 여러 섬 중 하나에 도착하는 것이 목표였다.

그날은 종일 아무것도 발견하지 못했다. 그러나 다음 날 오후 세 시경, 계산대로라면 블레푸스쿠에서 100킬로미터쯤 떨어진 곳에 이르렀을 때 남동쪽으로 움직이는 돛이 보였다. 나는 정동쪽으로 이동하고 있었다. 내가 소리쳐 불렀지만 대답이 없었다. 그러나 바람이 잦아들어 나는 그 배에 가까워질 수 있었다. 나는 돛을 활짝 폈다. 30분 후에 그 배는 내 존재를 알아차리고 깃발을 걸며 대포를 쏘았다. 내 사랑하는 조국과 그곳에 남겨 둔 소중한 가족을 다시 볼 수 있다는 예상치 못한 기대에 얼마나 기뻤는지 이루 말할 수 없다. 그 배는 돛을 조정해 속도를 늦추었고 나는 9월 26일 저녁 다섯 시에서 여섯 시 사이에 그 배가 있는 곳에 이르렀다. 게다가 영국의 국기가 보여 심장이 마구 뛰었다.

나는 소와 양을 외투 주머니에 넣고 식량 꾸러미를 들고 배에 올랐다. 그 배는 일본에 갔다가 북태평양과 남태평양을 거쳐 귀환 중인 영국 상선이었고 선장인 뎃포드 출신의 존 비델은 무척 정중한 사람이자 노련한 선원이었다. 당시 우리가 있던 지점은 남위 30도였다. 배에는 50여 명의 사람들이 있었다. 그곳에서 옛 친구인 피터 윌리엄스를 만났는데 그는 선장에게 내가 좋은 사람이라고 말해 주었다. 그 점잖은 선장은 나를 친절하게 대하며 마지막으로 있던 곳이 어디였으며 어디로 가는 중인지 알고 싶다고 물었다.

나는 간단히 이야기했지만 그는 내가 헛소리를 하고 있으며 내가 위험한 일을 겪어 머리가 어떻게 되었다고 생각했다. 나는 주머니에서 검은 소와 양을 꺼냈고 선장은 깜짝 놀라 내가 말한 내용이 진실임을 믿게 되었다. 그 후 나는 블레푸스쿠의 국왕이 준 금화와 실물 크기의 초상화, 그 나라의 진귀한 물건들을 보여 주었다. 나는 선장에게 200스프럭이 든 가방 두 개를 주었고 영국에 도착하면 소와 양을 새끼와 더불어 한 마리씩 선물로 주기로 약속했다.

대부분이 무척 순조로웠던 이 항해에 관해 자세히 설명해 독자를 지루함에 빠뜨리지는 않겠다. 우리는 1702년 4월 13일에 다운스에 도착했다. 내가 겪은 유일한 불행은 배에 탄 쥐들이 내 양 한 마리를 데려간 것이다. 살을 깨끗이 발라낸 양의 뼈가 어느 구멍에 남아 있었다. 나머지 짐승들은 안전하게 데리고 내렸고 그리니치의 구기장에 있는 목초지에 풀어 놓았다. 혹시 먹지 못할까 봐 걱정했지만 짐승들은 그 고운 풀을 많이 먹었다. 선장이 자신의 고급 비스킷을 문질러 가루로 만들고 물에 섞어 이 가축들에게 꾸준히 먹이게 해 주지 않았다면 그토록 긴 항해 동안 살아남지 못했을 것이다. 잠시 영국에 머무는 동안 나는 이 가축들을 신분이 높은 사람들과 다른 많은 사람들에게 보여 줘서 꽤 수입을 올렸다. 그리고 두 번째 여행을 떠나기 전에 600파운드를 받고 그 가축들을 팔았다. 마지막 여행에서 돌아왔을 때 보니 그 새끼들이 상당히 늘어나 있었는데 양이 특히 그랬다. 양털이 고우니 모직 산업에 큰 도움이 되리라 믿는다.

나는 아내와 자녀들 곁에서 두 달을 보냈다. 낯선 나라를 보고 싶은 끝없는 욕망 때문에 더 오래 머물 수가 없었다. 나는 아내에게 1500파운드를 넘겨주고 레드리프에 좋은 집을 얻어 주었다. 남은 재산 중 일부는 현금으로 지니고 일부로는 재산을 늘릴 수 있을지도 모른다는 생각에 물건을 사서 가져갔다. 큰삼촌인 존이 에핑 근처의 토지를 나에게 물려주어 1년에 30파운드 정도의 수입이 생겼고, 페터 레인에 블랙 불이라는 건물을 장기간 세놓고 있어 역시 비슷한 금액의 수입이 나왔다. 그러니 내 가족이 구제 대상이 될 위험은 없었다.

삼촌의 이름을 따서 조니라고 불리는 내 아들은 중학교에 다니고 있었고 미래가 촉망되는 아이였다. 딸인 베티(지금은 결혼해서 자녀가 있다.)는 당시 바느질을 배우고 있었다. 나는 아내, 아들딸과 함께 눈물을 흘리며 작별했다. 그리고 300톤짜리 상선인 어드벤처호에 올랐는데 리버풀 출신의 존 니콜라스 선장이 이끄는 그 배는 수라트(*인도 서해안의 항구 도시.)로 출발하려는 참이었다. 그러나 이 여행에 관해서는 2부에서 이야기할 것이다.

제2부

브롭딩낵 여행기

1장

어마어마한 폭풍이 휘몰아친다. 물을 구해 올 대형 보트가 파견되는데 그 보트에 함께 탄 저자는 어떤 나라를 발견한다. 바닷가에 남겨진 그는 그곳 주민에게 붙잡혀 농가로 옮겨진다. 그곳에서 환대를 받고 몇 가지 사건을 겪는다. 주민들을 묘사한다.

자연과 운명이 나에게 쉼 없이 움직이는 삶을 선고한 탓에 돌아온 지 두 달도 되지 않아 1702년 6월 20일에 다운스 항에서 배에 몸을 싣고 다시 고국을 떠났다. 콘월 출신인 존 니콜라스 선장이 이끄는 어드벤처호는 수라트로 갈 예정이었다. 우리는 기세 좋은 강풍을 타고 희망봉에 이르렀고 신선한 물을 구하려고 거기 상륙했다. 그러나 배에 물이 샌다는 사실이 발견되어 짐을 내리고 그곳에서 겨울을 보냈다. 선장이 학질에 걸리는 바람에 3월이 끝나도록 희망봉을 떠나지 못했다. 그 후에는 출항을 해서 순조롭게 나아가며 마다가스카르 해협을 지나게 되었다. 마다가스카르 섬 북쪽의 남위 5도 지점 근처에 이르렀을 때였다. 그 일대 바다에서는 12월 초부터 3월 초까지 북서쪽에서 고르게 불어오는 강풍이, 4월 19일에는 서풍에 가깝게 평소보다 훨씬 맹렬히 불어오기 시작했다. 그 바람은 20여 일 지속되었고 그동안 우리는 몰루카 제도 동쪽으로 밀려났는데 5월 2일에 선장이 관측한 바에 따르면 적도에서 북위 3도쯤 되는 지점이었다. 이제 바람은 그쳤고 더없이 평온해서 나는 무척 기뻤다. 그러나 이런 바다를 항해한 경험이 많은 선장은 우리 모두에게 폭풍을 대비하라고 명령했고 다음 날 그 말대로 되었다. '몬순'이라고 불리는 남풍이 불어오기 시작한 것이다.

돛을 모두 펴기에는 바람이 너무 거센 탓에 우리는 스프릿돛(*사다리꼴 모양의 돛으로 범선의 중심 돛.)을 접고 앞 돛대의 돛도 감을 준비를 했다. 그러나 날씨가 사나워져 모든 대포를 단단히 잡아매고 뒤 돛대의 돛을 내렸다. 배는 강풍을 잘 벗어났고 우리는 돛을 모두 내렸다. 그리고 바람이 불어오는 쪽으로 가느니 파도에 떠밀리는 편이 낫겠다고 생각했다. 우리는 앞 돛대의 돛을 조금 감고 그 돛의 아랫자락을 묶는 밧줄을 고물 쪽으로 당겨 키를 바람이 불어오는 쪽으로 힘껏 돌렸다. 배는 의연하게 방향을 돌렸다. 우리는 앞 돛에 달린 밧줄을 단단히 붙들어 맸다. 하지만 돛이 찢어지는 바람에 활대를 당겨 돛을 내리고 배에 넣은 뒤 매달린 것을 모두 풀었다. 정말 격렬한 폭풍이었다. 바다가 낮설고 위험하게 돌변했다. 우리는 키잡이를 도와 키의 손잡이에 달린 밧줄을 당겼다. 중간 돛대는 내리지 않고 그대로 세워 두었다. 배가 바람을 잘 타서 질주하고 있었기 때문이었다. 우리는 중간 돛대를 세워 두면 배가 더 안정되어 파도 사이로 뱃길을 확보해 전진한다는 사실을 알았다. 폭풍이 그치자 우리는 앞 돛과 스프릿돛을 펼쳐 배를 멈추었다. 그런 다음 뒤 돛대의 돛, 큰 돛대의 중간 돛, 앞 돛대의 가운데 돛을 세웠다.

우리가 향하는 쪽은 동북동이었고 바람은 남서쪽에서 불어왔다. 우리는 밧줄을 우현 쪽으로 당기고 바람이 불어오는 방향의 활대에 달린 밧줄을 느슨하게 풀었다. 그리고 바람이 부는 반대 방향에 있는 밧줄과 바람을 받는 가로돛의 양쪽 줄을 팽팽하게 잡아맨 다음 앞 돛대의 돛을 바람이 불어오는 쪽으로 돌리고 활짝 펼쳐서 배를 돌렸다.

내 계산에 따르면 이 폭풍과 그 후에 이어진 강한 서남서풍 때문에 우리는 동쪽으로 약 2,400킬로미터쯤 이동했다. 따라서 최고참 선원마저도 우리가 어느 지역에 있는지 알지 못했다. 식량은 충분했고 배는 튼튼했으며 선원들은 모두 건강했다. 그러나 우리는 식수 때문에 몹시 고생했다. 좀 더 북쪽으로 경로를 수정하느니 지금 이대로 나아가는 편이 낫다고들 생각했다. 북쪽으로 갔다가 시베리아의 북극해로 들어갈 수도 있기 때문이었다.

1703년 6월 16일, 중간 돛대에 올라가 있던 소년이 육지를 발견했다. 17일, 큰 섬인지 대륙인지 알 수 없는 육지가 눈앞에 펼쳐졌다. 섬 남쪽에서 작은 지협이 바다 쪽으로 튀어나와 있었고 만의 수심이 너무 얕아 100톤이 넘는 배가 정박할 수 없었다. 우리는 이 만에서 4킬로미터쯤 떨어진 곳에 닻을 내렸고, 선장은 대형 보트에 잘 무장한 선원 열두 명을 태워 혹시 물이 있는

지 찾아보라고 했다. 나는 선장에게 함께 보내 달라고 했는데 이 섬을 보고 새로운 것을 발견할 수 있을지도 몰랐기 때문이었다.

육지에 이르러서 보니 강이나 샘은 없었고 누군가 살고 있다는 흔적도 전혀 없었다. 선원들은 신선한 물을 찾기 위해 해안을 돌아다녔고 나는 다른 쪽으로 1킬로미터쯤 걸어갔다가 이곳이 황폐한 바위투성이라는 사실을 알게 되었다. 나는 슬슬 지쳐 갔고 호기심을 만족시킬 것이 전혀 보이지 않아 만 쪽으로 천천히 되돌아갔다.

바다가 보일 때쯤 선원들은 이미 보트에 올라 죽을힘을 다해 노를 저어 배로 돌아가고 있었다. 뒤늦게나마 선원들을 향해 소리치려는 순간, 바다에서 그들을 향해 빠르게 걸어가는 어마어마한 거인이 보였다. 그는 무릎보다 깊지 않은 바닷물 속을 놀라울 만큼 넓은 보폭으로 성큼성큼 걸었다. 그러나 선원들은 2킬로미터쯤 앞서 있었고 그 근처 바다는 끝이 뾰족한 바위투성이였기 때문에 괴물은 보트를 따라잡지 못했다. 이 상황은 나중에 전해 들은 것인데, 당시의 나는 그 아슬아슬한 장면을 보려고 꾸물거리지 않았기 때문이다.

나는 처음 들어섰던 길로 최대한 빠르게 달렸다. 그리고 가파른 언덕을 오르자 덕분에 그 나라의 전경이 조금 보였다. 그곳은 전체가 경작지였다. 그러나 가장 먼저 놀라움을 준 것은 풀의 길이였다. 건초를 만들려고 땅에 남겨 둔 듯한 풀이었는데 높이가 6미터는 되어 보였다.

나는 큰길에 들어섰다. 이 나라 사람들에게는 보리밭 사이에 난 오솔길이었지만 나에게는 넓게 느껴졌다. 그 길을 따라 잠시 걸었지만 양편으로 보이는 것이 별로 없었다. 추수 무렵이라 곡식이 적어도 12미터 높이로 솟아 있었기 때문이다. 한 시간쯤 걸으니 밭의 끝에 닿았다. 35미터는 넘어 보이는 산울타리가 가로막고 있었는데 울타리를 이룬 나무들이 어찌나 높은지 그 높이를 도무지 헤아릴 수가 없었다.

이 밭에는 옆 밭으로 이어지는 디딤대가 있었다. 디딤대의 계단은 네 개였고 가장 높은 계단에는 넘어야 할 돌이 있었다. 각 계단의 높이가 2미터 가까이 되었고 맨 위에 있는 돌의 높이는 6미터에 이르렀으므로 나로서는 그 디딤대에 올라갈 수가 없었다. 나는 산울타리에 틈이 있는지 열심히 찾다가 옆 밭에서 디딤대 쪽으로 다가오는 이 나라의 주민을 발견했다. 바다에서 우리의 보트를 뒤쫓던 거인과 몸집이 같았다. 그는 흔히 보이는 교회 뾰족탑만큼 높이 솟아 있었고 최대한 짐작해 본 바로는 보폭이 10미터 가까이 되었다.

몹시 겁이 나고 놀란 나는 얼른 달려가 곡식들 틈에 숨었다. 그곳에서 보니 그 거인은 디딤대 꼭대기에 서서 오른편에 있는 다른 밭을 돌아보았다. 그는 확성기보다 훨씬 큰 목소리로 뭐라고 외쳤다. 그러나 그 소리가 하늘 저 높은 곳에서 들려와 처음에 나는 분명 천둥일 거라고 생각했다. 그 거인과 비슷한 괴물 일곱 명이 손에 낫을 들고 다가왔는데 낫 하나가 우리가 쓰는 큰 낫 여섯 개를 합친 크기였다. 그 일곱 명은 처음 사람만큼 옷차림이 좋지 못했는데 그의 하인이거나 일꾼인 것 같았다. 처음 사람이 몇 마디 하자 그들이 내가 있는 밭의 곡식을 베러 왔기 때문이다.

나는 그들로부터 최대한 멀리 떨어지려고 했지만 움직이기가 보통 어려운 것이 아니었다. 곡식 줄기의 간격이 30센티미터도 되지 않을 때가 종종 있어서 그 사이로 겨우 몸을 비집고 들어가야 했다. 어쨌든 나는 전진하다가 결국 비바람에 곡식이 쓰러진 곳에 이르렀다. 그곳에서는 한 발자국도 더 나아갈 수가 없었다. 곡식 줄기가 마구 뒤얽혀 그 틈을 헤집고 갈 수도 없었고 떨어진 이삭의 수염이 너무 억세고 뾰족해 옷을 뚫고 살을 찔렀기 때문이었다. 순간 추수꾼들의 소리가 들렸다. 100미터도 떨어지지 않은 곳이었다.

나는 그동안 겪은 고생 때문에 맥이 풀렸다. 슬픔과 절망에 휩싸인 채 두 이랑 사이에 누워 이제 그만 삶이 끝나기를 진심으로 빌었다. 고독한 과부가 될 아내와 아버지를 잃을 아이들이 가여웠다. 그 모든 친구와 친척의 충고를 듣지 않고 두 번째 여행을 떠난 스스로의 어리석음과 고집을 한탄했다. 이 끔찍한 불안 가운데서 릴리푸트를 떠올리지 않을 수가 없었다. 그 나라 사람들은 나를 세상에 나타난 가장 경이로운 존재로 여겼다. 그곳에서 나는 적국의 함대를 한 손으로 끌었고, 그 나라 연대기에 영원히 기록될 다른 업적을 남겼다. 그 나라 후손들은 수백 만 명의 증언을 듣고도 믿기 어려워할 터였다.

릴리푸트 사람 한 명이 우리 나라에 나타날 경우와 마찬가지로 이 나라에서 내가 얼마나 하찮은 존재로 보일까 생각하니 굴욕감이 느껴졌다. 그러나 이것은 내가 겪을 불행의 최소한일지도 모른다는 생각이 들었다. 인간의 무자비함과 잔인함은 몸집 크기와 비례하기 때문이다. 이 거대한 야만인들 중 누군가 나를 붙잡기만 하면 한입에 삼켜 버리지 않을까? 크거나 작은 것은 상대적인 개념일 뿐이라고 한 철학자들의 말은 의심할 여지없이 옳다. 릴리푸트 사람들 역시 그들을 우러러볼 작은 사람들이 사는 나라를 우연히 만날 수도 있다. 또 이 거대한 종족도 아직 발견하지 못했지만 멀리 떨어진 세상 어딘가에서 더 큰 존재를 만나게 될지 누가 알겠는가?

겁에 질려 얼이 빠진 나는 이런 생각을 계속하지 않을 수 없었다. 추수꾼 하나가 내가 누운 이랑에서 10미터도 떨어지지 않은 곳까지 다가왔다. 그가 한 걸음만 옮기면 그 발밑에 깔려 죽거나 수확용 낫에 두 동강이 날 것 같아 두려웠다. 그래서 그가 다시 움직이려는 순간 공포에 질려 힘껏 비명을 질렀다. 그 거대한 생물은 걸음을 멈추고 잠시 발밑을 둘러보다가 마침내 땅에 누운 나를 발견했다. 그는 작고 위험한 동물을 붙잡되 긁히거나 물리지 않을 방법을 생각하는 사람처럼 잠시 신중하게 고민했다. 나 역시 영국에서 족제비를 잡을 때 가끔 했던 행동이었다.

마침내 그는 용기를 내서 엄지와 검지로 내 허리 부분을 잡고 모습을 좀 더 정확히 보려고 눈에서 3미터 떨어진 곳까지 들어올렸다. 그의 의도를 짐작할 수 있었다. 그는 나를 공중으로 20미터 가까이 들어 올렸고 나는 다행히 침착함을 발휘해 몸부림치지 않기로 결심했다. 그가 내 옆구리를 꽉 조이고 있긴 했지만 손가락 사이로 미끄러질까 봐 두려웠기 때문이다. 내가 할 수 있었던 건 태양을 향해 눈을 들어 올리고, 애원하는 자세로 두 손을 모으고, 당시 내가 처한 상황에 맞게 겸손하고 구슬픈 어조로 몇 마디 하는 것이었다. 우리가 작고 해로운 동물을 죽이려고 할 때처럼 그가 나를 땅바닥에 내동댕이칠까 봐 순간순간 두려웠기 때문이다.

그러나 운 좋게도 그는 내 목소리와 행동이 마음에 드는 눈치였고 호기심 어린 표정으로 바라보기 시작했다. 내 말을 이해하지는 못해도 내가 똑똑히 발음하는 소리를 듣고 더더욱 놀라워했다. 그사이에 나는 신음 소리를 내고 눈물을 흘리며 내 옆구리 쪽으로 고갯짓을 하지 않을 수 없었다. 그의 엄지와 검지의 힘 때문에 내가 얼마나 끔찍한 고통을 겪고 있는지 최대한 알려주었다. 그는 내 뜻을 이해한 것 같았다. 외투 옷깃을 세워 나를 조심스럽게 넣은 뒤 즉시 주인에게 달려갔다. 주인은 유력한 농부로 내가 밭에서 처음 본 이였다.

대화를 나누는 둘의 모습으로 짐작하건대 농부는 하인이 능력껏 설명한 내용을 들었다. 그리고 우리가 쓰는 지팡이만 한 작은 지푸라기를 꺼내 내 외투의 접힌 옷자락을 들어 올렸다. 내 옷이 내가 타고난 껍데기 같은 것이라고 생각하는 모양이었다. 그는 내 얼굴을 더 자세히 보려고 입김을 불어 내 머리카락을 옆으로 날렸다. 그는 하인들을 불러 모으더니(나중에 안 사실이지만) 밭에서 나와 닮은 작은 생물을 본 적이 있느냐고 물었다. 그런 다음 네 발로 기어다니라는 듯 나를 땅에 부드럽게 내려놓았다. 그러나 나는 즉시 두 발로 섰고 그들에게서 달아날 생각이 없음을 알려 주려고 천천히 왔다 갔다 했다.

그들은 내 움직임을 더 자세히 보려고 내 주변으로 빙 둘러앉았다. 나는 모자를 벗어서 농부를 향해 깍듯이 인사했다. 무릎을 꿇고 손과 눈을 들고서 최대한 크게 몇 마디 말을 했다. 주머

니에서 금화가 든 지갑을 꺼내 농부에게 공손히 바쳤다. 그는 손
바닥으로 그것을 받아 무엇인지 보려고 눈에 가까이 대더니 핀
(소매에서 꺼낸 것이었다.) 끝으로 내 지갑을 여러 번 뒤집었지
만 그게 뭔지 알지 못했다. 나는 손을 땅에 대라는 몸짓을 했다.
그런 다음 지갑을 열어 농부의 손바닥에 금화를 모두 쏟았다. 스
페인 금화 여섯 개와 더 작은 금화가 스무 개에서 서른 개쯤 있
었다. 나는 농부가 새끼손가락 끝에 침을 묻혀 가장 큰 금화를
하나둘 들어 올리는 모습을 보았다. 그러나 그는 그게 뭔지 도무
지 모르는 눈치였다. 농부는 몸짓으로 금화를 지갑에 넣고 지갑
을 다시 주머니에 넣으라고 했다. 나는 농부에게 가지라고 몇 번
권하다가 그냥 갖고 있는 게 낫겠다고 생각했다.

　이때쯤 농부는 내가 이성적인 동물임을 확신하게 되었다. 그
는 나에게 자꾸 말을 걸었지만 목소리가 물레방아 소리처럼 내
귀를 파고들었다. 그러나 그가 쓰는 단어는 발음이 분명했다.
나는 몇 가지 언어로 최대한 크게 대답했다. 그는 가끔 나에게서
2미터도 안 되는 곳까지 귀를 가져다 댔지만 소용이 없었다. 우
리는 서로의 말을 조금도 이해하지 못했다.

　그 후 농부는 하인들이 일을 하도록 보내고, 주머니에서 손수
건을 꺼내 반으로 접어 손에 펼친 뒤 손바닥을 위로 한 상태로
땅에 내려놓고 올라타라는 몸짓을 보냈다. 손의 두께가 30센티
미터를 넘지 않아 쉽게 올라탈 수 있었다. 나는 그의 말에 따르
는 것이 내가 할 일이라고 생각했다. 떨어질까 봐 두려워 손수건
위에 팔다리를 뻗고 누웠다. 농부는 더욱 안전하도록 손수건의
나머지 부분으로 내 몸을 감쌌다. 그리고 이런 식으로 나를 집으

로 데려갔다. 집에 도착한 그는 아내를 불러 나를 보여 주었다. 농부의 아내는 영국 여자들이 개구리나 거미를 보았을 때처럼 비명을 지르며 달아났다. 그러나 내 행동을 잠시 지켜보더니 남편이 몸짓으로 전하는 말을 내가 잘 따른다는 사실을 알고 금세 마음을 가라앉혔다. 그리고 점차 무척 상냥하게 대해 주었다.

정오 무렵이었고 하인이 식사를 가져왔다. 지름이 7미터 가까이 되는 접시에 담긴 푸짐한 고기 요리만 하나 있었다(농부의 소박한 생활에 어울리는 음식이었다.). 모인 사람은 농부와 아내, 세 자녀, 나이 많은 할머니였다. 가족들이 자리에 앉자 농부는 식탁 위에서 자신과 약간 떨어진 곳에 나를 내려놓았는데 식탁 높이는 거의 10미터였다. 나는 너무나 겁이 났고 떨어지지 않도록 가장자리에서 최대한 멀리 자리를 잡았다. 농부의 아내는 고기 조각을 다지고 접시에 놓인 빵을 잘게 부숴 내 앞에 놓았다.

나는 허리를 숙여 인사를 하고 나이프와 포크를 꺼내 먹기 시작했다. 그 모습에 사람들이 무척 기뻐했다. 농부의 아내는 하녀에게 작은 술잔을 가져오게 했는데 용량이 7리터는 되었다. 농부의 아내는 술잔에 음료를 채웠다. 나는 두 손으로 매우 어렵게 그것을 들고 존경심 가득한 태도로 부인의 건강을 위해 건배했다. 건배의 말은 영어로 최대한 크게 이야기했는데 농부와 가족들이 와자하게 웃음을 터뜨려 그 소리에 내 귀가 멀 뻔했다. 음료는 순한 사과술과 맛이 비슷했는데 싫지 않았다. 농부는 나에게 자신의 접시 쪽으로 다가오라고 손짓했다. 관대한 독자라면 쉽게 이해하고 용납해 주겠지만 나는 식탁 위를 걷는 동안 내 내 심한 두려움에 떨다가 빵 껍질에 걸려 정면으로 넘어졌다. 하지만 다치지는 않았다. 나는 즉시 일어난 후 몹시 걱정하는 선량한 이들의 얼굴을 보고 예의상 옆구리에 끼고 있던 모자를 꺼내 머리 위로 흔들고 만세를 세 번 외쳤다. 넘어졌지만 조금도 다치지 않았음을 알려 주는 것이었다.

그러나 나는 주인(앞으로는 이렇게 부르겠다.)을 향해 나아가던 중 주인 옆에 앉아 있던 열 살가량의 짓궂은 막내아들이 내 다리를 잡고 공중으로 높이 들어 올리는 바람에 온몸을 벌벌 떨었다. 주인은 아들에게서 나를 낚아채며 유럽의 기병대를 모두 넘어뜨릴 만큼 무시무시한 기세로 아들의 왼쪽 뺨을 때렸다. 그리고 아들에게 식탁을 떠나라고 명령했다. 그러나 나는 그 소년이 나에게 앙심을 품게 될까 봐 겁이 난 데다 우리 나라의 아이들이 참새와 토끼, 아기 고양이, 강아지에게 얼마나 짓궂게 구는지 떠올라서 무릎을 꿇고 소년을 가리키며 용서해 달라는 뜻을 주인에게 최대한 전달했다. 주인은 내 말을 들어주었고 소년은 다시 자리에 앉았다. 나는 소년에게 다가가 손에 입을 맞추었고, 주인은 아들의 손을 잡고 나를 살살 쓰다듬게 했다.

식사 중에 여주인이 아끼는 고양이가 그녀의 무릎으로 뛰어올랐다. 내 등 뒤로 10여 대의 양말 짜는 기계가 돌아가는 듯한 소리가 들렸다. 고개를 돌리니 머리와 앞발 크기로 보아 영국의 소보다 세 배는 더 큰 고양이가 여주인이 먹이를 주며 쓰다듬는 동안 가르랑거리는 소리였다. 나는 15미터 이상 떨어진 식탁 맞은편에 서 있었고 여주인은 고양이가 펄쩍 뛰어 발톱으로 나를 붙잡을까 봐 꼭 붙들고 있었지만 이 동물의 사나운 얼굴에 나는 불안하기 짝이 없었다. 그러나 위험한 일은 일어나지 않았다. 주인이 고양이와 3미터도 떨어지지 않은 곳에 나를 내려놓아도 고양이는 나를 전혀 신경 쓰지 않았다. 그리고 사람들이 늘 하는 이야기와 여행하면서 내가 직접 경험한 사실로 미루어 보아, 사나운 동물 앞에서 달아나거나 두려움을 드러내면 그 동물은 반드시 따라오거나 공격하기 마련이다. 그래서 이 위험한 국면을 맞아 걱정하는 기색을 조금도 나타내지 않기로 마음먹었다.

나는 대담하게 고양이의 머리 바로 앞까지 대여섯 걸음 걸어갔고 50센티미터가 채 안 되는 거리까지 다가가기도 했다. 고양이는 오히려 내가 무섭다는 듯이 등을 움츠렸다. 나는 방으로 들어온 서너 마리 개에 관해서는 별로 걱정이 없었다. 농가에서는 늘 개가 들락거리기 마련이기 때문이다. 개 한 마리는 마스티프 종으로 코끼리 네 마리를 합친 것만큼이나 컸고 다른 개는 그레이하운드로 마스티프보다 키가 약간 컸지만 몸집은 그만큼 크지 않았다.

식사가 거의 끝날 무렵 유모가 한 살배기 아기를 품에 안고 들어왔다. 아기는 즉시 나를 발견하고 런던교에서 첼시까지 들릴 만큼 큰 소리로 울부짖기 시작했다. 아기들이 흔히 그러듯 나를 갖고 놀겠다고 떼를 쓰는 것이었다. 여주인은 순전히 아기의 응석을 받아주려는 마음에서 나를 집어 아기 쪽으로 데려갔고, 아기는 곧 내 허리를 붙잡아 머리를 자기 입에 넣었다. 내가 무척 큰 소리로 고함을 지르자 그 장난꾸러기는 깜짝 놀라 나를 떨어뜨렸다. 여주인이 앞치마로 받아 주지 않았다면 분명 목이 부러졌을 것이다.

유모는 아기를 달래려고 딸랑이를 흔들었다. 속이 빈 용기에 큰 돌들을 채운 것이었는데 끈으로 아이의 허리에 묶여 있었다. 그러나 소용이 없어서 유모는 어쩔 수 없이 마지막 대책으로 젖을 물려야 했다. 솔직히 유모의 무시무시한 가슴처럼 역겨운 물건은 본 적이 없다. 호기심 많은 독자에게 그것의 크기와 모양, 색깔에 관해 알려 주어야겠지만 무엇과 비교하면 좋을지 모르겠다. 유모의 가슴은 앞으로 2미터쯤 튀어나왔고 둘레는 5미터는 되어 보였다. 젖꼭지는 내 머리 절반 크기였고 젖꼭지와 젖무덤의 빛깔은 점과 여드름과 주근깨 때문에 얼마나 얼룩덜룩한지 이보다 더 구역질나는 광경은 없을 터였다. 유모는 좀 더 편하게 젖을 빨리려고 자리에 앉았고 나는 식탁에 서 있었으므로 유모의 모습이 가까이에서 보였던 것이다.

　이 때문에 나는 영국 귀부인들의 아름다운 피부를 떠올리게 되었다. 그녀들의 피부는 우리에게 무척 아름답게 보인다. 하지만 그것은 몸집이 비슷하기 때문에 그렇게 보이는 것뿐이다. 확대경이 아니면 결점이 잘 보이지 않겠지만, 시험 삼아 확대경을 대 본다면 가장 매끈하고 하얀 피부도 거칠고 조잡하며 아름답지 않은 색으로 보일 것이다.

　릴리푸트에 있을 때 그 작은 사람들의 피부가 나에게는 세상에서 가장 아름답게 보였던 것이 기억난다. 내 친한 친구이기도 했던 그곳의 학자와도 이 문제를 두고 이야기를 했었다. 그는 내 손에 올라탄 채 내 얼굴을 가까이에서 자세히 볼 때보다 멀리 땅에서 올려다볼 때 훨씬 깨끗하고 매끄럽게 보인다고 했다.

　처음에 가까이에서 보았을 때는 무척 충격을 받았다고 고백했다. 내 피부에 큰 구멍이 많이 보였다는 것이다. 내 수염의 밑동은 수퇘지의 빳빳한 털보다 열 배는 더 억셌다. 내 피부에는 불쾌한 빛깔 여러 개가 뒤섞여 있었다. 자기변호를 하자면 나는 영국 남자 중에서도 피부가 무척 좋은 편이고 여행 중에도 거의 타지 않았다.

한편 그 학자는 궁중의 귀부인들에 관해서 가끔 이야기를 했는데, 누구는 주근깨가 있고 누구는 입이 너무 크고 누구는 코가 너무 크다는 것이었다. 나는 그중 어떤 것도 알아볼 수가 없었다. 내가 뻔한 이야기를 하고 있는 것은 사실이다. 그러나 독자가 이 거대한 인간들이 정말로 흉하게 생겼다고 생각할까 봐 어쩔 수 없이 하는 말이다. 공정하게 말해서 그들은 아름다운 종족이었다. 특히 주인은 농부에 지나지 않았지만 내가 18미터 높이에서 보았을 때 꽤 균형 잡힌 이목구비를 하고 있었다.

식사가 끝나자 주인은 밖에 있는 일꾼들에게 갔다. 목소리와 몸짓으로 봐서 아내에게 나를 돌봐 주라고 신신당부하는 듯했다. 나는 몹시 피곤해 잠을 자고 싶었는데, 여주인은 그 사실을 눈치채고 나를 자신의 침대에 눕힌 후 깨끗하고 하얀 손수건을 덮어 주었다. 손수건이라고는 해도 군함의 중앙 돛보다 더 크고 거칠었다.

나는 두 시간쯤 자는 동안 고국으로 돌아가 아내와 아이들과 함께 있는 꿈을 꾸었다. 잠에서 깨었을 때 폭이 60~90미터이고 높이가 60미터쯤인 넓은 방에서 너비가 20미터에 이르는 침대 위에 홀로 있다는 사실을 깨닫자 더욱 슬퍼졌다. 여주인은 방문을 잠근 채 집안일을 하러 가고 없었다. 침대 높이는 7미터가 넘었다. 용변이 마려워 내려가야 했다. 소리칠 엄두는 나지 않았다. 혹시 소리치더라도 내가 있는 방에서 가족들이 있는 부엌까지 거리가 너무 멀어 내 목소리 따위는 들리지 않을 터였다. 이런 상황에서 쥐 두 마리가 커튼을 타고 올라와 코를 킁킁대며 침대 여기저기를 뛰어다녔다. 한 마리는 내 얼굴 바로 앞까지 다가왔다. 나는 깜짝 놀라 일어서서 방어하려고 단검을 뽑아 들었다. 이 무시무시한 동물들은 대담하게도 양쪽에서 나를 공격했고 한 마리는 앞발로 내 옷깃을 붙잡기도 했다. 그러나 다행히 나는 그 쥐가 못된 짓을 하기 전에 칼로 쥐의 배를 찢어 놓았다. 쥐는 내 발치에 쓰러졌다. 동료의 죽음을 본 다른 쥐가 달아났다. 나는 달아나는 쥐의 등에 큰 상처를 냈고 쥐는 등 뒤로 피를 뚝뚝 흘리며 도망쳤다.

이런 공적을 세운 후 나는 숨을 돌리며 기운을 차리려고 침대 위를 천천히 서성거렸다. 그 쥐들은 큰 마스티프만 했는데 분명 더 재빠르고 사나웠다. 내가 허리띠를 벗어 버리고 잠들었다면 갈기갈기 찢겨 잡아먹히고 말았을 터였다. 죽은 쥐의 꼬리 길이를 재니 2센티미터 모자란 2미터였다. 죽은 쥐는 피를 흘리며 가만히 누워 있었다. 쥐를 침대에서 끌어내자니 구역질이 났다. 나는 쥐가 아직 숨이 붙어 있는 것을 보고 목을 슥 베어 완전히 끝장내 버렸다.

잠시 뒤, 방에 들어온 여주인은 피투성이가 된 내 모습을 보고는 얼른 달려와 손으로 나를 들어 올렸다. 나는 죽은 쥐를 가리키고 웃음을 지으며 다른 몸짓으로 다치지 않았다는 뜻을 전했다. 여주인은 무척 기뻐했고 쥐를 창밖으로 던졌다. 여주인은 나를 탁자에 올렸고 나는 피범벅이 된 내 단검을 보여 주고는 외투 깃으로 닦아 칼집에 꽂았다. 그것 말고도 급한 일이 있었는데 다른 사람이 대신 해 줄 수 없는 일이라서 여주인에게 나를 바닥으로 내려 달라는 말을 전하기 위해 애썼다. 여주인이 내려 주자 나는 부끄러워 직접 표현하지는 못하고 문을 가리키며 몇 번 허리를 숙였다. 그 마음씨 착한 여자는 어려움을 겪은 끝에 마침내 내 목적을 알게 되었다. 그리고 나를 손으로 다시 들어 뜰에 내려놓았다. 나는 200미터쯤 떨어진 구석으로 갔다. 여주인에게 나를 보거나 따라오지 말라고 손짓한 뒤 괭이밥 이파리 사이에 몸을 숨기고 볼일을 보았다.

내가 이 이야기와 이 비슷한 이야기를 길게 늘어놓더라도 친절한 독자라면 이해해 주리라 믿는다. 비굴하고 천박한 사람에게는 이런 내용이 하찮게 보일지라도 현명한 사람은 생각과 상상력을 넓히고 개인의 편의뿐 아니라 공익을 추구하는 데 적용할 것이 분명하기 때문이다. 그것이야말로 내가 여행기에 이 이야기와 다른 이야기들을 싣는 유일한 목적이다. 나는 현란한 학식이나 문체로 허세를 부리지 않고 진실을 이야기하는 데 주력했다. 그러나 이 여행의 모든 장면이 내 머릿속에 무척 강한 인상을 남겼고 뇌리에 깊이 박힌 탓에 그 내용을 종이에 옮기는 동안 사소한 상황 하나도 빠뜨리지 않았다. 다만 지루하고 쓸데없다는 책망을 받을까 봐 철저한 검토 끝에 초고에 있던 덜 중요한 사건은 몇 단락 삭제했다. 여행가들이 종종 받는 그런 책망은 어찌 보면 정당한 것이니까 말이다.

2장

농부의 딸을 묘사한다. 저자는 장이 서는 마을에 들렀다가 수도로 간다. 그 여정을 상세히 들려준다.

여주인에게는 아홉 살 난 딸이 하나 있었다. 나이에 비해 싹수가 있고 바느질 솜씨가 무척 뛰어나며 인형 옷을 능숙하게 만드는 아이였다. 여주인과 그 딸은 인형 요람을 고쳐 내가 밤에 잘 곳을 만들어 주었다. 보관장에 딸려 있던 작은 서랍 안에 요람을 넣고 쥐들이 달려들지 못하도록 그 서랍을 벽에 달린 선반에 얹었다. 이것이 내가 이 가족과 머무는 동안 내내 쓴 침대였다. 이 침대는 내가 이 나라 언어를 익히고 요구 사항을 알리게 되자 점점 더 편리하게 탈바꿈했다.

어린 소녀는 손재주가 있어서 내가 소녀 앞에서 한두 번 옷을 벗는 모습을 본 후에 내 옷을 입히거나 벗겨 주었다. 물론 나 혼자 입고 벗도록 내버려둘 때는 절대 소녀를 귀찮게 하지 않았다. 소녀는 나에게 셔츠 일곱 벌과 다른 속옷을 만들어 주었는데 구할 수 있는 가장 섬세한 천으로 만들었지만 나에게는 사실 삼베보다 거칠었다. 소녀는 이런 옷을 내 대신 직접 빨아 줄 때가 많았다. 또 나에게 말을 가르쳐 주는 선생이었는데 내가 물건을 가리키면 자기 나라 말로 그 이름을 말해 주었다. 며칠이 지나자 나는 원하는 물건을 가져다 달라고 할 수 있게 되었다.

소녀는 마음씨가 무척 착했고 키는 12미터쯤으로 나이에 비해 작았다. 소녀는 나에게 '그릴드릭'이라는 이름을 지어 주었는데 처음에는 가족들이, 나중에는 온 나라가 나를 그 이름으로 불렀다. 그 단어는 라틴 어로는 '나눈쿨루스(Nanunculus)', 이탈리아 어로는 '호문첼레티노(Homunceletino)', 영어로는 '매니킨(Mannikin)'이라고 할 수 있는 '난쟁이'라는 뜻이었다.(*여기 나온 라틴 어와 이탈리아 어는 혼합어다. '나눈쿨루스'는 라틴 어 'nanus'에 난쟁이라는 뜻의 영단어 'homunculus'의 뒷부분을 붙였고, '호문첼레티노'는 'homunculus'의 앞부분에 이탈리아 어의 느낌을 주는 접미사를 붙여 만들었다.)

내가 그 나라에서 생존할 수 있었던 것은 주로 이 소녀 덕분이다. 그 나라에 있는 동안 우리는 떨어진 적이 없다. 나는 소녀를 '어린 보모'라는 뜻의 '글룸달클리치'라고 불렀다. 소녀가 나를 보살피며 애정을 쏟았음을 언급하지 않는다면 나는 그야말로 배은망덕한 사람일 것이다. 내 힘이 닿는다면 걸맞은 보답을 하고 싶은 마음이 간절한데 나도 모르게 소녀의 명예를 더럽힐 불쾌한 이야기를 쓰게 될까 봐 심히 걱정스럽다.

내 주인이 밭에서 이상한 동물을 발견했다는 사실이 동네에 알려지고 사람들 입에 오르내리게 되었다. 크기는 '스플락닉' 정도인데 모든 면에서 인간처럼 생긴 동물이라는 것이었다. 게다가 행동마저 사람을 닮았으며 자기 나름의 언어를 쓰고 이미 이나라 단어를 몇 개 익혔다는 것이다. 게다가 두 다리로 걸어다니고 고분고분하며 온순해 부르면 다가오고 지시받은 대로 따르고, 팔다리는 세상에서 가장 가늘며 얼굴이 귀족의 세 살짜리 딸보다도 더 뽀얗다는 것이었다.

매우 가까운 곳에 살고 있으며 내 주인의 각별한 친구인 다른 농부가 이 소문의 진상을 밝히려고 찾아왔다. 주인은 즉시 나를 꺼내 탁자에 올렸다. 나는 지시받은 대로 탁자 위를 걸었고, 단검을 뽑았다가 다시 집어넣고, 주인의 손님에게 경의를 표했으며 그 나라 말로 안부를 묻고 환영 인사를 했다. 모두 내 어린 보모가 가르쳐 준 것들이었다. 나이가 많아 눈이 침침해진 그는 나를 더 자세히 보려고 안경을 꼈다. 그 모습에 나는 배꼽을 잡고 웃지 않을 수 없었다. 그의 눈이 두 개의 창문을 통해 방 안으로 빛을 비추는 보름달 같았기 때문이었다. 내가 왜 웃는지 깨달은 우리 집 식구들도 나와 함께 웃었다. 그 늙은 남자는 바보같이 화를 내며 무안해 했다.

그는 엄청난 구두쇠로 통했다. 나에게는 불행한 일이었지만 그는 별명에 걸맞게 내 주인에게 사악한 조언을 했다. 옆 마을에서 장이 설 때 나를 구경거리로 내놓으라는 것이었다. 35킬로미터쯤 떨어진 그 마을은 말을 타면 30분 정도 걸리는 곳이었다. 내 주인과 그 친구가 한참 귓속말을 주고받으며 가끔 나를 가리키는 모습을 보았다. 나는 달갑지 않은 일이 벌어지고 있음을 직감했다. 두려운 마음에 그들의 대화를 엿들으면서 조금은 알아들을 수 있었으면 좋겠다고 생각했다.

그러나 다음 날 아침, 내 어린 보모인 글룸달클리치가 어머니를 구슬려 캐낸 전모를 나에게 들려주었다. 그 가여운 소녀는 나를 품에 안고 수치심과 슬픔으로 눈물을 흘렸다. 소녀는 거칠고 상스러운 사람들이 나에게 나쁜 짓을 저지를까 봐, 혹시 나를 손으로 꽉 쥐어 죽이거나 나를 붙잡아 팔다리 중 하나를 부러뜨릴까 봐 걱정했다. 또 내가 천성적으로 겸손하고 명예를 무척 중요하게 생각한다는 사실을 알았기 때문에 저속하기 짝이 없는 사람들의 공공연한 구경거리가 되고 돈벌이에 이용된다는 사실에 얼마나 모욕감을 느낄지도 잘 알았다. 소녀는 엄마 아빠가 그릴드릭을 자신에게 주기로 약속했었다고 말했다. 그러나 이제 보니 작년에 새끼 양을 주기로 했다가 양이 통통해지자마자 푸줏간에 팔아 버렸을 때처럼 자신을 속였음을 깨달았다고 했다.

사실 나는 내 보모보다 걱정이 덜했다. 언젠가 자유를 되찾을 것이라는 강한 희망을 버린 적이 없었기 때문이다. 또 괴물 취급을 받으며 끌려다니는 굴욕을 당하더라도 내가 이 나라에서는 완전한 이방인이기 때문에 영국으로 돌아갔을 때 그런 불운이 내 탓이라고 비난받을 리는 없기 때문이었다. 영국의 왕이라고 해도 나와 같은 상황에서는 똑같은 어려움을 겪었을 것이다.

내 주인은 친구의 조언대로 나를 상자에 넣어 다음 날 인근 마을에서 열리는 장으로 데려갔다. 내 보모인 어린 딸도 등 뒤에 앉혀 함께 데려갔다. 상자는 사방이 막혔지만 내가 드나들 작은 문 하나와 송곳으로 뚫은 공기구멍 몇 개는 있었다. 소녀는 꼼꼼하게도 그 속에 인형 침대에 딸린 누비이불을 넣어 두어 내가 누울 수 있도록 해 주었다. 그러나 여행을 떠난 지 30분밖에 되지 않았는데도 나는 몸이 몹시 흔들려 불안하기 짝이 없었다. 말의 보폭은 12미터 정도였는데 종종걸음일 때는 너무 높이 들썩거려서 그 진동이란 큰 폭풍을 만난 배가 오르락내리락할 때와 같았다. 대신 횟수가 훨씬 잦았다.

우리가 간 거리는 런던에서 세인트 앨번스까지의 거리보다 좀 더 멀었다. 내 주인은 자주 이용하는 여관에 내렸다. 여관 주인과 잠시 상의하며 필요한 준비를 마친 후 '그룰트루드' 즉, 거리에서 외치며 광고하는 사람을 고용해 녹색 간판이 달린 '독수리' 여관에 기묘한 생물이 나타났다는 소식을 마을 곳곳으로 전했다. 그 생물은 스플락넉(그 나라의 동물로 모습이 매우 섬세하며 길이가 180센티미터쯤이다.)보다도 크지 않으며 몸의 모든 부분이 인간과 닮았다고 했다. 몇 마디 말을 할 줄 알고 재미난 묘기를 백 가지나 부릴 줄 안다고 광고했다.

나는 그 여관에서 가장 큰 방에 있는 탁자 위에 놓였는데 그 탁자는 넓이가 30제곱미터에 이르렀다. 내 어린 보모는 탁자 옆에 있는 낮은 의자에 올라서서 나를 돌보며 해야 할 일을 일러주었다. 내 주인은 혼잡을 피하기 위해 구경꾼을 한 번에 서른 명만 받을 생각이었다. 나는 소녀가 지시하는 대로 탁자 위를 걸어다녔다. 소녀는 내가 아는 단어로만 구성한 질문을 던졌고 나는 최대한 크게 대답했다. 나는 구경꾼들을 몇 번 돌아보며 정중하게 경의를 표했고 환영 인사를 했다. 그리고 그전에 배운 다른 말도 조금 했다. 나는 글룸달클리치가 컵으로 쓰라고 주었던 골무에 술을 채우고 건배했다. 내 단검을 뽑아 영국 검술사를 흉내 내며 휘둘렀다. 내 보모가 짧은 지푸라기를 주었고 나는 그것을 창으로 삼아 어릴 때 배운 창술을 선보였다. 그날 나는 열두 번이나 구경꾼들을 맞이했고 똑같은 바보짓을 그만큼 되풀이해야 했다. 결국에는 너무 피곤하고 짜증이 나서 죽을 것만 같았다. 나를 구경한 사람들이 놀랍다는 이야기를 퍼뜨린 탓에 문을 부수고라도 쳐들어올 기세로 사람들이 몰렸기 때문이다.

잇속 챙기기에 바쁜 내 주인은 보모 외에는 누구도 나를 건드리지 못하게 했다. 그리고 사고를 예방하고 누구도 나를 건드리지 못하도록 탁자에서 멀찍이 떨어진 곳에 벤치를 빙 둘러 배치했다. 그러나 어느 짓궂은 소년이 내 머리를 겨냥해 개암을 던졌고 그 열매는 아슬아슬하게 빗나갔다. 그렇지 않았다면 무서운 기세로 날아온 호박만 한 그 열매에 내 머리가 깨져 버렸을 것이다. 어린 개구쟁이가 흠씬 두들겨 맞고 방에서 쫓겨나는 모습을 보니 고소했다.

내 주인은 돌아오는 다음 장날에 다시 나를 보여 주겠다고 공지했다. 그리고 그사이에 내가 좀 더 편하게 쓸 탈것을 준비했는데 그럴 만한 이유가 있었다. 나는 이 첫 여행으로 인해 너무 지쳤고 여덟 시간 연속 구경꾼들을 즐겁게 해 주느라 두 다리로 서 있지도, 말을 하지도 못할 지경이 된 것이다. 내가 기운을 회복하는 데는 최소한 사흘이 걸렸다. 집에서도 쉬지 못한 탓이었는데 160킬로미터 근방에 사는 남자들이 주인의 집으로 나를 보러 찾아왔기 때문이었다. 서른 명이 넘는 남자들이 아내와 아이들까지 데려왔다(그 나라는 인구가 몹시도 많았다.). 내 주인은 찾아온 이들이 한 가족뿐이어도 방이 사람들로 가득할 때와 똑같은 금액을 받았다. 그래서 얼마 동안 도시에 가지 않아도 쉬지 못하는 날이 많았다(수요일은 이 나라의 안식일이라 예외였다.).

주인은 내가 상당한 돈벌이가 될 수 있다는 사실을 깨닫고 나를 데리고 그 나라의 주요 도시들을 순회하기로 했다. 긴 여행에 필요한 물품을 모두 갖추고 집안일도 처리했다. 내가 도착한 지 두 달쯤 지난 1703년 8월 17일, 주인은 아내에게 작별 인사를 했고 우리는 그 나라의 한가운데쯤 위치한 수도로 출발했다. 집에서 5천 킬로미터나 떨어진 곳이었다. 주인은 딸인 글룸달클리치를 뒤에 태우고 말을 달렸다. 글룸달클리치는 내가 든 상자를 무릎에 올리고 끈으로 허리에 묶었다. 소녀는 구할 수 있는 가장 부드러운 천으로 상자의 사방에 안감을 대 주고 바닥에는 누비이불을 깔았다. 상자에 인형 침대를 넣고 내의와 다른 필수품을 구비해 주었다. 그리고 최대한 편리한 환경을 만들어 주었다. 우리의 동행인은 그 집의 심부름꾼 소년 하나뿐이었고 그 소년은 짐을 실은 말을 타고 뒤따라왔다.

주인은 수도로 가는 길목에 있는 모든 도시에 들러 나를 보여주고, 손님이 있겠다 싶은 마을이나 귀족의 저택이 있는 곳이라면 가던 길에서 벗어나 백 킬로미터가 넘는 거리라도 찾아갈 작정이었다. 우리는 하루에 110~130킬로미터가 넘지 않는 거리를 이동하며 순조롭게 여행했다. 나를 염려한 글룸달클리치가 말이 빨리 달려 피곤하다며 하소연한 덕분이었다. 글룸달클리치는 내가 원하면 가끔 상자에서 나를 꺼내 바람을 쐬어 주고 풍경을 보여 주었지만 내 몸을 묶은 줄은 반드시 꼭 붙잡았다. 우리는 나일 강이나 갠지스 강보다 몇 배 더 넓고 깊은 강을 대여섯 개 건넜는데 런던 다리가 있는 템스 강만큼 좁은 시내는 거의 없었다. 우리는 10주 동안 여행했다. 내가 들른 대도시는 열여덟 곳이었고 작은 마을과 가정은 셀 수 없이 많았다.

10월 26일, 우리는 이 나라 말로 '우주의 자랑'인 '로브룰그루드'라고 불리는 수도에 도착했다. 주인은 궁전에서 멀리 떨어지지 않은 도시 중심가에 숙소를 정했다. 그리고 늘 그러듯이 내 겉모습과 연기 내용을 적은 벽보를 붙였다. 너비가 120~150미터쯤 되는 큰 방을 빌렸다. 내가 올라가 연기를 하도록 지름이 20미터 가까이 되는 탁자를 준비했다. 그리고 내가 추락하지 않도록 탁자 가장자리에서 1미터쯤 되는 지점에 높이가 1미터인 울타리를 둘렀다. 나는 하루에 열 번 공연을 했고 모든 사람들은 놀라며 만족스러워했다.

그 무렵 나는 그 나라 말을 곧잘 했으며 나에게 건네는 말을 완벽하게 이해했다. 게다가 그 나라의 알파벳을 익혀 둔 터라 이리저리 움직이며 문장을 설명할 수도 있었다. 집에 있을 때와 여행 중 자유 시간에 글룸달클리치가 나에게 글을 가르쳐 주었던 것이다. 글룸달클리치는 주머니에 샌슨의 지도책과 크기가 비슷한 작은 책을 넣어 다녔다. 어린 소녀를 대상으로 나온 대중 서적으로 종교에 관한 간단한 설명이 실려 있었다. 글룸달클리치는 이 책으로 나에게 글자를 가르치고 단어를 해석해 주었다.

3장

저자는 궁궐로 보내진다. 왕후가 농부인 주인에게서 저자를 사고 왕에
게 선물한다. 저자는 궁중의 위대한 학자들과 논쟁한다. 궁궐에 저자가 묵
을 방이 마련된다. 그는 왕후의 총애를 받는다. 조국의 명예를 지킨다. 왕후
의 난쟁이와 다툰다.

매일 쉴 새 없이 일을 한 탓에 몇 주가 지나자 건강이 몹시 악
화되었다. 주인은 내가 돈을 많이 벌어들일수록 더더욱 욕심을
냈다. 나는 식욕이 뚝 떨어졌고 거의 뼈만 남았다. 주인은 그 사
실을 알고는 내가 곧 죽을 거라고 생각해서 그전에 가능한 많은
수입을 올리고자 했다. 그가 이런 궁리를 하고 있을 때 그 나라
말로 '슬라드랄'인 왕실 의정관이 궁중에서 파견되었다. 그리고
내 주인에게 즉시 나를 궁으로 데려와 왕후와 귀부인들을 즐겁
게 해 주라고 명령했다. 진작 나를 구경한 귀부인들이 내 미모와

행동과 분별력이 신기하다고 보고했던 것이다. 왕후와 왕후를 수행하는 귀부인들은 내 행동거지를 보고 대단히 즐거워했다.

나는 무릎을 꿇고 왕후의 발에 입을 맞출 영광을 베풀어 달라고 했다. 그러나 이 관대한 왕후는 내가 탁자 위로 이동한 후 나에게 새끼손가락을 내밀었다. 나는 두 팔로 그 손가락을 껴안고 더없이 정중하게 그 끝에 입술을 댔다. 왕후는 내 나라와 내가 한 여행에 관해 대략적으로 질문했고 나는 최대한 분명하고 간단히 대답했다. 왕후는 궁궐에서 살 마음이 있느냐고 물었다. 나는 탁자 바닥에 닿을 만큼 몸을 굽히며 지금은 섬기는 주인이 있다고 겸손히 대답했다. 그러나 내 마음대로 선택할 수 있다면 왕후를 섬기는 데 자랑스럽게 삶을 바치겠노라고 말했다. 그러자 왕후는 내 주인에게 나를 좋은 값에 팔 생각이 있느냐고 물었다. 내가 한 달 이상 살지 못할 것이라고 생각한 주인은 나와 헤어지는 데 거리낌이 없었고 금화 천 개를 요구했다.

주인에게 즉시 돈을 가져다주라는 명령이 떨어졌는데 그 금화 한 개가 포르투갈 금화 800개를 합친 것만큼이나 컸다. 그러나 이 나라와 유럽의 물건 크기를 비교하고 이 나라의 비싼 금값을 고려한다면 영국 돈으로 1천 기니 정도밖에 되지 않을 것이다. 그 후 나는 왕후에게, 이제 황공하게도 왕후의 사람이자 하인이 되었으니 부탁이 있다고 말했다. 지금까지 나를 극진히 보살피고 배려해 주었으며 나를 돌보는 방법을 잘 아는 글룸달클리치가 왕후를 섬겨 앞으로도 내 보모이자 선생 역할을 하도록 허락해 달라고 부탁했다.

왕후는 내 간청을 들어주었다. 농부는 딸이 궁궐에서 일하게 된다는 생각에 기분이 좋아 쉽게 동의했다. 그리고 그 가여운 소녀는 기쁨을 숨기지 못했다. 내 옛 주인이 나에게 작별 인사를 하면서 자기 덕분에 좋은 주인을 만날 수 있었던 거라고 했다. 나는 가벼운 목례만 한 채 한 마디도 대답하지 않았다.

왕후는 내 냉담한 태도를 눈치챘다. 농부가 방에서 나가자 나에게 이유를 물었다. 나는 용기를 내어 말했다. 옛 주인이 밭에서 우연히 발견한 불쌍하고 무해한 생물의 머리를 때려죽이지는 않았지만 그 외에는 조금도 빚이 없다고 말이다. 그 빚은 그가 나를 왕국의 절반가량 되는 사람에게 구경시키며 벌어들인 돈과 좀 전에 나를 팔고 받은 돈으로 충분히 보상했다고 말했다.

주인을 만난 후 나는 나보다 열 배는 강한 동물이라도 버티지 못하고 죽을 만큼 고된 나날을 보냈다. 매일 매 시각 떠들썩한 군중을 즐겁게 해 주는 끝없는 고역을 치르느라 건강이 나빠졌다. 그리고 주인이 내 목숨이 위험하다고 생각하지 않았다면 왕후는 그토록 싼값에 나를 살 수 없었을 터였다. 그러나 이제는 학대당할 위험에서 벗어나 자연의 아름다움이자 세상의 총아, 신하들의 기쁨, 피조물의 으뜸인 위대하고 인자한 왕후의 보호를 받게 되었다. 그래서 옛 주인의 염려가 근거 없는 것이 되기를 바라고 있다고 말했다. 위엄 있는 왕후와 함께 있는 것만으로 벌써 기력이 소생하고 있기 때문이라며 말이다.

나는 이 모든 말을 무척 어설프게 더듬거리며 전했다. 마지막 부분은 이 나라 사람들 특유의 방식대로 표현한 것으로 글룸달클리치가 나를 궁궐로 데려오며 가르쳐 준 문구였다.

불완전한 내 말을 관대하게 들어준 왕후는 나처럼 작은 동물에게 상당한 지성과 분별력이 있다는 사실에 놀라워했다. 왕후는 손으로 나를 직접 들고 별실에서 쉬고 있던 왕에게 데려갔다. 몹시 근엄하고 얼굴이 묵직한 왕은 처음에 내 모습을 제대로 알아보지 못하고 차가운 태도로 왕후에게 스플락넉을 언제부터 좋아하게 되었느냐고 물었다. 내가 왕후의 오른손에 엎드려 있어서 그렇게 본 모양이었다. 그러나 재치와 유머 감각이 무한한 왕후가 서랍이 달린 책상 위에 나를 조심스레 세우고는 나더러 왕에게 자기소개를 하라고 했다. 나는 매우 간단히 말했다. 별실 출입문에서 기다리던 글룸달클리치는 내가 보이지 않자 견디지 못하고 허락을 받아 안으로 들어왔다. 그리고 내가 농부의 집에 도착한 이후로 일어난 모든 일을 증언해 주었다.

왕은 그 나라에서 누구 못지않게 학식이 풍부했고 철학을 탐구했으며 특히 수학이 전문이었다. 그러나 내 정확한 모습을 알아보자 그리고 내가 입을 열기 전에 똑바로 서서 걷는 모습을 보자 어느 독창적인 예술가가 만든 태엽 장치 기계라고 생각했다(그 나라의 태엽 장치 기술은 완벽에 가까웠다.). 그러나 내 목소리를 듣고, 내가 분명하고 논리적으로 의사를 표현하는 모습을 보고는 놀라움을 감추지 못했다.

왕은 내가 이 나라에 오게 된 자초지종을 설명해도 납득하지 못했다. 글룸달클리치와 그녀의 아버지가 나를 더 비싼 값에 팔기 위해 말을 가르치고 그런 이야기를 꾸며냈다고 여겼다. 왕은 그런 생각으로 나에게 다른 질문을 몇 개 더 했지만 이번에도 외국식 억양과 언어를 다 알지 못한다는 점 말고는 결함을 찾을 수 없는 논리적인 대답을 듣게 되었다. 내가 농부의 집에서 배운 투박한 문구도 섞여 나왔는데 세련된 궁중 양식에는 걸맞지 않은 것이었다.

왕은 당시 그 나라의 관습에 따라 일주일에 한 번씩 입궐해 있는 뛰어난 학자 셋을 불렀다. 학자들은 무척 꼼꼼하게 내 모습을 검사한 뒤 나에 관해 서로 다른 의견을 내놓았다. 내가 일반적인 자연법칙에 따라 태어난 존재가 아니라는 점에서는 의견이 일치했다. 내 골격으로 보아 민첩하게 움직이거나 나무에 오르거나 땅에 구멍을 파서 목숨을 유지할 수는 없었다. 내 치아를 무척 정밀하게 살펴본 결과 육식 동물이라는 결론이 나왔다. 그러나 대부분의 네발짐승은 나보다 크고 강했다. 들쥐와 다른 동물들이 너무 날렵하니 내가 달팽이와 다른 곤충을 먹지 않는 한 어떻게 목숨을 유지할 수 있을지 짐작할 수 없다고 했다. 동시에 내가 달팽이와 곤충을 먹을 수 없다는 사실을 입증할 학문적 논거를 다수 제시했다.

한 학자는 내 존재가 유산된 아기가 태어난 것일지도 모르겠다고 생각했다. 그러나 다른 두 학자는 완벽하게 성장을 끝낸 내 팔다리를 보고 그 의견을 반박했다. 또 수염이 나타내듯이 내가 태어난 지 몇 년은 되었을 것이라고 했다. 확대경으로 수염자국이 분명히 보였던 것이다. 내가 비교 자체를 할 수 없을 만큼 작았으므로 난쟁이라고 생각할 수도 없었다. 왕후가 아끼는 난쟁이는 그 나라에서 가장 작은 존재였는데 키가 9미터 가까이 되었다.

학자들은 한참 논쟁한 뒤에 내가 '렐플럼 스칼카스', 직역하자면 '자연의 장난'에 불과하다고 만장일치로 결론을 내렸는데 유럽 현대 철학과 정확히 맞아떨어지는 결론이었다. 유럽의 교수들은 아리스토텔레스의 제자들이 자신들의 무지를 감추려고 헛되이 노력하며 둘러대는 '불가사의한 원인'이라는 말을 경멸했고 모든 문제의 해답으로 '자연의 장난'이라는 멋진 말을 발명해 인간의 지식을 말할 수 없이 발전시켰다.

최종 결론이 난 후 나는 한두 마디만 들어 달라고 간청했다. 왕에게 가까이 다가가서 나와 몸집이 비슷하고 남녀로 구성된 사람들 수백만 명이 사는 나라에서 왔다고 확실하게 말했다. 그곳은 동물과 나무와 집이 모두 나처럼 작아서 이 나라 사람들이 그렇듯 먹을 것을 구할 수 있다고 설명했다. 나는 이 말이 학자들의 논쟁에 충분한 답이 될 것이라고 생각했다. 학자들은 경멸 어린 웃음을 지으며 농부가 나를 참 잘 가르쳤다고 말했다. 이해력이 훨씬 뛰어난 왕은 학자들을 물리고 농부를 데려오라고 지시했다. 다행히도 농부는 아직 도시에 머물고 있었다. 우선 개인적으로 농부를 심문하고 그다음으로 나와 글룸달클리치를 불러 대면시킨 왕은 내가 한 말이 사실일지도 모른다고 생각하게 되었다.

왕은 왕후더러 나를 특별히 잘 돌보라는 명령을 내리라고 권했다. 그리고 글룸달클리치와 내가 서로에게 애착이 크다는 사실을 알았기 때문에 글룸달클리치가 하던 대로 계속 나를 돌봐야 한다고 여겼다. 궁궐에 글룸달클리치가 머물 편리한 방이 마련되었다. 글룸달클리치에게 교육을 담당할 일종의 가정 교사와 옷을 입혀 줄 하녀 그리고 잔심부름을 할 하인 두 사람이 배정되었다. 그러나 나를 돌보는 일은 글룸달클리치에게 일임했다.

왕후는 전담 가구 제작자에게 글룸달클리치와 내가 상의해 결정한 모형대로 내 침실이 될 상자를 만들라고 명령했다. 그는 그야말로 독창적인 예술가였다. 내 지시에 따른 지 3주가 지났을 때 가로와 세로가 각각 5미터, 높이가 4미터에 이르는 나무 방이 완성되었다. 영국의 침실처럼 내리닫이 창 여러 개와 출입문 하나, 벽장 두 개를 갖춘 방이었다. 천장 역할을 하는 판자에 열고 닫을 수 있도록 경첩 두 개를 달고 그 천장을 통해 왕후의 전담 실내 장식업자가 준비한 침대를 들여놓았다. 글룸달클리치는 그 침대를 매일 꺼내 바람을 쏘이고 직접 정돈했으며 밤이면 나를 넣은 다음 지붕을 잠갔다.

작고 신기한 물건을 잘 만들기로 유명한 어느 치밀한 목수가 상아 비슷한 재료로 등받이와 팔걸이가 있는 의자 두 개와 물건을 넣을 보관함이 딸린 탁자 두 개를 만들어 주었다. 바닥과 천장은 물론이고 누비이불로 방의 모든 면을 뒤덮었는데 이동할 때 이 방을 들어 옮기는 사람의 부주의로 일어날 사고를 방지하고, 내가 마차를 탔을 때 마차가 요동치며 발생할 충격을 완화하기 위해서였다. 나는 쥐들이 들어오지 않도록 문에 채울 자물쇠를 달라고 했다. 대장장이가 몇 번 시도한 후 이 나라에서는 지금껏 본 적 없었던 작은 물건이 완성되었다. 하지만 내가 알기로 영국 어느 신사의 집 문에 달린 것보다 컸다. 나는 글룸달클리치가 가지고 다니다가 잃어버릴까 봐 열쇠를 내 주머니에 넣어 다녔다.

또 왕후는 구할 수 있는 가장 얇은 비단으로 내 옷을 만들라고 지시했는데 영국의 담요보다 두껍지 않았으나 몸에 익숙해지기까지는 매우 거추장스러웠다. 옷은 페르시아 양식과 중국 양식이 반씩 섞인 그 나라의 유행대로 지어졌다. 매우 점잖고 품위 있는 옷이었다.

왕후는 나와 함께 있기를 매우 좋아해서 내가 없으면 식사도 하지 않을 정도였다. 왕후의 식탁 위, 그녀의 왼쪽 팔꿈치 근처가 내 식탁 자리였다. 앉을 의자도 하나 놓았다. 글룸달클리치는 바닥에 놓인 등받이 없는 의자를 내 식탁 근처에 두고 올라서서 나를 돕고 보살폈다. 나는 은 접시와 은 쟁반으로 구성된 식기 한 벌과 기타 비품을 받았는데 왕후의 식기와 크기를 비교해 보면 런던의 장난감 가게에서 본 인형의 집 가구들과 비슷했다. 내 어린 보모는 이것을 은 상자에 담아 자기 주머니에 보관했고 식사 때 내가 달라고 하면 꺼내 주었다. 글룸달클리치는 반드시 내 식기를 직접 씻었다.

왕후와 함께 식사하는 사람은 공주 둘뿐이었다. 열여섯 살 난 언니 공주와 열세 살 1개월 된 동생 공주였다. 왕후는 내 접시에 고기 조각을 놓아 주곤 했다. 나는 직접 썰어서 먹었으며 왕후는 인형처럼 작은 내가 식사하는 모습을 보며 즐거워했다. 왕후는 소식을 했음에도 불구하고 한입에 영국 농부들의 한 끼 식사량보다 열 배 이상 많은 양을 먹었고 나는 가끔 구역질이 났다. 왕후는 다 자란 칠면조보다 아홉 배나 큰 종달새의 날개를 뼈째로 입속에 넣고 아작아작 씹어 먹었다. 또 12페니짜리 빵 두 개를 합친 것만큼 큰 빵조각을 입에 넣었다. 왕후는 금잔으로 200리터가 넘는 술을 한 모금에 마셨다. 나이프는 손잡이가 일체형인 영국의 긴 낫보다 두 배는 더 길었다. 숟가락과 포크, 다른 식기도 모두 같은 비율로 컸다.

글룸달클리치가 호기심에서 나를 데리고 궁궐의 식탁을 구경하러 갔던 때가 기억난다. 이런 어마어마한 나이프와 포크 10여 개가 한꺼번에 배열되어 있었는데 그때까지 그토록 무시무시한 광경을 본 적이 없었다.

매주 수요일(앞에서 말했듯이 이 나라의 안식일이다.)에는 왕과 왕후가 왕자와 공주들을 데리고 왕의 방에서 함께 식사하는 것이 관습이었다. 이제 나는 왕의 총애도 누리고 있었다. 이 왕족들의 식사 때 내 작은 의자와 식탁은 왕의 왼편, 소금 그릇 앞에 놓였다. 왕은 나와 대화하기를 좋아해서 유럽의 예절, 종교, 법률, 정치, 학문에 관해 질문했고 나는 할 수 있는 한 자세히 설명했다.

왕은 뛰어난 이해력과 예리한 판단력으로 내가 하는 모든 이야기에 매우 현명한 의견과 논평을 제시했다. 그러나 내가 무역, 바다와 육지에서 벌어지는 전쟁, 종교 분파, 정당 등 내 사랑하는 조국에 관해 많은 이야기를 늘어놓으면 왕은 지금까지 받은 교육으로 인한 편견 때문인지 참지 못하고 오른손으로 나를 들어 올려 다른 손으로 조심스레 쓰다듬었다. 왕은 너털웃음을 터뜨린 후 내가 휘그당인지 토리당인지 물었다. 그리고 거대한 군함의 큰 돛대만큼이나 높이 솟은 하얀 지팡이를 들고 뒤에서 대기 중이던 총리에게 고개를 돌렸다. 왕은 총리에게 나처럼 작은 벌레도 흉내 낼 수 있는 인간의 위엄이란 얼마나 하찮은 것이냐고 말했다. 이런 생물도 나름의 작위와 영예가 있으며 작은 둥지와 굴을 짓고 집과 도시라고 부른다며 말이다. 옷과 마차의 모양에도 신경을 쓰고 사랑하고 싸우고 논쟁하고 속이고 배반한다.

왕이 이런 이야기를 계속하는 동안 내 얼굴은 몇 번이나 붉으락푸르락 달아올랐다. 예술과 병력의 중심지이자 프랑스의 채찍, 유럽의 중재자, 덕과 경건과 명예와 진리의 본거지, 세계의 긍지이자 선망의 대상인 내 숭고한 조국을 그토록 경멸스럽게 취급하는 말을 들으며 분노가 치솟은 탓이었다.

그러나 나는 상처를 받았더라도 화낼 처지가 못 되었기 때문에 좀 더 분별력을 발휘하여 내가 정말 상처를 받은 것인지 아닌지 의심해 보았다. 몇 달 동안 이 사람들을 지켜보고 이야기를 나누는 데 익숙해진 데다 내가 본 모든 물체가 이 사람들의 크기에 맞게 거대하다는 사실을 이해하고 나니, 처음에 이들의 몸집과 겉모습에서 느꼈던 공포가 상당히 사라졌던 것이다. 그러니 영국의 귀족과 귀부인들이 왕실 기념일에 입는 화려한 옷을 입고서 궁중 예법에 따라 점잔 빼고 걸으며 절을 하고 수다를 떠는 모습을 그려 보면, 솔직히 이 나라의 왕과 고관들이 나에게 그러는 것처럼 나도 그들을 비웃고 싶은 생각이 강하게 들었을 것이다. 또 왕후가 나를 손 위에 올리고 거울로 다가가 우리 둘의 모습이 눈앞에 고스란히 드러날 때는 나 역시 내 모습에 웃지 않을 수 없었다. 비교 자체가 말이 안 되었다. 정말이지 내가 평소보다 몇 배 작아진 건 아닌가 하는 생각이 들기 시작했다.

왕후의 난쟁이만큼 나에게 분노와 굴욕감을 불러일으키는 존재는 없었다. 그 나라에서 키가 가장 작았던 그는(분명 9미터가 채 되지 않았을 것이다.) 자기보다 훨씬 작은 생물을 보자 거만해졌다. 그래서 내가 왕후의 대기실 탁자 위에 서서 귀족이나 귀부인과 대화 중일 때면 반드시 거들먹거리고 잘난 체 하면서 내 옆을 지나갔다. 또 재치 있는 말로 기어코 내 작은 몸집을 비웃었다. 나는 그에게 '형씨'라고 부르면서 한판 붙자고 응수할 수밖에 없었다. 이런 재담은 궁궐의 사환들이 흔히 주고받는 것이었다. 어느 날 식사 중 이 사악한 애송이는 내가 한 어떤 말에 몹시 짜증을 내며 왕후의 의자에 올라서서 무방비 상태로 앉아 있던 내 허리를 붙잡아 크림이 든 커다란 은그릇 속에 떨어뜨렸다. 그리고 후닥닥 달아났다. 나는 머리와 귀부터 처박혔고 수영을 잘하지 못했다면 정말 큰일이 났을 것이다. 그때 우연히도 글룸달클리치는 방의 다른 쪽 끝에 있었다. 왕후는 너무 놀라 나를 도울 생각을 하지 못했다. 다행히도 내 어린 보모가 달려와 꺼내 주었지만 나는 이미 크림을 1리터 이상 삼킨 뒤였다. 나는 침대에 눕혀졌다. 그러나 옷을 버린 것 외에 다른 피해는 없었다. 옷은 그야말로 엉망진창이었다. 난쟁이는 심하게 매를 맞았고 그 외에도 나를 빠뜨린 그릇에 담긴 크림을 모두 마시는 벌을 받았다.

난쟁이는 왕후의 총애를 회복하지 못했다. 얼마 지나지 않아 왕후가 그를 어느 귀족 부인에게 주었기 때문이다. 덕분에 나는 그를 더 이상 만나지 않아도 되었는데 정말 다행이었다. 그 사악한 말썽꾸러기가 화가 나서 어떤 심한 짓을 저지를지 몰랐기 때문이다.

난쟁이는 전에도 나에게 역겨운 장난을 친 적이 있었다. 왕후는 웃음을 터뜨렸지만 동시에 몹시 화를 냈고 내가 관대하게 나서서 중재하지 않았더라면 그 즉시 난쟁이를 쫓아내고 말았을 것이다. 그때 왕후의 접시에는 골수가 든 뼈가 놓여 있었다. 왕후는 골수를 빼낸 뼈를 다시 원래대로 접시에 세워 두었다. 틈을 엿보던 난쟁이는 글룸달클리치가 식기대로 간 사이에 그녀의 의자에 올라섰다. 그리고 두 손으로 나를 붙잡고 두 다리를 모아 골수가 빠져나간 뼈 속에 내 허리까지 쑤셔 넣었다. 나는 몹시 우스꽝스러운 모습으로 잠시 그렇게 있어야 했다. 내가 어떤 꼴인지 누군가 알아차리기까지 1분은 걸렸을 것이다. 나는 체면상 소리를 지를 수가 없었다. 왕족들은 대개 뜨거운 음식을 먹지 않았으므로 다리에 화상을 입지는 않았으나 양말과 반바지가 처량한 꼴이 되었다. 내 간청으로 난쟁이는 모질게 매를 맞는 정도의 벌만 받았다.

나는 겁이 많다며 자주 왕후의 놀림을 받았다. 왕후는 영국 사람들이 나처럼 심한 겁쟁이냐고 묻곤 했다. 계기가 된 사건은 다음과 같았다. 이 나라는 여름이면 파리 떼에 시달렸다. 던스터블 시장에서 파는 종달새만큼이나 큰 이 혐오스러운 곤충들은 내가 식사를 하려고 앉아 있을 때마다 가만 내버려 두지 않고 내 귀 주변에서 끊임없이 윙윙거렸다. 가끔은 내가 먹을 음식에 내려앉아 그 역겨운 배설물이나 알을 남기고 갔는데 시야가 넓어 작은 물체를 예리하게 보지 못하는 이 나라 사람들과는 달리 내 눈에는 그것이 잘 보였다. 파리들은 내 코나 이마에 앉아 매우 불쾌한 냄새를 풍기며 내 속살을 찌르기도 했다. 영국의 박물학자들이 파리가 천장에 거꾸로 달라붙어 다닐 수 있는 이유라고 말한 그 끈적끈적한 물질도 쉽게 보였다.

나는 이 진저리 나는 동물들로부터 몸을 지키느라 법석을 떨었고 파리들이 내 얼굴에 앉을 때면 깜짝 놀라지 않을 수 없었다. 난쟁이는 영국의 소년들이 그러듯이 툭 하면 파리를 잔뜩 붙잡아 와 내 코 밑에서 주먹을 펴 나를 놀라게 만들고 왕후를 즐겁게 했다. 나만의 해결책은 날아다니는 파리들을 내 나이프로 동강내는 것이었다. 나는 민첩하다며 큰 칭찬을 받았다.

어느 날 아침, 글룸달클리치가 날씨가 좋은 날이면 늘 그러듯이 바람을 쏘이게 해 주려고 내가 든 상자를 창턱에 올려두었다(영국에서 새장을 못에 걸어 창가에 두듯이 내가 든 상자를 걸어 달라고는 할 수 없었다.). 나는 내리닫이 창을 들어 올리고 아침으로 달콤한 케이크를 먹으려고 식탁에 앉았다. 냄새에 끌린 말벌 스무 마리 이상이 방으로 들어와 똑같은 수만큼의 백파이프가 모여 내는 소리보다 더 크게 붕붕거렸다. 말벌 몇 마리가 내 케이크를 붙잡고 조금 떼어 갔다. 다른 말벌들은 내 머리와 얼굴 주변을 날아다니며 시끄러운 소리로 정신을 혼미하게 만들었다. 나는 벌침 때문에 무시무시한 두려움에 빠졌다.

그러나 용기를 내 일어나서 단검을 뽑아 공중에 있는 말벌들을 공격했다. 네 마리를 해치웠지만 나머지는 달아났고 나는 얼른 창문을 닫았다. 자고새만큼이나 큰 놈들이었다. 벌침을 뽑았더니 길이가 4센티미터 가까이 되었고 바늘처럼 날카로웠다. 나는 벌침을 모두 잘 보관하고 있다가 유럽 곳곳에서 다른 진기한 물품과 함께 사람들에게 보여 주었다. 그리고 영국에 돌아왔을 때 세 개는 그레샴 대학에 기증하고 하나는 내가 간직했다.

4장

이 나라를 묘사한다. 현대 지도를 수정하자고 제안한다. 궁궐과 수도, 자신의 여행 방식, 이 나라 최고의 사원에 관해 설명한다.

이제 독자에게 내가 살펴본 곳에 한해 이 나라를 간단히 설명하려고 한다. 내가 다녀 본 곳은 수도인 로브룰그루드 인근 3,200킬로미터 정도뿐이다. 내가 늘 수행한 왕후가 왕의 행차에 동행할 때도 그 이상 가지 않고 왕이 국경 지대를 시찰하고 돌아올 때까지 그곳에 머물렀기 때문이다. 이 왕이 다스리는 영토는 길이가 9,700킬로미터, 너비가 5천에서 8천 킬로미터에 이르렀다. 그 사실로 미루어 보아 일본과 캘리포니아 사이에 바다밖에 없다고 생각하는 유럽의 지리학자들이 큰 잘못을 범하고 있다는 결론을 내릴 수밖에 없다. 내 견해로는 이 세상에 타타르라는 거대한 대륙과 균형을 이루는 땅이 있어야 하기 때문이다.

그러니 지리학자들은 이 광활한 대지를 아메리카의 북서쪽에 추가해 지도와 해도를 바로잡아야 한다. 나는 얼마든지 힘을 보탤 것이다.

이 나라는 반도로서 높이가 50킬로미터에 이르는 동북쪽의 산맥이 국경이고 그 산의 꼭대기에는 화산이 있어 통행이 아예 불가능하다. 가장 박식한 학자들도 이 산맥 너머에 어떤 인간들이 살고 있는지 아니, 누군가 살고 있기는 한 건지 조금도 알지 못한다. 그 외에 삼면은 바다로 둘러싸여 있다. 나라 전체에 항구는 하나도 없다. 강물이 모여드는 해안 지대는 뾰족한 바위투성이고 대개 바다가 너무 거칠어 작은 배도 띄울 엄두를 내지 못한다. 그래서 이 나라 사람들은 세계 다른 나라들과의 교역에서 철저히 차단되었다. 그러나 큰 강에는 배들이 넘쳐나고 싱싱한 물고기들이 풍부하다. 이들은 바다에서는 물고기를 거의 잡지 않았는데 바닷고기가 유럽의 물고기와 크기가 같아서 잡아도 소용이 없기 때문이다. 이 점으로 보아 이례적으로 큰 동식물을 생산해 내는 자연의 힘은 이 대륙에만 한정된 것이 분명하다. 그 이유를 찾는 것은 철학자들의 몫으로 남겨 두겠다.

그러나 가끔 바위에 부딪혀 잡힌 고래가 있으면 서민들이 실컷 먹는다. 내가 본 고래는 너무 커서 한 사람이 어깨에 짊어지고 나를 수 없을 정도였다. 고래는 가끔 궁중의 호기심을 만족시키기 위해 큰 바구니에 담겨 로브룰그루드로 운반된다. 나는 왕의 식탁에 올라온 접시에서 진귀한 음식으로 통하는 고래 고기를 한 번 보았다. 그러나 왕은 좋아하지 않는 것 같았다. 너무 커서 왕의 식욕을 떨어뜨린 것 같았다. 나는 그린란드에서 좀 더 큰 것을 보기는 했지만 말이다.

이 나라에는 많은 사람들이 살고 있었다. 도시가 51개, 성벽으로 둘러싸인 소도시가 100여 개 그리고 작은 마을은 셀 수 없이 많았다. 그중에서 로브룰그루드만 묘사해도 호기심 많은 독자를 만족시킬 수 있을 것이다. 로브룰그루드는 도시를 관통하는 강을 중심으로 양편이 거의 똑같은 모습이다. 사람이 거주하는 집은 8만 채가 넘는다. 도시의 길이는 3글론글룽(약 86킬로미터.), 폭은 2.5글론글룽이었다. 이 수치는 내가 왕의 명령으로 제작된 왕실 지도에서 직접 잰 것으로 내가 볼 수 있도록 바닥에 펼쳐진 그 지도의 길이는 30미터에 이르렀다. 나는 맨발로 직경과 원주를 재고 축척을 이용해 계산함으로써 꽤 정확히 알아낼 수 있었다.

궁궐은 평범한 건물이 아니라 사방으로 11킬로미터쯤 뻗은 건물들을 쌓아올린 것이었다. 중요한 방들은 대개 높이가 73미터였고 가로와 세로의 길이도 그만큼이었다. 글룸달클리치와 나에게 배정된 마차가 하나 있었는데 개인 교사가 글룸달클리치를 자주 그 마차에 태워 도시 구경을 시켜 주거나 상가를 돌아다니곤 했다. 나는 상자에 들어가 늘 동행했다. 내가 원하면 소녀는 나를 자주 꺼내 두 손으로 꼭 붙들었고 나는 거리를 지나며 집과 사람들을 좀 더 쉽게 볼 수 있었다. 우리의 마차는 웨스트민스터 홀과 크기가 비슷한 것 같았으나 그만큼 높지는 않았다. 그러나 정확한 짐작은 아닐 것이다.

어느 날 개인 교사가 마부에게 몇몇 상점에 들르라고 지시했다. 그때마다 거지들이 기회를 엿보다가 마차 옆으로 몰려들었는데 유럽 인의 눈으로 보기에 그만큼 무시무시한 광경은 없었다. 가슴에 종양이 생긴 여자가 있었는데 끔찍할 만큼 부은 데다 구멍이 잔뜩 뚫려 있었다. 구멍 두세 개는 내가 얼마든지 들어가 온몸을 숨길 만큼 컸다. 목에 양털 꾸러미 다섯 개를 합친 것보다 큰 혹이 난 남자도 있었다. 어떤 남자는 높이가 6미터 정도인 나무 의족 한 쌍을 달고 있었다. 그러나 가장 소름 끼치는 것은 그 사람들의 옷에서 기어다니는 이였다. 나는 맨눈으로 이 해충의 팔다리를 똑똑히 볼 수 있었다. 현미경으로 유럽의 이를 보는 것보다 더 또렷했다. 돼지처럼 주둥이로 바닥을 파헤치는 모습도 보였다. 그런 이의 모습을 보기는 처음이었다. 적당한 도구(안타깝게도 배에 두고 와 버렸다.)만 있으면 한 마리를 해부하고 싶을 만큼 흥미로웠다. 뱃속이 뒤집힐 만큼 역겹기 짝이 없는 광경이었지만 말이다.

왕후는 내가 주로 들어가 있는 커다란 상자 외에 더 작은 상자를 만들도록 지시했다. 바닥의 가로와 세로가 각각 3.5미터, 높이가 3미터로 여행용으로 쓰기 편리한 상자였다. 다른 상자는 글룸달클리치의 무릎 위에 올려 두기에는 너무 커서 마차에 싣고 다니는 것도 거추장스러웠기 때문이다. 설계는 모두 내가 하고 제작은 처음 상자를 만든 기술자가 맡았다. 이 여행용 방은 정사각형 형태로 세 벽의 가운데에는 창문이 하나씩 있었고 긴 여행 중에 발생할 사고를 예방하기 위해 창문마다 바깥쪽에 철사로 만든 격자창을 달았다. 나머지 벽 하나에는 창문을 내지 않고 튼튼한 꺾쇠를 두 개 달았다. 내가 말을 타고 싶을 때 나를 데리고 다니는 사람이 꺾쇠에 가죽 허리띠를 끼워 허리에 두르도록 했다. 그 임무는 내가 신뢰하는 진중하고 믿음직한 하인에게 맡겨졌는데 덕분에 글룸달클리치가 몸이 좋지 않을 때에도 왕과 왕후의 행차에 동행하거나 마음 내킬 때 정원을 구경하거나 궁중의 지체 높은 귀부인이나 대신을 방문할 수 있었다.

　나는 곧 고관들 사이에 알려졌고 좋은 평가를 받았다. 나에게 어떤 장점이 있어서라기보다는 국왕의 총애를 받고 있었기 때문일 것이다. 여행 중에 내가 마차에 싫증을 내면 말에 탄 하인이 내 상자를 허리에 차고 앞에 놓인 방석 위에 올렸다. 그곳에서 나는 삼면으로 난 창문을 통해 풍경을 훤히 내다볼 수 있었다. 이 방에는 야전 침대와 천장에서 늘어뜨린 그물침대가 있었고 말이나 마차가 흔들려도 튀어 오르지 않도록 바닥에 솜씨 좋게 붙박은 의자 두 개와 식탁이 있었다. 나는 바다 여행에 익숙해진 지 오래라 가끔 상자가 너무 심하게 들썩일 때도 불안하지 않았다.

　도시를 구경하고 싶을 때마다 나는 반드시 여행용 방을 이용했다. 글룸달클리치는 그 나라의 유행에 따라 개방형 가마를 타고 나의 여행용 방을 무릎 위에 올렸다. 그리고 남자 넷이 그 가마를 들고 왕비전 소속 복장을 한 다른 두 남자가 수행했다. 내 이야기를 자주 들었던 사람들은 강한 호기심 때문에 가마 주위로 몰려들었다. 글룸달클리치는 상냥하게도 가마꾼들에게 멈추라고 지시하고는 내 모습이 좀 더 잘 보이도록 나를 들어 올렸다.

　나는 그 나라의 최고 사원과 그 나라에서 가장 높은 건물로 꼽히는 사원의 탑이 무척 보고 싶었다. 그래서 어느 날 글룸달클리치와 함께 그곳으로 갔는데 솔직히 실망해서 돌아왔다. 땅에서부터 꼭대기까지 높이가 900미터 정도로 이 나라 사람들과 우리 유럽 인들의 크기를 비교해 보면 감탄할 만한 규모가 아니었다. 내 기억이 정확하다면 비율상으로 솔즈베리 첨탑에도 미치지 못했다.

그러나 머무는 동안 크나큰 빚을 진 그 나라의 명성을 훼손하지 않기 위해 하는 말인데, 이 유명한 탑이 높지는 않았지만 아름다움과 단단함으로 그 부족함을 충분히 채운 것만은 사실이다. 벽은 두께가 거의 30미터에 달했는데 원석을 다듬어 만든 벽돌은 가로세로가 12미터 정도였고 벽의 오목한 부분에는 실물보다 크게 제작한 신과 왕들의 조각상이 세워져 벽의 사면을 장식했다. 나는 그 조각상 하나에서 떨어져 나와 쓰레기들 틈에 눈에 띄지 않게 섞여 있던 새끼손가락의 크기를 재 보았다. 길이가 정확히 124센티미터였다. 글룸달클리치는 그것을 손수건으로 싸서 주머니에 넣어 집으로 가져갔다. 또래 아이들이 대개 그러듯이 그런 자질구레한 물건을 수집해 간직하기를 무척 좋아했던 것이다.

왕의 부엌은 그야말로 웅장한 건물이었는데 지붕은 아치형이고 높이는 180미터가 넘었다. 거대한 화덕은 런던에 있는 세인트폴 대성당의 둥근 지붕보다 폭이 열 걸음밖에 차이가 나지 않았다. 귀국 후 대성당의 폭을 일부러 재어 보았으니 확실하다. 그러나 내가 부엌 벽난로와 어마어마하게 큰 냄비와 주전자들, 꼬치에 꿰어 돌아가는 고깃덩어리 및 다른 광경에 관해 자세히 이야기한다면 믿을 사람이 거의 없을 것이다. 적어도 엄격한 비

144

평가라면 여행가들이 가끔 의심을 받듯이 내가 과장을 보탰다고 생각할 것이다. 내가 그런 비난을 받지 않으려고 오히려 너무 축소해서 말하지 않았는지 걱정스럽다. 이 책이 우연히도 브롭딩낵(일반적으로 불리는 이 나라의 국호였다.)의 언어로 번역되고 전해진다면 왕과 그 나라 사람들은 내가 자신들을 왜곡하고 축소해서 묘사한 탓에 자존심이 상했다고 불평할지도 모른다.

왕은 대개 왕실 마구간에 말을 600마리 이상 보관하지 않는다. 말은 보통 키가 16~18미터다. 그러나 왕이 중대한 기념일에 궁 밖으로 나갈 때는 기병 5백 명으로 구성된 시민 친위대가 호위한다. 나는 전투 대형을 갖춘 왕의 군대를 보기 전까지는 그것이 지금까지 본 어떤 광경보다 멋지다고 생각했다. 왕의 군대에 관한 이야기는 다른 기회에 하겠다.

5장

저자에게 몇 가지 희한한 사건이 일어난다. 범죄자가 처형된다. 저자가 항해술을 선보인다.

내 작은 몸 때문에 우스꽝스럽고 성가신 사건을 몇 차례 겪지 않았다면 나는 그 나라에서 얼마든지 행복하게 지냈을 것이다. 그런 사건 중 일부를 이야기해 보려고 한다. 글룸달클리치는 종종 나를 작은 상자에 넣어서 궁궐 정원으로 데려갔고 가끔은 상자에서 꺼내 손으로 들거나 걸을 수 있도록 땅에 내려주었다. 난쟁이가 왕후 곁을 떠나기 전, 우리를 따라 정원에 나왔던 날이 기억난다.

내 보모가 나를 내려놓았는데 난쟁이와 나는 가까이 서 있었고 왜소한 사과나무가 근처에 있었다. 나는 기지를 발휘해 난쟁이를 나무에 빗대어 농담을 했는데 이 나라에도 우리와 마찬가지로 작은 것을 난쟁이에 빗댄 표현이 있었다. 내 말을 들은 그 심술궂은 말썽꾸러기는 기회를 엿보다가 내가 사과나무 밑을 걷고 있을 때 내 머리 바로 위에서 나무를 흔들었다. 브리스틀의 큰 술통만 한 사과 10여 개가 내 귓가로 우르르 떨어졌다. 내가 몸을 굽힌 순간 그중 하나가 내 등을 때렸다. 나는 정면으로 엎어졌지만 다치지는 않았다. 내가 빌미를 제공했으므로 나는 난쟁이를 용서해 달라고 했고 난쟁이는 벌을 받지 않았다.

또 어느 날, 글룸달클리치는 내가 혼자 기분 전환을 할 수 있도록 부드러운 잔디밭에 나를 내려놓고 개인 교사와 함께 약간 떨어진 곳에서 산책을 했다. 그 사이에 갑자기 우박이 격렬하게 쏟아졌고 나는 우박의 기세에 밀려 순식간에 땅으로 쓰러졌다. 내가 쓰러지자 우박 덩어리가 내 온몸을 인정사정없이 때려 댔는데 마치 테니스공으로 두들겨 맞는 기분이었다. 나는 팔다리를 땅에 대고 기어가 백리향 화단 가장자리의 그늘로 들어간 다음 얼굴을 땅에 대고 엎드려 몸을 숨겼다. 그러나 머리부터 발끝까지 심하게 멍이 들어서 열흘 동안 밖으로 나오지 못했다. 놀랄 일은 아니었다. 그 나라의 자연 역시 다른 물체와 비슷한 배율로 작동했는데 우박 덩어리는 유럽보다 1800배 가까이 크다. 너무 궁금해서 무게와 크기를 재 보았기 때문에 체험을 바탕으로 단언할 수 있다.

그러나 바로 그 정원에서 더욱 위험한 일이 일어났다. 그날 내 어린 보모는 나를 안전한 곳에 내려놓았다고 믿었다. 가끔 내가 혼자만의 사색을 즐기고 싶어 그렇게 해 달라고 부탁했던 것이다. 들고 다니기 번거로워 상자는 집에 두고 온 날이었다. 글룸달클리치는 개인 교사 및 알고 지내는 몇몇 귀부인과 함께 정원의 다른 편으로 갔다. 글룸달클리치의 모습과 목소리가 사라진 동안 우두머리 정원사가 기르는 작고 하얀 스파니엘이 우연히 뜰에 들어왔다가 내가 누운 곳 근처까지 오게 되었다. 개는 냄새를 따라 나에게 곧장 다가오더니 나를 입에 물고 꼬리를 흔들며 주인에게 달려갔고 땅에 조심스럽게 나를 내려놓았다. 다행히도 잘 훈련받은 개라서 나를 물고 움직이는 동안 나는 조금도 다치지 않았고 옷도 찢어지지 않았다. 그러나 나와 잘 아는 사이인 데다 나에게 큰 친절을 베풀어 주었던 가련한 정원사는 깜짝 놀랐다. 그는 두 손으로 나를 살며시 들어 올려 어떠냐고 물었다. 그러나 나는 혼비백산한 데다 숨이 가빠서 한 마디도 할 수 없었다.

몇 분 뒤 내가 정신을 차리자 그는 나를 어린 보모에게 무사히 데려다주었다. 그 무렵 나를 남겨 둔 곳에 돌아온 글룸달클리치는 내가 보이지 않고 불러도 대답이 없자 몹시 괴로워했다. 글룸달클리치는 개를 제대로 관리하지 못했다며 정원사를 몹시 나무랐다. 그러나 그 일은 비밀에 부쳐졌고 궁중에 알려지지 않았다. 왕후가 화를 낼까 봐 글룸달클리치가 두려워하기도 했고, 솔직히 나 역시 그런 이야기가 떠도는 것이 내 명성에 좋을 리 없다고 생각했기 때문이다.

이 사건으로 글룸달클리치는 앞으로는 자신의 눈이 미치지 않는 곳에 나를 혼자 두지 않기로 굳게 결심했다. 안 그래도 나는 오랫동안 글룸달클리치가 그런 결심을 할까 봐 걱정했었다. 그래서 내가 혼자 남겨졌을 때 일어났던 재수 없는 사소한 사건들을 숨겼던 것이다. 한번은 정원 위를 맴돌던 매가 머리를 낮추고 나를 향해 날아왔다. 내가 결연하게 단검을 빼들고 빽빽한 과일나무 울타리 밑으로 달려가지 않았다면 매가 발톱으로 나를 잡아챘을 것이다. 다른 때는 두더지가 막 파 놓은 흙 두둑 위를 걷다가 뚫린 구멍에 목까지 빠지기도 했다. 옷을 버린 까닭을 설명하려고 지금은 기억도 나지 않는 거짓말을 둘러댔었다. 달팽이 껍데기에 발이 걸려 넘어지는 바람에 오른쪽 정강이가 부러진 적도 있었는데 당시 나는 혼자 걸으며 애처로운 조국을 생각하고 있었다.

이 고독한 산책 중에 작은 새들이 나를 조금도 두려워하지 않는 모습을 보고 들었던 느낌이 반가움이었는지 비참함이었는지 모르겠다. 새들은 1미터가 되지 않는 거리에서 폴짝폴짝 뛰며 주변에 아무도 없는 것처럼 무심하고 태평하게 벌레와 다른 먹이를 찾고 있었다. 개똥지빠귀 한 마리가 글룸달클리치가 아침 식사로 준 케이크를 대담하게 부리로 찍어 내 손에서 낚아챈 적이 있다. 내가 붙잡으려고 하면 새들이 뻔뻔스럽게도 나에게 대들며 손가락을 쪼려고 해서 손이 닿는 곳까지 다가갈 수가 없었다. 그 후에 새들은 태연하게 다시 폴짝거리며 전처럼 벌레나 달팽이를 찾는 것이었다.

그러나 어느 날 나는 두꺼운 몽둥이를 준비해서 홍방울새에게 온 힘을 다해 던졌고 운 좋게도 정확히 때려잡았다. 나는 두 손으로 새의 목을 붙잡고 의기양양하게 내 보모에게 달려갔다. 그러나 잠시 기절했을 뿐인 그 새는 정신을 되찾고 두 날개로 내 머리와 몸 양쪽을 마구 강타했다. 내가 팔을 쭉 뻗고 있어서 새의 발톱이 닿지는 않았지만 그냥 놔줘 버릴까 하는 생각이 스무 번쯤 들었다. 그러나 어느 하인이 새의 목을 비틀어 준 덕분에 마음이 놓였다. 왕후의 명령으로 다음 날 식탁에 그 새의 요리가 올라왔다. 내 기억이 맞는다면 이 홍방울새는 영국의 백조보다 약간 더 컸던 것 같다.

궁궐의 시녀들은 글룸달클리치를 종종 방으로 초대하며 나를 데리고 오라고 했는데 나를 구경하며 만지고 싶어서였다. 시녀들은 가끔 나를 머리부터 발끝까지 발가벗기고 내 몸을 통째로 껴안곤 했는데 나는 몹시도 역겨웠다. 솔직히 말해 그들의 살갗에서 무척 불쾌한 냄새가 풍겼기 때문이다. 여러 면에서 존경스러운 그 훌륭한 숙녀들을 헐뜯으려는 의도는 조금도 없다. 다만 몸이 작은 만큼 내 감각이 더 예민해졌던 것 같다. 이 명망 높은 여인들은 영국의 지체 높은 귀족들처럼 애인이나 서로에게 조금도 불쾌함을 주지 않았다. 그리고 나는 나중에 이들이 향수를 뿌렸을 때보다 자연스러운 체취만 풍길 때가 차라리 견딜 만하다는 사실을 알게 되었다. 향수 냄새를 맡자 곧바로 기절했던 것이다.

릴리푸트에 있을 때 가까웠던 친구가, 더운 날 한바탕 운동을 마치고 난 내 몸에서 나는 강렬한 냄새에 대해 솔직하게 불만을 표시했던 때를 잊을 수 없다. 나는 남자들 중에서 냄새가 심하지 않았는데도 말이다. 아마 내가 큰 나라 사람들에게 그러듯이 그 친구의 후각 기능도 나에 대해 예민하게 발휘되었던 모양이다. 이 점에 있어서는 내 여주인인 왕후와 보모인 글룸달클리치에게도 공정한 잣대를 들이대지 않을 수 없다. 그 두 사람은 영국의 귀부인들처럼 향긋한 냄새를 풍겼다.

　글룸달클리치가 나를 데리고 방문했을 때 이 시녀들이 보인 가장 불쾌했던 모습은 나를 일말의 가치도 없는 존재로 여기는 듯 조금도 격식을 갖추지 않고 대한 것이었다. 그들은 내가 있을 때 그들의 알몸이 훤히 보이는 화장대에 나를 올려두고 옷을 몽땅 벗었다가 갈아입었다. 분명히 말하지만 매혹적이기는커녕 공포와 역겨움 외에 다른 감정이라곤 조금도 들지 않는 광경이었다. 가까이에서 본 그들의 피부는 너무 거칠고 울퉁불퉁했으며 참호만큼이나 넓은 점이 여기저기 박혀 있어 색깔도 얼룩덜룩했다. 그 점에서는 노끈보다 두꺼운 털이 솟아 있었다.

　신체의 나머지 부분에 관해서는 더 말할 필요도 없다. 시녀들은 내가 옆에 있어도 거리낌 없이 소변을 보았는데 3천 리터짜리 용기에 500리터가 넘는 양을 쏟아냈다. 이 시녀들 중 가장 예쁘고 익살맞으며 장난기 많은 열여섯 살 난 소녀는 가끔 자신의 젖꼭지에 나를 걸터앉히곤 했는데 더 자세히 이야기하지 않더라도 독자가 양해해 주기를 바란다. 어쨌든 나는 기분이 너무 나빠서 글룸달클리치에게 그 소녀를 더는 만나지 않도록 핑계를 대 달라고 간청했다.

　어느 날 글룸달클리치를 가르치는 개인 교사의 조카인 젊은 남자가 찾아와 글룸달클리치와 교사에게 사형 집행을 구경하러 가자고 재촉했다. 사형수는 그 남자의 가까운 지인을 죽인 사람이었다. 선천적으로 다정한 성격인 글룸달클리치는 자신의 성향과 상반되는 행동이었음에도 설득을 당해 함께 나섰다. 그리고 나는 그런 구경거리를 몹시 싫어했지만 호기심이 일어 굉장히 이례적인 광경을 보게 되겠다고 생각했다. 죄수는 사형을 집행할 목적으로 단두대에 놓인 의자에 묶여 있었다. 12미터짜리 칼을 한 번 휘두르자 죄수의 목이 날아갔다. 정맥과 동맥이 어마어마한 양의 피를 공중으로 높이 내뿜었다. 피가 얼마나 오랫동안 솟구쳤는지 그 유명한 베르사유 궁전의 분수도 상대가 되지 못했다. 단두대 바닥에 떨어진 죄수의 머리 역시 높이 튀어 올라 나는 1.5킬로미터 이상 떨어져 있었는데도 깜짝 놀랐다.

내 항해 이야기를 자주 들어주던 왕후는 내가 우울해 할 때면 어떻게 해서든 기분을 풀어 주려고 노력했다. 그러다가 나에게 돛이나 노를 다룰 줄 아냐고, 배를 저어 운동을 좀 하면 건강에 좋지 않겠느냐고 물었다. 나는 둘 다 잘 다룰 줄 안다고 대답했다. 나는 의사로서 승선했지만 가끔은 부담감 때문에 어쩔 수 없이 일반 선원처럼 일했다. 그러나 이 나라에서 어떻게 배를 저을 수 있다는 것인지 모를 일이었다. 가장 작은 배도 유럽의 일류 군함과 맞먹는 크기였고 내가 다룰 수 있는 배는 이 나라의 강에서 버티지 못할 테니 말이다. 왕후는 내가 배를 설계하면 왕후의 전담 목수가 배를 만들 것이고 배를 띄울 장소도 마련하겠다고 약속했다. 재주가 뛰어난 목수는 내 지시에 따라 열흘 만에 모든 장비를 갖춘 유람선을 완성했는데 유럽 인 여덟 명을 충분히 태울 규모였다.

배가 완성되자 왕후는 무척 기뻐하며 치마 앞자락으로 배를 감싸고 왕에게 달려갔다. 왕은 시험 삼아 물을 가득 채운 물통에 배를 띄우고 나를 태우라고 했다. 공간이 없어 나는 작은 노 한 쌍도 저을 수가 없었다. 그러나 왕후는 이미 다른 계획을 진행하고 있었다. 목수에게 길이 90미터, 폭 15미터, 깊이가 2.5미터인 나무 수조를 만들라고 지시했던 것이다. 물이 새지 않도록 역청을 꼼꼼히 바른 그 수조를 궁궐 바깥쪽 방의 긴 벽에 붙여 내려놓았다. 수조 밑바닥에는 물이 탁해지면 빼낼 수 있도록 마개를 달았다. 30분이면 하인 둘이서 쉽게 물을 채울 수 있었다.

나는 그곳에서 나 자신의 기분 전환을 위해서 그리고 왕후와 귀부인들에게 즐거움을 주기 위해서 노를 젓곤 했다. 왕후와 귀부인들은 내 솜씨와 민첩함을 보고 무척 즐거워했다. 가끔 돛을 올렸는데 귀부인들이 부채로 강풍을 일으켜 주었으므로 내가 할 일이라고는 방향을 잡는 것뿐이었다. 귀부인들이 지치면 시종들이 돛대 앞으로 입김을 불었고 나는 마음 내키는 대로 배를 우현이나 좌현으로 기울이며 실력을 뽐낼 수 있었다. 뱃놀이가 끝나면 글룸달클리치가 내 배를 자신의 방으로 옮겨 못에 걸어 말렸다.

이렇게 기분 전환을 하던 중에 목숨을 잃을 뻔한 사고가 한 번 일어났다. 시종이 배를 수조에 넣고 글룸달클리치의 개인 교사가 거들먹거리며 나를 들어 올려 배에 태우려는 때였다. 나는 개인 교사의 손가락 사이로 미끄러졌다. 천만다행으로 그 귀부인의 가슴 장식에 달린 커다란 핀에 걸리지 않았다면 12미터 아래 바닥으로 추락하고 말았을 것이다. 그 핀의 머리가 내 셔츠와 바지 허리띠 사이에 끼었던 것이다. 나는 글룸달클리치가 구하러 올 때까지 그렇게 허리를 굽히고 공중에 매달려 있었다.

다른 때는 사흘에 한 번씩 수조에 신선한 물을 채우는 일을 맡은 하인이 방심한 나머지 자신도 모르게 양동이에 있던 커다란 개구리를 물과 함께 수조에 부었다. 개구리는 내가 배에 탈 때까지 숨어 있다가 쉴 곳을 찾아 수면으로 올라왔고 배가 한쪽으로 기울었다. 나는 배가 뒤집히지 않도록 반대편으로 내 모든 체중을 실어 균형을 잡았다. 개구리는 배에 올라오자 즉시 배 길이의 절반에 이르는 거리만큼 뛰더니 그 후에는 내 머리 위로 왔다 갔다 폴짝거리며 그 혐오스러운 점액을 내 얼굴과 옷에 처발랐다. 덩치가 큰 탓에, 상상할 수 있는 가장 흉한 동물처럼 보였다. 그러나 나는 글룸달클리치에게 직접 처리하고 싶다고 말했다. 노 하나로 개구리를 한참 때리자 개구리는 결국 배에서 뛰쳐나갔다.

그러나 내가 그 나라에서 겪은 가장 큰 위험은 주방에서 일하는 사람이 기르던 원숭이 때문에 발생했다. 글룸달클리치는 일 때문인지 다른 사람을 방문할 일이 있었는지 나를 자기 방에 두고 문을 잠근 후 자리를 비웠다. 날씨가 무더워서 방 창문을 열어 두었는데 크고 편리해서 내가 주로 생활하는 큰 상자의 창문과 문도 열어 둔 채였다. 나는 생각에 잠겨 식탁에 조용히 앉아 있었는데 뭔가가 창문으로 튀어 들어와 이리저리 뛰어다니는 소리가 들렸다. 나는 몹시 놀랐지만 의자에서 일어나지 않고 밖을 보았다. 그때 그 까불거리는 동물이 위아래로 폴짝폴짝 뛰다가 마침내 내가 있는 상자 쪽으로 다가오는 모습이 보였다.

원숭이는 내 상자를 보고 강한 흥미와 호기심을 느꼈는지 문과 창문으로 안을 들여다보았다. 나는 내 방, 그러니까 상자의 가장 안쪽 구석으로 달아났다. 그러나 사방에서 들여다보는 원숭이 때문에 너무 놀란 나머지 침대 밑으로 몸을 숨길 생각을 하지 못했다. 얼마든지 그럴 수 있었는데 말이다. 원숭이는 잠시 동안 이를 드러내고 끽끽대며 상자 속을 엿보다가 마침내 나를 발견했다. 고양이가 쥐를 갖고 놀 때처럼 앞발을 문 안으로 집어 넣었다. 나는 이리저리 위치를 바꾸며 원숭이를 피했지만 결국 원숭이는 내 외투 자락(그 나라의 비단으로 만들어져 매우 두껍고 질겼다.)을 붙잡아 나를 밖으로 끌어냈다. 원숭이는 오른쪽 앞발로 나를 들고 유모가 아기에게 젖을 물릴 때처럼 안았다. 유럽에서 원숭이들이 새끼에게 이런 자세를 취하는 것을 본 적이 있었다. 내가 몸부림치면 원숭이가 더더욱 세게 껴안았으므로 가만히 있는 편이 나을 것 같았다. 다른 쪽 앞발로 내 얼굴을 매우 부드럽게 쓰다듬고 또 쓰다듬는 행동으로 봐서 분명 나를 새끼 원숭이로 여기는 모양이었다.

원숭이의 이 오락거리는 누군가 문을 여는 소리가 들리며 중단되었다. 원숭이는 들어올 때 이용했던 창문으로 폴짝 뛰어 오르더니 다시 홈통에 올라탔고 한 발로는 나를 안고 다른 세 발로 걸으며 옆 건물 지붕으로 기어올랐다. 원숭이가 나를 데리고 나가던 순간 글룸달클리치가 지른 비명 소리가 들렸다. 그 가여운 소녀는 정신을 잃기 직전이었다. 궁궐의 한쪽 일대에 큰 소란이 일었다. 하인들이 사다리를 가지러 달려갔다. 궁궐 사람 수백 명이 원숭이를 보았다.

원숭이는 건물 용마루에 앉아서 한쪽 앞발로 나를 아기처럼 껴안고 다른 쪽 앞발로는 자신의 가죽바지 한쪽에 달린 주머니에서 어렵사리 꺼낸 먹이를 내 입에 쑤셔 넣었다. 내가 먹지 않으려 하자 토닥이기도 했다. 그 모습을 보고 아래쪽에 모인 사람들 중 많은 이들이 참지 못하고 웃음을 터뜨렸다. 그들을 비난할 생각은 없다. 정말이지 나를 제외한 모든 이들에게는 우습기 짝이 없는 광경이었다. 몇몇 사람들이 원숭이가 내려오기를 바라는 마음에서 돌을 던졌지만 그 행위는 곧 엄격히 금지되었다. 그러지 않았다면 십중팔구 내 머리가 깨지고 말았을 것이다.

드디어 사다리가 설치되었고 남자 몇 명이 올라왔다. 원숭이는 그 모습을 보고 거의 빈틈없이 포위되었음을 깨달았다. 세 발로는 속도를 낼 수가 없어서 나를 용마루 기와에 떨어뜨리고 달아났다. 나는 당장이라도 바람에 날려가거나 현기증 때문에 추락하거나 용마루에서 처마로 데굴데굴 굴러갈 수도 있겠다고 생각하며 450미터쯤 높이의 그곳에 잠시 앉아 있었다. 그러나 내 보모의 하인인 성실한 소년이 올라와 바지 주머니에 나를 넣고 안전하게 내려갔다.

원숭이가 내 목에 쑤셔 넣은 역겨운 물질 때문에 나는 숨이 막힐 지경이었다. 그러나 다정한 보모가 작은 바늘로 내 입속에서 그것을 꺼내 주었다. 나는 토하기 시작했고 무척 안심이 되었다. 그러나 몸이 너무 약해졌고 그 혐오스러운 동물이 내 옆구리를 꼭 쥐고 있었던 탓에 멍이 들어 2주 동안 침대를 떠나지 못했다. 왕과 왕후 그리고 모든 궁중 대신들이 매일 사람을 보내 내 건강이 호전되었는지 물었다. 내가 아픈 동안 왕후는 몇 번이나 찾아왔다. 그 원숭이는 죽임을 당했고 그런 동물을 궁궐에서 키워서는 안 된다는 명령이 떨어졌다.

건강을 회복한 후 호의에 감사하기 위해 왕을 찾아갔더니 왕은 이 사건으로 나를 실컷 놀려 댔다. 나에게 원숭이의 앞발에 붙잡힌 동안 어떤 사색을 했느냐고 물었다. 원숭이가 준 먹이와 먹여 준 방식이 마음에 들었는지, 지붕 위에서 신선한 공기를 마시니 입맛이 좋아졌는지 물었다. 왕은 내 나라에서 그런 일이 생겼다면 내가 어떻게 대처했을지 알고 싶어 했다.

나는 왕에게 유럽에는 호기심 때문에 다른 지역에서 데려오는 원숭이 말고 다른 원숭이는 살고 있지 않으며 몸집도 무척 작아서 나를 공격하면 한꺼번에 열두 마리도 상대할 수 있다고 대답했다. 그리고 최근 나와 엮인 그 기괴한 동물(정말이지 코끼리만큼 컸다.)이 앞발을 내 방으로 들이밀었을 때 내가 두려움에 시달리다가 단검을 쓸 생각까지 하게 되었다면(이 말을 할 때 나는 사나운 눈빛으로 칼자루를 툭 쳤다.) 깊은 상처를 입혔을 것이고 원숭이는 더 달려들지 않고 서둘러 달아났을 것이라고 말했다. 나는 용기를 의심받을까 봐 경계하는 사람처럼 확고한 어조로 이렇게 대답했다.

그러나 내 말에 한바탕 웃음이 쏟아졌을 뿐이었다. 왕 주변에 있던 사람들이 국왕에 대한 예의를 지키기 위해 참았음에도 불구하고 웃음이 터져 나왔던 것이다. 덕분에 나는 자신과 동등하지도 않고 비교 대상도 되지 않는 사람들 사이에서 생색을 내려고 노력하는 것이 얼마나 부질없는 행동인지 깨달았다. 그리고 귀국 후 영국에서도 이 경험으로 얻은 교훈을 눈으로 확인한 적이 무척 많았다. 태생이나 신분, 지혜, 교양에 있어서 내세울 것이 전혀 없는 한심한 종자들이 자기 자신을 스스로 중요한 존재로 여기고 나라의 위대한 인물들과 대등한 위치에 놓으려 하는 모습을 보았던 것이다.

나는 매일 궁중에 우스꽝스러운 이야깃감을 제공하고 있었다. 글룸달클리치는 나를 무척 사랑했으나 내가 왕후를 즐겁게 할 어리석은 짓을 저질렀다 하면 신이 나서 왕후에게 고해바쳤다. 글룸달클리치가 몸이 안 좋아서 개인 교사가 산책을 시켜 주려고 도시에서 한 시간 정도 걸리는 곳, 즉 50킬로미터쯤 떨어진 곳으로 간 적이 있다. 두 사람은 들판의 작은 오솔길 근처에 이르자 마차에서 내렸다. 글룸달클리치는 내 여행용 방을 내려놓았고 나는 밖으로 나와서 걸어다녔다. 길에 소똥이 있기에 그것을 뛰어넘어 내 기력을 시험하고 싶은 생각이 들었다. 나는 힘껏 뛰었지만 불행히도 높이가 모자라 소똥 가운데에 무릎까지 빠지고 말았다. 나는 어렵사리 똥을 헤치고 나왔고 말구종 하나가 손수건으로 최대한 깨끗이 닦아 주었다. 온몸이 지저분했기 때문에 글룸달클리치는 집에 돌아갈 때까지 나를 상자 속에서 꺼내 주지 않았다. 왕후는 곧 무슨 일이 일어났는지 보고를 받았으며 말구종이 그 이야기를 궁중에 퍼뜨렸다. 그래서 궁중은 며칠 동안 내 덕분에 웃음바다가 되었다.

6장

저자가 왕과 왕후를 즐겁게 해 주려고 몇 가지 장치를 고안한다. 음악 실력을 뽐낸다. 왕이 유럽의 정치에 관해 질문하고 저자가 대답한다. 왕이 논평한다.

나는 일주일에 한두 번 왕의 오전 알현식에 참석했다. 가끔은 이발사가 왕을 면도하는 모습을 보았는데 처음에는 그야말로 무시무시한 광경이었다. 면도날이 보통 낫의 두 배 가까이 길었기 때문이다. 왕은 그 나라의 풍습대로 일주일에 두 번만 면도를 했다. 나는 이발사에게 비누 거품을 좀 달라고 해서 무척 질긴 수염 밑동 40~50개를 골라냈다. 그런 다음 가느다란 나무 조각을 구해 빗등 모양으로 자르고 글룸달클리치에게서 얻어낸 가장 작은 바늘을 이용해 일정한 간격으로 구멍을 몇 개 뚫었다. 나이프로 수염 밑동 끝을 뾰족하게 깎고 다듬어 구멍에 솜씨 좋게 고정하자 꽤 그럴 듯한 빗이 되었다. 원래 쓰던 빗은 빗살이 부러져 거의 쓸모가 없었는데 적절한 시기에 대용품이 생긴 셈이었다. 게다가 이토록 멋지고 정교하게 새 빗을 만들어 줄 기술자는 없을 터였다.

그러고 보니 많은 여가 시간을 이런 활동으로 즐겁게 보냈던 기억이 난다. 나는 왕후의 시녀에게 빗질로 빠진 왕후의 머리카락을 모아서 가져다 달라고 했고 곧 상당한 양을 얻게 되었다. 그리고 나에게 자질구레한 물건을 수시로 만들어 주라는 명령을 받은 가구공 친구와 의논했다. 나는 그에게 상자 속에 있는 의자와 비슷한 크기로 의자를 두 개 만들고 등받이와 좌석 부분에 미세한 송곳으로 작은 구멍을 뚫어 달라고 했다. 나는 영국에서 등나무 의자를 만드는 방식으로 그 구멍에 내가 모은 가장 질긴 머리카락들을 엮었다. 작업을 마친 후 왕후에게 선물했고 왕후는 그 의자들을 장식장에 보관하며 다른 사람들에게 진기한 물건이라며 보여 주곤 했다. 그것을 본 사람들은 누구나 놀라워했다. 왕후는 나더러 그 의자에 앉으라고 했지만 나는 절대 그 말을 따를 수 없다고 했다. 한때 왕후의 머리를 장식했던 그 고귀한 머리카락에 내 비루한 신체 일부분을 올리느니 차라리 수천 번 죽는 게 낫다고 항변했다.

나는 그 머리카락으로(나는 늘 손재주가 뛰어났다.) 길이가 1.5미터인 깔끔하고 작은 지갑을 만들고 금실로 왕후의 이름 머리글자를 수놓아 왕후의 허락을 받고 글룸달클리치에게 주었다. 사실 그것은 큰 동전의 무게를 지탱할 힘이 없었으므로 실용성이 없는 장식품이었다. 그래서 글룸달클리치는 그 지갑에 소녀들이 좋아하는 작은 장난감 말고는 아무것도 넣지 않았다.

음악을 무척 즐기는 왕은 궁중에서 음악회를 자주 열었고 나도 가끔 불려 가 탁자에 놓인 상자 속에서 음악을 들었다. 그러나 소리가 너무 커서 선율을 알아들을 수가 없었다. 자신 있게 말하건대 군악대의 모든 북과 트럼펫을 독자의 귓가에서 한꺼번에 두드리고 불어 대더라도 그 소리에 비할 수 없을 것이다. 대개 나는 연주자들이 앉은 자리에서 최대한 먼 곳에 내 상자를 놓아 달라고 했다. 그리고 문과 창문을 모두 닫은 다음 커튼을 쳤다. 그렇게 해야 음악이 귀에 거슬리지 않았다.

젊은 시절에 소형 하프시코드를 배운 적이 있었다. 글룸달클리치의 방에 그 악기가 하나 있었고 선생이 일주일에 두 번씩 와서 가르쳤다. 나는 그것을 소형 하프시코드라고 불렀는데 악기 모양도 비슷하고 연주 방식도 같았기 때문이다. 이 악기로 영국의 곡을 연주해서 왕과 왕후를 즐겁게 해 주면 좋겠다는 멋진 생각이 떠올랐다. 그러나 몹시 어려운 일 같았다. 그 하프시코드는 길이가 18미터에 이르렀고 건반 하나의 너비가 30센티미터여서 두 팔을 한껏 벌려도 건반이 다섯 개 이상 닿지 않았다. 게다가 건반을 누르려면 주먹으로 힘껏 쳐야 했는데 그러면 너무 힘이 드는 데다 부질없는 짓이었다.

내가 생각해 낸 방법은 다음과 같았다. 일반 곤봉 크기만 한 둥근 막대기 두 개를 준비하되 한쪽 끝을 다른 쪽 끝보다 더 굵게 만들었다. 굵은 쪽을 쥐 가죽으로 감싸고 두드리면 건반 윗면도 손상되지 않고 소리도 보존할 수 있을 터였다. 하프시코드 앞에 건반 아래로 1.2미터쯤 되는 곳에 긴 의자를 놓고 내가 그 위에 올라섰다. 나는 그 의자 위에서 왼쪽과 오른쪽으로 최대한 빨리 달리며 두 막대기로 해당 건반을 탕탕 때렸다. 그렇게 움직이며 지그 춤곡을 연주하자 왕과 왕후가 무척 흐뭇해 했다. 그러나 내가 해 본 운동 중에 가장 격렬한 것이었고 건반 열여섯 개 이상을 칠 수도 없었으므로 결국 다른 음악가들처럼 저음과 고음을 한 번에 낼 수 없었다. 그것이 내 연주의 가장 큰 결점이었다.

앞에서 말했듯이 왕은 이해력이 뛰어난 사람이라 나를 상자에 넣은 채 데려와 자기 방 탁자 위에 놓으라는 명령을 자주 내렸다. 왕은 나에게 상자에서 의자 하나를 가지고 나와 보관함 위에 놓고 앉으라고 했다. 그러면 서로 3미터쯤 떨어진 내 자리와 왕의 얼굴은 높이가 거의 같아졌다. 이런 식으로 나는 왕과 몇 차례 대화를 나누었다.

어느 날은 왕에게 그가 유럽과 나머지 세상을 경멸스럽게 여기는 경향은 뛰어난 지성인에게 어울리지 않으며 왕이야말로 지성인 중의 지성인이 아니냐고 솔직하게 말했다. 이성이란 몸의 크기와 비례하지 않으며 우리 나라에서 보니 오히려 키가 가장 큰 사람들에게 지성이 가장 결여되어 있더라고 했다. 다른 동물들의 경우에도 벌과 개미가 큰 동물들보다 근면하고 재주가 뛰어나며 현명하기로 유명하지 않느냐고 주장했다. 그리고 왕은 나를 하찮게 여길지 몰라도 언젠가는 왕을 위해 중대한 일을 할 수 있기를 바란다고 말했다. 왕은 내 말을 주의 깊게 들었다. 그리고 전보다 나를 더 높이 평가하게 되었다. 왕은 영국의 정치에 관해 가능한 자세히 설명해 달라고 부탁했다. 왕들은 보통 자기

162

나라의 관습을 좋아하지만(왕은 전에 나눈 대화를 통해 다른 군주들도 그럴 것이라고 추측했다.) 모방할 가치가 있는 내용이라면 기꺼이 듣고 싶다고 했다.

친애하는 독자여, 그 당시 나는 '나에게 데모스테네스와 키케로의 혀가 있어 내 소중한 조국을 그 가치에 걸맞은 말로 찬미할 수 있다면 좋을 텐데.' 하는 생각을 얼마나 자주 했는지 모른다.

나는 우선 왕에게 우리 나라의 영토가 두 섬으로 구성되며 강한 세 왕국을 한 왕이 다스리고 그밖에 아메리카에 식민지가 있다고 알려 주었다. 나는 비옥한 토양과 기후에 관해 한참 설명했다. 그리고 영국 의회 구조 전반에 관해 이야기하며 그중에 상원이라는 저명한 조직이 있는데 지체 높은 귀족이나 오랫동안 의원직을 세습해 온 가문의 귀족들로 구성된다고 했다. 나는 이들이 왕과 나라에 조언을 하는 세습 고문으로서 합당한 자격을 갖추기 위해, 의회에서 제몫을 담당하기 위해, 결코 이의를 제기할 수 없는 대법원의 일원이 되기 위해, 용기와 행동력과 충성심으로 언제든지 왕과 나라를 지키는 전사가 되기 위해 교양과 무예를 닦느라 엄청난 노력을 기울인다고 말했다. 이들은 나라의 명예이자 방어벽이었다. 이름 높은 조상들을 훌륭하게 본받으며 덕을 실천하고도 조상들의 영예만을 그 보답으로 여겼다. 또 그 후손들은 결코 조상의 명예를 더럽힌 적이 없었다.

이 외에도 주교라고 불리는 신성한 사람들이 이 조직의 일부를 구성하는데 그들은 주로 종교 분야를 담당하고 교인들을 가르치는 이들을 관리했다. 왕과 가장 현명한 고문들이 온 나라의 성직자 중에서 경건한 삶과 깊은 학식으로 유명한 이들을 찾아 주교로 선발했다. 그야말로 이들은 사제와 국민의 영적 아버지인 셈이었다.

의회의 다른 일부는 하원이라고 불리는 조직으로 구성되었다. 이들은 중요 인사들로서 능력과 애국심이 뛰어나 온 나라의 지혜를 대표할 만한 사람들을 국민이 직접 자유롭게 선출했다. 그리고 상원과 하원, 두 조직은 유럽에서 가장 위엄 있는 의회를 구성하며 왕과 공동으로 모든 입법을 담당했다.

그 후 나는 법원 설명으로 넘어갔다. 존경스러운 현인이자 법의 해석자인 재판관들이 악인을 처벌하고 결백한 사람들을 보호하며 각종 권리와 재산으로 발생한 분쟁을 해결하는 등의 업무를 관장했다. 나는 재무성의 신중한 경영, 해군과 육군의 용맹과 업적도 이야기했다. 또 각 종교 분파와 정당에 얼마나 많은 사람들이 속했는지 고려해 영국 국민의 수를 계산해냈다. 스포츠와 오락 및 내 생각에 영국의 명예를 드높일 만한 내용이라면 뭐든 빠뜨리지 않고 알려 주었다. 마지막으로 지난 100여 년간 영국에서 발생한 역사적 사건과 문제를 간단히 설명했다.

몇 시간 동안 지속된 알현이 다섯 번이나 거듭되었는데도 이 강연은 끝나지 않았다. 왕은 대단한 집중력을 발휘해 모든 이야기를 들었다. 나에게 물으려고 몇 가지 질문을 적었고 내가 말한 내용도 자주 메모했다.

여섯 번째 알현 때 내가 이 긴 강연을 끝마치자 왕은 메모를 참고하며 조목조목 의심을 표명하고 질문하고 이의를 제기했다. 왕은 영국의 젊은 귀족들이 어떤 방법으로 정신과 신체를 갈고닦는지, 태어나 첫 교육을 받을 만한 나이가 되면 대개 어떤 일을 하며 보내는지 물었다. 어느 귀족 가문의 대가 끊겼을 경우 어떤 과정으로 그 의회를 보완하느냐고 했다. 새로 귀족이 되고자 하는 이들이 갖추어야 할 요건이 있는지 아니면 왕 마음대로인지, 궁녀나 총리에게 바치는 금액에 따라 정해지는지 물었다. 혹시 공공의 이익에 반하는 정당이 세력을 강화할 목적으로 새 귀족을 탄생시킨 적은 없었느냐고 물었다. 그 귀족들은 국민들의 재산에 관해 제대로 판결할 정도로 나라의 법에 정통한지, 어떻게 그런 수준에 이르는지 물었다. 또 귀족들은 탐욕과 편애와 빈곤에서 늘 자유로워서 뇌물이나 다른 사악한 의도가 그들 사이에 발붙이지 못하느냐고 물었다. 또 내가 말한 신성한 귀족들은 반드시 종교 지식과 경건한 삶 때문에 그 지위에 오르게 되는지, 평범한 사제였던 시절에는 현실에 순응하지 않았는지, 아니면 어떤 귀족에게 노예처럼 복종하다가 의회에 들어간 후에도 비굴하게 그 귀족의 견해를 계속 따르지는 않는지 물었다.

그 뒤에 왕은 어떤 과정으로 하원 의원이라는 사람들을 선출하는지 알고 싶어 했다. 돈이 아주 많은 타지 사람이 저속한 유권자들에게 영향을 미쳐 그 지역 지주나 일대에서 가장 유력한 후보를 제치고 대신 그 자리를 차지하지는 않는지 궁금해 했다. 설명에 따르면 어려움도 많고 비용도 많이 들어 가끔 집안이 파산하기도 하고 봉급이나 연금도 없는데 사람들이 왜 하원에 들어가려고 그토록 열성을 다하느냐고 물었다. 왕은 그런 모습이 미덕과 공공심 중에서도 무척 숭고한 유형이라서 본심이 아닐지도 모른다고 의심하는 것 같았다. 또 왕은 열정적인 의원이 자신들이 겪은 어려움을 보상받으려는 마음에서 부패한 각료들과 짜고 부실하고 부도덕한 왕의 계획에 따라 공공의 이익을 희생하지는 않느냐고 물었다. 왕은 이런 질문을 수없이 던졌으며 이 문제의 부분 부분에 관해 낱낱이 따지고 캐물었다. 왕이 제기한 무수한 질문과 이의를 여기에 옮기는 것은 분별 있는 행동도 아니고 간단한 일도 아니다.

법원에 대한 설명과 관련해 왕은 몇 가지 의문을 해소하고 싶어 했다. 나는 전에 대법원에서 장기간에 걸친 소송을 겪으며 파산 직전까지 갔고 결국 승소했으나 어마어마한 비용이 들었기 때문에 이 문제에 관해서 더 잘 설명할 수 있었다.

왕은 옳고 그름을 판별하는 데 대개 시간이 얼마나 걸리며 비용은 어느 정도 드느냐고 물었다. 부당하거나 악의적이거나 억압적인 소송에서도 변호인이 소신 있게 변호하느냐고 물었다. 종교나 정당의 분파가 정의라는 저울에 조금이라도 영향을 미치지는 않는지, 변호인은 공정함에 대한 일반 지식을 정식으로 습득한 사람인지 아니면 지역적, 국가적 관습만을 배운 사람인지 물었다. 변호사나 판사가 법 제정에 조금이라도 영향을 미치는지, 그 법을 자신이 원하는 대로 해석하고 주석을 달아도 상관없다고 생각하는 사람들은 아닌지 물었다. 같은 원인으로 발생한 소송인데 어느 때는 변호하고 어느 때는 반박하지 않는지, 반대 의견의 근거로 판례를 인용하지는 않는지 물었다. 이들은 대체로 가난한지 부유한지, 변호하거나 의견을 전달하는 대가로 금

전적 보상을 받는지, 특히 그들이 하원 의원으로 인정된 적이 있는지 물었다.

왕은 영국 재무성의 경영으로 화제를 돌렸다. 그는 내 기억력이 나쁜 것 같다면서 내가 연간 세금이 500만이나 600만 파운드라고 계산하고서는 지출에 관해 언급할 때는 두 배 이상 많은 금액을 이야기하기도 했다고 지적했다. 왕은 영국의 재정 경영에 관해 알아두면 유용할지도 모른다는 생각에서 이 부분을 매우 자세히 기록했고 자신의 계산이 틀릴 리도 없다고 자신했다. 그러나 내가 한 말이 사실이라고 해도 한 나라가 어떻게 한 개인처럼 재산을 바닥낼 수 있느냐며 당혹스러워했다. 왕은 채권자가 누구이며 채권자에게 갚을 돈을 어떻게 마련하느냐고 물었다. 내가 돈이 많이 드는 막대한 전쟁을 치른다고 대답하자, 왕은 우리가 싸움을 좋아하는 족속이거나 매우 못된 이웃들 사이에서 살고 있는 것이 분명하다며 의아해 했다. 그리고 영국에서는 장군이 왕보다 더 부자일 것이라고 말했다.

왕은 교역을 하거나 협정을 맺거나 함대를 이용해 해안을 수비할 때를 제외하면 무슨 까닭으로 섬 밖으로 나가느냐고 물었다. 무엇보다도 왕은 평화로운 시기에도 상비군으로 용병을 둔다는 말을 듣고 놀라워했다. 왕은 국민이 대표를 선출해 통치를 받기로 동의했다면 누구를 두려워하고 누구를 상대로 싸우겠다는 것인지 이해할 수가 없다고 말했다. 그리고 한 개인의 집을 지키는 일이라면 거리에서 적은 보수로 마구 뽑은 악한 몇 명보다 집주인과 자녀와 가족들이 더 잘 해내지 않겠느냐며, 그런 악한들은 집주인의 목을 베어 원래 받기로 한 보수보다 백 배 더 많은 돈을 챙길지도 모른다고 염려했다.

왕은 교파나 정치 분파를 바탕으로 인구수를 산출하는 내 이상한 산술법(그는 이렇게 부르고 싶어 했다.)을 비웃었다. 대중에게 악영향을 끼칠 견해를 품은 사람에게 그 의견을 바꾸라고 강요하는지, 그 의견을 감추고 있으면 안 되는지 물었다. 어떤 정부든 의견을 바꾸라고 강요한다면 폭정을 하는 것이며 감추라고 강요하지 않는다면 허약함 때문이라고 했다. 자기 방에 독약을 보관하더라도 상관없지만 여기저기 돌아다니며 강장제라고 팔아서는 안 된다고 비유했다.

왕은 내가 영국의 귀족과 신사 계급이 즐기는 오락거리 중에 도박이 있다고 말한 사실에 주목했다. 왕은 대개 몇 살 때 도박을 시작하고 언제 그만두는지 알고 싶어 했다. 시간은 얼마나 드는지, 재산에 영향을 미칠 만큼 열중하지는 않는지 궁금해 했다. 비열하고 부도덕한 이들이 능란한 도박 기술로 큰 부를 축적하고 때로는 고귀한 귀족들을 비열한 동료들에게 물들이고 의존하게 만들지는 않는지 물었다. 그렇게 귀족들의 정신 수련을 방해하고 그 귀족들이 손실을 메우려 수치스러운 도박 기술을 익혀 다른 사람들에게 써먹지는 않느냐고 물었다.

내가 지난 100년 동안 일어난 역사적 사건을 이야기해 주자 왕은 더없이 놀랐다. 그 역사가 음모와 반역, 살인, 대학살, 혁명, 추방의 무더기에 지나지 않는다고 항변했다. 탐욕과 당쟁, 위선, 배반, 학대, 분노, 광기, 증오, 시기, 육욕, 악의, 원한으로 발생할 수 있는 최악의 결과라는 것이었다.

다음 알현 시간에 왕은 내가 했던 말을 요약하려고 애썼다.

자신이 했던 질문과 내가 했던 답을 비교한 다음 두 손으로 나를 감싸고 부드럽게 쓰다듬으며 다음과 같이 말했다. 그가 한 말과 태도를 결코 잊지 못할 것이다.

내 작은 친구 그릴드릭이여, 그대는 그대의 나라에 갸륵한 찬사를 바쳤다. 그대는 무지와 나태와 악덕이야말로 의원 자격을 갖추는 데 필요한 요소임을 명백히 증명했다. 법을 왜곡하고 어지럽히고 법망을 교묘히 빠져나가는 데 관심과 능력을 발휘하는 이들이 법을 설명하고 해석하고 적용하는 적임자라는 사실을 증명했다. 그 나라의 법은 본래 나쁘지 않았으나 절반은 소멸되었고 나머지는 부패로 얼룩지고 흐려졌다. 그대가 한 모든 말에 비추어볼 때 탁월하다고 해서 어떤 지위에 오르는 것은 아닌 듯하다. 하물며 덕망이 높아 귀족에 봉해지는 것도 아니요, 경건함이나 학식 때문에 사제가 되는 것도 아니요, 행동력과 용맹 때문에 군인이 되는 것도 아니며 정직하다고 판사가 되는 것도, 애국심 때문에 의원이 되는 것도, 지혜가 있어 나라의 고문이 되는 것도 아닌 듯하다(왕은 말을 이었다.). 그대는 인생의 대부분을 여행하며 보냈기에 지금까지 그대의 나라에 만연한 악덕을 피할 수 있었다고 생각한다. 그러나 그대의 이야기와 내가 그대에게 강청해 얻어낸 답을 종합한 결과, 그대가 속한 나라의 사람들은 대부분 자연의 수고로 이 세상의 표면에 기어다니게 된 작고 혐오스러운 해충들 중에서 가장 유해한 족속이라고 결론 내릴 수밖에 없다.

7장

저자는 애국심을 드러낸다. 왕에게 큰 도움이 될 제안을 하지만 거절당한다. 정치를 잘 모르는 왕의 모습을 지적한다. 몹시 불완전하고 제한적인 그 나라의 학문 실태를 이야기한다. 이 나라의 법률과 군사, 정당에 관해 알려 준다.

내가 이런 이야기를 숨김없이 하는 이유는 오로지 진실을 사랑하기 때문이다. 분노를 드러내 봐야 소용이 없었고 늘 비웃음만 당했다. 내가 사랑해 마지않는 고귀한 조국이 그토록 무례한 취급을 받는 동안 나는 꾹 참을 수밖에 없었다. 독자도 그렇겠지만 나 역시 이런 상황이 발생해 진심으로 서글프다. 그러나 이 나라 왕은 호기심이 많아 자세한 부분까지 캐묻기를 좋아해서 감사의 뜻으로나 예의로나 내가 대답할 수 있는 내용은 거절할 수가 없었다. 그러나 나 자신을 위해 이 정도 해명을 할 수는 있을 것이다. 즉 나는 왕의 많은 질문을 교묘하게 회피했고 엄정한 사실을 알리기보다는 이왕이면 호감을 불러일으킬 만한 답변을 했다. 왜냐하면 나는 디오니시우스 할리카나센시스가 공평성에 입각해 어느 역사가에게 권고하듯이 조국에 대한 가상한 편애를 타고났던 것이다. 나는 내 정치적 어머니의 약점과 결함을 숨기고 덕과 아름다움을 가장 유리하게 부각하려고 했다. 왕과 나는 수많은 대화에서 진심을 다해 이런 노력을 기울였다. 불행히도 성공하지는 못했지만 말이다.

그러나 이 나라의 왕은 세계의 다른 곳들로부터 완전히 격리되어 살았기 때문에 다른 나라에서는 일반적으로 여기는 방식과 관습을 전혀 알지 못했으므로 너그러이 이해해야 할 것이다. 지식이 부족하면 수많은 편견이 생기기 마련이고 특히 사고가 편협해진다. 영국과 일부 교양 있는 유럽 국가에서는 전혀 찾아볼 수 없는 특징이다. 또 이렇게 외따로 사는 왕의 선악 개념을 모든 인류에게 적용할 기준으로 내세우기는 어려운 일이다.

방금 내가 한 이야기를 뒷받침하고 제한된 교육의 비참한 결과를 보여 주고자 도저히 믿기 어려운 이야기를 여기에 끼워 넣으려 한다. 나는 왕의 환심을 좀 더 얻을 수 있을까 싶어 삼사백 년 전에 발견된 화약 제조법을 설명했다. 화약 더미에 불꽃이 조금이라도 튀면 산처럼 거대한 물체도 순식간에 불에 휩싸여 천둥보다 요란한 소리를 내고 더 심한 진동을 일으키며 모든 것을 공중으로 날려 버린다고 말했다. 놋쇠나 철로 만든 빈 통에 그 가루를 적당량 밀어 넣으면 철이나 납으로 만든 공을 격렬하고 빠르게 쏘아 보낼 수 있는데 무엇도 그 공의 위력을 버틸 수 없다. 이렇게 발사한 포탄 중 가장 큰 것은 부대 전체를 없애 버릴 수도 있고 견고하기 이를 데 없는 장벽을 박살내며 천 명이 타고 있는 군함 몇 척을 바다 깊이 침몰시킬 수도 있다. 그런 포탄을 사슬로 이으면 돛대와 삭구를 부러뜨릴 수 있고 수백 명의 몸통을 반으로 토막 내고 앞에 놓인 모든 것들을 초토화할 수 있다. 영국에서 이 가루를 속이 빈 커다란 쇠공에 넣고 동력 장치를 이용해 포위 중인 도시로 발사하면 길이 뜯어지고 집들이 산산조각 나며 그 파편이 사방으로 터져 가까이 있는 사람들의 머리를 죄다 깨 버린다.

나는 화약의 성분을 매우 잘 알고 있는데 값이 싸고 구하기 쉽다. 혼합법도 알고 왕실의 장인들을 지도해 이 나라의 다른 사물들과 비례하는 크기로 화약통을 만들 수 있다. 가장 큰 것도 30미터가 넘지 않을 것이다. 화약 가루와 포탄을 적당량 채운 화약통 스무 개에서 서른 개만 있으면 이 나라에 있는 가장 견고한 도시의 성벽도 몇 시간 만에 무너뜨릴 수 있고 왕의 절대적인 명령에 저항하면 수도 전체를 파멸시킬 수도 있다. 나는 그동안 왕에게서 받은 수많은 호의와 보호에 보답하고자 작은 감사의 표시로 감히 이런 제안을 하는 것이다.

왕은 그 끔찍한 기계에 대한 설명과 내가 한 제안 때문에 심한 공포에 휩싸였다. 나처럼 무력하고 미천한 벌레(왕의 표현이었다.)가 어떻게 그토록 잔혹한 생각을 품을 수 있냐며 놀라워했다. 또 그 파괴적인 기계의 일반적인 결과인 황폐한 피투성이 장면을 어쩌면 그토록 스스럼없고도 냉정하게 표현할 수 있느냐고 했다. 왕은 인류의 적인 사악한 천재가 그 기계를 고안한 것이 분명하다고 말했다. 자신에게 있어 인공물에서든 자연에서든 새로운 발견을 하는 것만큼이나 즐거운 경험은 별로 없지만 화약의 비밀을 알게 되느니 나라 절반을 잃는 편이 낫다고 단언했다. 그리고 나에게 목숨이 아깝다면 더는 그 이야기를 꺼내지 말라고 명령했다.

편협한 원칙과 근시안에서 비롯된 기묘한 결과였다! 왕은 숭배와 사랑과 존경을 받기에 합당한 자질에다가 강인한 면모와 뛰어난 지혜와 깊은 학식까지 갖추었으며 나라를 다스리는 훌륭한 재능이 있고 국민들의 흠모를 받았다. 그런데도 유럽에서는 상상도 할 수 없을 선량하고 불필요한 양심의 가책 때문에 국민의 생명과 자유와 재산의 절대적 주인이 될 수 있는 기회가 손에 들어왔음에도 불구하고 그냥 보내 버린 것이었다. 이 말을 하면서 그 훌륭한 왕의 수많은 미덕을 손상하려는 의도는 조금도 없다. 이 때문에 영국 독자들이 왕의 인격에 대해 좋지 않은 인상을 받게 되리란 사실을 나도 알고 있다. 그러나 내 생각에 이 나라 사람들의 그런 결함은 무지에서 비롯된 것이다. 그때까지 이 나라에서는 예리한 유럽의 지성인들이 그랬듯이 정치를 과학으로 바꾸지 못했다.

어느 날 왕과 나눈 대화를 또렷하게 기억하고 있다. 내가 영국에는 정치 기술을 다룬 책이 수천 권 있다고 말하자 왕은(내 의도와는 정반대로) 우리의 지식이 매우 저속하다고 여기게 되었다. 그는 왕이든 대신이든 비밀스럽고 치밀하게 음모를 꾸미는 행위를 혐오하고 멸시한다고 공언했다. 적국이나 경쟁국이 없는 왕은 내가 말한 '국가 기밀'이 무슨 뜻인지 이해하지 못했다. 그의 정치 지식은 매우 좁은 범위에 국한되어 있었다. 상식과 이성, 정의와 관용, 민사 및 형사 소송의 신속한 판결, 고민의 여지가 없는 몇몇 명백한 주제 정도에 한정되었던 것이다. 또 그의 견해에 따르면 이삭 하나가 열리던 땅에서 둘이 열리게 하고 풀잎이 한 장 나던 땅에서 두 장이 나오게 해 줄 수 있는 사람이라면 그 사람이야말로 훌륭한 인물이며 모든 정치인을 합친 것보다 나라에 더 필요한 업적을 세운 셈이었다.

이 나라 국민의 학문은 매우 불완전했다. 도덕, 역사, 시, 수학뿐이었는데 이 네 분야에서는 탁월했다. 그러나 수학의 경우 실생활에 유용한 쪽으로만, 즉 농업과 기계 기술의 발전에만 적용되었다. 그러니 영국에서는 높은 평가를 받지 못할 것이다. 또 나는 이상, 본질, 관념, 초월에 관해서 그들의 머릿속에 최소한의 개념도 심어 줄 수 없었다.

이 나라의 모든 법조문은 자국어의 알파벳 수를 넘어서지 않는 단어로 구성되어야 했는데 그 알파벳 수가 고작 스물두 개였다. 그러나 스물두 단어에 이르는 법조문도 거의 없었다. 이 나라 국민은 한 가지 이상의 해석을 할 만큼 재치 있는 사람들이 아니어서 법조문은 매우 분명하고 단순한 용어로 표현되었다. 또 어떤 법률에든 주석을 다는 것은 사형을 당할 만한 중죄였다. 민사 소송이나 형사 재판에는 판례가 거의 없어 비상한 판결 능력을 자랑할 이유도 없었다.

이들은 중국인들처럼 옛날 옛적부터 인쇄술을 터득했다. 그러나 도서관은 별로 크지 않았다. 가장 크다고 여겨지는 왕의 도서관에 있는 책도 천 권이 넘지 않았다. 그 책들은 360미터에 이르는 긴 방에 보관되었고 나는 그곳에서 원하는 책을 마음대로 빌릴 수 있었다. 왕후의 목공이 글룸달클리치의 방에 사다리처럼 생긴 높이 750미터의 나무 기계를 만들어 주었다. 계단 하나의 길이는 15미터였다. 이 사다리는 다리 부분을 벽에서 3미터 정도 떨어진 곳에 놓는 이동식 계단이었다. 내가 읽고 싶은 책을 벽에 바로 세운 뒤 사다리의 꼭대기 계단으로 올라가 책 쪽으로 고개를 놀리고 해당 페이지의 윗부분을 읽다가 행의 길이에 따라 오른쪽과 왼쪽으로 여덟 걸음이나 열 걸음 정도 움직인다. 그러다가 내 눈높이보다 낮은 행에 이르면 바닥에 이를 때까지 한 계단씩 내려온다. 그 후에는 다시 사다리 꼭대기로 올라가 같은 방식으로 옆 페이지를 읽고 책장을 넘겼는데 책장이 판지처럼 두툼하고 빳빳한데다 가장 큰 종이도 5미터에서 6미터를 넘지 않았으므로 내 손으로 쉽게 넘길 수 있었다.

이 나라 사람들의 문체는 명확하고 남성스럽고 매끄러웠으나 현란하지는 않다. 이들은 불필요한 단어를 늘어놓거나 다양한 표현을 쓰는 것을 꺼리기 때문이다. 나는 많은 책을 숙독했으며 특히 역사와 도덕을 다룬 책을 많이 읽었다. 도덕에 관한 책 중에서도 글룸달클리치의 침실에 늘 놓여 있는 작고 오래된 소책자를 무척 즐겨 읽었다. 그것은 글룸달클리치의 가정 교사가 갖고 있던 책으로 엄숙하고 나이가 지긋한 그 부인은 도덕과 신앙에 관한 글을 주로 읽었다. 그 책은 인간의 약점을 다루고 있었다. 여자와 서민들 외에 다른 사람들에게는 좋은 평가를 받지 못했다. 그러나 나는 저자가 그 주제에 관해 뭐라고 하는지 알고 싶었다.

저자는 유럽의 윤리학자가 주로 다루는 주제를 모두 훑었다. 인간이 본성적으로 보잘것없고 비열하며 무기력한 동물이라고 말했다. 험한 날씨나 사나운 맹수로부터 자신을 보호할 능력이 없다고 했다. 인간은 힘, 민첩성, 통찰력, 근면함에서 각각 다른 동물들보다 한참 뒤떨어지는 존재였다. 저자는 덧붙이기를 근래 쇠퇴해 온 세상과 더불어 자연도 쇠퇴했으며 따라서 이제는 고대에 비해 작고 불완전한 생명만을 낳게 되었다고 했다. 인간이 원래 훨씬 더 컸으며 옛날에는 거인들도 있었을 것이라고 생각하는 것이 당연하다고 했다. 역사와 전통이 주장하는 바이며 나라의 일부 지역에서 흔히 발견할 수 있는, 축소된 인간의 크기보다 훨씬 거대한 뼈와 두개골이 땅속에서 나타나는 사실로 보아 확실하다고 했다.

저자는 인간의 몸이 처음에는 훨씬 크고 건장해서 집에서 떨어진 타일이나 소년이 던진 돌에 맞거나 작은 개천에 빠져 죽는 등 사소한 사고로 죽을 일이 없어야만 자연의 법칙에 부합한다고 주장했다. 저자는 이런 식으로 추론하면서 실생활에 응용하기 좋은 몇 가지 도덕적 지침을 도출했는데 여기에 옮길 필요는 없을 것이다. 나로서는 인간이 자연과 벌이는 싸움에서 도덕적 교훈 아니, 더 정확히는 불평불만거리를 끄집어내는 이런 능력이 참으로 보편적이라는 사실을 곰곰이 생각하지 않을 수 없었다. 엄밀히 조사하면 인간과 자연의 그런 싸움은 이 나라에서든 영국에서든 사실무근임이 드러나리라 생각한다.

이 나라의 군대 상황으로 넘어가자. 이들은 보병 17만 6천 명과 기병 3만 2천 명으로 구성된 왕의 군대를 자랑한다. 몇몇 도시의 상인들과 시골의 농부들로 이루어지며 보수나 대가를 받지 않는 귀족과 상류층이 지휘를 전담하는 그 무리를 군대라고 부를 수 있다면 말이다. 물론 훈련은 완벽하다. 군기도 꽤 엄격하지만 내가 보기에는 큰 장점이 아니었다. 농부의 지휘관은 그 농부의 지주이며, 시민의 지휘관은 그가 사는 도시에서 베니스처럼 무기명 투표로 선출된 주요 인사인데 어찌 군기가 엄격하지 않을 수 있겠는가?

나는 로브룰그루드의 시민군이 30제곱킬로미터가 넘는 수도 인근의 드넓은 벌판에 나와 훈련하는 모습을 자주 보았다. 보병이 2만 5천 명, 기병이 6천 명을 넘지 않았다. 그러나 그들이 차지한 면적을 고려하면 내가 그 수를 헤아리기란 어려운 일이었다. 커다란 말에 올라탄 기사의 높이는 30미터 정도였다. 명령이 한마디 떨어지자 이 기병대 전체가 동시에 칼을 뽑고 허공에 휘두르는 모습을 보았다. 제아무리 상상력을 펼쳐도 그토록 웅장하고 놀라우며 눈부신 광경을 그려 낼 수 없을 것이다. 동서남북의 하늘에서 동시에 번개 일만 개가 번쩍이는 것처럼 보였다.

다른 나라와 접촉할 여지가 없는 이 나라의 왕이 어떻게 군대를 생각해 냈는지, 어떻게 국민에게 군사 훈련을 시키게 되었는지 궁금했다. 그러나 대화를 나누고 역사책을 읽으며 곧 알게 되었다. 오랜 세월을 거치며 이들도 온 인류가 시달리는 질병 때문에 어려움을 겪었다. 귀족들은 권력을, 국민은 자유를, 왕은 절대적인 지배권을 얻으려고 투쟁하기 일쑤였던 것이다. 이런 투쟁이 국법으로 운 좋게 억제되었다고 해도 이 세 주체가 각각 법을 어기기도 했고 내란도 한 번 이상 일어났다. 마지막 내란은 현 국왕의 조부가 전반적인 합의를 이끌어내서 만족스럽게 종결되었다. 당시 만장일치로 조직된 시민군이 그 이후 철저하게 임무를 수행해 온 것이었다.

8장

왕과 왕후가 국경 지대로 행차한다. 저자가 따라간다. 저자가 그 나라를 떠난 방법이 매우 상세하게 설명된다. 저자가 영국으로 돌아간다.

나는 늘 자유를 되찾고 싶다는 강한 열망을 품고 있었다. 그러나 그 방법을 생각해 내거나 성공할 가망이 조금이라도 있는 계획을 세우기란 불가능했다. 그 나라 해안이 보이는 곳까지 밀려온 배는 내가 타고 온 배뿐이었다. 왕은 어느 때건 다른 배가 나타나면 해변으로 끌고 와서 선원과 승객을 모두 호송차에 실어 로브룰그루드로 데려오라고 엄명을 내렸다. 왕은 나에게 크기가 비슷한 여자를 데려다주어서 내가 자손을 많이 낳기를 몹시도 바랐다. 그러나 길들인 카나리아처럼 새장에 살다가 머지 않아 나라 곳곳의 귀족들에게 구경거리로 팔려 갈 자손을 낳는 치욕을 겪느니 죽는 편이 나았을 것이다. 물론 나는 크나큰 호의를 누리고 있었다. 나는 위대한 왕과 왕후의 총애를 받았고 온 궁중의 기쁨이었다. 그러나 인간으로서의 존엄은 바닥에 떨어져 있었다. 내가 가족들에게 남기고 온 약속을 결코 잊을 수가 없었다. 나는 나와 동등한 조건으로 대화할 수 있는 사람들 사이에 있고 싶었다. 개구리나 강아지처럼 밟혀 죽을까 봐 두려워하지 않고 거리와 들판을 거닐고 싶었다. 그러나 자유는 예상보다 빨리 찾아왔고 그 방식도 흔하지 않은 것이었다. 그 모든 과정과 상황을 성실히 이야기해 보려고 한다.

이 나라에 온 지 2년이 지나고 3년째에 접어들던 참이었다. 글룸달클리치와 나는 남해안으로 행차하는 왕과 왕후를 따라갔다. 나는 평소처럼, 앞에서 설명한 여행용 상자에 들어가 이동했는데 폭이 3미터가 넘는 아주 편안한 방이었다. 내 지시에 따라 비단 밧줄로 천장의 네 모서리에 고정한 그물침대가 있었다. 내가 원하면 가끔 하인이 그 상자를 몸 앞쪽에 고정해 말 등에 싣고 갔는데 그물침대는 그럴 때 충격을 완화하기 위해 설치한 것이었다. 일행이 길을 걸어가는 동안에는 종종 그물침대에서 잠을 자기도 했다. 나는 통풍을 위해 그물침대의 위쪽을 약간 비껴난 부분에 30제곱센티미터의 사각형 구멍을 뚫도록 목공에게 지시했다. 홈을 따라 앞뒤로 움직이는 판자가 있어 원할 때면 그 구멍을 닫을 수 있었다.

우리의 여행이 끝났을 때 왕은 해변에서 30킬로미터 떨어진 플란플라스닉이라는 도시에 있는 별궁에서 며칠 묵는 것이 좋겠다고 했다. 글룸달클리치와 나는 몹시 피곤했다. 나는 가벼운 감기에 걸렸지만 그 가여운 소녀는 너무 아파 방에서 나갈 수가

180

없었다. 나는 바다가 무척 보고 싶었다. 혹시라도 가능하다면 바다가 내 유일한 탈출구일 터였다. 나는 실제보다 더 아픈 척 했다. 내가 무척 좋아하는 하인과 함께 나가서 신선한 바닷바람을 쐬고 싶다고 했다. 믿음직해서 가끔 나를 맡는 하인이었다. 글룸달클리치가 얼마나 망설이며 동의했는지, 하인에게 나를 잘 돌보라며 얼마나 엄하게 명령했는지 나는 결코 잊지 못할 것이다. 동시에 글룸달클리치는 앞으로 일어날 일을 예감하기라도 한듯 홍수 같은 눈물을 쏟았다.

하인은 나를 상자에 담아 궁전에서 도보로 30분 정도 떨어진 해변 바위 쪽으로 갔다. 나는 상자를 바닥에 놓아 달라고 명령했다. 창문을 하나 들어 올리고 바다를 향해 간절하고도 구슬픈 눈빛을 수없이 던졌다. 기분이 별로 좋지 않았다. 나는 하인에게 그물침대에서 낮잠을 자고 싶다고 말하며 낮잠으로 기분이 좀 나아지기를 바랐다. 나는 그물침대에 누웠고 하인은 한기가 들지 않도록 창문을 꼭 닫았다. 나는 금세 잠에 빠졌다. 짐작건대 내가 잠든 동안 위험한 일은 없으리라고 생각한 하인이 새알을 찾으러 바위틈을 찾아 떠난 것 같다. 전에도 그가 여기저기 돌아다니다가 바위틈에서 새알 한두 개를 집어 드는 모습을 창문으로 본 적이 있었다. 그건 아무래도 좋다.

들고 다니기 편하도록 상자 위에 달아 둔 고리를 누군가 획 당기는 바람에 나는 갑자기 잠에서 깼다. 상자가 하늘 높이 올라가다가 어마어마한 속도로 전진하는 느낌이 들었다. 상자가 처음 흔들렸을 때는 그물침대에서 떨어질 뻔했지만 그 후의 진동은 견딜 만했다. 나는 몇 번 목청껏 소리를 질렀지만 전혀 소용이 없었다. 창문으로 앞을 보니 구름과 하늘 외에는 아무것도 없었다. 머리 바로 위쪽에서 날개를 퍼덕이는 듯한 소리가 들렸다. 곧 내가 어떤 비참한 상황에 빠졌는지 알 수 있었다. 독수리가 부리로 내 상자의 고리를 물고 왔고, 껍질 속에 숨은 거북이에게 하듯이 상자를 바위 위로 떨어뜨려 내 몸을 끄집어낸 다음 삼키려고 하는 것이었다. 나는 5센티미터 두께의 판자 속에 숨어 있었지만 영리하고 후각이 뛰어난 이 새는 먼 거리에 있는 사냥감도 발견할 수 있었다.

잠시 후 퍼덕이는 날개 소리가 급속히 빨라졌다. 내 상자가 바람 부는 날의 이정표처럼 위아래로 흔들렸다. 독수리를 쾅쾅 때리는 듯한 소리가 몇 번 들렸고(부리로 내 상자의 고리를 문 존재가 독수리였다고 확신한다.) 그러다가 갑자기 몸이 수직으로 떨어지는 느낌이 1분 이상 지속되었다. 믿을 수 없이 빠른 속도여서 숨이 멎는 것만 같았다.

내 귀에는 나이아가라 폭포보다 더 크게 들렸던 무시무시한 첨벙 소리와 함께 추락이 끝났다. 그 후 다시 1분가량 사방이 캄캄하더니 상자가 높이 올라가기 시작하며 창문 위쪽으로 빛이 보였다. 이제는 내가 바다에 떨어졌다는 사실을 알 수 있었다. 상자는 내 몸의 무게와 상자 속에 든 물건들의 무게 그리고 견고함을 위해 천장과 바닥의 네 모서리에 박은 넓은 철판의 무게 때문에 바닷물에 1.5미터쯤 잠긴 채 떠다녔다. 당시나 지금이나 추측건대, 내 상자를 들고 날아가던 독수리가 다른 독수리 두세 마리에게 쫓겼고 먹이를 나눠 가지려 했던 그 독수리들의 공격을 막다가 나를 떨어뜨렸을 것이다. 바닥에 고정된 철판(가장 튼튼한 것이었다.) 덕분에 떨어지는 동안 상자는 균형을 유지했고 수면에 떨어졌을 때 부서지지 않았다. 상자의 접합 부분은 홈으로 잘 맞물려 있었고 문은 경첩으로 여는 것이 아니라 내리닫이 창처럼 올렸다 내렸다 하는 것이었다. 그래서 상자에 빈틈이 거의 없어 물이 아주 조금만 들어왔다. 나는 무척 힘겹게 그물침대에서 내려와 우선 앞에서 말했던 지붕의 미닫이 판자를 뒤로 당겨 보았다. 공기가 부족해 질식하기 직전이었으므로 통풍을 하기 위해서였다.

그때 내 사랑하는 글룸달클리치와 함께 있고 싶다는 생각을 얼마나 많이 했는지 모른다. 한 시간밖에 지나지 않았는데 이토록 멀어져 버리다니! 진심으로 말하건대 나는 그런 불운을 겪는 중에도 내 가여운 보모가 나를 잃어버리고 얼마나 슬퍼할지, 왕후의 노여움을 받고 얼마나 고초를 겪을지 생각하니 가슴이 미어졌다. 그 순간 내가 겪은 어려움과 고통보다 더한 것을 경험한 여행가는 많지 않을 것이다. 내 상자는 당장이라도 산산조각 날 것 같았고 강한 돌풍이 일거나 물결이 치면 곧바로 뒤집어질 것 같았다. 창유리 하나만 갈라져도 곧장 죽음이 닥칠 터였다. 여행 중 일어날 사고에 대비해 상자 외부에 강한 철사로 설치한 격자창만이 창문을 보호하고 있었다. 심하지는 않았지만 틈 몇 군데로 새어 들어오는 물이 보였다.

나는 최대한 물을 막으려 애썼다. 상자 지붕을 들어 올릴 수는 없었다. 할 수 있었다면 들어 올리고 지붕 위에 앉아서 화물칸이라고 불러도 좋을 그곳에 갇혀 죽지 않도록 몸을 보호했을 것이다. 아니, 혹 하루 이틀 정도 그런 위험을 피했더라도 추위와 굶주림으로 비참하게 죽는 것 외에 어떤 희망이 있겠는가! 나는 순간순간 내 마지막을 대비하고 또한 진심으로 바라며 그런 상태로 네 시간을 보냈다.

독자에게 이미 말했듯이 상자의 창문 없는 외벽에는 강한 꺾쇠 두 개가 박혀 있고 나를 말 등에 태워 데리고 다녔던 하인이 가죽 허리띠를 그 꺾쇠에 끼워 허리에 채웠다. 이런 암담한 상황에 빠져 있는데 꺾쇠가 달린 외벽 쪽에서 삐걱거리는 소리가 들렸다. 아니면 적어도 들리는 것 같았다. 곧 뭔가가 상자를 당기거나 바닷물을 따라 끌고 가는 듯한 착각이 들었다. 가끔 획 잡아끄는 느낌이 들면서 물결이 창문 윗부분까지 일렁여 상자 속이 캄캄해지기도 했다. 방법은 상상할 수 없었지만 구조되는 건 아닐까 하는 희미한 희망이 싹텄다.

나는 바닥에 늘 고정되어 있던 의자 하나의 나사를 풀었다. 그리고 최근에 열어 둔 미닫이 판자 바로 아래로 의자를 힘들게 옮겨 다시 나사로 고정했다. 나는 의자 위로 올라가서 통풍구로 입을 최대한 가까이 대고는 내가 아는 모든 언어를 동원해 큰 소리로 도와 달라고 외쳤다. 그런 다음 늘 휴대하는 막대기에 손수건을 묶어 통풍구로 내밀고 공중에 몇 번 흔들었다. 보트나 배가 근처에 있다면 어느 불운한 인간이 상자 속에 갇혀 있음을 짐작할 터였다.

할 수 있는 행동을 다해 보았지만 소용이 없었다. 그러나 내 방이 계속 움직이고 있다는 사실은 분명히 느낄 수 있었다. 한 시간 혹은 그 이상 지난 후 꺾쇠가 박힌 창문 없는 벽이 단단한 물체에 부딪혔다. 바위일까 봐 두려웠고 내 몸은 전보다 더 높이 튀어 올랐다. 내 방 덮개 위에서 굵은 밧줄 소리 같은 것이 분명히 들렸고 그것이 고리를 통과하며 삐걱거리는 소리가 들렸다. 나는 조금씩 올라가고 있었다. 전보다 1미터쯤 높은 곳에 이르렀을 때 손수건이 달린 막대기를 다시 내밀고 목이 쉬도록 도와달라고 소리쳤다. 그에 대한 대답으로 고함 소리가 세 차례 반복되었고 나는 직접 느낀 사람이 아니라면 짐작할 수 없는 엄청난 환희에 도취되었다.

이제는 머리 위쪽에서 쿵쿵대는 발소리가 들렸다. 누군가 통풍구에 대고 큰 소리로 외쳤는데 "그 아래에 누구 있으면 말 좀 해 보슈."라고 하는 말이 분명 영어였다. 나는 불행히도 살아 있는 존재가 겪을 수 있는 가장 큰 재난을 당한 영국인이라고 말했다. 이 지하 감옥에서 꺼내 달라고 최대한 감동적으로 애원했다. 상대방은 내 상자를 배에 잡아맸으므로 안전하다고 대답했다. 곧 목수가 와서 내가 빠져나올 수 있을 만큼 지붕에 난 구멍을 잘라 줄 것이라고 했다. 나는 그럴 필요가 없다고, 시간이 너무 많이 걸릴 것이라고 대답했다. 선원 하나가 고리에 손가락을 끼워 상자를 바다에서 꺼내 배로 옮겼다가 선장의 방으로 가져가기만 하면 된다고 말했다. 내 허무맹랑한 말을 듣고 어떤 이들은 내가 미쳤다고 생각했고 어떤 이들은 웃음을 터뜨렸다.

당시 나는 몸집과 힘이 나와 비슷한 사람들과 함께 있다는 생각을 조금도 할 수가 없었다. 목수가 도착했고 몇 분 톱질을 한 후 가로세로가 각각 1.2미터 정도인 통로를 냈다. 그 후 작은 사다리가 내려와 나는 그것을 타고 올라갔다. 나는 매우 허약한 상태로 배로 이송되었다.

선원들은 모두 깜짝 놀라 나에게 질문을 수없이 퍼부었지만 대답할 기분이 아니었다. 나 역시 이토록 많은 소인족을 보자 어안이 벙벙했다. 내 눈이 너무 오랫동안 그 어마어마한 존재에 익숙했던 탓에 사람들이 너무 작아 보였던 것이다. 그러나 선장인 토머스 윌콕스는 정직하고 훌륭한 슈롭셔 출신의 남자였다. 기절 직전인 내 상태를 보고는 자기 선실로 데려가 코디얼주를 주며 안정시키고 자기 침대에서 자라고 했다.

선장은 나에게 휴식을 취하라고 했는데 나에게 무척 필요한 것이었다. 나는 잠들기 전에 선장에게 내 상자 속에 값비싼 가구가 있는데 잃어버리기에는 너무 좋은 물건이라고 당부했다. 고급 그물침대, 멋진 야전 침대, 의자 두 개, 탁자 하나 그리고 보관장 하나였다. 또 내 방의 사면은 비단과 무명으로 덮여 있다고 아니, 누비질되어 있다고 일러 주었다. 선원 하나더러 내 방을 이 선실로 가져오게 해 주면 선장 앞에서 문을 열고 물건을 보여 주겠다고 했다. 이런 황당한 말을 들은 선장은 내가 헛소리를 한다고 결론을 내렸다. 그러나(나를 달래기 위해서였겠지만) 선장은 내 말대로 지시를 내리겠다고 약속했다.

선장은 갑판으로 올라가 선원 몇 명을 내 방으로 내려 보냈고 선원들은(내가 나중에 알게 되었듯이) 내 물건을 모두 끌어 올렸다. 그리고 누비질된 천을 벗겨냈다. 그러나 바닥에 나사로 고정된 의자와 보관장과 침대는 선원들이 잘 모르고 억지로 뜯어내는 바람에 몹시 망가졌다. 선원들은 배에서 쓰려고 판자도 좀 뜯어냈다. 원하는 것을 모두 얻자 그 큰 상자를 바다로 던졌고 상자는 바닥과 벽이 여기저기 갈라진 탓에 완전히 가라 앉고 말았다. 정말이지 선원들 때문에 엉망이 된 그 꼴을 보지 않아서 다행이었다. 그 광경을 보았다면 차라리 잊는 게 나았 을 기억들이 머릿속에 떠올라 마음에 충격을 주었을 테니 말이 다.

나는 몇 시간 동안 잠을 잤지만 떠나온 곳과 그 과정에서 겪 은 위험이 꿈에 나와 줄곧 숙면을 방해했다. 그러나 잠에서 깨 자마자 몸이 훨씬 나아졌음을 깨달았다. 저녁 여덟 시 무렵이었 다. 선장은 내가 너무 오래 굶었다는 생각에 즉시 저녁을 준비 하라고 지시했다. 선장은 내가 미친 사람처럼 굴거나 앞뒤 안 맞는 말을 하지 않는 것을 보고 무척 친절하게 대했다. 선장은 나와 둘만 남게 되었을 때 내가 어떤 여행을 했으며 어쩌다가 그토록 큰 나무 상자에 갇혀 표류하게 되었는지 듣고 싶다고 물 었다.

선장은 그날 정오에 망원경으로 바다를 보던 중 저 멀리에서 상자를 발견했는데 돛단배인 줄 알았다고 했다. 자신이 가던 항 로에서 많이 벗어나는 지점도 아니었기에 비스킷을 좀 얻으려고 가 보기로 했단다. 가까이 다가가자 선장은 자신의 생각이 틀렸 음을 깨닫고 정체를 파악하기 위해 대형 보트를 보냈다. 선원들 이 겁에 질려 돌아와서는 맹세컨대 바다에 뜬 집을 보았다고 말 했다. 선장은 그 어리석은 소리에 웃음을 터뜨리고는 선원들에 게 튼튼한 밧줄을 실으라고 명령하고 직접 보트에 올랐다. 바람 없는 날씨였고 선장은 배를 타고 내 상자 주변을 몇 바퀴나 돌 며 창문과 창문을 보호하는 격자 철망을 보았다. 그러다 빛이 들어갈 틈도 없이 통판으로 된 판자에 꺾쇠가 두 개 박힌 벽을 발견했다. 선장은 선원들에게 그 벽 쪽으로 노를 저으라고 명령했다. 그리고 꺾쇠 하나에 밧줄을 매고 이 궤(선장의 표현이었다.)를 배로 끌고 갔다. 배에 도착하자 선장은 지붕에 달린 고리에 다른 밧줄을 묶어 그 상자를 도르래로 들어 올리라고 지시했지만 선원들이 모두 달려들어도 60센티미터에서 90센티미터 이상 들 수가 없었다.

선원들은 구멍에서 나온 내 막대기와 손수건을 보고 어느 불행한 이들이 그 속에 갇혀 있다고 결론을 내렸다. 나는 처음 발견할 무렵 선장이나 선원들 중에서 하늘을 나는 어마어마하게 큰 새를 본 사람이 없느냐고 물었다. 선장은 내가 잠든 동안 선원들과 그 문제로 이야기를 나누었는데 선원 하나가 북쪽으로 날아가는 독수리 세 마리를 보았더라고 했다. 그러나 보통 독수리보다 더 크지는 않았다고 했다는 것이다. 아마 너무 높이 날아오른 탓인 듯했다. 선장은 내가 그런 질문을 하는 이유를 짐작하지 못했다.

나는 선장에게 육지까지의 거리가 얼마나 되느냐고 물었다. 선장은 가능한 계산을 해 보면 적어도 400킬로미터는 될 것이라고 대답했다. 나는 선장이 거리를 절반 정도 착각한 것 같다고 말했다. 내가 있던 나라를 떠나 바다에 떨어지기까지 걸린 시간이 두 시간이 채 되지 않았기 때문이었다. 그 말에 선장은 다시금 내 머리에 문제가 있다고 생각하고 그 점을 넌지시 일러 주면서 자신이 마련해 둔 선실로 가서 누우라고 조언했다. 나는 선장과 함께 있으며 후한 대접을 받은 덕분에 기운을 되찾았고 정신도 평소와 마찬가지로 멀쩡하다고 장담했다. 그러자 선장은 진지한 태도로 솔직히 물었다. 내가 중죄를 저질렀다는 가책에 머리가 혼란스러워진 것은 아니냐고 말이다. 몇몇 나라에서 흉악범을 식량도 없이 물이 새는 배에 태워 바다로 내보내는 것처럼 나 역시 왕의 명령으로 그 상자 속에 갇히는 벌을 받은 것이 아니냐고 했다. 그런 악한을 배에 태운 것이라면 유감이지만 가장 먼저 도착하는 항구에 무사히 내려 주겠다고 약속했다. 선장은 내가 저녁을 먹는 동안 이상한 표정과 행동을 보이기도 했고, 방인지 상자인지에 관해 선원들과 자신에게 했던 황당무계한 말 때문에 의심이 훨씬 짙어졌다고 덧붙였다.

나는 선장에게 내 이야기를 참고 들어 달라고 부탁했다. 마지막으로 영국을 떠난 때부터 그가 처음 나를 발견한 때까지의 이야기를 빠짐없이 들려주었다. 진실은 합리적인 지성에 이르는 길을 반드시 찾아내기 마련이므로 배운 티가 나고 분별력이 뛰어난 이 정직하고 훌륭한 남자는 곧 내가 진실을 말한다고 믿게 되었다. 그러나 나는 내 말을 좀 더 뒷받침하기 위해 선장으로 하여금 내 주머니에 열쇠가 있으니 보관장을 가져오도록 지시를 내려 달라고 부탁했다(선장은 선원들이 내 방을 버렸다는 사실을 이미 알려 준 터였다.). 나는 선장 앞에서 보관장을 열고 내가 그토록 기묘한 방식으로 떠나온 나라에서 만든 몇 가지 진기한 소장품을 보여 주었다.

내가 왕의 수염 밑동으로 만든 빗이 있었다. 다른 빗은 똑같은 재료로 만들었지만 왕후가 깎은 엄지손톱 부스러기를 빗등으로 삼아 수염을 고정한 것이었다. 30센티미터에서 45센티미터까지 길이가 다양한 바늘과 핀이 있었다. 목공용 압정과 비슷한 말벌 침이 네 개 있었다. 빗질 후 빠진 왕후의 머리카락과 어느 날 왕후가 자상하게 자신의 새끼손가락에서 빼 내 머리 위로 목걸이처럼 씌워 선물해 준 금반지도 있었다. 나는 환대에 보답하는 의미로 그 반지를 받아 달라고 했지만 선장은 한사코 거절했다. 선장에게 시녀의 발가락에서 직접 잘라낸 티눈을 보여 주었다. 크기가 켄트산 사과 정도였는데 매우 딱딱해져서 나는 영국으로 돌아온 후 속을 파내고 은을 입혀 컵으로 썼다. 마지막으로 나는 선장에게 입고 있던 반바지를 보여 주었는데 쥐 가죽으로 만든 것이었다.

내가 선장에게 억지로라도 줄 수 있었던 선물은 말구종의 이 밖에 없었다. 선장은 흥미로운 얼굴로 그 이를 살펴보고는 무척 좋아했다. 감사 인사를 들을 만큼 가치 있는 물건도 아닌데 선장은 고맙다는 말을 여러 번 하며 그것을 받았다. 그 이는 미숙한 의사가 치통에 시달리던 글룸달클리치의 말구종에게서 실수로 뽑은 것이었다. 뽑고 나니 다른 이만큼이나 말짱했다. 나는 그것을 깨끗이 씻어 보관장에 넣었다. 길이가 30센티미터, 직경이 10센티미터 정도였다.

선장은 내가 숨김없이 들려준 이야기에 무척 만족스러워했다. 그리고 영국으로 돌아가면 반드시 글로 옮겨 세상에 공개하라고 당부했다. 나는 여행기가 이미 넘쳐나므로 기이한 이야기가 아닌 다음에야 통하지 않을 것이며 일부 작가들의 경우 진실보다는 허영심과 자기 이익을 채우거나 무지한 독자들을 즐겁게 해 주는 데만 신경 쓰는 게 아닌지 의심스럽다고 대답했다. 내 이야기에는 일상적인 사건 외에 담을 것이 없으며 기묘한 초목이나 새나 다른 동물들에 대한 화려한 묘사도 없고 대부분의 작가들이 즐겨 쓰는 야만인의 미개한 풍습이나 우상 숭배 같은 소재도 없다고 했다. 그러나 선장의 조언에 감사하며 생각해 보겠다고 밝혔다.

선장은 몹시 궁금한 점이 하나 있다고 했다. 내가 무척 큰 소리로 말한다면서 그 나라의 왕이나 왕후의 청력이 나쁘냐고 물었다. 나는 2년이 넘는 지난 세월 동안 익숙해진 탓이라고 대답했다. 속삭임처럼 느껴지는 선장과 선원들의 목소리가 잘 들린다는 사실이 오히려 놀랍다고 덧붙였다. 그러나 그 나라에서 말을 할 때는 탁자나 다른 사람의 손바닥 위로 올라가지 않는 이상 거리에 서 있는 사람이 첨탑 꼭대기에서 내려다보는 사람에게 말을 할 때와 같았다. 내가 관찰한 다른 내용도 선장에게 말해 주었는데, 처음 그 배에서 주변에 서 있는 선원들을 보았을 때 그들이 내가 지금껏 본 생물들 중 가장 작고 하찮은 존재로 여겨졌다.

사실 나는 그 나라에서 지내는 동안 그 엄청난 크기가 눈에 익은 후로 감히 거울을 들여다볼 수 없었다. 상대적으로 작은 내 모습이 너무 미천하게 느껴졌던 것이다. 선장은 우리가 저녁을 먹는 동안 내가 모든 것을 놀라운 표정으로 바라보았고 가끔은 웃음을 참지 못하는 것 같더라고 말했다. 어떻게 이해해야 할지 몰라 내 머리에 문제가 있기 때문이라고만 생각했다고 한다. 나는 틀림없는 사실이라고 대답했다. 3펜스짜리 은화만 한 접시, 한입 크기도 안 되는 돼지 다릿고기, 호두 껍데기보다 작은 컵을 보고 어떻게 웃음을 참을 수 있겠느냐고 말이다. 그리고 같은 방식으로 선장의 방에 있는 나머지 가구와 집기를 묘사했다. 내가 왕후를 섬기는 동안 왕후는 나에게 필요한 비품 일체를 작게 만들라고 지시했었다. 그러나 사방에서 보이는 것들이 내 머릿속을 완전히 차지했다. 그래서 사람들이 자기 결점을 대할 때처럼 내 자신의 작은 모습이 눈에 들어오지 않았던 것이다.

선장은 내 농담을 잘 알아들었고 나더러 눈이 배보다 크다며 오래된 영국 속담으로 흥겹게 대꾸했다. 종일 굶었는데도 식욕이 별로 좋아 보이지 않았다는 것이다. 선장은 여전히 유쾌한 태도로 내 방이 독수리의 부리에 물려 있다가 나중에 그토록 높은 곳에서 바다로 떨어지는 광경을 보았다면 흔쾌히 100파운드를 냈을 것이라고 말했다. 그야말로 놀라운 장관이었을 테니 대대손손 전해 줄 만한 이야기라는 것이었다. 그리고 누가 봐도 파에톤(*그리스 신화에 등장하는 태양신 헬리오스의 아들로 태양신의 아들임을 증명하기 위해 태양 마차를 몰다가 통제하지 못해 제우스의 벼락을 맞고 추락해 죽는다.)을 떠올리게 하는 일화라 그 이야기를 꺼내지 않을 수 없었다고 말했다. 나로서는 그 비유에 감탄이 나오지는 않았지만 말이다.

선장은 톤킨(*베트남 북부.)에 있다가 영국으로 돌아가던 중에 북동쪽으로 밀려나 북위 44도, 동경 143도 지점에 있었다. 그러나 내가 승선한 지 이틀이 지났을 때 무역풍을 만나 한참동안 남쪽으로 항해하며 뉴홀랜드(*현재의 오스트레일리아.) 해안을 따라 서남서로 쭉 이동하다가 방향을 남남서로 바꿔 희망봉을 돌았다. 항해는 무척 순조로웠지만 항해 일지로 독자를 괴롭히지는 않겠다. 선장은 항구 한두 곳에 들러 식량과 물을 구해 올 대형 보트를 보냈다. 그러나 나는 한 번도 배에서 내리지 않았다. 그렇게 다운스에 도착한 날은 내가 거인들의 나라를 떠난 지 아홉 달쯤 지난 1706년 6월 3일이었다. 나는 뱃삯이 없어 내 물건들을 담보로 두고 가겠다고 했지만 선장은 동전 하나도 받지 않으려고 했다. 우리는 훈훈한 작별 인사를 나누었다. 나는 선장에게서 레드리프에 있는 우리 집에 찾아오겠다는 약속을 받아냈다. 선징에게 빌린 5실링으로 말과 길삽이를 구했다.

길을 걸으며 작은 집과 나무, 가축과 사람을 보니 릴리푸트에 온 것만 같은 기분이 들었다. 여행자들을 만날 때마다 발로 밟을까 봐 두려웠다. 가끔 그 사람들에게 비키라고 크게 소리치기도 했다. 그 무례한 행동 때문에 한두 번은 하마터면 머리통이 깨질 뻔했다.

집에 도착했을 때 내 요구에 따라 하인 하나가 문을 열었고 나는 머리를 부딪힐까 봐(문 밑을 지나가는 거위처럼) 고개를 숙이고 들어갔다. 아내가 달려 나와 껴안았는데 나는 아내의 무릎보다 더 낮은 위치로 몸을 구부렸다. 그렇게 하지 않으면 아내의 입이 내 입에 닿지 않을 것 같아서였다. 딸이 무릎을 꿇고 나에게 축복 기도를 해 주었는데 딸이 일어설 때까지 그 아이의 모습이 보이지가 않았다. 머리를 똑바로 세우고 18미터 높이를 바라보는 습관이 오랫동안 몸에 뱄기 때문이었다. 그 후 나는 한 손으로 딸의 허리를 붙잡아 들어 올렸다. 나는 하인들과 집에 있던 친구 한두 명이 소인족이고 나는 거인인 것처럼 그들을 내려다보았다. 아내와 딸이 당장이라도 굶어 죽을 것처럼 보여 나는 아내에게 돈을 너무 아낀 것이 아니냐고 물었다. 간단히 말해 내가 너무 기이한 행동을 하는 바람에 다들 선장이 나를 처음 보았을 때처럼 내 머리가 이상해졌다고 결론을 내렸다. 습관과 편견의 위력을 설명하는 예시로 이 이야기를 들려주는 것이다.

얼마 지나지 않아 나와 가족들, 친구들은 서로를 올바로 이해하게 되었다. 그러나 아내는 나더러 다시는 바다로 나가지 말라고 했다. 그러나 내 사악한 운명이 떠나라고 명령했고 아내로서는 막을 도리가 없었다. 독자들도 곧 알게 될 것이다. 그때까지 내 불행한 여행의 두 번째 부분은 여기에서 끝이다.

제3부
라푸타·발니바비·럭낵·글럽덥드립·일본 여행

1장

저자가 세 번째 여행을 떠난다. 해적에게 붙잡힌다. 어느 네덜란드 인의 적대를 받는다. 어떤 섬에 도착했다가 라푸타로 들어간다.

집에 머문 지 열흘도 지나지 않았을 때 견고한 300톤급 선박인 호프웰호를 이끄는 콘월 출신의 윌리엄 로빈슨 선장이 우리 집으로 찾아왔다. 나는 전에 그의 지휘 아래 레반트(*동부 지중해 연안.)로 가는 다른 배에 담당의로 승선한 적이 있었는데 당시 그는 배의 4분의 1에 해당하는 지분을 소유하고 있었다. 그 시절에 선장은 늘 나를 아랫사람이 아닌 형제처럼 대해 주었는데 내가 이렇게 고국에 도착했다는 소식을 듣고 찾아온 것이었다.

만남이 뜸했던 터라 일상 대화 말고는 딱히 화젯거리가 없었으므로 나는 그가 우정을 생각해서 찾아온 줄로만 알았다. 그러나 선장은 자주 찾아오면서 건강을 회복하는 내 모습에 기뻐했다. 그리고 이제 생활이 안정되었는지 묻더니 두 달 안에 동인 도제도로 여행할 계획이라고 덧붙였다. 마침내는 미안하지만 자기 배의 담당의로 함께 가면 좋겠다고 털어놓았다. 조수 둘 외에 내 밑에서 일할 의사를 한 명 더 붙여 줄 것이며 봉급은 보통 받는 액수의 두 배를 주겠다고 했다. 내 항해 지식이 자신과 비슷한 수준임을 감안해 나를 배의 공동 지휘관처럼 여기고 내 조언을 따르기로 얼마든지 약정하겠다는 것이었다.

그는 그 외에도 호의적인 조건을 많이 제시했고 나는 그가 정직한 남자임을 알고 있었으므로 제의를 거절할 수 없었다. 게다가 그동안 그렇게 고생을 했는데도 세상을 보고 싶다는 갈망이 그 어느 때보다 강하게 불타올랐다. 유일한 난관은 아내를 설득하는 문제였는데 아내는 아이들에게도 도움이 되리라는 기대로 마침내 동의해 주었다.

우리는 1706년 8월 5일에 출항했고 1707년 4월 11일에는 세인트조지 항에 도착했다. 병든 선원들이 많아 원기를 회복하려고 3주 동안 거기에 머물렀다. 그곳에서 다시 톤킨으로 갔는데 사려고 했던 물건 중 다수가 아직 준비되지 않았고 몇 달 안에 받을 수 있을 것 같지도 않아서 선장은 그곳에 잠시 머물기로 했다. 선장은 경비를 충당할 수 있을 거라는 생각에 외돛배를 구입하여 톤킨 사람들이 이웃 섬과 주로 교역하는 물건 몇 종류를 실었다. 그리고 그곳 주민 세 명을 포함한 남자 열네 명을 태우고 나를 그 배의 지휘관으로 임명해 물건을 거래할 권한을 주었다. 그동안 자신은 톤킨에서 일을 처리하기로 했다.

항해한 지 사흘도 되지 않아 큰 폭풍을 만나서 우리는 닷새

동안 처음에는 북북동쪽으로, 그 뒤에는 동쪽으로 밀려갔다. 나중에는 날씨가 좋아졌지만 서쪽에서 여전히 꽤 강한 바람이 불어왔다. 열흘째 되던 날, 해적선 두 척이 우리를 쫓아오더니 순식간에 따라잡았다. 우리의 외돛배는 짐 때문에 무거워서 속도가 매우 느렸기 때문이었다. 우리는 방어할 형편도 못 되었다.

두 배의 해적들이 맹렬히 앞을 다투며 거의 동시에 우리 배에 올랐다. 그러나 우리 모두가(내 명령대로) 얼굴을 땅에 대고 엎드린 모습을 보자 튼튼한 밧줄로 우리를 묶고 파수꾼을 하나 붙이고는 배를 뒤지러 갔다.

그중에 네덜란드 인이 한 사람 보였다. 두 해적선 중 어느 쪽의 선장도 아니었지만 웬만큼 영향력이 있는 듯했다. 그는 우리의 용모로 영국인임을 알아보았고 자기 나라 말로 지껄여 대며 우리의 등을 맞대고 묶어서 바다에 던지겠다고 협박했다. 나는 네덜란드 어를 꽤 잘했다. 그래서 그에게 우리가 누구인지 설명하고 기독교인이자 개신교도이며 강한 동맹을 맺은 이웃 나라 국민임을 고려해 해적 선장들이 우리를 불쌍히 여기도록 설득해 달라고 부탁했다. 그 말에 네덜란드 인이 무섭게 화를 냈다. 다시금 협박을 하더니 동료들에게 고개를 돌리고 짐작건대 일본어로 무척 사납게 이야기했다. 가끔 '기독교인'이라는 단어가 나왔다.

두 해적선 중 큰 배의 선장은 일본인이었는데 네덜란드 어를 약간 했지만 매우 서툴렀다. 그 선장이 나에게 다가와 몇 가지 질문을 했고 무척 공손한 대답을 들은 후에 우리를 죽이지 않겠다고 말했다. 나는 코가 땅에 닿도록 절을 한 다음 네덜란드 인에게 고개를 돌리고 형제 기독교인보다 이방인에게서 더 큰 자비를 발견하게 되어 유감이라고 말했다. 그러나 그 어리석은 말을 곧 후회했다. 그 심술궂은 불량배가 나를 바다에 던지자고 수시로 두 선장을 설득하다가 소용이 없자(나를 죽이지 않겠다고 약속한 뒤였기 때문이다.) 나에게 벌을 주자는 의견이나마 관철시켰기 때문이었다.

그 벌은 인간에게는 죽음보다 더 가혹한 것이었다. 내 선원들은 정확히 반씩 나뉘어 두 해적선에 올랐고 내 외돛배는 다른 이들의 차지가 되었다. 나에게는 노와 돛이 딸리고 나흘 치 식량을 실은 작은 카누를 타고 표류하라는 판결이 내려졌다. 일본인 선장이 관대하게도 자기 몫을 나눠 주어 식량은 두 배로 늘어났다. 그 선장은 누구도 내 몸을 뒤지지 못하게 했다. 내가 카누를 타러 내려가는 동안 그 네덜란드 인은 갑판에 서서 내게 네덜란드어로 할 수 있는 온갖 욕과 저주를 퍼부었다.

해적을 만나기 약 한 시간 전, 나는 관측을 통해 우리가 북위 46도, 동경 183도 지점에 이르렀음을 파악했다. 해적선과 좀 멀어졌을 때 망원경으로 보니 남동쪽에 섬이 몇 개 있었다. 나는 그중 가장 가까운 섬으로 가려고 돛을 올렸고 순풍을 받으며 세 시간쯤 지난 후에야 도착할 수 있었다. 바위투성이 섬이었다. 그러나 새알이 많이 있어 떨기나무와 마른 해초를 불쏘시개 삼아 불을 피우고 새알을 구웠다. 식량을 최대한 아끼기로 결심하고 다른 음식은 전혀 먹지 않았다. 떨기나무를 깔고 그 위에 누워 아늑한 바위 밑에서 밤을 보냈고 잠을 꽤 잘 잤다.

다음 날에는 카누를 타고 다른 섬으로 갔고 때로는 돛을 올리고 때로는 노를 저으며 그 섬에서 다시 세 번째, 네 번째 섬으로 이동했다. 그러나 내가 겪은 고생을 자세히 설명해 독자를 괴롭히지는 않겠다. 닷새째 되던 날 시야에 들어온 마지막 섬에 드디어 도착했다고 말하면 충분할 것이다. 앞서 들른 섬의 남남동쪽에 위치한 섬이었다.

그 섬은 예상보다 훨씬 멀리 있었고 적어도 다섯 시간이 지나서야 도착할 수 있었다. 나는 상륙하기 편한 곳을 찾아 그 섬을 한 바퀴쯤 돌다가 카누의 폭보다 세 배가량 넓은 만을 발견했다. 섬은 드문드문 섞인 작은 수풀과 향기로운 허브 말고는 온통 바위뿐이었다. 그곳에는 동굴이 무척 많았다. 나는 음식을 조금 꺼내 기운을 차린 다음 남은 식량을 동굴 속에 안전하게 숨겼다. 바위 위에 새알을 잔뜩 모으고 마른 해초와 더 마른풀을 넉넉히 구했는데 다음 날 그것으로 불을 피우고 새알을 최대한 많이 구울 생각이었다(나에게는 부싯돌, 강철, 성냥, 볼록렌즈가 있었다.).

나는 식량을 보관해 둔 동굴에서 밤새 누워 있었다. 불을 피우려고 모아 둔 마른풀과 해초가 침대였다. 잠을 거의 자지 못했는데 피로보다 불안이 더 심한 탓이었다. 이토록 황량한 곳에서 목숨을 보존하기가 얼마나 불가능한 일인지와 내 최후가 얼마나 비참할지를 생각했다. 너무 무기력하고 낙심한 나머지 몸을 일으키고 싶지 않았다. 동굴에서 기어 나올 힘이 생겼을 무렵에는 해가 중천에 떠 있었다. 잠시 바위 사이를 걸었는데 하늘은 티 없이 맑았으며 햇볕이 너무 뜨거워 얼굴을 돌릴 수밖에 없었다. 그러다가 갑자기 햇빛이 흐려졌다. 내 생각에는 구름이 지나갈 때와 매우 다른 양상이었다. 다시 고개를 돌리니 나와 해 사이에 아주 크고 투명한 물체가 섬으로 다가오고 있음을 알 수 있었다. 상공 3킬로미터 지점에 떠 있는 듯했고 6~7분간 해를 가렸지만 산그늘에 서 있을 때보다 공기가 더 차가워졌다거나 하늘이 더 어두워지지는 않았다.

그 물체는 내가 있는 곳으로 가까이 다가왔다. 단단한 물질로 만들어졌고 밑부분이 평평하고 매끄러우며 아래에 있는 바다의 빛이 반사되어 매우 눈부시게 빛난다는 사실을 알 수 있었다. 나는 해변에서 200미터쯤 올라온 바위에 서 있었는데 그 커다란 물체가 나와 비슷한 높이까지 내려왔고 거리는 1.5킬로미터도 채 되지 않았다. 휴대용 망원경을 꺼내 살피니 그 물체의 이곳저곳에서 수많은 사람들이 오르내리는 모습이 똑똑히 보였다. 그 물체는 비스듬히 움직이고 있는 듯했지만 그 사람들이 무엇을 하고 있는지는 도무지 파악할 수가 없었다.

삶에 대한 본능적인 애정 때문에 마음속에서 기쁨이 진동했다. 이 모험으로 내가 처한 상황과 황량한 장소에서 벗어날 길이 생기리란 희망이 샘솟았다. 그러나 동시에 사람들이 사는 공중의 섬을 보고 얼마나 놀랐는지 독자는 상상할 수 없을 것이다. 그 사람들은 원하는 대로 섬을 올리거나 내리거나 전진시킬 수 있었다(보기에는 그랬다.). 그러나 당시에는 이 현상을 논리적으로 생각할 처지가 아니었으므로 그저 그 섬이 어떤 경로를 택할지 지켜보기로 했다. 잠시 정지한 것처럼 보였기 때문이었다. 그러나 곧 섬이 더 가까이 다가오면서 섬의 측면이 보였다. 일정 간격으로 층층이 이어져 내려오는 발코니와 계단으로 둘러싸여 있었다. 가장 아래 발코니에서 몇몇 사람들이 긴 낚싯대를 드리우고 다른 사람들이 구경하는 모습이 보였다. 나는 그 섬을 향해 작은 모자(중절모는 오래 전에 닳아 빠진 탓이었다.)와 손수건을 흔들었다. 그리고 그 섬이 더 가까이 다가오자 목청껏 소리를 질렀다.

그런 다음 신중하게 살폈더니 내가 가장 잘 보이는 쪽으로 몰려든 사람들이 보였다. 손가락으로 나를 가리키고 서로를 가리키는 모습으로 봐서 나를 발견한 것이 분명했다. 그러나 내 외침에 답하지는 않았다. 그래도 네댓 명이 허둥지둥 계단을 올라 섬 꼭대기로 달려갔다가 사라지는 모습이 보였다. 이런 사태를 주관하는 높은 사람의 지시를 받아오도록 파견된 사람 같았는데 내 추측은 정확했다.

사람들의 수가 늘어났다. 30분도 채 되지 않아 그 섬이 움직이며 가장 아래 발코니가 내가 서 있는 언덕에서 90미터도 떨어지지 않은 곳까지 다가왔다. 나는 간곡히 애원하는 몸짓으로 더 없이 겸손하게 말했지만 대답이 없었다. 맞은편에 가장 가까이 서 있는 사람들은 옷차림으로 봐서 지체 높은 이들인 듯했다. 그들은 가끔 나를 바라보면서 진지하게 의논했다. 마침내 한 사람이 분명하고 우아하고 매끄러우며 이탈리아 어와 발음이 비슷한 언어로 외쳤다. 나는 억양이 그의 귀에 좀 더 기분 좋게 들리기를 바라며 이탈리아 어로 대답했다. 우리 둘 다 서로의 말을 알아듣지 못했지만 내 뜻은 쉽게 전달되었다. 그 사람들이 내가 처한 곤경을 깨달았기 때문이다.

그들은 나에게 바위에서 내려와 해변 쪽으로 가라고 손짓했고 나는 그 말을 따랐다. 하늘을 나는 섬이 적당한 높이로 올라가자 섬 가장자리가 내 머리 위로 오게 되었다. 그리고 맨 아래 발코니에서 의자가 달린 사슬이 내려왔다. 내가 그 의자에 앉으니 도르래가 끌어 올렸다.

2장

라푸타 사람들의 기질과 성향을 묘사한다. 학문과 왕과 궁중을 설명한다. 그곳에서 어떤 대접을 받았는지 이야기한다. 두려움과 걱정에 사로잡힌 주민들의 상태를 이야기하고 여자들의 특징을 설명한다.

그 섬에 오르자 많은 사람들이 나를 둘러쌌다. 가장 가까이 서 있던 사람들은 지위가 더 높은 것 같았다. 그들은 경이로움이 가득 담긴 눈으로 나를 바라보았다. 놀라기는 나도 마찬가지였다. 그때까지 그런 형상과 옷차림과 용모를 한 종족을 한 번도 본 적이 없었다. 머리는 모두 오른쪽이나 왼쪽으로 기울어 있었다. 눈 하나는 안쪽으로 들어갔고 다른 하나는 똑바로 하늘을 향해 있었다. 해와 달과 별 그림이 바이올린, 하프, 트럼펫, 기타, 하프시코드 및 유럽에는 생소한 더 많은 악기 그림과 어우러져 겉옷을 장식했다.

곳곳에 시종처럼 보이는 사람들이 많았는데 끝에 불룩한 공기주머니가 달린 도리깨 비슷한 짧은 막대기를 손에 들고 있었다. 공기주머니에는 말린 콩이나 조약돌이 조금 들어 있었다(나중에 알게 된 사실이다.). 그들은 이 공기주머니로 가까이 선 사람들의 입과 귀를 가끔 타닥타닥 두드렸는데 당시의 나로서는 왜 그런 행동을 하는지 짐작할 수가 없었다. 이 사람들은 지독한 사색으로 머리가 가득 찬 나머지 외적인 자극으로 음성 기관이나 청각 기관을 깨우지 않는 이상 말을 할 수도, 다른 사람들과 대화를 나눌 수도 없는 것 같았다. 그런 까닭에 여유가 있는 사람들은 반드시 가정에 도우미인 '타격꾼'(이 나라 말로는 '클리메놀')을 한 명씩 둔다.

도우미 없이는 외출하거나 다른 집에 방문하지 않는다. 이 도우미가 하는 일은 두 사람 이상이 함께 있을 때 말하는 사람의 입과 말을 듣는 사람의 오른쪽 귀를 공기주머니로 가볍게 때리는 것이다. 게다가 이 '타격꾼'은 주인이 걸을 때도 부지런히 따라다니며 주인의 눈을 가끔 살짝 때려 주는데 명상에 사로잡힌 주인이 절벽으로 떨어지거나 기둥에 머리를 박거나 거리에서 다른 사람들을 밀치거나 상대방에게 떠밀려 도랑에 빠질 위험에 고스란히 노출되기 때문이었다.

이것은 독자에게 반드시 필요한 정보다. 이 사실을 알지 못하면 독자도 나와 마찬가지로 이 사람들이 나를 데리고 계단을 지나 섬 꼭대기로 다시 왕궁으로 가는 동안 보인 행동을 이해하지 못하고 당황할 것이다. 올라가는 동안 이들은 하던 일을 몇 번이나 잊어버리고 타격꾼 덕분에 기억이 되살아날 때까지 나를 혼자 내버려 두곤 했다. 그들은 내 낯선 옷차림과 용모 그리고 그들보다 머릿속이 좀 더 자유로운 서민들의 외침에는 조금도 동요하지 않는 것 같았다.

우리는 마침내 궁궐에 들어가 알현실로 향했다. 양쪽으로 일품 귀족들을 거느린 왕이 왕좌에 앉아 있었다. 왕좌 앞의 커다란 탁자에는 지구의와 천구의 및 온갖 종류의 수학 기구가 가득했다. 우리가 입장하자 모든 궁중 사람들이 몰려들어 제법 떠들썩했는데도 왕은 전혀 알아차리지 못했다. 당시 그는 어떤 문제에 깊이 몰두해 있었고 왕이 그 문제를 풀기까지 우리는 줄잡아 한 시간을 기다려야 했다. 왕의 양쪽에는 시동이 한 사람씩 타격 주머니를 들고 서 있었다. 왕이 사색에서 벗어난 모습을 본 시동 중 한 사람이 왕의 입을, 다른 사람이 왕의 오른쪽 귀를 가볍게 때렸다. 왕은 갑자기 잠에서 깬 사람처럼 화들짝 놀라며 나와 나를 데려온 이들을 바라보다가 우리가 도착했음을 미리 보고받았다는 사실을 떠올렸다.

왕이 이야기를 시작하자 타격주머니를 든 소년이 즉시 내 옆으로 다가와 내 오른쪽 귀를 가볍게 때렸다. 그러나 나는 그 기구가 필요하지 않다는 사실을 몸짓으로 최대한 표현했다. 나중에 알게 되었지만 그 행동 때문에 왕과 궁중 사람들은 내 지식이 몹시 보잘것없다고 생각하게 되었다. 짐작건대 왕은 나에게 몇 가지 질문을 던졌고 나는 할 수 있는 모든 언어를 동원해 내 소개를 했다. 그러나 왕과 나는 서로의 말을 알아듣지 못했다.

나는 왕의 명령으로 궁궐의 어느 방으로 안내되었고(낯선 사람을 환대하는 점에 있어서 이 왕은 이전에 만난 왕들보다 훨씬

206

뛰어났다.) 내 시중을 들 하인 두 명이 배정되었다. 식사가 들어왔고 내 기억에 왕과 매우 가까운 자리에 있었던 귀족 네 명이 영광스럽게도 나와 함께 음식을 먹었다. 세 종류로 구성된 코스 요리가 두 번 나왔다. 첫 코스로는 정삼각형으로 자른 양의 어깨 부위 고기와 마름모꼴로 자른 쇠고기, 원형으로 자른 푸딩이 나왔다. 두 번째 코스로는 날개를 몸뚱이에 고정해 바이올린 모양으로 만든 오리 고기 둘, 플루트와 오보에를 닮은 소시지와 푸딩 그리고 하프 모양의 송아지 가슴살이 나왔다. 시종들이 빵을 원뿔과 원기둥, 평행사변형 및 다른 수학 도형 모양으로 잘랐다.

식사를 하면서 나는 용기를 내어 몇 가지 물건을 그 나라 말로 뭐라고 부르는지 물었다. 귀족들은 내가 말만 통한다면 자신들의 뛰어난 능력에 감탄하리라 여기며 타격꾼의 도움을 받아 기쁘게 대답했다. 나는 곧 빵이나 음료나 그 외에 필요한 것을 지칭할 수 있게 되었다.

식사 후 함께 있던 사람들이 물러가자 왕의 명령을 받은 사람이 타격꾼을 대동하고 나를 찾아왔다. 그는 펜과 잉크, 종이, 책 서너 권을 가져왔다. 나에게 언어를 가르치러 왔다고 몸짓으로 알렸다. 우리는 네 시간 동안 함께 앉아 있었고 그동안 나는 종이의 왼쪽에 수많은 단어를 쓰고 오른쪽에 그 뜻을 적었다. 이런 식으로 짧은 문장 몇 개도 익혔다. 선생은 내 하인 하나에게 물건을 가져오거나 뒤돌아보거나 절하거나 앉거나 서거나 걷는 등의 행동을 하도록 지시했다. 그러면 나는 그 문장을 글로 적었다. 선생은 또 책에 실린 해와 달과 별과 황도 십이궁과 열대 지방과 양극 지방의 그림을 보여 주고 수많은 평면 도형과 입체 도형의 명칭을 알려 주었다. 모든 악기의 이름과 특징을 알려 주고 각 악기를 연주할 때 쓰는 전문 용어도 가르쳐 주었다. 선생이 떠난 후 나는 모든 단어와 그 뜻을 알파벳 순서로 정리했다. 무척 충성스러운 기억력의 도움을 받으며 이런 식으로 며칠을 보내자 이 나라의 언어를 어느 정도 이해할 수 있었다.

내가 '날아다니는 섬'이나 '떠다니는 섬'으로 번역했던 말은 원래 '라푸타'라는 단어인데 실제 어원을 알아낼 수는 없었다. 폐어가 된 '랍'이라는 단어는 '높다'는 뜻이고 '운투'라는 단어는 '우두머리'를 뜻하므로 '랍운투'라는 단어가 변질되어 '라푸타'가 되었다고 이들은 주장한다. 그러나 억지로 갖다 붙인 느낌이 들어 그 추론에 동의할 수가 없다. 나는 이 나라의 학자들에게 내 나름대로 추측한 의견을 전했다. '라푸타'는 말하자면 '랍 아우티드'로서, '랍'은 바다에서 춤추는 햇살이고 '아우티드'는 날개라는 뜻이 아니냐고 말이다. 물론 내 의견을 강요하지는 않고 현명한 독자의 판단에 맡길 생각이다.

왕의 명령으로 나를 담당한 사람들은 내 후줄근한 옷차림을 보고 다음 날 아침이 되자 재단사를 불러 옷 한 벌을 짓는 데 필요한 치수를 재라고 했다. 그 재단사는 유럽의 재단사들과는 다른 방식으로 치수를 쟀다. 우선 사분의로 내 키를 재고 자와 컴퍼스를 이용해 내 온몸의 면적과 윤곽을 표현했다. 그는 모든 내용을 종이에 적었고 엿새 후에 옷을 가져왔는데 계산 중에 수치를 착각하여 도무지 몸에 맞지 않고 모양도 이상했다. 그러나 다행히도 나는 그런 사고를 자주 목격했으므로 별로 신경 쓰지 않았다.

옷이 없고 몸이 불편해 방에서만 머문 며칠 동안 나는 어휘 실력을 꽤 늘릴 수 있었다. 그다음에 궁전에 갔을 때는 왕이 하는 많은 말을 이해할 수 있었고 대답도 조금 할 수 있었다. 왕의 명령에 따라 섬은 북동쪽으로 그리고 다시 동쪽으로 움직여 단단한 땅에 자리 잡은 이 나라의 수도 라가도의 수직 상공으로 이동하고 있었다. 430킬로미터쯤 떨어진 곳으로 우리의 여행은 나흘 반이 걸렸다. 섬이 공중에 떠서 앞으로 나아간다는 느낌은 조금도 들지 않았다. 둘째 날 아침 열한 시경, 왕은 각자 악기를 준비한 귀족과 권신들, 장교들과 함께 세 시간 내리 연주에 몰두했다. 그 어마어마한 소리에 나는 깜짝 놀랐다. 내 선생이 알려 줄 때까지 무슨 영문인지도 짐작할 수 없었다. 선생은 이 섬에 사는 사람들의 귀는 특정 시기마다 들려오는 천체의 음악을 듣는 데 적응되어 있다고 했다. 궁중 사람들은 각자가 가장 잘 다루는 악기를 들고 연주에 동참하고자 준비한 것이었다.

수도인 라가도로 가는 길에 왕은 몇몇 도시와 마을 위에 섬을 멈추라고 명령했다. 백성들의 청원서를 받으려는 것이었다. 그러기 위해서 작은 추를 끝에 단 노끈 몇 개를 내려 보냈다. 백성들은 그 노끈에 청원서를 매달았고 청원서는 소년들이 연줄 끝에 달아 놓은 종잇조각처럼 곧장 위로 올라갔다. 가끔 아래에서 포도주와 식량을 바치면 도르래로 끌어 올렸다.

내가 쌓은 수학 지식은 이 나라의 어법을 습득하는 데 무척 큰 도움이 되었다. 그 어법은 과학과 음악에 상당히 의존하고 있었으며 나는 음악에 제법 능숙했다. 이들은 늘 선과 도형을 생각한다. 예를 들어 여성이나 다른 동물의 아름다움을 칭송할 때 마름모꼴, 원형, 평행사변형, 타원형 및 기타 기하학 용어로 묘사한다. 왕의 부엌에서 온갖 종류의 수학 기구와 악기를 보았는데 왕의 식탁에 오르는 고깃덩어리는 그 기구들의 모양대로 자른 것이었다.

집은 매우 볼품없이 지어졌고 어느 방이든 직각이 하나도 없어 벽이 비스듬했다. 실용 기하학을 경멸하는 탓에 이런 결함이 생긴 것이다. 그들은 실용 기하학이 저속하고 기계적이라고 멸시하는데 그들이 내리는 지시는 노동자의 지능으로 이해하기에 너무 치밀해서 끝없는 실수를 초래한다. 또 이들은 종이 위에서 자와 연필과 컴퍼스를 다루는 재주가 뛰어나지만 일상적인 행동과 활동에서는 서투르고 어색하고 미숙하기 짝이 없으며, 수학과 음악을 제외한 다른 분야를 이해할 때면 그렇게 느리고 둔할 수가 없었다. 이들은 논리력이 형편없어 어쩌다 올바른 견해를 제시하지 않는 이상 서로의 격렬한 반대에 부딪힌다. 상상과 공상과 발명이란 것을 아예 모르며 그들의 언어에는 그런 개념을 표현할 단어도 전혀 없다. 생각과 마음의 영역 전체가 앞서 말한 두 학문에만 갇혀 있다.

이 사람들 대부분, 특히 천문 분야를 다루는 사람들은 점성술을 강하게 신봉한다. 공개적으로 인정하는 것을 부끄럽게 여기지만 말이다. 그러나 내가 무척 감탄하면서도 도무지 이해할 수 없다고 여겼던 점은 뉴스와 정치를 좋아하는 성향이 강해 사회 문제를 끝없이 조사하고 국가적 사안을 판단하며 정당의 주장 하나하나에 관해 열정적으로 논쟁하는 모습이었다. 사실 내가 아는 유럽의 수학자들 대부분에게서도 같은 성향을 목격했다. 나는 수학과 정치, 두 분야의 유사점을 조금도 발견하지 못했지만 말이다. 이들이 가장 작은 원이든 가장 큰 원이든 똑같이 360도이므로 구를 다루고 굴리는 능력만 있으면 세상을 통제하고 경영할 수 있다고 생각하는 것이라면 모를까. 그러나 내 생각에는 이런 특징이 인간 본성의 매우 흔한 결함에서 비롯되는 것 같다. 자신과 가장 관계가 없고 후천적이든 선천적이든 자신에게 가장 어울리지 않는 문제에 더욱 호기심을 느끼고 완고하게 의견을 고집하는 본성 말이다.

이 나라 사람들은 불안에 끝없이 시달리며 한순간도 마음의 평화를 누리지 못한다. 그 불안의 원인은 다른 인간들이라면 거의 신경도 쓰지 않을 문제다. 이들이 두려워하는 변화가 천체에 일어날까 봐 걱정한다. 예를 들면 태양이 지구를 향해 계속 접근한 탓에 시간이 경과하면서 태양이 지구를 빨아들이거나 삼킬까 봐 걱정한다. 태양 표면이 분출물에 점점 뒤덮여 이 세상에 더는 빛을 보내 주지 않을까 봐 걱정한다. 지구가 최근 나타난 혜성의 꼬리와 아슬아슬하게 충돌을 피했는데 혹시 잘못되어 잿더미로 변해 버렸다면 어떻게 되었을지 걱정한다.

그리고 계산에 따르면 지금부터 31년 후에는 혜성이 지구를 파괴할 것이라며 걱정한다. 그 근거로 혜성이 태양과 가장 가까워지는 거리인 근일점에 이르면 시뻘겋게 불타는 쇠보다 만 배는 더 강한 열기를 얻게 된다. 그리고 태양에서 멀어지면서 180

만 킬로미터나 되는 불타는 꼬리를 갖게 될 것이다. 그래서 지구가 혜성의 핵에서 16만 킬로미터 떨어진 거리를 지나가다가 불이 붙어 잿더미로 변하고 말 것이라는 가설을 세웠다. 또 영양 공급을 받지 못하고 매일 빛을 내는 태양이 마침내 완전히 소멸되어 버릴까 봐 그래서 지구를 포함해 태양의 빛을 받는 모든 행성들도 함께 파멸할까 봐 걱정했다.

이 나라 사람들은 이런 걱정과 금방이라도 닥쳐올 것 같은 비슷한 위험 때문에 끝없이 두려워하느라 침대에서 조용히 잠을 자지도 못하고 일상적인 기쁨이나 즐거움을 만끽하지도 못한다. 아침에 아는 사람을 만나면 일단 태양의 안부부터 묻는다. 해가 지고 뜰 때 어떻게 보였는지, 접근 중인 혜성과의 충돌을 피할 가망이 있는지 묻는다. 남자아이들이 귀신과 도깨비가 나타나는 무서운 이야기를 실컷 듣고 난 후 겁이 나서 잠들지 못할 때와 같은 기분으로 이런 대화를 나눈다.

이 섬의 여자들은 원기가 왕성했다. 남편을 경멸하고 외부인을 몹시 좋아했다. 아래쪽 땅에서 도시와 기업의 문제나 개인적인 문제로 많은 사람들이 궁궐로 찾아오므로 외부인은 늘 많다. 그러나 외부인들은 섬의 남자들처럼 지능이 뛰어나지 않아 대개 멸시를 받는다. 여자들은 그 외부인들 중에서 연애 대상을 고른다. 이들은 꼴사납게도 너무 편리하고 안전하게 바람을 피운다. 남편이 늘 사색에 골몰하므로 남편에게 종이와 필기도구와 타격꾼이 없으면 부인과 그녀의 정부는 남편을 앞에 두고도 난잡하기 짝이 없는 행위를 일삼는다.

아내와 딸들은 이 섬에 갇혀 사는 신세를 한탄한다. 내 생각에는 세상에서 가장 아름다운 장소인 것 같고 여기에서 살면 더없는 풍요와 화려함을 누리며 원하는 것은 무엇이든 할 수 있는데 말이다. 그들은 세상 구경을 하고 수도에 가서 기분 전환을하고 싶어 하지만 왕의 특별 허가 없이는 수도에 갈 수 없다. 허가를 받기는 쉬운 일이 아니다. 일단 땅으로 내려간 여자들을 돌아오라고 설득하기가 얼마나 어려운지 귀족들은 잦은 경험으로알게 되었기 때문이다.

내가 듣기로 총리와 결혼해 자녀를 여럿 둔 지체 높은 귀부인이 있었다. 총리는 그 나라 국민들 중 가장 부유하고 무척 점잖으며 아내를 몹시 사랑하고 섬에서 가장 멋진 궁에서 사는 사람이었다. 그런데 총리의 부인은 건강을 핑계로 라가도로 내려갔다가 몇 달 동안 종적을 감췄다. 결국 왕이 그녀를 찾도록 영장을 발부했다. 그녀는 어느 외진 식당에서 누더기 차림으로 발견되었는데 몸이 불편하고 그녀를 매일 때리는 늙은 하인을 먹여살리려고 옷을 저당 잡힌 상태였다. 그녀는 그 노인이 보는 앞에서 억지로 끌려왔다. 총리는 조금도 비난하지 않고 자상하고 따뜻하게 아내를 받아들였지만 그녀는 얼마 지나지 않아 자신의패물을 모두 빼돌려 그 노인에게 가져갈 계획을 세웠고 그 후로소식이 끊겼다.

독자에게는 멀리 떨어진 어느 나라의 이야기라기보다 유럽이나 영국의 이야기처럼 들릴지도 모른다. 그러나 여성의 변덕이란 특정 지역이나 나라에 국한된 것이 아니며 흔히 짐작하는 것보다 훨씬 보편적이라는 사실을 독자가 고려하리라 믿는다.

한 달쯤 지나자 나는 꽤 유창하게 그 나라 말을 하게 되었고 영광스럽게도 왕과 함께 있을 때면 왕의 질문에 대부분 대답할수 있게 되었다. 왕은 내가 여행한 나라의 법률, 정치, 역사, 종교, 풍습에 관해서는 조금도 호기심을 보이지 않았다. 왕의 질문은 수학 분야에만 국한되었고 경멸과 무관심이 가득한 얼굴로 내 대답을 들었다. 물론 양옆에서 타격꾼이 수시로 왕을 깨워 주어야 했다.

3장

현대 철학과 천문학이 밝혀낸 현상을 이야기한다. 라푸타 인들의 천문학은 눈부시게 발달했다. 왕이 반란을 진압하는 방법을 설명한다.

나는 왕에게 섬에 있는 진기한 것들을 볼 수 있도록 허락해 달라고 부탁했다. 왕은 관대하게 승낙하면서 내 선생에게 함께 다니라고 지시했다. 나는 무엇보다도 섬이 여러 방식으로 이동하는 이유가 기술 때문인지 저절로 그렇게 되는지 알고 싶었다. 이제 독자에게 그 내용을 이론적으로 설명하려고 한다.

이 날아다니는 섬, 아니면 떠다니는 섬은 정확한 원형이다. 지름은 7킬로미터가 조금 넘고 따라서 넓이는 약 40제곱킬로미터다. 두께는 약 270미터다. 바닥, 즉 아래쪽에서 보이는 밑면은 고르고 평평한 금강석 판으로 되어 있는데 그 두께가 180미터에 이른다. 그 위로는 여러 광물이 일반적인 순서대로 층층이 쌓여 있다. 맨 위에는 깊이가 3~4미터인 옥토가 덮여 있다. 윗면 가장자리에서 중앙까지 비탈이 져서 섬에 내린 이슬과 비는 모두 자연스럽게 작은 개울에 실려 중앙으로 모였다가 다시 커다란 웅덩이 네곳으로 흘러간다. 중앙에서 180미터쯤 떨어진 네 웅덩이는 둘레가 800미터에 이른다. 이 네 웅덩이의 물은 낮 동안 햇빛 때문에 끊임없이 증발하므로 다행히 흘러넘치지 않는다. 게다가 왕은 이 섬을 구름과 수증기가 있는 지대 위쪽으로 이동시킬 수 있어서 원할 때면 떨어지는 이슬과 비를 피할 수 있다. 박물학자들이 동의하듯 구름은 아무리 높이 떠도 3.2킬로미터 이상 올라가지 않기 때문이다. 적어도 그 나라에서는 그렇게 높이 뜬 구름이 없었다.

섬 중앙에는 지름이 45미터 정도인 작은 협곡이 있는데 천문학자들은 그곳을 통해 '플란도나 가그놀레', 즉 '천문학자의 동굴'이라고 불리는 커다란 반구형 건물로 들어간다. 그 동굴은 금강석 판 윗면에서 90미터 내려간 지점에 있다. 이 동굴에서는 램프 스무 개가 끝없이 타오르는데 그 빛이 금강석 판에 반사되어 구석구석을 환하게 밝힌다. 무척 다양한 종류의 육분의, 사분의, 망원경, 아스트롤라베(*고대 천문 관측 기구.) 및 기타 천문학 기구가 이곳에 보관된다.

그러나 섬의 운명을 좌우하는 가장 진귀한 물체는 자철석으로 크기가 어마어마하고 베틀의 북과 비슷한 모양이다. 그 자철석은 길이가 5.5미터이고 가장 두꺼운 부분은 3미터 이상이다. 금강석으로 만들어진 매우 단단한 축이 이 자석의 가운데를 관통하며 지탱해 주는데 자석은 그 축을 중심으로 돌아가고 균형이 완벽하게 잡혀 있어 아주 약한 힘으로도 돌릴 수가 있다. 금강석으로 만든 속이 빈 원통이 이 자철석을 수평으로 빙 두르고 있는데 그 테두리는 깊이와 두께가 각각 1.2미터에 직경이 10미터이다. 그리고 높이가 5.5미터인 금강석 여덟 개가 다리처럼 그 테두리를 지탱한다. 오목하게 파인 가운데 부분에는 30센티미터 깊이의 홈이 있고 축의 양끝이 그 홈에 박혀 필요할 때마다 돌릴 수 있도록 되어 있다.

제아무리 큰 힘을 가해도 이 자철석을 다른 곳으로 옮길 수 없는데 그 테두리와 다리가 섬의 밑면이 되는 금강석 판과 이어졌기 때문이다.

섬은 이 자철석에 의해 올라가거나 내려가고, 한 장소에서 다른 장소로 이동한다. 왕이 다스리는 땅의 특정 부분에 대해 자철석의 한쪽은 끌어당기는 작용을 하고 다른 쪽 끝은 미는 작용을 하기 때문이다. 자철석의 끌어당기는 극을 땅을 향해 똑바로 놓으면 섬은 내려간다. 밀어내는 극을 아래로 놓으면 섬은 수직으로 상승한다. 자철석을 비스듬하게 기울이면 섬도 마찬가지로 기울어진다. 자기력은 자철석이 가리키는 방향과 반드시 평행하게 작용하기 때문이다.

섬은 이렇게 비스듬히 움직여 왕이 다스리는 영토 곳곳으로 이동한다. 이동 방식을 설명하기 위해 '발니바비'의 영토를 가로지르는 선을 'AB'라고 하고 자철석을 상징하는 선을 'CD'라고 하자. D는 밀어내는 극이고 C는 끌어당기는 극이며 섬은 C지점 위에 있다. 자철석을 CD선과 같은 위치에 놓되 밀어내는 극을 아래쪽으로 둔다. 그러면 섬은 D지점을 향해 비스듬히 상승할 것이다. 섬이 D에 이르면 축을 돌려 자철석의 끌어당기는 극이

217

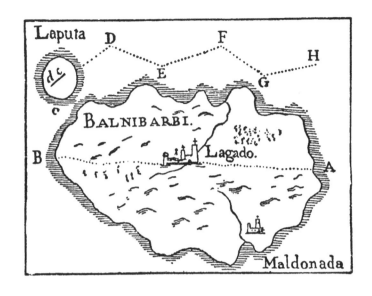

E지점 쪽을 가리키게 한다. 그러면 섬은 E지점을 향해 비스듬히 이동할 것이다. 축이 EF선과 같은 위치가 되도록 자철석을 다시 돌리되 밀어내는 극을 아래로 하면 섬은 F지점을 향해 비스듬히 상승할 것이다. 그리고 그곳에서 끌어당기는 극을 G쪽으로 놓으면 섬은 G지점으로 갔다가 밀어내는 극이 똑바로 아래를 향하도록 자철석을 돌리면 다시 H로 이동할 것이다. 이와 같이 필요에 따라 자철석의 위치를 바꾸면 섬은 비스듬히 올라가거나 내려가고 이런 상승과 하강(비스듬히 기울어도 경사가 크지는 않다.)을 반복하며 영토의 한곳에서 다른 곳으로 이동한다.

그러나 이 섬이 영토의 한계 밑으로 내려갈 수 없고 6.4킬로미터 이상 상승할 수도 없다는 점에 주목해야 한다. 그 자철석과 관련해 수많은 학설을 정립한 천문학자들은 다음과 같은 이유를 제시한다. 자기력은 6.4킬로미터 이상 미치지 못하고 자철석에 반응하는 광물은 땅속에 있거나 해변으로부터 30킬로미터 이내에 있는 바닷속에 있는데 온 세상에 퍼진 것이 아니라 왕의 영토 경계 안에만 존재하기 때문이다. 왕은 이런 이점을 활용해 그 자석의 힘이 미치는 범위에 있는 나라를 마음대로 복속시킬 수 있었다.

자철석을 지평선과 평행하게 놓으면 섬은 정지한다. 그 경우 자철석의 양극이 땅과 동일한 거리를 유지해 한쪽은 아래로 당기고 다른 쪽은 위로 미는 힘이 똑같이 작용하기 때문이다. 그래서 결국 움직임이 생기지 않는다.

이 자철석은 몇몇 천문학자들의 관리를 받고 그 천문학자들은 왕의 지시에 따라 때때로 자철석의 위치를 바꾼다. 그들은 우리의 것보다 성능이 훨씬 뛰어난 망원경의 도움으로 천체를 관측하며 일생의 대부분을 보낸다. 이들이 쓰는 망원경 중 가장 큰 것도 1미터를 넘지 않지만 우리가 쓰는 30미터짜리 망원경보다 확대력이 훨씬 우수해서 별들을 매우 뚜렷하게 보여 준다. 덕분에 이곳의 천문학자들은 유럽의 천문학자들보다 훨씬 많은 것을 발견해 냈다.

이들은 항성 만 개의 목록을 만들었는데 유럽의 가장 방대한 목록도 이 목록의 3분의 1정도밖에 안 될 것이다. 게다가 이들은 화성을 중심으로 회전하는 더 작은 별, 즉 위성 두 개를 발견했다. 안쪽 위성과 화성의 중심까지는 화성의 지름에 정확히 세 배를 곱한 거리이고 바깥쪽 위성은 정확히 다섯 배를 곱한 거리에 있다. 안쪽 위성의 공전 주기는 열 시간, 바깥쪽 위성은 스물한 시간 30분이다. 따라서 이들의 공전 주기를 제곱한 값은 화성 중심과의 거리를 세제곱한 값과 거의 비슷하다. 이러한 사실은 두 위성이 다른 천체에 영향을 주는 중력의 법칙에 똑같이 영향을 받는다는 사실을 분명히 보여 준다.

천문학자들은 아흔세 가지 혜성을 관찰했고 그 주기를 무척 정확하게 파악했다. 이것이 사실이라면(이들은 사실임을 자신만만하게 주장한다.), 그 관측 내용을 세상에 공개하기를 바란다. 그러면 현재로서는 몹시 부족하고 불완전한 혜성 이론이 천문학의 다른 분야와 마찬가지로 완전해질 수 있기 때문이다.

이 나라의 왕이 대신들을 설득해 자기편으로 끌어들일 수 있다면 온 세상에서 가장 절대적인 군주가 될 것이다. 그러나 대신들은 아래쪽 땅에 저마다 사유지를 가지고 있으며 왕의 총애를 받더라도 그 기간이 얼마나 지속될지 모른다고 생각하므로 자신들의 나라를 노예화하는 데 절대 동의할 리가 없다.

어떤 도시가 반란 혹은 폭동을 일으키거나 격렬한 당쟁에 빠지거나 늘 바치던 공물을 바치지 않으려 할 경우 왕이 그들을 복종시키는 방법은 두 가지다. 첫째는 좀 더 가벼운 징계로 그 도시와 주변 지대의 공중에 섬을 머무르게 하는 것이다. 그러면 그 도시 사람들은 햇빛과 비가 주는 혜택을 누릴 수 없어 결국 기근과 질병에 시달린다. 중죄일 경우에는 커다란 돌들을 아래로 마구 던지기도 하는데 시민들로서는 지붕이 산산조각 나는 동안 지하실이나 동굴로 기어 들어가는 방법 외에 달리 방어책이 없다.

이렇게 해도 고집을 부리며 반란을 지속한다면 왕은 두 번째 방법으로 넘어가서 시민들의 머리 바로 위까지 섬을 낮춰 집이든 사람이든 모두 파괴해 버린다. 그러나 이것은 극단적인 방법으로 왕은 거의 실행하지도 않을 뿐더러 사실 그렇게 하고 싶어 하지도 않는다. 대신들도 그 방법을 실행하자고 감히 조언하지 못한다. 그렇게 되면 사람들의 미움을 받을 것이며 아래쪽에 있는 자신들의 토지도 큰 피해를 입을 것이기 때문이다. 섬은 왕의 사유지였다.

그러나 이 나라의 왕들이 극도로 필요한 경우가 아닌 이상 그 끔찍한 방법을 기피해 온 데는 더 중요한 이유가 있다. 대도시가 대개 그렇듯이 파괴하기로 결정한 도시에는 높은 바위들이 있을 수도 있다. 애초에 그런 재앙에 대비해 바위가 많은 장소를 골라 도시를 세웠는지도 모를 일이다. 아니면 높은 뾰족탑이나 돌기둥이 많을 수도 있다. 그런 경우 섬의 위치를 갑자기 낮추면 내가 앞에서 말했듯이 섬 밑면이 두께가 180미터에 이르는 금강석이라고 해도 너무 심한 충격에 금이 가거나 아래쪽 집에서 피워 올린 연기에 너무 가까이 다가가서 폭발해 버릴지도 모른다. 영국에서 쇠나 돌로 만든 굴뚝 뒷면이 터질 때처럼 말이다. 사람들은 이 점을 잘 알고 있으며 자신들의 자유와 토지가 걸린 상황에서 어디까지 고집을 부려도 되는지도 안다. 그리고 왕은 너무 화가 나서 도시를 쓰레기처럼 짓뭉개 버리기로 결심했을 때조차 섬을 아주 조심스럽게 낮추라고 명령한다. 백성을 아끼기 때문이라고 말하지만 사실은 금강석 밑면이 깨질까 봐 두렵기 때문이다.

내가 그 나라에 도착하기 3년 전쯤 왕이 자신의 영토를 돌아보고 있을 때 엄청난 사건이 일어나 이 나라의 운명에 마침표를 찍어 버릴 뻔했으며 현재까지도 영향을 미치고 있었다. 왕은 왕국에서 두 번째로 큰 도시인 린달리노에 행차한 참이었다. 왕이 떠나고 사흘이 지나자 과도한 압제에 자주 불평하던 시민들이 도시의 출입문을 차단하고 총독을 붙잡았으며 믿기 어려울 만큼 빠르고 부지런하게 도시의 네 모서리에 커다란 탑을 하나씩 세웠다(도시는 정사각형 모양이었다.). 도시 중앙에 수직으로 서 있는 견고한 바위와 같은 높이였다. 시민들은 그 바위와 각 탑의 꼭대기에 큰 자철석을 붙였고 계획이 실패할 경우를 대비해 불이 잘 붙는 연료를 대량 확보해 두었다. 자철석 계획이 실패로 끝나면 그것으로 섬의 단단한 밑면을 폭파하기 위해서였다.

왕이 린달리노 시민의 반란을 제대로 알아차린 것은 8개월이 지나서였다. 왕은 섬을 린달리노의 상공에 띄우라고 명령했다. 시민들은 모두 한마음이었고 식량을 미리 비축해 두었으며 도시 중앙을 관통해 흐르는 큰 강도 있었다. 왕은 며칠 동안 그 도시 위에 머무르며 햇빛과 비를 차단했다. 많은 노끈을 아래로 늘 어뜨리라고 지시했지만 청원서를 올려 보내는 사람은 한 사람도 없었고 오히려 불만 사항을 해결해 달라고 대담하게 요구했다. 잘못을 묻지 않고 자신들만의 지도자를 뽑게 해 달라는 등 터무니없는 내용이었다. 그러자 왕은 섬의 모든 주민들에게 아래쪽 발코니에서 그 도시를 향해 큰 돌을 던지라고 명령했다. 그러나 린달리노에서는 이런 재난에 대비해 시민들과 소지품을 네 개의 탑과 다른 튼튼한 건물 및 지하 저장실로 옮긴 뒤였다.

이제 이 오만한 시민들을 파멸하기로 결심한 왕은 그 도시의 탑과 바위 꼭대기까지 35미터 정도만 남겨 두고 섬을 조심스럽게 하강하도록 명령했다. 그리고 그 명령대로 되었다. 그러나 담당 관리들은 평소보다 하강 속도가 더 빠르다는 사실을 깨달았고 자철석을 돌려도 안정된 위치를 유지하기가 무척 어려우며 섬이 추락할 듯 기울어지고 있음을 발견했다. 관리들은 왕에게 이 놀라운 소식을 즉시 알려 섬의 고도를 높이도록 허락해 달라고 간청했다. 왕이 승낙했고 총회가 소집되었으며 자철석 담당 관리들도 참석 명령을 받았다. 그중 가장 나이가 많은 전문가가 허락을 받아 실험했다. 그는 90미터 길이의 튼튼한 줄을 준비했고 관리들이 느꼈던 견인력이 미치지 않는 상공으로 섬을 이동한 후 철광물이 함유된 줄 끝에 금강석 조각을 매달았다. 섬의 밑면을 구성하는 암석과 같은 성분이었다. 그리고 섬의 맨 아래 발코니에서 린달리노의 탑 꼭대기 쪽으로 천천히 줄을 늘어뜨렸다. 그 암석을 4미터도 내리지 않았을 때 담당 관리는 그것이 아래쪽으로 강하게 당겨지는 느낌을 받았고 다시 끌어올릴 수가 없었다. 관리는 작은 금강석 조각 몇 개를 아래로 던졌고 그 조각들이 모두 탑 꼭대기로 마구 끌려가는 모습을 확인할 수 있었다. 다른 세 탑과 바위에도 같은 실험을 했고 결과도 같았다.

이 사건은 왕의 대책을 완전히 무너뜨렸고 왕은(다른 대책을 세울 수가 없어서) 어쩔 수 없이 그 도시의 조건을 받아들였다.

나는 어느 지체 높은 대신으로부터 그 섬이 린달리노로 너무 가까이 가서 스스로 상승할 수 없게 되면 시민들이 섬을 언제까지나 붙잡아 두고 왕과 왕의 종들을 모두 죽여 정부를 완전히 물갈이해 버리기로 했었다는 계획을 전해 들었다.

이 왕국의 기본법에 따라 왕이나 첫째와 둘째 왕자는 섬을 떠나지 못한다. 왕비 역시 가임 연령이 지날 때까지 섬을 떠날 수 없다.

4장

저자는 라푸타를 떠나 발니바비로 이동해 수도에 도착한다. 수도 및 인접 지역을 묘사한다. 지체 높은 어느 귀족의 환대를 받는다. 그 귀족과 나눈 대화의 내용을 소개한다.

내가 이 섬에서 푸대접을 받았다고 말할 수는 없지만 솔직히 이 나라 사람들은 나를 꽤 무시했고 어느 정도는 멸시했다. 왕이든 섬사람이든 수학과 음악을 제외한 다른 학문에는 관심이 없어 보였는데 나는 그 분야에서 그들보다 훨씬 뒤떨어진다는 이유로 관심을 거의 받지 못했다.

한편으로 나는 그 섬의 진귀한 것을 모두 보고 나자 섬사람들에게 진심으로 넌덜머리가 났고 섬을 떠나고 싶은 마음이 간절했다. 그들은 내가 웬만큼은 배웠으며 높이 평가하기도 하는 두 학문에 있어 몹시 뛰어났다. 그러나 동시에 멍하니 사색에만 빠져 있어 함께 있으면 더할 나위 없이 불쾌했다. 나는 그곳에서 지낸 두 달 동안 여자, 상인, 타격꾼, 궁중 심부름꾼들과만 대화를 나누었다. 덕분에 몹시 경멸을 받게 되었지만 나에게 합리적인 대답을 해 준 사람들은 그들뿐이었다.

나는 열심히 공부한 덕분에 그 나라 말을 꽤 잘하게 되었다. 호의를 누리기 어려운 그 섬에 갇혀 있으려니 싫증이 나서 기회가 생기면 바로 떠나기로 마음먹었다.

궁중에는 지체 높은 귀족이 있었는데 왕의 가까운 친척이라는 이유만으로 존경을 받았다. 그러나 누구보다 무식하고 어리석은 사람이라는 평이 일반적이었다. 그는 왕을 위해 눈부신 공적을 세웠고 선천적으로나 후천적으로 큰 장점이 있었으며 정직하고 신의가 있는 사람이었다. 그러나 음악을 듣는 능력이 형편없어서 그를 비난하는 사람들은 그가 박자를 틀리게 맞추기 일쑤이며 담당 교사들이 그에게 가장 쉬운 수학 명제를 증명하도록 가르치느라 크나큰 어려움을 겪는다고 보고했다.

그는 나에게 여러 번 호의를 베풀고 영광스럽게도 나를 만나러 와 주었으며 유럽의 정세나 내가 여행한 몇몇 나라의 법률과 관습, 예절과 학문에 관해 알고 싶어 했다. 그는 대단한 집중력으로 내 대답을 들었고 내가 들려준 모든 이야기에 무척 현명한 논평을 제시했다. 공식적으로 타격꾼 둘을 대동하고 다녔지만 궁중에 있을 때나 의례적인 방문이 아니면 타격꾼을 쓰지 않고 우리 둘만 있을 때는 반드시 타격꾼에게 나가 있으라고 명령했다.

나는 이 저명한 귀족에게 나를 대신해 왕에게 섬을 떠날 허락을 받아 달라고 간청했다. 그는 내 부탁을 들어주었지만 아쉬워했다. 나에게 매우 유리한 몇 가지 제안을 했으나 내가 크나큰 감사를 표시하며 거절했기 때문이었다.

2월 16일, 나는 왕과 궁중 사람들에게 작별 인사를 했다. 왕은 가치로 따지면 영국 돈 200파운드에 맞먹는 선물을 주었다. 왕의 친척이자 내 후원자인 귀족은 더 값비싼 선물과 함께 수도 라가도에 사는 친구에게 보내는 추천장을 주었다. 그 뒤 섬은 수도에서 3킬로미터쯤 떨어진 산 위에 정지했다. 그리고 나를 끌어 올릴 때와 같은 방식으로 맨 아래 발코니를 통해 밑으로 내려보냈다.

'날아다니는 섬'의 왕이 지배하는 그 대륙은 '발니바비'라는 이름으로 통한다. 그리고 전에 말했듯이 수도는 '라가도'라고 불린다. 단단한 땅에 서니 조금 흐뭇한 기분이 들었다. 나는 그곳 주민들처럼 옷을 입었고 언어를 충분히 배워 대화를 나눌 수도 있어 아무 걱정 없이 도시로 들어갔다. 소개받은 사람의 집은 곧 찾을 수 있었다. 나는 그 사람의 친구이자 섬에 있는 지체 높은 귀족이 써 준 편지를 제시하고 환영을 받았다. 이 귀족의 이름은 '무노디'였다. 그는 나에게 자기 집에 머물라고 했고 나는 그 도시에 있는 동안 내내 그 집에 머물며 더할 나위 없는 환대를 받았다.

내가 도착한 다음 날 아침, 무노디 경은 나를 마차에 태우고 도시 구경을 시켜 주었는데 그 도시는 런던의 절반 크기였다. 그러나 집은 형태가 매우 이상했고 대부분이 황폐했다. 거리의 행인들은 화난 얼굴로 발걸음을 빨리 옮겼고 시선은 한곳에 고정했으며 대개 누더기를 걸치고 있었다. 우리는 어느 성문을 지나 5킬로미터쯤 떨어진 시골로 갔는데 그곳에서 수많은 노동자들이 여러 가지 도구로 땅에서 일을 하는 모습을 보았다. 그러나 무슨 일을 하는 중인지 짐작할 수가 없었다. 흙은 비옥해 보였지만 곡식이나 풀이 자랄 기미는 눈곱만큼도 보이지 않았다. 나는 도시나 시골의 이 이상한 풍경에 놀라지 않을 수 없었다. 나를 안내하는 무노디 경에게 용기를 내서 물었다. 거리에서나 들판에서 사람들이 머리와 손과 얼굴을 분주하게 움직이는 이유가 무엇인지 설명해 달라고 했다. 내가 보기에는 아무런 결과도 내지 못하는 것 같았기 때문이다. 또 그토록 서투른 솜씨로 일군 땅이나 꼴사납게 지어져 황폐해진 집, 얼굴과 옷차림에서 그토록 큰 비참함과 빈곤이 드러나는 사람들을 본 적이 없었다.

무노디 경은 일품 귀족이었고 몇 년 간 라가도의 총독을 지낸 인물이었다. 그러나 어느 대신 일당에 의해 역량이 부족하다는 이유로 해임되었다. 하지만 무노디의 사고력은 경멸할 수준이지만 마음만은 선하다며 왕이 호의를 베풀었다.

내가 그 나라와 주민들을 그렇게 스스럼없이 비판하자 무노디 경은 더 자세한 대답을 회피하고 내가 판단을 내릴 만큼 이곳에 오래 머물지 않았으며 나라마다 관습이 다르다는 등 뻔한 이야기만 늘어놓았다. 그러나 그의 저택으로 돌아왔을 때 그는 건물이 마음에 드는지, 불합리한 구석이 보이는지, 자기 집 사람들의 옷이나 얼굴에서 불만이 느껴지는지 물었다. 그의 주변에 있는 것은 모두 웅장하고 규칙적이고 고상했으므로 그는 편안한 마음으로 물었을 것이다. 나는 그가 침착함과 품위와 재산을 갖추었으니 어리석고 극빈한 사람들에게 생기는 결함을 피할 수 있었다고 대답했다. 그는 32킬로미터 떨어진 시골 별장에 자신의 사유지가 있으니 함께 가면 이런 대화를 좀 더 여유롭게 나눌 수 있을 것이라고 제안했다. 나는 원하는 대로 하라고 답했다. 그래서 우리는 다음 날 아침 길을 나섰다.

무노디 경은 자신의 사유지로 가는 동안 농부들이 땅을 관리하는 몇 가지 방법을 보여 주었다. 나로서는 도무지 이해할 수 없는 방법이었다. 얼마 되지 않는 몇몇 군데를 빼고는 이삭이나 풀잎이 전혀 보이지 않았기 때문이다. 그러나 세 시간이 지나자 풍경이 싹 바뀌었다. 아름답기 그지없는 농촌에 들어선 것이다. 멀지 않은 간격을 두고 깔끔하게 지어진 농가들이 보였고 포도원과 논밭과 초원 등의 들판을 담이 에워싸고 있었다. 그보다 더 기분 좋은 풍경을 본 기억이 없다. 무노디 경은 밝아지는 내 표정을 보고 한숨을 쉬었다. 여기서부터 자신의 영토가 시작되며 집에 도착할 때까지 같은 풍경이 지속된다고 말했다. 이 나라 사람들은 그가 쓸데없는 일을 벌이고 그 나라에 해로운 사례를 남긴다며 그를 비웃고 경멸했다. 그를 따르는 사람은 매우 소수였는데 나이 많고 완고하고 자신처럼 나약한 사람들뿐이라고 했다.

마침내 우리는 그의 집에 도착했다. 탁월한 고대 건축법으로 지어진 대단히 웅장한 건물이었다. 분수와 정원, 산책로, 진입로, 숲이 모두 세밀한 판단과 취향에 따라 배치되어 있었다. 나는 보이는 모든 것을 향해 마땅한 찬사를 보냈고, 무노디 경은 저녁 식사가 끝날 때까지 내 칭찬에 전혀 아랑곳하지 않았다. 저녁 식사를 마치고 단둘이 남게 되자 무노디 경은 매우 우울한 목소리로 시내와 교외에 있는 자신의 집을 모두 헐고 현재의 유행 방식에 따라 다시 지어야 할지 고민이라고 했다. 자신의 농장을 모두 없애고 다른 이들을 따라 현대의 쓰임새에 걸맞은 형태로 바꿔야 하는지, 소작인들에게도 같은 지시를 내려야 하는지 갈등이 된다고 말이다. 그러지 않으면 오만하고 특이하고 허세가 많고 무지하고 변덕스럽다고 비난을 받을 뿐 아니라 어쩌면 왕의 노여움까지 돋울 수 있기 때문이었다.

그는 자신이 몇 가지 상세한 이야기를 해 주면 내가 느끼는 감탄이 사라지거나 수그러들 것이라고 말했다. 궁중에서는 듣지 못한 이야기일 것이며 궁중 사람들은 자신만의 사색에 너무 깊이 빠진 나머지 여기 아래에서 일어나는 일에는 관심이 없다고 했다.

그가 들려준 이야기를 요약하면 다음과 같다. 40여 년 전에 어떤 사람들이 업무나 나들이 때문에 라푸타에 올라갔다. 그들은 다섯 달 동안 머문 뒤 아주 얄팍한 수학 지식을 얻어 돌아왔다. 그들은 상공에 높이 뜬 지대에서 얻은 변덕스러운 기분으로 가득 차 있었다. 이 사람들은 돌아오자마자 아래 세상의 모든 운영 방식을 거부하기 시작했다. 그리고 모든 예술과 과학과 언어와 기술을 새로운 토대 위에 세울 계획을 착수했다. 이 목적을 달성하기 위해 왕의 허락을 받아 라가도에 '연구학술원'을 세웠다. 이러한 분위기는 사람들 사이에 마구 확산되어 하나쯤 그런 학술원이 없는 도시가 없었다.

학술원에서 교수들은 새로운 농업 방식과 건축 방식, 무역과 제조업에 필요한 새로운 기구와 도구를 고안했다. 이런 새로운 기술로 한 사람이 열 사람 몫의 일을 감당할 수 있고, 영원히 보수할 필요가 없는 튼튼한 재료로 일주일 안에 궁궐을 지을 수도 있다고 자신했다. 땅의 모든 과일을 적당하다고 생각되는 계절에 마음대로 무르익게 만들 수 있으며 현재보다 백 배 더 열리게 할 수도 있다고 했다. 불편한 사실이 있다면 이런 계획 중 어느 것도 아직 완성되지 않았다는 점이다. 그 사이에 온 나라가 비참할 만큼 황폐해졌으며 집들은 폐허가 되고 사람들의 식량과 옷이 부족해졌다. 그런데도 이들은 낙담하기는커녕 희망과 절망에 사로잡혀 50배는 더 맹렬하게 계획을 추진하고 있었다.

그러나 모험 정신이 없는 무노디 경 자신은 옛 방식을 고수하는 데 만족하고 있었다. 선조들이 지은 집에 살면서 생활의 어떤 부분도 개혁하지 않고 선조들이 살던 그대로 살았다. 다른 귀족과 상류층 인사 중 소수가 그와 행동을 같이했다. 그러나 그들은 예술의 적이자 무지하고 애국심이 없는 사람들로 나라 전체가 개선될 수 있는 상황에서 자신만의 안위와 나태를 추구하기로 했다며 경멸과 반감이 어린 시선을 받게 되었다.

무노디 경은 더 자세한 이야기로 그 웅대한 학술원을 구경할 재미를 빼앗지는 않겠다고 했다. 내가 꼭 가 봐야 한다고 생각했던 것이다. 다만 5킬로미터 떨어진 산기슭에 세워진 황폐한 건물을 눈여겨보라고 하면서 이런 설명을 해 주었다. 그에게는 집에서 800미터 떨어진 곳에 매우 편리한 물방앗간이 있었는데 넓은 강에서 흘러나온 물을 이용했으며 가족은 물론이고 수많은 소작인들이 쓰기에 부족함이 없었다. 그런데 7년 전에 학술원

사람들이 그 방앗간을 헐고 산기슭에 새 방앗간을 짓자는 제안서를 들고 찾아왔다. 길게 뻗은 산등성이에 긴 운하를 파서 저수지를 만들고 그 물을 수도관과 동력기를 이용해 방앗간으로 나르자는 계획이었다. 고도가 높아서 바람과 대기가 물을 휘저어 이동하기 쉽게 해 줄 터였다. 또 비탈을 따라 내려오므로 평지를 흐르는 강물의 절반에 해당되는 양으로 방아를 돌릴 수 있을 터였다.

무노디 경은 당시 궁중과 사이가 그다지 좋지 않았고 많은 친구들이 다그치는 바람에 그 제안에 응했다. 2년 동안 200명을 동원한 그 일은 실패로 끝났고 학술원 연구자들은 모든 잘못을 그에게 돌리며 떠나 버렸다. 그들은 그 후로 줄곧 무노디 경을 조롱했고 다른 사람들에게도 마찬가지로 성공을 장담하며 비슷한 실험을 했으나 똑같은 실망만을 남겼다.

우리는 며칠 뒤 시내로 돌아왔다. 무노디 경은 학술원이 자신을 좋게 보지 않는다는 점을 고려해 함께 가지 않겠다고 했다. 대신 친구 하나가 나와 동행하도록 주선해 주었다. 무노디 경은 나를 두고 발전 계획을 대단히 동경하며 호기심이 많고 쉽게 믿는 사람이라고 소개했다. 사실 나는 젊은 시절 연구에 몰두한 적이 있었으므로 그 말이 영 거짓은 아닌 셈이었다.

5장

저자는 허가를 받아 라가도의 웅장한 학술원을 구경한다. 학술원을 자세히 묘사한다. 그곳에서 교수들이 사용하는 기술을 소개한다.

이 학술원은 한 건물이 아니라 거리 양쪽으로 늘어선 건물 여러 채로 구성된다. 빈집을 구입해 학술원으로 쓴다. 원장은 나를 몹시 친절하게 맞이했고 나는 여러 날에 걸쳐 학술원을 구경하러 갔다. 방마다 연구자 한두 명이 있었는데 내가 들어갔던 방이 적어도 500개는 될 것이다.

처음 만난 연구자는 꼴이 초라했다. 손과 얼굴은 검댕투성이였고 머리카락과 수염이 길었으며 옷은 너덜너덜하고 몸에는 그을린 자국이 몇 군데 있었다. 겉옷과 셔츠와 피부가 모두 같은 색이었다. 그는 8년째 오이에서 태양 광선을 추출하는 연구에 몰두하고 있었다. 오이를 유리병에 넣고 밀폐했다가 날이 궂은 여름에 꺼내 공기를 데우는 것이었다. 그는 나에게 8년만 더 지나면 총독의 정원에 적정량의 햇빛을 공급할 수 있다고 장담했다. 그러나 원료가 부족하다고 투덜거리면서 특히 요즘은 오이가 무척 귀한 철이니 자신의 창의력을 고무하는 차원에서 나에게 돈을 좀 달라고 했다. 나는 돈을 조금 주었다. 연구자들이 방문객에게 구걸하는 습관이 있음을 알고 무노디 경이 그럴 때 쓰라고 나에게 미리 준 돈이었다.

나는 다른 방으로 들어갔다가 끔찍한 냄새에 정신을 잃을 뻔해서 얼른 빠져나오려고 했다. 내 안내인은 나를 앞으로 떠밀며 상대방이 무섭게 화낼 테니 불쾌한 행동은 하지 말라고 속삭였다. 그래서 나는 코를 막을 엄두도 내지 못했다. 그 방의 연구자는 학술원에서 가장 오랫동안 연구에 몰두해 온 사람이었다. 얼굴과 수염은 누르께했고 손과 옷에는 오물이 덕지덕지 붙어 있었다. 나를 소개받은 그 연구자는 나를 꽉 껴안았다(정말이지 사양하고 싶은 인사였다.). 그가 처음 학술원에 왔을 때부터 해 온 연구는 인간의 대변을 원래의 음식으로 되돌리는 작업이었다. 대변의 몇 부분을 분리해 쓸개즙 때문에 생긴 색깔을 제거하고 악취를 빼고 타액을 걷어내는 것이었다. 그는 일주일에 한 번씩 학술원으로부터 인간의 대변으로 가득 찬 통을 제공받았는데 통 하나가 브리스톨의 큰 술통만 했다.

나는 얼음을 가열해 화약을 만들려고 하는 다른 연구자를 만났다. 그는 나에게 불의 가소성을 주제로 쓴 논문도 보여 주었는데 그 논문을 책으로 펴낼 계획이었다.

새로운 건축법을 고안한 무척 독창적인 건축가도 있었다. 지붕부터 짓기 시작해 점차 아래쪽으로 내려오다 토대를 다지는 건축법이었다. 그는 벌과 개미라는 분별 있는 두 곤충을 예시로 들며 자신의 건축법을 옹호했다.

태어날 때부터 장님이고 자신처럼 눈이 먼 실습생 몇 명을 둔 연구자가 있었다. 실습생들은 스승이 가르쳐 준 대로 느낌과 냄새에 의지해 화가들이 쓸 물감을 혼합했다. 안타깝게도 나는 그들이 배운 내용을 완벽하게 숙달하지 못했을 때 방문했다. 교수 역시 실수를 거듭했다. 이 전문가는 동료 연구자들로부터 격려와 존경을 많이 받는 사람이었다.

다른 방에서 만난 연구자는 무척 마음에 들었다. 그는 쟁기와 소, 노동에 드는 비용을 절감하려고 돼지를 이용해 땅을 일구는 방법을 찾아낸 사람이었다. 그 방법은 다음과 같다. 땅 4천 제곱미터에 다량의 도토리, 대추, 밤 및 돼지 먹이로 쓰이는 다른 견과류나 돼지가 가장 좋아하는 채소를 땅속 20센티미터 지점에 15센티미터 간격으로 묻는다. 그런 다음 돼지 600마리 이상을 그 밭에 몰아넣으면 며칠 이내에 돼지들이 먹이를 찾느라 온 밭을 헤집어 씨 뿌리기 좋은 상태로 만들어 주는 데다 돼지 똥을 거름으로 쓸 수 있다. 실험 결과, 비용과 수고가 너무 많이 들었고 수확물도 아주 소량이거나 거의 없었다. 그러나 이 발명이 위대한 발전으로 이어지리란 사실을 다들 의심하지 않았다.

다른 방으로 들어갔더니 교수가 드나드는 좁은 통로만 빼고 벽과 천장이 모두 거미줄투성이였다. 내가 들어가자 그가 거미줄을 망가뜨리지 말라고 큰 소리로 외쳤다. 그는 집 안에 거미가 무척 많은데도 그토록 오랫동안 누에만을 활용했다니 치명적인 실수라고 한탄했다. 거미는 실을 낼 줄도 알거니와 실을 엮어 짜는 법도 알기 때문에 누에보다 한없이 뛰어나다고 주장했다. 그뿐 아니라 거미를 이용하면 비단 염색을 하는 데 비용이 전혀 들지 않는다고 했다. 그가 거미 먹이로 쓰는 오색찬란한 파리들을 잔뜩 보여 주자 나는 그의 말을 완전히 믿게 되었다. 그는 이 파리들이 거미줄에 색을 입혀 줄 것이라고 장담하면서 색깔은 빠짐없이 갖추고 있으니 거미줄에 강도와 밀도를 더해 줄 적절한 파리 먹이, 즉 고무나 기름이나 여타 점착성 물질을 찾아내기만 한다면 모든 사람의 기호를 맞출 수 있을 것이라고 자신했다.

시청에 달린 풍향계 위에 해시계를 다는 작업에 착수한 천문학자도 있었다. 지구와 태양의 연주 운동과 일주 운동에 맞추어 갑작스러운 풍향 변화에 대응하려는 것이었다.

가벼운 복통을 호소하자 안내인이 나를 어느 방으로 데려갔는데 그곳에는 어느 기구의 상반된 기능을 활용해 복통을 치료하기로 유명한 위대한 의사가 거주하고 있었다. 그 의사는 손잡이가 두 개 달린 커다란 풀무를 가지고 있었는데 주둥이는 긴 상아로 만들어져 있었다. 그는 이 주둥이를 항문 속으로 20센티미터 넣고 바람을 뽑아내면 내장이 바람 빠진 공기주머니처럼 홀쭉해진다고 장담했다. 그러나 잘 낫지 않는 심한 복통일 경우에는 풀무에 공기를 가득 채우고 항문에 주둥이를 끼운 다음 환자의 몸에 공기를 불어넣었다. 공기가 채워지면 풀무를 꺼내고 항문 입구를 엄지로 꽉 틀어막았다. 이 과정을 서너 번 반복하면 센 바람이 분출되며 유해 물질도 펌프에 넣은 물처럼 함께 빠져나와 환자가 회복된다. 의사가 개에게 두 실험을 하는 모습을 보앉는데 첫 번째 실험으로는 어떤 효과도 나타나지 않았다. 두 번째 실험을 한 후에는 개의 몸이 터질 듯이 부풀어 오르며 배설물이 마구 쏟아져 나왔다. 나와 안내인은 몹시도 구역질이 났다. 개는 그 자리에서 죽었고 우리는 같은 시술로 개를 회복시키려 애쓰는 의사를 두고 방을 나왔다.

그 외에도 많은 방을 찾아갔지만 간결함을 추구하는 나로서는 내가 본 신기한 광경을 죄다 이야기해서 독자를 괴롭힐 생각은 없다.

지금까지 내가 본 것은 학술원의 한쪽일 뿐이고 다른 쪽은 사색적인 학문을 연구하는 상급자 전용 건물이었다. 그들에 관한 설명은 학술원에서 '만능 연구가'로 불리는 걸출한 인물에 관한 이야기 다음으로 미루겠다. 그 연구가는 인간의 삶을 향상시키기 위해 30년 동안 사색에 몰두해 왔다고 말했다. 그에게는 놀랍고 신기한 것으로 가득한 방이 두 개 있었고 조교가 쉰 명이었다. 어떤 조교들은 공기에서 질산칼륨을 추출하고 수분이 함유된 입자를 걸러내 공기를 손에 만져지는 건조한 물질로 바꾸고 있었다. 어떤 조교들은 베개와 바늘꽂이로 쓸 수 있도록 대리석을 유연하게 만들고 있었다. 어떤 이들은 말이 쓰러지지 않도록 살아 있는 말의 발굽을 돌처럼 딱딱하게 굳히고 있었다. 당시 만능 연구가는 위대한 두 가지 계획에 매달리고 있었다. 하나는 겨를 땅에 심는 것이었는데 그는 몇 가지 실험으로 증명되었듯이 겨에도 실제로 번식력이 있다고 단언했지만 미숙한 나로서는 그 실험을 제대로 이해할 수가 없었다. 다른 계획은 고무와 광물과 식물로 만든 어떤 혼합물을 어린 양 두 마리의 몸에 발라서 양털이 자라지 못하게 하는 것이었다. 그는 적당한 시간이 지나면 양털이 없는 양의 품종을 번식시킬 수 있으리라고 생각했다.

나와 안내인은 길을 건너 학술원의 다른 편으로 갔는데 이미 말했듯이 사색적인 학문을 연구하는 사람들이 거주하는 곳이었다.

교수는 무척 큰 방에서 제자 마흔 명과 함께 있었다. 교수는 인사를 나눈 후 방바닥의 대부분을 차지한 틀을 응시하는 나를 보며 말했다. 실용적이고 기계적인 작업을 통해 이론적 지식을 증진하려는 계획을 추진 중인데 나에게는 기이하게 느껴질지도 모른다고 말이다. 그러나 온 세상이 곧 그 유용성을 알게 될 것이라면서 그 어떤 인간의 머리에서도 이보다 더 고귀하고 숭고한 생각은 나오지 않았다고 우쭐댔다. 평범한 방법으로 기술과 과학에 도달하기가 얼마나 힘든지는 모두가 아는 사실이었다. 그러나 그의 발명품을 이용할 경우 제아무리 무지한 사람도 적당한 값을 지불하고 육체적인 노동을 조금 하기만 하면 천재성이나 학습의 도움을 전혀 받지 않고 철학과 시, 정치학, 법률, 수학, 신학에 관한 책을 쓸 수 있다는 것이었다.

그는 나를 틀 앞으로 데려갔는데 틀 주변에 제자들이 모두 줄지어 있었다. 그 틀은 가로와 세로가 각각 6미터 정도인 정사각형으로 방 중앙에 설치되어 있었다. 주사위만 한 나뭇조각 여러 개가 표면에 배열되었는데 다른 것들보다 더 큰 나뭇조각도 있었다. 모두 가느다란 철사로 연결되어 있었고 이 네모난 나뭇조각 위에는 종이가 붙어 있었다. 그 종이에는 이 나라 언어의 모든 문법과 시제와 격변화가 두서없이 쓰여 있었다. 교수는 나에게 기계를 가동할 테니 잘 보라고 말했다. 교수의 명령에 제자들이 틀 가장자리를 따라 붙어 있던 쇠 손잡이 40개를 하나씩 붙잡았다. 그리고 손잡이를 휙 돌리자 단어의 배치가 싹 바뀌었다. 교수는 제자 서른여섯 명에게 틀에 나타난 문장 몇 개를 읽으라고 지시했다. 제자들은 문장의 일부가 될지도 모르는 단어 서너 개를 찾아내 읽었고 남은 네 소년이 받아 적었다. 이 과정을 서너 번 반복했는데 이 기계는 손잡이를 돌릴 때마다 정사각형 모양의 나뭇조각이 뒤집히며 단어가 새 위치로 이동하도록 만들어진 것이었다.

젊은 학생들은 하루에 여섯 시간씩 이런 작업에 매달렸다. 교수는 그동안 찾은 단어를 모은 2절판 책 몇 권을 보여 주었는데 거기에 실린 불완전한 문장들을 조합할 생각이었다. 이 풍요로운 자료로 모든 예술과 학문의 체계를 완성해 세상에 내놓을 계획이었다. 그러나 대중이 기금을 모아 이런 틀 500개를 만들어 라가도에 보급하고 이 틀의 관리자들이 수집한 내용을 공유한다면 일이 훨씬 신속하고 알차게 진행될 것이라고 믿었다.

그는 젊은 시절부터 오로지 이 발명품을 개발하는 데만 전념했다고 한다. 자신이 아는 모든 어휘를 이 틀에 쏟아 넣었고 책에 나오는 여러 불변화사, 명사, 동사 및 다른 품사의 전반적인 비율을 정확하게 계산했다고 장담했다.

나는 이토록 솔직한 이야기를 들려준 이 탁월한 인물에게 한없이 정중하게 감사를 표했다. 그리고 운 좋게 고국으로 돌아간다면 그가 이 훌륭한 기계의 단독 발명자로서 정당한 대우를 받게 해 주겠다고 말했다. 나는 이 기계 장치의 형태를 종이에 그리도록 허락해 달라고 했고 그 그림을 여기에 첨부한다. 나는 그에게 유럽에서는 먼저 발명한 사람이 유리한 입지를 선점하는 관계로 학자들이 다른 사람의 발명품을 도용하기 일쑤이며 따라서 누가 정당한 소유권자인지 논란이 발생하지만 그가 경쟁 상대 없이 영예를 독차지하도록 신경을 쓰겠다고 이야기해 주었다.

다음으로 우리는 언어 연구소로 갔다. 교수 세 명이 앉아 모

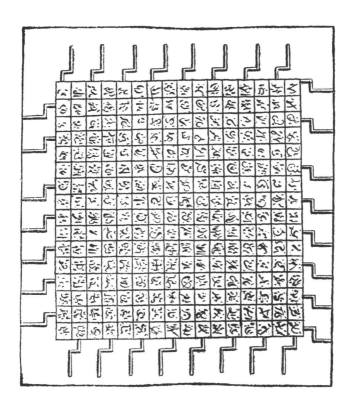

국어를 개선할 방안을 논의하고 있었다.

첫 번째는 다음절어를 단음절로 축약하고 우리가 실제로 생각하는 것은 모두 명사이므로 동사와 불변화사를 제거해 대화의 길이를 줄이자는 계획이었다.

다른 계획은 모든 단어를 아예 없애자는 것이었다. 간결할 뿐더러 건강에도 크나큰 이점이 있다는 이유로 강력히 추천되는 계획이었다. 우리가 입 밖으로 단어를 발음할 때마다 폐가 분명 약해지고 조금씩 줄어들기 때문에 결국 수명이 짧아진다는 것이 이유였다. 그래서 사물의 이름만으로 단어를 구성하자는 해결책이 대두되었다. 필요한 물건만 가지고 다녀도 대화 중에 특정 내용을 표현할 수 있어 더욱 편해진다는 것이다.

여자들이 저속한 대중 및 문맹인과 결탁해 선조들의 방식대로 혀를 움직여 말할 자유를 주지 않을 경우 반란을 일으키겠다고 위협하지만 않았다면 이 발상은 틀림없이 현실화되어 국민의 건강과 편의를 크게 증진시켰을 터였다. 과학과 도무지 양립할 수 없는 영원한 적은 바로 그런 보통 사람들이다. 그러나 무척 박식하고 현명한 학자들 다수가 '사물'로 생각을 표현하려는 새로운 계획을 고집하고 있었다. 그 계획에 있어 유일한 걸림돌은 다음과 같다. 어떤 사람이 규모가 매우 크고 종류가 다양한 일을 할 경우, 일손을 보태 줄 힘센 하인 한두 명을 고용할 여력이 없다면 그는 사업의 규모만큼 큰 물건 꾸러미를 등에 지고 다녀야 한다. 나는 짐의 무게에 짓눌리다시피 한 박식한 학자를 자주 보았는데 유럽의 행상인과 비슷했다. 두 학자는 거리에서 만나면 짐을 내려놓고 자루를 열어 한 시간 동안 대화를 나누었다. 그런 다음 도구들을 다시 담고 서로 자루를 등에 지도록 도와준 후 작별 인사를 했다.

그러나 간단한 대화를 나눌 때는 필요한 물건을 주머니에 담거나 옆구리에 끼고 다니면 되며 집에서는 당황할 필요가 없다. 이 방법을 실천하는 사람들끼리 만나는 방은 이런 종류의 색다른 대화에 필요한 모든 물건을 편리하게 갖추고 있을 테니 말이다.

이 발상의 또 다른 강점은 모든 문명국의 공통어로 쓸 수 있다는 점이다. 문명국의 상품과 기물은 대개 종류가 같거나 거의 비슷하므로 사용법도 쉽게 파악할 수 있다. 따라서 대사들은 상대국의 언어를 전혀 모르더라도 외국의 왕이나 대신들을 접대할 수 있다.

수학 연구소에도 갔는데 그곳에서는 교수가 유럽이라면 거의 상상도 못할 방법으로 제자들을 가르쳤다. 우선 두피 치료제로 만든 잉크로 얇은 과자 위에 명제와 증명을 정확하게 적는다. 학생은 단식을 하다가 그 과자를 삼키고 그 후 사흘 동안 빵과 물만 먹는다. 과자가 소화되면서 그 잉크가 명제를 그대로 싣고 뇌로 올라간다. 그러나 아직 성공을 장담할 수는 없었는데 한편으로는 양이나 성분을 잘못 조절한 탓이었고 한편으로는 학생들의 심술 때문이었다. 이 약이 심한 구역질을 유발하는 바람에 학생들은 대개 몰래 빠져나와 약이 효력을 발휘하기도 전에 토해 버린다. 처방대로 오랫동안 순순히 금식하지도 않았다고 한다.

6장

학술원에 대한 설명이 이어진다. 저자가 제시한 몇 가지 개선 방안이 멋지게 수용된다.

    정치 연구소에서는 전혀 즐겁지가 않았다. 내 생각에 교수들은 도무지 제정신이 아닌 것 같았다. 그런 장면을 볼 때면 늘 우울하다. 이 불쾌한 사람들은 지혜와 능력과 덕을 갖춘 신하를 뽑도록 왕을 설득할 계획을 세우고 있었다. 대신들에게 공익을 살피는 법을 가르칠 사람, 공적을 세우거나 뛰어난 능력을 발휘하거나 눈에 띄는 봉사를 한 사람에게 상을 내리는 사람, 왕이 자신의 이익과 국민의 이익을 동급으로 여겨 진정 무엇이 이익이 될지 깨우쳐 주는 사람, 그 깨달음을 실천에 옮길 수 있는 사람을 신하로 뽑으라는 것이었다. 이들은 그 밖에도 인간이 가슴에 품어 본 적 없는 비현실적이고 엉터리 같은 별별 의견을 제시했다. 그 모습에 나는 '일부 철학자들이 진실이라고 주장해 온 내용이야말로 터무니없고 불합리한 것'이라는 옛 격언을 더욱 믿게 되었다.

그러나 이 정치 연구소를 공정하게 판단하자면 이곳 사람들 모두가 그렇게 몽상에 사로잡힌 것은 아니었다. 정부의 본질과 체계에 정통한 것처럼 보이는 뛰어난 의사가 한 사람 있었다. 이 걸출한 인물은 지도자들의 악덕과 결함 그리고 그들 밑에 있는 사람들의 방종 때문에 몇몇 행정기관에 만연한 병폐와 부패를 효과적으로 치료할 약을 찾아내려고 매우 실질적인 연구를 해왔다. 예를 들면 다음과 같다.

모든 작가와 추론가가 동의하듯이 인체와 정치 체계 사이에는 뚜렷하고 보편적인 유사점이 있다. 양측이 같은 처방에 따라 건강을 유지하고 병을 치료해야 한다는 사실만큼 명확한 것이 있는가? 사실 상원과 시 의회의 의원들은 과도한 혈기와 병을 일으키는 다른 기질 때문에 자주 어려움을 겪는다. 두통이 잦고 심장이 아플 때는 더 많다. 양손, 특히 오른손에서 신경과 힘줄이 고통스럽게 수축해 심한 경련이 일어난다. 화가 치밀고 배에 가스가 차며 현기증과 정신 착란을 겪는다. 악취 나는 화농성 고름이 가득 맺히는 연주창, 거품이 나는 신트림, 병적으로 왕성한 식욕, 소화 불량 및 언급할 필요도 없는 수많은 질병을 앓는다.

그래서 이 의사는 상원 의회가 개회하면 처음 사흘 동안 몇몇 의사들을 동석시켜 매일 토론이 끝난 후 모든 상원의 맥박을 재자고 주장했다. 의원들에게 나타난 여러 질병의 특징과 치료법을 심사숙고한 뒤 나흘 째 되는 날에 알맞은 약을 구비한 약제사를 대동하고 상원 의사당으로 가는 것이다. 그리고 의원들이 착석하기 전에 각 사람의 증상에 맞게 진통제, 완화제, 부식제, 설사 치료제, 두통약, 황달 치료제, 거담제, 난청 치료제를 나눠 주고 상황에 따라 다음번 회의 때 이 약의 양을 조절하거나 그대로 주거나 바꾸거나 끊자는 것이었다.

이 계획으로 국민이 무거운 세금을 부담할 일은 없을 것이다. 내 부족한 의견으로는 상원이 입법권을 점유한 나라라면 업무를 신속히 처리하는 데 큰 도움이 될 것 같다. 법안을 만장일치로 통과시키고 논쟁을 줄이며 지금은 닫혀 있는 몇 사람의 입을 열어 주고, 지금 열려 있는 더 많은 사람의 입을 닫아 줄 것이다. 젊은 의원들의 성급한 언동을 억제하고 나이 많은 의원들의 옹고집을 바로잡아 주며 어리석은 의원들을 깨우치고 주제넘게 나서는 이들의 기세를 꺾어 줄 것이다.

또 그 의사는 왕이 총애하는 신하들의 기억력이 짧고 형편없다는 불만이 국민들 사이에 확산되었으므로 총리를 만나러 간 사람은 우선 가장 간결하고 명확한 단어로 용건을 설명하자고 제안했다. 그리고 떠날 때는 총리의 코를 비틀거나 배를 걷어차거나 티눈을 짓밟거나 양쪽 귀를 세 번 잡아당기거나 핀으로 엉덩이를 찌르거나 멍이 들 만큼 힘껏 팔을 꼬집어서 총리가 잊지 않도록 해 주자는 것이었다. 일이 성사되든 완전히 퇴짜를 맞든 그때까지 접견일마다 같은 행동을 반복하라고 했다.

또 이 의사는 총회에 참석하는 모든 상원은 의견을 제시하고 그 주장을 옹호한 후 정반대 의견에 투표해야 한다고 주장했다.

그렇게 하면 분명 공익에 도움이 되는 결과가 나올 것이기 때문이었다.

의사는 격렬한 당쟁에 휘말린 정당을 화해시킬 멋진 방책을 제안했다. 그 내용은 다음과 같다. 각 정당에서 지도자를 100명씩 뽑는다. 그리고 머리 크기가 비슷한 사람들끼리 둘씩 짝을 짓는다. 이제 유능한 외과 의사 두 명이 각 쌍의 뒤통수를 톱으로 자르되 뇌가 똑같이 절반으로 나뉘도록 해야 한다. 그 후에는 잘라 낸 뒤통수의 절반을 상대 당원의 머리 절반과 맞바꾸어 붙인다. 상당한 정밀함이 필요한 작업처럼 보였다. 그러나 의사는 우리에게 솜씨 좋게 수술하면 틀림없이 병을 고칠 수 있다고 장담했다.

그의 주장은 다음과 같았다. 반쪽짜리 뇌 두 개가 하나의 두개골 속에서 논쟁을 주고받도록 놔두면 곧 서로를 이해하게 되어 균형 잡힌 사고와 중용에 이를 것이다. 자신이 오직 세상을 감독하고 다스리기 위해 태어났다고 생각하는 이들의 머릿속에는 바로 그런 사고와 중용이 필요하다. 또 교수는 각 정당 지도자들의 뇌가 양적으로나 질적으로 차이가 나더라도 자신이 아는 바에 따르면 그 정도는 지극히 사소한 문제라고 장담했다.

나는 국민에게 부담을 주지 않고 세금을 마련할 가장 적절하고 효과적인 방법이 무엇이냐를 두고 두 교수가 벌이는 열띤 논쟁을 들었다. 한 교수는 악하고 어리석은 언행에 일정한 세금을 부과하는 것이 가장 공평하다고 단언했다. 각각의 사람이 낼 금액은 이웃들로 구성된 배심원단이 가장 공정한 방식으로 정한 세율에 따라 책정하자고 제안했다. 다른 교수는 정반대 의견을 내놓았다. 사람이 스스로 가장 뛰어나다고 자부하는 신체적, 정신적 자질에 세금을 부과해야 한다고 주장했다. 세율은 그 자질의 탁월성 정도에 따라 다르게 책정하고 판단은 전적으로 당사자의 양심에 맡겨야 한다는 것이었다. 남자들 중 여성에게 가장 인기가 많은 사람이 가장 많은 세금을 내야 한다. 여자들이 표현한 호감의 횟수와 특징에 따라 평가를 내리고 스스로가 자신의 보증인이 되어야 한다. 기지, 용맹, 정중함에도 많은 세금을 부과하고 각자가 자신의 자질을 직접 이야기함으로써 역시 같은 방식으로 징수한다. 그러나 명예, 정의, 지혜, 학식에는 세금을 부과해서는 안 된다. 이것들은 무척 이례적인 자질이라서 이웃 사람에게 자신이 그런 자질을 갖추고 있다고 말하거나 스스로 그렇다고 평가할 사람은 없을 테니 말이다.

여자들은 미모와 옷을 차려입는 능력에 따라 세금을 부과해야 한다. 남자와 똑같이 스스로 세액을 결정할 특권이 있다. 그러나 절개, 정절, 교양, 온화함은 평가 대상이 아닌데 여자들이 그런 자질로 세금을 부담하려 들지는 않을 것이기 때문이다.

이 교수는 상원 의원들을 왕에게 이롭도록 활용하려면 추첨식으로 의원을 선출해야 한다고 주장했다. 선출되든지 안 되든지 궁중의 뜻에 따르기로 서약하고 다짐해야 한다. 떨어진 사람은 다음번 공석이 생겼을 때 다시 추첨에 응할 수 있다. 이렇게 해서 희망과 기대가 줄곧 유지된다. 약속과 다르다며 불평할 사람도 없고 다들 실망스런 결과가 전적으로 운명의 여신 탓이라고, 각료들보다 어깨가 더 넓고 강한 그 여신 때문이라고 생각할 것이다.

다른 교수는 나에게 정부를 겨냥한 음모와 모의를 발견하는 지침을 다룬 방대한 논문을 보여 주었다. 그는 요직에 있는 정치인들에게 모든 용의자의 식습관을 살피라고 조언했다. 또 언제 식사를 하고 침대의 어느 쪽에 눕는지, 어느 쪽 손으로 엉덩이를 닦는지를 살피고 용의자의 대변을 엄밀히 조사하되 색깔과 냄새와 맛, 농도, 소화 정도에 주목하면 용의자의 생각과 계획을 가늠할 수 있다고 보았다. 사람은 변기에 앉아 있을 때만큼 진지하고 신중하며 집중력을 발휘하는 순간이 없기 때문이다. 이는 그 교수가 잦은 실험으로 알아낸 사실이었다. 그렇게 변기에 앉은 상황에서 단순히 시험 삼아 왕을 살해할 가장 좋은 방법이 무엇인지 고민해 보았더니 변이 초록빛을 띠었고, 폭동을 일으키거나 수도를 불태우려는 생각만 했을 때는 변 색깔이 무척 달랐다고 했다.

이 모든 담론이 정치인의 입장에서 볼 때 특이하면서도 유용한 여러 의견과 함께 무척 예리하게 적혀 있었다. 그러나 나는 아주 완벽하다고는 생각하지 않았다. 나는 용기를 내어 저자에게 그렇게 말하며 일부 내용을 추가하면 어떻겠느냐고 제안했다. 그는 작가들, 특히 연구에 종사하는 이들이 흔히 보이는 반응과는 달리 순순히 내 제안을 받아들이며 정보를 더 많이 얻게 되면 기쁠 것이라고 청했다.

나는 그에게 자국민들이 '랭든'이라고 일컫는 '트리비나'라는 나라(*'랭든 Langden'은 '영국 England', '트리비나 Tribnia'는 '브리튼 Britain'의 철자 순서를 바꿔 만든 단어.)에 체류한 적이 있는데 그 나라에서는 국민 대부분이 적발자, 목격자, 밀고자, 고발자이며 기소하고 증언하고 선서하는 사람들과 그들에게 빌붙어 수족 노릇을 하는 이들로 구성된다고 설명했다. 모두가 장관과 국회의원의 정치색과 처신과 그들이 주는 보수에 지배된다. 그 나라에서 발생한 음모는 대개 해박한 정치인이라는 인상을 강화하려는 사람들의 작품이다.

그들은 무분별한 정부에 다시금 활력을 불어넣고, 대중의 불만을 진압하거나 다른 곳으로 돌리고, 몰수한 타인의 재산으로 자신의 금고를 채우고, 국채 가격을 자신의 사익에 부합되게 올리거나 낮추려고 한다. 이들은 의견을 모아 음모를 꾸민다는 죄목으로 고발할 용의자를 선정한다. 그런 다음 적절한 방법을 동원해 용의자들의 편지와 기타 서류를 확보하고 그 문서의 주인을 감금한다. 단어와 음절과 글자의 비밀스런 의미를 파악하는 전문 기술 팀에 그 서류들을 보낸다. 예를 들어 그 기술자들은 실내 변기가 추밀원을 뜻한다고 판독할 수 있다. 거위 떼는 상원, 절름발이 개는 침략자, 전염병은 상비군, 말똥가리는 장관, 신경통은 대사제, 교수대는 국무장관, 요강은 귀족 위원회, 체는 궁녀, 빗자루는 혁명, 쥐덫은 공직, 밑 없는 구덩이는 재무성, 개수대는 궁중, 방울 달린 광대 모자는 총애를 받는 신하, 부러진 갈대는 사법 재판소, 텅 빈 술통은 장관, 고름이 나오는 종기는 행정부라는 사실을 알아낼 수 있는 것이다.

이 방법이 실패해도 더 효과적인 방법이 두 가지 더 있다. 이 나라 학자들이 '글자 맞추기'와 '철자 바꾸기'라고 부르는 방법이다. 첫 번째 방법으로 모든 첫 글자를 정치적 의미로 해석할 수 있다. 즉 'N'은 '음모'를 뜻하고 'B'는 기병대, 'L'은 함대를 뜻한다. 아니면 두 번째 방법을 써서 의심스러운 서류의 알파벳 순서를 옮기면 불만을 품은 정당의 뿌리 깊은 계획을 폭로할 수 있다.

예를 들어 내가 어느 친구에게 편지로 '우리 동생 톰이 그만 치질에 걸렸다.'라고 썼을 경우 이 방면에 정통한 사람이라면 그 문장을 구성한 글자를 훼손하지 않은 채 다음과 같은 단어로 해석할 수 있다. '저항하라, 시급한 음모가 필요하다. 두목.' 이 방식이 철자 바꾸기다.

그 교수는 이런 의견을 내주어 무척 고맙다고 하면서 자신의 논문에 내 이름을 명예롭게 언급하기로 약속했다.

이 나라에는 더 머물고 싶을 만큼 매력적인 것이 없었다. 고국인 영국으로 돌아가야겠다는 생각이 들기 시작했다.

7장

저자는 라가도를 떠나 말도나다에 도착한다. 준비된 배가 없어서 글럽덥드립으로 짧은 여행을 다녀온다. 족장의 환영을 받는다.

내 짐작에 따르면 이 나라가 속한 대륙은 동쪽으로 아메리카의 알려지지 않은 지역까지, 서쪽으로는 캘리포니아까지, 북쪽으로는 태평양까지 뻗어 있다. 라가도와 태평양의 거리는 약 240킬로미터. 라가도에는 훌륭한 항구가 있고 북서쪽으로 북위 29도, 동경 140도에 위치한 럭낵이라는 큰 섬과 교역이 활발하다. 럭낵 섬은 일본에서 남동쪽으로 480킬로미터 떨어진 곳에 있다. 일본의 왕과 럭낵의 왕은 믿음직한 동맹 관계라서 배를 타고 오갈 기회가 많다. 그래서 나는 유럽으로 돌아가기 위해 그쪽으로 방향을 잡기로 했다. 노새 두 마리를 빌리고 얼마 안 되는 짐을 들어 줄 길잡이를 고용했다. 그리고 나에게 크나큰 호의를 베풀어 주고 떠날 때 후한 선물을 준 고귀한 후원자에게 작별 인사를 했다.

특별히 이야기할 만한 사건이나 모험이 없는 여행이었다. 말도나다 항(다들 그렇게 부른다.)에 도착해 보니 항구에는 럭낵으로 가는 배도 없고 얼마 동안 그 상태일 것 같았다. 그 도시는 영국의 포츠머스와 비슷한 규모였다. 나는 곧 친구를 사귀어 매우 융숭한 대접을 받게 되었다. 귀족인 그 신사는 나에게 약 한 달 동안은 럭낵행 배가 없을 테니 남서쪽으로 24킬로미터쯤 떨어진 글럽덥드립이라는 작은 섬에 다녀오면 재미있을 것이라고 제안했다. 자신과 친구 하나가 동행하고 그 여행을 하기에 알맞은 돛단배를 준비하겠다는 것이었다.

'글럽덥드립'은 그 뜻을 최대한 살려 해석하자면 '마법사의 섬'쯤 될 것이다. 크기는 영국 와이트 섬의 3분의 1 정도이고 작물이 무척 풍부하다. 마법사로 구성된 어느 부족의 족장이 섬을 다스린다. 이 부족은 자기들끼리만 혼인을 하며 계승자 중 가장 나이 많은 사람이 왕, 즉 족장이 된다. 족장은 웅장한 궁궐에 살며 12제곱킬로미터에 이르는 그의 공원은 돌을 다듬어 만든 6미터 높이의 담으로 둘러싸여 있다. 이 공원에는 가축과 곡식과 정원을 보호하는 작은 울타리가 몇 개 있다.

족장과 그 가족은 약간 특이한 가사 도우미의 시중을 받는다. 족장은 강령술을 이용해 죽은 사람들 중에서 마음에 드는 사람을 불러내어 스물네 시간 동안 봉사를 명령하는데 그 이상의 시간은 안 된다. 또 매우 특별한 경우가 아닌 다음에야 석 달 이내에 같은 사람을 다시 불러낼 수도 없다.

우리가 그 섬에 도착한 때는 오전 열한 시 무렵이었다. 동행한 신사 하나가 족장에게 가서 그를 알현할 영광을 누리고자 찾아온 이방인이 있으니 입궐을 허락해 달라고 했다. 족장은 즉시 승낙했고 우리 셋은 두 줄로 늘어선 경비대 사이를 지나 궁궐 문으로 들어갔다. 경비대의 무기와 옷차림은 무척 괴기스러웠으며 그들의 표정을 보니 뭐라 표현할 수 없는 공포로 몸이 오싹했다. 우리는 역시 그런 분위기를 풍기며 양쪽으로 줄지어 선 하인들 사이를 걸어 방 몇 개를 지났고 드디어 알현실에 도착했다. 허리를 깊이 숙여 정중하게 세 번 절을 하고 통상적인 질문을 몇 개 받은 후 왕좌의 맨 아래 계단 근처에 놓인 의자 세 개에 앉아도 좋다는 말을 들었다.

이 섬에서는 다른 언어를 썼지만 족장은 발니바비 말을 알고 있었다. 그는 나에게 여행 이야기를 좀 들려 달라고 했다. 그리고 의례 따위는 생략하자는 듯 손가락을 휙 돌려 시종들을 모두 물리쳤다. 무척 놀랍게도 그들은 잠에서 퍼뜩 깨면 사라져 버리는 꿈속의 환영처럼 즉시 자취를 감추었다. 나는 잠시 제정신을 차리지 못했고 족장은 해를 당할 일은 없을 것이라고 장담했다. 이런 접대를 자주 받았던 두 동행인이 조금도 걱정하지 않는 모습을 보자 용기가 생겼다. 나는 족장에게 몇몇 모험의 줄거리를 짤막하게 이야기했지만 시종 유령들이 있던 곳을 멈칫멈칫 뒤돌아보지 않을 수 없었다.

영광스럽게도 족장과 식사를 하게 되었는데 새로운 유령들이 나타나 고기를 내오고 식탁에서 시중을 들었다. 아침에 그랬던 것처럼 무섭지는 않았다. 해가 지도록 그곳에 머물렀지만 궁궐에서 자라는 족장의 초대는 사양했다. 두 친구와 나는 이 섬의 수도인 인근 도시에 있는 민가에 묵었다. 그리고 다음 날 아침, 족장이 요청한 대로 다시 그를 만나러 갔다.

이런 식으로 우리는 열흘 동안 그 섬에 머물렀는데 대부분의 시간을 족장과 보내고 밤에는 숙소로 돌아왔다. 나는 곧 유령의 모습을 보는 것에 익숙해져서 서너 번 보고 나니 아무런 느낌이 들지 않았다. 남은 불안감이 있었다고 해도 호기심에 묻히고 말았다. 족장이 나에게 태초부터 지금까지 죽은 사람들 중 시대와 상관없이 누구든 불러 줄 테니 이름을 대 보라고, 적당한 질문을 던져 답을 들어 보라고 제안했기 때문이다. 조건이 있는데 질문의 범위는 상대방이 살았던 시대에 국한되어야 했다. 그리고 지하 세계에서는 거짓말하는 재능이 아무 쓸모가 없으므로 유령들이 진실을 말한다는 사실만큼은 믿어도 된다고 했다.

나는 이토록 굉장한 호의를 베풀어 준 족장에게 황송한 감사를 표했다. 우리가 있는 방에서는 공원이 훤히 보였다. 나는 가장 먼저 화려하고 웅장한 장관을 만끽하고 싶었다. 아벨라 전투를 막 끝내고 군대의 선두에 서 있는 알렉산드로스 대왕을 보고 싶다고 말했다. 족장이 손가락을 움직이자 즉시 우리가 서 있는 창가 밑의 넓은 들판에 내가 원한 장면이 나타났다. 우리는 알렉산드로스 대왕을 방으로 불렀다. 그가 말하는 그리스 어를 알아듣기도, 내 말을 이해시키기도 어려웠다. 알렉산드로스 대왕은 명예를 걸고 말하는데 자신은 독살당한 것이 아니라 과음하다 열병에 걸려 죽었다고 했다.

다음으로 알프스 산맥을 넘는 한니발을 만났는데 그는 자신의 진지에 식초가 한 방울도 없었다고 말했다.

나는 카이사르와 폼페이우스가 각자의 군대를 이끌고 전투를 시작하려는 모습을 지켜보았다. 카이사르가 마지막으로 대승을 거두는 모습을 보았다. 나는 족장에게 대조할 수 있도록 큰 방 하나에 로마 원로원이, 다른 방 하나에는 현대의 국회가 나타난 장면을 보여 달라고 부탁했다. 원로원은 영웅들과 신 같은 인간들의 집합처럼 보였고, 국회는 잡상인과 소매치기와 노상강도와 깡패가 뒤섞인 무리처럼 보였다.

내 요청에 따라 족장은 시저와 브루투스에게 이쪽으로 오라고 손짓했다. 나는 브루투스의 모습을 보고 엄청난 존경심에 사로잡혔다. 그의 얼굴 생김생김에서 더없이 완벽한 덕과 누구보다 뛰어난 용맹, 견고한 정신, 티 없는 애국심, 인류에 대한 박애를 엿볼 수 있었다. 사이좋은 두 사람의 모습을 보니 무척 기뻤다. 카이사르는 자신이 살면서 이룩한 가장 뛰어난 업적도 자신의 생명을 앗아간 브루투스의 영예에 비하면 보잘것없다고 스스럼없이 고백했다. 나는 영광스럽게도 브루투스와 많은 대화를 나누었다. 브루투스는 그의 선조인 유니우스, 소크라테스, 에파미논다스, 카토, 토머스 모어와 늘 함께 지낸다고 말했다. 그러나 모든 세대를 두루 살펴도 이 6인 체제에 추가할 일곱 번째 사람을 발견할 수가 없다고 했다.

오래전에 지나가 버린 모든 시대의 모습을 보고 싶은 끝없는 욕심으로 얼마나 많은 위인들을 불러냈는지 이야기해 보았자 독자 입장에서는 지루하고 괴로울 것이다. 나는 주로 독재자와 왕위 찬탈자를 물리친 사람들과 압제와 상처로 시달리던 나라에 자유를 회복해 준 사람들을 마음껏 만나 보았다. 그러나 독자를 즐겁게 해 주는 동시에 내가 직접 느꼈던 뿌듯함을 표현하기란 불가능한 일이다.

8장

글럽덥드립을 더 자세히 설명한다. 고대와 현대 역사에서 발견한 허위를 밝힌다.

나는 기지와 학식으로 명성이 자자한 고대인들을 만나고 싶어서 일부러 하루를 비워 두었다. 족장에게 호메로스와 아리스토텔레스가 그들의 글에 논평이나 주석을 달았던 모든 사람들을 거느리고 나타났으면 좋겠다고 부탁했다. 그러나 그런 주석자들이 너무 많아서 몇 백 명은 궁내와 궁궐 바깥쪽 방에서 기다려야 했다. 나는 두 영웅을 한눈에 알아볼 수 있었다. 군중 틈에서도 두 사람을 구별할 수 있었지만 각자가 누구인지도 알 수 있었다.

호메로스는 키가 더 크고 잘생겼으며 나이에 비해 걸음걸이가 꼿꼿했고 눈은 내가 지금껏 본 그 어떤 눈보다 민첩하고 날카로웠다. 아리스토텔레스는 등이 많이 굽었고 지팡이를 짚었다.

얼굴이 홀쭉하고 머리카락은 가늘고 길었으며 목소리는 텅 빈 느낌을 주었다. 나는 곧 두 사람이 나머지 일행을 전혀 모르며 전에 그 사람들을 만나거나 이야기를 전해 들은 적도 없음을 깨달았다. 이름을 밝힐 수 없는 어느 유령이 나에게 속삭이기를, 이 주석자들은 수치심과 죄책감 때문에 지하 세계에서 원저자들로부터 가장 먼 구역에서만 지낸다고 했다. 원저자들의 본뜻을 후대에 끔찍할 만큼 잘못 전달한 탓이었다.

나는 호메로스에게 디디무스와 유스타티우스를 소개했고 좀 더 친절하게 대해 달라고 설득했다. 그 두 사람에게는 시인의 영혼에 공감할 비범한 재능이 없다는 사실을 호메로스가 금세 간파한 탓이었다. 그러나 아리스토텔레스는 내가 스코투스와 라무스를 소개하며 설명을 덧붙이자 분을 참지 못했다. 그리고 그들에게 이 집단의 다른 사람들도 이런 바보 천치냐고 물었다.

나는 족장에게 데카르트와 가상디를 불러 달라고 해서 그 둘에게 각자의 학설을 아리스토텔레스에게 설명해 주기를 청했다. 이 위대한 철학자는 자연철학에서 자신이 저지른 실수를 스스럼없이 인정했다. 모두가 그러듯이 아리스토텔레스도 많은 부분을 추측에 의지했기 때문이었다. 아리스토텔레스는 가상디가 자신의 입맛에 맞게 다듬은 에피쿠로스의 학설이나 데카르트가 내세운 소용돌이 이론 역시 무너졌음을 알게 되었다. 그는 현대 학자들이 그렇게 열성적으로 주장하는 만유인력의 법칙도 같은 운명을 맞이하게 될 것이라고 예언했다. 자연과 관련된 새로운 학설은 지나가는 유행일 뿐이고 시대마다 달라질 것이라고 예측했다. 수학적 원리로 그런 학설을 증명하는 척하는 이들도 잠시 영화를 누릴 뿐 때가 되면 인기를 잃고 만다고 했다.

나는 그 외에도 수많은 고대 학자들과 대화를 나누며 닷새를 보냈다. 초기 로마 황제들 대부분을 만났다. 나는 족장을 설득해 엘리오가발루스(*로마 제국 23대 황제로 기행을 일삼은 것으로 유명하다.)의 요리사들을 불러 식사를 차리게 만들었다. 그러나 요리사들은 재료가 부족해 실력을 제대로 뽐내지 못했다. 아게실라오스(*기원전 399~360년에 재위한 스파르타의 왕으로 뛰어난 군사 전략가였다.)의 노예가 우리에게 스파르타식 수프를 만들어 주었지만 두 번째 숟갈부터는 목구멍으로 넘어가지 않았다.

나를 이 섬으로 데려온 두 신사가 개인적 용무로 사흘 안에는 돌아가야 해서 나는 영국이나 다른 유럽 국가에서 최근 이삼백 년 동안 뛰어난 업적을 세우고 죽은 사람들을 만나는 데 남은 시간을 할애하기로 했다. 유서 깊고 훌륭한 가문을 언제나 찬미해 왔기에 족장에게 열 명이나 스무 명의 왕을 불러주되 8대나 9대 이전의 선조들도 순서대로 함께 불러 달라고 부탁했다.

그러나 뜻밖에도 쓰라린 실망을 맛보았다. 왕관을 쓴 사람들의 긴 행렬 대신 어느 가문에서는 바이올린 연주자가 둘, 말쑥하게 꾸민 궁정 조신이 셋, 이탈리아의 고위 성직자가 하나 나타났다. 다른 가문에서는 이발사 하나, 수도원장 하나, 추기경 둘이 나타났다. 나는 왕들에게 무척 큰 존경심을 갖고 있으므로 이 고상한 주제에 관해 더 깊이 생각하고 싶지가 않다. 그러나 백작과 후작, 공작 등의 가문에는 그다지 신경이 쓰이지 않았다. 그리고 솔직히 일부 가문을 구별하는 두드러진 특징의 근원을 추적할 수 있어서 조금 재미있기도 했다. 어느 가문의 경우 그 특징인 긴 턱이 어디에서 유래했는지 분명히 알 수 있었다.

또 어느 가문은 왜 두 세대 동안 악한들로 넘쳐나고 이후 두 세대 동안 바보들을 양산했는지, 어느 가문은 왜 미친 사람이 많았고 어느 가문은 왜 사기꾼 투성이였는지 알 수 있었다. 폴리도어 버질이 어느 위대한 가문을 두고 '남자는 용맹스럽지 않고 여자는 정숙하지 않다.'라고 말한 연유가 이것이구나 싶었다. 몇몇 가문에서 어떻게 잔혹함, 거짓, 비겁함이 문장과 더불어 그 가문을 대표하는 특징으로 자리매김했는지 알 수 있었다. 고귀한 가문에 누가 가장 먼저 매독을 들여와 후손에게 대대로 악성 종기를 물려주었는지 알 수 있었다. 명문가의 혈통에 시동, 종복, 하인, 마부, 노름꾼, 사기꾼, 바람둥이, 두목, 소매치기 등이 끼어 있는 모습을 보고도 나는 전혀 놀라지 않았다.

무엇보다 현대사에 진절머리가 났다. 지난 100년 동안 궁중에서 일한 가장 위대한 인물들을 엄밀히 조사하니 돈에 눈이 먼 작가들이 세상을 어떻게 오도했는지 알 수 있었다. 그들은 겁쟁이들이 전쟁에서 가장 눈부신 공적을 달성했고, 가장 현명한 조언은 바보들이 한 말이며, 아첨꾼들은 진실하고, 조국을 배반한 자들은 고대 로마 인의 미덕을 갖추었으며, 무신론자들은 독실하고, 남색을 즐기는 자들은 순결하며, 밀고자들은 진실하다고 포장했던 것이다. 대신들이 부패한 재판관들과 결탁해 술수를 부리고 악의적인 당쟁을 일삼은 탓에 무고하고 훌륭한 이들이 얼마나 많이 사형을 당하거나 추방되었는지 모른다. 얼마나 많은 악한들이 신뢰와 권력과 위엄과 이득을 누릴 수 있는 높은 지위에 올랐는지 모른다. 법정과 의회와 상원에서 제안한 의견과 그곳에서 일어난 일들이 포주와 매춘부, 뚜쟁이, 기생충, 어릿광대 때문에 얼마나 자주 난관에 부딪혔는지 모른다. 세상에 존재했던 위대한 계획과 혁명의 동기 그리고 계획과 혁명을 성공으로 이끈 경멸스러운 사건들을 제대로 알고 나니 인간의 지혜와 고결함이 정말 하찮게 느껴졌다.

비화, 즉 숨겨진 역사를 쓴다고 자부하는 이들의 가식과 무지도 발견하게 되었다. 그들은 툭하면 독이 든 술잔을 들먹이며 왕들을 무덤으로 보내 버린다. 곁에 목격자가 전혀 없었는데도 왕과 총리가 나눈 대화를 고스란히 옮긴다. 대사와 국무대신의 머릿속과 사적인 방을 열어젖힌다. 불행히도 언제까지나 착각을 거듭할 이들이다.

또한 나는 세상을 놀라게 만든 수많은 대사건의 진짜 원인을 알게 되었다. 한 창녀가 어떻게 음모를 꾸몄는지, 그 음모가 어떻게 의회를 장악했고 그 의회가 어떻게 상원을 좌우했는지 알게 되었다. 어떤 장군은 내 앞에서 자신의 승리는 순전히 비겁함과 잘못된 지시로 어쩌다 얻게 된 것이라고 고백했다. 또 어느 해군 사령관은 함대를 적에게 넘기려고 했으나 제대로 된 정보가 없어서 적을 격퇴하고 말았다고 털어놓았다. 세 명의 왕은 재위 기간 중에 자신이 믿었던 대신들의 실수나 배반 때문이 아니라면 유공자를 등용하지 않았을 것이라고 항변했다. 다시 살더라도 똑같이 할 것이라고 말했다. 그리고 부정부패 없이 왕좌를 보존할 수 없다고 강력히 주장했다. 덕이 인간에게 불어넣는 적극적이고 대담하고 통제하기 어려운 기질은 공적인 업무를 끈질기게 방해하기 때문이라는 것이었다.

나는 수많은 사람들이 명예로운 직책과 막대한 재산을 어떻게 얻었는지 색다른 방식으로 조사해 보고 싶었다. 조사 범위는 아주 가까운 근대로 한정했다. 그러나 외국인에게조차 불쾌감을 주고 싶지 않아 현대에 해당하는 시기는 들쑤시지 않았는데도(영국을 조금이라도 염두에 두고 하는 말이 아님을 독자가 알아주기 바란다.) 관련자들이 수없이 불려 나왔고 아주 약간만 조사해도 파렴치한 소행이 드러났으니, 지금도 정색하지 않고서는 그 장면을 되돌아보지 않을 수 없다.

　　위증, 압제, 매수, 사기, 매춘 알선 및 기타 유사한 결함은 그들이 알려 준 기술 중 그나마 가장 용납할 만한 것들이었다. 이런 행위에는 정상을 참작해 주어도 된다고 생각했다. 그러나 어떤 이들은 남색이나 근친상간으로 명성과 부를 축적했다고 고백했고, 어떤 이들은 아내와 딸에게 매춘을 시켰다. 독살을 한 이들도 있었고 죄 없는 사람을 죽이려고 판사에게 뇌물을 준 사람은 더 많았다. 이런 진상을 알고 난 후 지위가 높은 사람들을 볼 때 마음에서 자연스럽게 우러나던 깊은 존경심이 약해졌다고 말해도 양해해 주기를 바란다. 숭고한 위엄을 갖춘 이들은 우리처럼 평범한 사람들의 더없는 존경을 받아야 마땅하지만 말이다.

　　나는 왕과 국가를 위해 세운 뛰어난 공적에 관한 책을 자주 읽었던지라 그 공적의 주인공들을 직접 만나고 싶었다. 물어보니 그들의 이름은 기록되지 않았으며 소수는 역사에서 비열한 악한이자 매국노로 취급되었다. 나머지 사람들은 내가 이름을 들어 본 적도 없는 이들이었다. 그들은 모두 낙심한 표정과 누추하기 짝이 없는 행색으로 나타났다. 그 사람들 중 대부분은 자신이 가난과 치욕 속에서 죽었다고 고백했고 나머지는 교수대에서 죽었다고 털어놓았다.

그중에 사연이 약간 독특해 보이는 사람이 있었다. 그는 옆에 열여덟 살쯤 된 소년을 데리고 있었다. 그는 오랫동안 어떤 배의 지휘관으로 있었는데 악티움 해전 때 운 좋게도 적군의 강한 전선을 돌파해 주력함 세 대를 침몰시키고 나머지 한 대를 붙잡았다. 그 덕분에 안토니우스가 달아났으며 그 뒤 승리가 이어졌다. 옆에 선 소년은 그의 외아들로 그 해전에서 전사했다. 그는 전쟁이 끝나자 공적을 세웠다는 자부심을 안고 로마로 향했다. 그리고 더 큰 함대의 선장이 죽었으니 그 함대를 자신에게 맡겨 달라고 아우구스투스 황제의 궁에 간청했다. 그러나 그의 요구에 대해서는 일언반구도 없이 그 직책은 바다를 본 적도 없는 풋내기에게 돌아갔다. 그 아이는 황제의 첩을 수발하는 시녀의 아들이었다.

자신의 배로 돌아온 그는 직무 태만이라는 죄목으로 해직되고 배는 부제독 푸블리콜라가 총애하는 시종에게 넘어갔다. 그는 로마와 멀리 떨어진 초라한 농가로 물러나 그곳에서 생을 마쳤다. 나는 이 이야기가 진짜인지 너무 궁금해서 그 해전이 일어났던 당시에 제독이었던 아그리파를 불러 달라고 했다. 아그리파는 모든 이야기가 사실임을 확증했을 뿐 아니라 그 지휘관에게 훨씬 유리한 이야기도 들려주었다. 겸손한 지휘관은 자신이 세운 공적의 상당 부분을 축소하거나 감추었던 것이다.

유입된 지 얼마 되지 않은 사치스러움 때문에 로마 제국이 그토록 심하게, 그토록 빨리 부패하고 말았다는 사실이 놀라웠다.

그래서 다른 나라에서 유사한 사례를 많이 보았을 때는 그다지 놀랍지가 않았다. 다른 나라에서는 훨씬 오래전부터 온갖 악습이 판쳤다. 전리품과 찬사를 받을 자격이 가장 부족한 총사령관이 그 두 가지를 독차지했던 것이다.

불려 나온 사람들은 모두 세상에 있을 때와 똑같은 모습이었기 때문에 나는 인류가 지난 수백 년 동안 얼마나 퇴보했는지를 우울하게 되새기지 않을 수 없었다. 천연두와 그 비슷한 질병 때문에 영국인의 얼굴 생김새가 얼마나 바뀌었는지 확인했다. 몸집은 작아지고 체력은 약해지고 힘줄과 근육은 늘어지고 혈색은 나빠지고 피부는 처진 데다 냄새도 고약해졌다.

나는 기준을 확 낮추어 오래된 계층인 영국 자작농을 불러 달라고 했다. 한때는 소탈한 태도와 단순한 식생활과 소박한 옷차림으로 그리고 정당한 거래와 참된 자유 의식, 조국을 위한 용맹과 애정으로 유명했던 이들이다. 살아 있는 사람들과 죽은 사람들을 비교한 후 조상의 순수하고 선천적인 미덕이 손자들에 의해 푼돈에 팔린다는 사실을 생각하니 심란하기 짝이 없었다. 자신의 투표권을 팔고 부정 선거에 일조한 손자들은 궁중에서나 체득할 법한 갖가지 악과 부패에 물들어 있었던 것이다.

9장

저자는 말도나다로 돌아간다. 배를 타고 럭낵으로 간다. 감금되었다가 궁중으로 보내진다. 입궁 허가 관습과 신하들을 향한 왕의 관대함을 이야기한다.

떠날 날이 되어 나는 글럽덥드립의 족장에게 작별 인사를 하고 두 동행인과 함께 말도나다로 돌아갔다. 그곳에서 2주를 기다리니 럭낵으로 가는 배가 준비되었다. 두 신사와 몇몇 사람들이 관대하고 친절하게도 필요한 물품을 사 주고 배에 오르는 나를 배웅했다. 이 항해는 한 달이 걸렸다. 격렬한 폭풍을 한 차례 만났고 서쪽으로 방향을 돌려 무역풍을 타고 300킬로미터쯤 그대로 전진했다. 1708년 4월 21일, 우리는 럭낵의 남동부에 있는 항구 도시 클루메그닉의 강으로 들어갔다. 도시에서 4킬로미터쯤 떨어진 곳에 닻을 내리고 수로 안내인을 보내 달라는 무선을 보냈다. 30분이 되지 않아 두 사람이 배에 올라왔고 우리가 탄 배는 그들의 안내를 받아 길목에 있는 매우 위험한 여울과 암초를 피해 넓은 정박지로 들어갔다. 정박지는 함대 하나가 도시 성벽 180미터 앞까지 무사히 다가갈 만큼 넓었다.

나쁜 마음을 먹고 그랬는지 실수였는지 모르겠지만 우리 배의 선원들 몇 명이 수로 안내인들에게 내가 이방인이며 대단한 여행가라고 귀띔했다. 그리고 안내인들이 세관원에게 그 이야기를 전해 나는 상륙하자마자 매우 엄격한 조사를 받았다. 세관원은 나에게 발니바비 언어로 말했는데 그 도시에서는 교역의 상당수가 발니바비 말로 이루어지기 때문이었고 특히 선원과 세관에서 일하는 사람들이 그 나라의 말을 많이 썼다. 나는 인적 사항을 간단히 설명하고 그동안의 일을 최대한 믿음직하고 조리 있게 이야기했다. 그러나 국적을 속여 네덜란드 인이라고 말할 수밖에 없었는데 내 목적지인 일본에 입국할 수 있는 유럽인은 네덜란드 인뿐임을 알고 있었기 때문이다. 그래서 나는 세관원에게 발니바비 해안에서 난파를 당해 바위 위로 몸을 피했다가 하늘을 나는 섬 라푸타(그가 가끔 들어 본 섬이었다.)에 올라타게 되었으며 현재는 고국으로 돌아갈 수단을 찾을 수 있을까 싶어 일본에 가려고 애쓰는 중이라고 설명했다.

세관원은 궁중에서 지시를 받을 때까지 나를 감금해야 한다고 하면서 지금 당장 서신을 보낼 텐데 2주 안에는 답신을 받을 수 있을 것이라고 했다. 나는 편한 숙소로 이동되었다. 경비병이 문을 지키고 있었지만 넓은 정원을 마음대로 돌아다녔고 인도적인 대우를 받았으며 지내는 동안 경비는 모두 왕이 부담했다. 몇 사람이 주로 호기심에서 나를 찾아왔는데 내가 이름도 생소한 머나먼 나라에서 왔다는 소식을 들었기 때문이었다.

나는 같은 배를 타고 온 청년을 통역사로 고용했다. 그는 럭낵 태생이었지만 말도나다에서 여러 해 살았기 때문에 두 나라의 언어를 완벽하게 구사했다. 나는 그의 도움을 받아 나를 찾아온 사람들과 대화를 나눌 수 있었다. 그러나 대화라고 해도 그들은 질문하고 나는 대답하는 정도였다.

우리가 예상한 때에 궁중에서 긴급 공문이 내려왔다. 기병 열명을 붙여 나와 내 일행을 '트랄드락딥'인지 '트릴드롭드립'인지 하는 곳으로 데려가라는 내용도 있었다. 내 일행이라고 해 봐야 통역을 해 주는 딱한 청년뿐이었다. 나는 그에게 통역을 계속 맡아 달라고 설득했다. 내 공손한 요청에 따라 우리는 각자 노새를 한 마리씩 타고 가게 되었다. 우리보다 한나절 앞서 전령을 출발시켰다. 왕에게 내가 가는 중임을 보고하고 '왕의 발판 앞에 깔린 먼지를 핥을' 영광을 누리도록 자애롭게 허락해 주신다면 그 날짜와 시각을 지정해 달라고 전하기 위해서였다. 그 표현은 궁중의 방식에 따른 것이었지만 나는 형식적인 표현이 아님을 알게 되었다.

도착하고 이틀이 지나 입궁 허가가 떨어지자마자 나는 배를 깔고 기어서 나아가며 바닥을 핥으라는 명령을 받았다. 이방인인 나를 배려해 바닥을 깨끗이 청소해 둔 터라 먼지 때문에 불쾌하지는 않았다. 그러나 이것은 특별한 은총으로, 입궁을 원하는 사람의 지위가 높지 않고서야 이런 대우를 받지 못했다. 오히려 궁중의 세력가들 중에 입궁 허가를 청한 사람의 적이 있다면 일부러 바닥에 먼지를 깔아 두기도 한다. 나는 어느 귀족이 입에 먼지가 잔뜩 들어가 왕좌와 적당한 거리까지 기어갔을 때는 한 마디도 하지 못한 장면을 본 적이 있다. 해결책은 전혀 없었는데 알현하러 온 사람이 왕 앞에서 침을 뱉거나 입을 닦는 행위는 사형을 받아 마땅한 중죄였다. 내가 도무지 용납할 수 없는 다른 관습도 있다. 왕은 자상하고 관대한 방식으로 귀족을 죽이려고 마음먹을 경우 바닥에 치명적인 성분이 든 갈색 가루를 뿌려 두라고 명령한다. 삼키면 반드시 스물네 시간 안에 죽는 가루다.

그러나 왕의 관용과 신하들의 목숨을 염려하는 마음(이 점에 관해서는 유럽의 군주들이 이 왕을 본받기를 무척 바라는 바이다.)을 공정하게 판단하려면 왕의 명예를 위해 그런 처형이 끝난 후에는 오염된 바닥의 구석구석을 잘 닦으라는 엄명이 떨어졌다는 사실을 언급해야 할 것이다. 혹시 청소 담당 하인들이 일을 소홀히 하면 왕의 분노를 돋울 위험에 처한다. 나는 왕이 어느 시동을 매질하라고 명령하는 소리를 직접 들었는데 그 시동은 집행이 끝난 후 바닥을 깨끗이 닦으라고 통보할 책임이 있었음에도 악의적으로 그 지시를 전달하지 않았다. 그 시동의 직무 태만 때문에 왕을 알현하러 온 전도유망한 젊은 귀족이 불행히도 중독되고 말았다. 당시 왕은 그의 목숨을 빼앗을 생각이 전혀 없었는데 말이다. 그러나 이 선량한 왕은 관대하게도 특별한 지시 없이는 앞으로 그런 행동을 하지 않겠다는 약속을 받고 불쌍한 시종의 벌을 면제해 주었다.

여담은 이쯤에서 그만두고 원래 이야기로 돌아가겠다. 나는 왕좌에서 4미터도 채 떨어지지 않은 곳까지 기어간 후 무릎을 땅에 대고 조심스럽게 몸을 일으킨 다음 이마로 땅을 일곱 번 쳤다. 그리고 전날 밤 배운 대로 '익플링 글로프스롭 스쿠트세럼 블리옵 플란슈날트 즈윈 트놋발크구프 슬리오파드 거들룹 아쉬트.'라고 말했다. 국법에 따라 알현 허락을 받은 사람이면 누구나 바쳐야 하는 찬사였다. 해석하면 '신성한 국왕께서 태양보다 열한 달 반 더 오래 사시길 바랍니다.'일 것이다. 그 말에 왕은 뭐라고 대답했고 나는 알아듣지 못했지만 지시 받은 대로 '플루프트 드린 얄레릭 드울덤 프라스트라드 머플루쉬.'라고 대답했다. 적당히 옮기자면 '내 혀는 내 친구의 입에 있습니다.'라는 뜻으로 통역사를 데려오도록 허락해 달라는 말이었다. 그 말에 내가 앞서 말한 통역사가 들어왔다. 그 사람을 통해 나는 국왕이 한 시간 이상이나 던진 많은 질문에 대답했다. 나는 발니바비 말을 했고 내 통역사가 그 내용을 럭낵 말로 전해주었다.

왕은 나와 함께 보낸 시간을 무척 즐거워했으며 '블리프마클룹', 즉 시종장에게 궁궐에 나와 내 통역사가 머물 곳을 마련하고 매일 식사를 차려 주며 자질구레한 비용을 해결하도록 금화가 든 커다란 지갑을 지급하라고 명령했다.

나는 왕의 뜻을 어김없이 따르고자 이 나라에서 석 달을 머물렀고, 왕은 나를 무척 총애하며 황송하게도 이런저런 제의를 했다. 그러나 나는 여생을 아내와 자녀 곁에서 보내는 것이 더 현명하고 올바른 처사라고 생각했다.

10장

저자가 럭낵 국민들을 칭찬한다. 스트럴드브럭을 자세히 묘사하고 그 주제에 관해 몇몇 저명인사들과 많은 대화를 나눈다.

럭낵 국민은 공손하고 관대한 사람들로 모든 동방 국가의 특색인 자부심이 없지는 않았지만 이방인, 특히 궁중의 후원을 받는 이방인을 정중하게 대했다. 나는 최상류층 사람들을 많이 사귀었고 늘 통역사를 대동했기 때문에 대화도 제법 유쾌했다.

많은 이들과 함께 있던 어느 날, 어느 귀족이 나에게 '스트럴드브럭', 즉 불멸의 인간을 본 적이 있느냐고 물었다. 나는 보지 못했다고 대답했다. 그리고 죽을 운명인 인간에게 그런 명칭을 붙인 까닭이 무엇인지 설명해 달라고 했다. 그 귀족은 매우 드물기는 하지만 가끔 이마 그러니까 왼쪽 눈썹 바로 위에 붉고 둥근 점이 있는 아이가 태어나는데 그 점은 죽지 않는다는 분명한 표시라고 말했다. 그의 설명에 따르면 그 점은 3펜스 은화 크기인데 시간이 흐르면서 커지고 색깔이 변한다. 열두 살에는 녹색이 되어 그 상태를 유지하다가 스물다섯 살이 되면 진한 파란색으로 바뀐다. 마흔다섯 살에는 새까만 색이 되고 영국의 1실링 동전만큼 커진다. 그러나 그 이상 변하지는 않는다. 귀족은 스트럴드브럭이 매우 드물게 태어나므로 남녀를 합해도 나라 전체에 1,100명 이상은 없을 것이고 수도에 50명 정도 있다고 추정되며 그중에 3년 전 태어난 여자아이가 하나 있다고 했다. 이것은 특정한 가문에만 나타나는 현상이 아니라 단순한 우연의 결과로서 스트럴드브럭의 자녀들도 다른 사람들과 똑같이 죽는다고 했다.

나는 이 이야기를 듣고 형언할 수 없는 기쁨을 솔직하게 표현했다. 공교롭게도 그 이야기를 해 준 사람이 내가 무척 잘하는 발니바비 말을 할 줄 아는 터라 어쩌면 과도하다 싶을 만큼 감정을 드러내고 말았다. 나는 무척 기쁜 나머지 탄성을 터뜨렸다. 태어나는 아기마다 불멸의 삶을 살 가능성이 있다니 행복한 나라가 아닌가! 아주 오래된 미덕을 보여 주는 살아 있는 귀감을 얼마든지 만날 수 있고 지나간 모든 시대의 지혜를 가르쳐 줄 스승이 있으니 행복한 국민이 아닌가! 인간이라면 누구나 겪는 불행을 면제받고 태어나 죽음을 끝없이 걱정하며 압박감과 우울함에 시달리지 않고 자유롭게 살 수 있는 그 탁월한 스트럴드브럭이야말로 가장 행복한 존재였다.

궁중에서 이 위대한 인물들을 한 사람도 보지 못했다는 사실이 놀라웠다. 이마에 있는 검은 점은 무척 두드러진 특징이라서 내가 쉽게 놓쳤을 리가 없다. 또 누구보다 신중한 국왕이 그토록 현명하고 능력 있는 조언자들을 대거 등용하지 않을 리도 없다. 그러나 어쩌면 그 존경스러운 현인들의 덕이 너무 순전하여 궁중의 부패하고 방탕한 방식에 걸맞지 않았을지도 모른다. 우리가 종종 경험으로 알게 되듯이 젊은이들은 너무 고집스럽고 변덕스러워서 선배들의 진지한 지적을 따르지 않는다.

그러나 나는 왕을 알현해도 된다는 허락을 받았으므로 다음 알현 시간에 통역사의 도움으로 이 문제 전반에 대한 내 의견을 자유롭게 전하기로 마음먹었다. 그리고 왕이 내 조언을 기꺼이 받아들이든지 그렇게 하지 않든지 상관없이 한 가지 결심을 했다. 지금까지 왕이 나에게 이 나라에 정착하라는 권유를 빈번하게 해 왔으므로 스트럴드브럭이 허락만 해 주면 왕의 요청을 깊은 감사와 더불어 받아들이고 그 탁월한 존재들과 이곳에서 대화를 나누며 여생을 보내겠다는 결심이었다.

내가 그 귀족에게 이 이야기를 털어놓자(내가 앞서 말했듯이) 발니바비 말을 할 줄 아는 그는 대개 무지한 사람들을 애석하게 여길 때 떠오르는 미소를 지었다. 그리고 내가 그 사람들을 만날 기회가 있다면 좋겠다면서 지금 내가 한 말을 그 자리에 있는 사람들에게 설명해 주어도 되겠느냐고 물었다. 자리에 모인 이들은 귀족의 설명을 들은 후 이 나라 말로 잠시 대화를 나누었는데 나는 한 마디도 알아들을 수 없었을 뿐 아니라 내 이야기가 어떤 인상을 주었는지 그들의 표정에서 읽을 수 없었다. 짧은 침묵이 흐른 뒤 그 귀족이 나에게 말했다. 자신과 친구들은 불멸의 존재가 누리는 큰 행복과 이점에 관해 내가 했던 현명한 말이 무척 마음에 든다고 했다. 그리고 내가 스트럴드브럭으로 태어날 운

명이었다면 삶을 어떻게 꾸려 나갔을지 자세히 듣고 싶다고 청했다.

나는 내가 왕이나 장군이나 지체 높은 귀족이었다면 어떻게 했을지 상상하기를 좋아하기 때문에 방대하고 유쾌한 주제에 관해서라면 얼마든지 이야기할 수 있다고 대답했다. 또 이 문제와 관련해서도 영원히 산다면 어떤 일을 하고 시간을 어떻게 보낼지 큰 그림을 자주 그려 보았다고 말했다.

운 좋게도 이 세상에 스트럴드브럭으로 태어났다면 나는 삶과 죽음의 차이를 인식하고 자신의 행복한 운명을 깨달은 순간 우선 모든 기술과 방법을 동원해 부를 얻기로 결심할 것이다. 검소한 생활과 재산 관리로 부를 축적하다 보면 200세 무렵에는 응당 나라에서 가장 부유한 사람이 될 것이다. 둘째로 나는 어릴 때부터 예술과 과학을 열심히 연구할 텐데 그러다 보면 학문에서 모든 이들을 능가하는 수준에 이를 것이다. 마지막으로 사회에 일어난 모든 행위와 중대한 사건을 주의 깊게 기록하고 몇 대에 걸쳐 왕들과 대신들의 면면을 관찰해 그 특징을 공정하게 묘사할 것이다. 관습, 언어, 유행하는 옷, 음식, 오락거리에서 일어난 여러 변화를 정확하게 기록할 것이다. 이렇게 얻은 식견으로 나는 지식과 지혜의 살아 있는 보고가 될 것이며 나랏일에 조언하는 현인이 될 것이다.

60세 이후에는 결혼하지 않겠지만 사람들에게 넉넉히 베풀면서 검소하게 살 것이다. 전도유망한 젊은이들에게 내가 기억과 경험과 관찰로 터득했으며 수많은 실례가 뒷받침하는 교훈을 전할 것이다. 즉 덕을 갖추면 공적인 생활과 사적인 생활에 큰 도움이 된다는 사실을 납득시켜 젊은이들의 생각의 틀을 잡아 주고 지도하며 즐거움을 누릴 것이다. 그러나 내가 끊임없이 어울릴 가장 좋은 친구들은 나와 같은 불멸의 동지들일 것이다. 그리고 그들 중에서 가장 나이가 많은 선배부터 동시대 사람들 중에서 열두 명을 고를 것이다. 그중 재산이 없는 사람이 있다면 내 토지 주변에 편안한 거처를 지어 주고 몇 명과는 늘 한 식탁에서 식사를 하며 평범한 인간들 중에서 가장 고귀한 소수하고만 어울릴 것이다. 살아온 시간만큼 마음이 굳세져 평범한 친구들을 잃게 되어도 거리낌을 거의, 혹은 아예 느끼지 않을 것이고 그들의 후손도 마찬가지 태도로 대할 것이다. 뜰에서 매년 피는 패랭이꽃과 튤립을 감상하면서 작년에 시들어 버린 꽃들을 생각하며 안타까워하지 않듯 말이다.

이 스트럴드브럭들과 나는 시간이 흐르는 동안 관찰하고 기억한 내용을 교환할 것이다. 부정부패가 세상에 은밀히 침투하는 몇 단계에 주목하며 각 단계마다 부정부패에 맞서 인류에게 끊없는 경고와 가르침을 전할 것이다. 거기에 살아 있는 본보기인 우리의 영향력을 더하면 시대마다 으레 지탄을 받아 온 인간 본성의 끝없는 퇴보를 막을 수 있을 것이다.

이뿐만 아니라 크고 작은 나라에서 발생하는 다양한 혁명, 천상과 지상에 일어나는 변화, 폐허가 된 고대 도시, 외딴 마을이 왕의 저택으로 변하는 모습을 즐겁게 지켜볼 것이다. 유명한 강이 줄어 좁은 개울이 되고 어느 해안에서 바다가 물러나 육지가 드러나고 마른땅이 바닷물로 뒤덮이는 과정과 알려지지 않았던 수많은 나라가 발견되는 순간을 지켜볼 것이다. 가장 고상했던 나라에 야만적인 행위가 넘쳐나고 가장 야만적이었던 나라가 문명화되는 모습을 볼 것이다. 나는 경도, 영구 운동, 만병통치약 및 다른 위대한 발명이 시작되고 궁극적으로 완성되는 모습을 볼 것이다.

우리가 예견한 일들이 실현되는 장면을 직접 확인하고, 혜성이 지나갔다가 다시 찾아오는 모습과 태양과 달과 별이 자리를 바꾸는 광경을 보며 놀라운 천문학적 발견을 하게 될 것이다.

나는 이 외에도 영생과 지상에서의 행복을 함께 누리고 싶다는 자연스러운 욕구로 고민하게 될 여러 문제에 관해서도 자세히 설명했다. 내가 이야기를 마치자 그 귀족이 전처럼 내 이야기의 요점을 동석한 이들에게 통역했다. 그들은 럭낵 언어로 한참 이야기를 나누며 나를 소재로 웃음을 터뜨리기도 했다. 마침내 내 이야기를 통역해 준 귀족이 다른 사람들의 바람에 따라 나의 몇 가지 오해를 바로잡아 주겠다면서 그 오해는 우둔한 인간의 본성 때문에 생긴 것이니 책임감을 느끼지 않아도 된다고 말했다.

통역을 맡은 귀족은 스트럴드브럭이라는 종족이 이 나라에만 존재하며 자신이 영예롭게도 왕의 대사로 파견되어 근무한 발니바비나 일본에는 그런 사람이 없었고 그 두 나라 국민들은 이런 존재가 있을 수 있다는 사실을 매우 믿기 어려워했다고 설명했다. 또 처음 그 이야기를 꺼냈을 때 내가 놀라는 모습으로 보아 나 역시 그 이야기를 생소하고 믿기 어려운 것으로 여긴 듯하다고 했다. 귀족은 앞에서 말한 두 나라에서 체류하는 동안 대화를 많이 나누며 장수가 인류의 보편적인 욕망이자 소원임을 알게 되었다. 무덤에 한 발을 들여놓은 사람은 누구나 다른 발을 무덤 밖에 최대한 단단히 버티고 있으려 한다. 아주 오랫동안 산 사람들조차 하루라도 더 오래 살고 싶은 소망을 버리지 못하고 죽음을 가장 사악한 악마로 여기며 피하고자 한다. 스트럴드브럭이라는 존재를 두 눈으로 보는 럭낵 사람들만이 삶에 그렇게 큰 애착을 느끼지 않았다.

그 귀족은 내가 계획한 생활 방식이 터무니없고 부당한 것으로 젊음과 건강과 활력이 영원하다는 전제가 깔려 있기 때문이라고 했다. 비록 상상이라고 해도 그토록 허황된 소망을 품을 만큼 어리석은 사람은 없을 것이라고 했다. 즉 문제는 번영과 건강을 누리며 늘 이팔청춘 같은 모습으로 살고자 애쓰는 방법이 아니라 노년에 흔히 뒤따르는 모든 불편함을 감수하면서 어떻게 영원히 살아갈 것인가였다. 귀족은 그렇게 힘든 상황에서 영원히 살고 싶어 할 사람은 거의 없겠지만 앞에서 말한 발니바비와 일본, 두 나라에서 모두가 죽음을 얼마간이라도 미루고 죽음이 늦게 다가오기를 바라는 모습을 보았다고 했다. 또 극도의 슬픔이나 고통 때문이 아닌 이상 선뜻 죽음을 맞이하려는 사람이 있다는 말은 거의 듣지 못했다는 것이다. 귀족은 내 나라와 내가 여행한 나라도 전반적으로 이와 같은 분위기가 아니냐고 물었다.

그는 이렇게 서두를 뗀 뒤 이 나라의 스트럴드브럭을 자세히 설명했다. 그들은 대개 서른 살이 될 때까지는 보통 사람처럼 살며 그 뒤로는 점차 우울해지고 의기소침해 하다가 80세가 넘으면 증세가 심해진다. 당사자들이 직접 말해 줘서 알게 된 사실이었다. 그렇지 않았다면 스트럴드브럭은 한 시대에 두세 명 이상 존재하지 않았으므로 수가 너무 적어 종합적인 관찰을 할 수 없을 터였다. 그들은 이 나라에서 삶의 막바지로 여기는 80세에 이르면 여느 노인들처럼 어리석고 허약해질 뿐 아니라 절대 죽지 않을 거라는 두려운 생각 때문에 더 많은 결점을 드러낸다.

그들은 독선적이고 짜증을 잘 내고 욕심이 많고 성미가 까다롭고 허영심이 강하고 수다스러운 데다 우정을 나눌 줄 모르고 정상적인 애정이 모두 식어 버려서 그 애정이 손자들 밑으로는 향하지 않는다. 주로 느끼는 감정은 질투와 이룰 수 없는 욕망이다. 그러나 그들이 대개 질투하는 대상은 비행을 저지르는 젊은이와 죽음을 맞이한 노인이다. 이들은 젊은이를 보며 자신이 모든 쾌락에서 차단되었음을 깨닫는다. 또 장례식을 볼 때마다 자신은 결코 들어가리라 꿈꿀 수 없는 안식처로 떠나 버린 사람들 때문에 통탄한다.

청년기와 중년기에 보고 배운 것 말고는 전혀 기억하지 못하며 그 기억도 매우 불완전하다. 그래서 어떤 내용의 사실 여부나 세부 사항을 알고 싶다면 그들이 그나마 생생하다고 말하는 기억보다는 일반적인 관습에 의지하는 편이 안전하다. 그들 중 가장 불행하지 않은 사람은 노망이 나서 기억을 깡그리 잃어버린 사람일 것이다. 그런 사람은 다른 스트럴드브럭에게 두드러지는 여러 고약한 성질이 없어서 동정과 도움을 더 많이 받기 때문이다.

스트럴드브럭끼리 결혼한다면 관습법에 따라 더 젊은 쪽이 80세가 되자마자 결혼 관계에서 해방된다. 본인의 잘못이 아닌데 세상을 영원히 살아갈 운명에 처한 사람들이 아내라는 짐 때문에 두 배로 불행해지도록 내버려 두어서는 안 된다는 것이 법이 생각하는 타당한 관용이기 때문이었다.

스트럴드브럭은 80세가 지나면 법적으로는 죽은 존재다. 재산은 즉시 상속자에게 넘어가고 생계유지에 필요한 적은 생활비만 남겨진다. 가난한 이들은 국가 기금으로 생활한다. 80세 이후에는 수입이 생기는 일자리를 얻을 수 없다. 땅을 사거나 임대 계약을 할 수 없으며 민사와 형사를 불문하고 어떤 소송에서도, 심지어는 토지 경계를 정하는 문제에서도 증인이 될 수 없다.

90세가 되면 이와 머리카락이 빠진다. 그 나이에는 맛을 구별할 수 없고 식욕을 느끼지 못해 구할 수 있는 아무 음식이나 먹고 마신다. 앓던 질병이 심해지거나 낫지 않고 그대로 지속된다. 말할 때는 사물의 일반적인 명칭과 사람들의 이름, 심지어 가장 가까운 친구와 친척의 이름까지도 잊어버리기 일쑤다. 같은 이유로 독서에서도 즐거움을 찾지 못하는데 문장이 시작될 때부터 끝날 때까지 기억력이 버텨 주지 못하기 때문이다. 이 결함만 아니었다면 누릴 수 있었을 유일한 낙까지도 빼앗기고 마는 것이다.

이 나라의 언어는 끊임없이 변화하므로 한 세대의 스트럴드브럭은 다른 세대의 말을 이해하지 못한다. 200세가 넘으면 이웃에 사는 보통 사람들과(일상적인 말 몇 마디를 제외한) 대화를 전혀 할 수가 없다. 때문에 고국에서 이방인처럼 사는 불편을 겪어야 한다.

스트럴드브럭에 대한 설명 중 내가 기억해 낼 수 있는 내용은 이 정도다. 나중에 나는 연령대가 다양한 스트럴드브럭 대여섯 명을 만났는데 친구들이 나에게 몇 번 데려온 최연소자는 200세가 되지 않은 사람이었다. 그들은 내가 훌륭한 여행가이며 온 세상을 구경했다는 이야기를 들어도 흥미를 전혀 보이지 않고 질문 하나 하지 않았다. 그저 '슬럼스쿠다스크', 즉 기념물을 달라는 말만 할 따름이었다. 그것은 아주 적은 금액이나마 국가의 지원을 받고 있는 터라 구걸을 엄금하는 법을 피하려고 점잖게 동냥할 때 쓰는 표현이었다.

온갖 사람들이 그들을 멸시하고 미워한다. 스트럴드브럭이 한 명 태어나면 불길한 징조로 여기고 그 출생을 매우 상세히 기록한다. 기록부를 참고해 나이를 알기 위해서지만 그 기록은 천 년 이상 보관된 적이 없으며 세월이 흐르거나 사회적인 소동이 일어나 훼손되기도 했다. 그러나 그들의 나이를 계산하는 일반적인 방법은 기억할 수 있는 왕이나 위인들의 이름을 묻고 역사를 찾아보는 것이다. 스트럴드브럭의 머릿속에 남은 마지막 왕은 분명 그가 80세가 되기 전에 즉위했을 것이다.

그들의 모습은 내가 본 어떤 광경보다도 처참했다. 남자보다 여자가 더 끔찍했다. 나이를 지나치게 많이 먹으면 신체적 변형이 나타나기 마련이지만 이들은 그 정도에 그치지 않고 나이가 많아질수록 섬뜩하게 변했는데 어떤 모습인지는 설명하지 않겠다. 내가 만난 스트럴드브럭 대여섯 명 중 누가 가장 나이가 많은지 쉽게 구별할 수 있었다. 서로의 나이 차이가 100세에서 200세를 넘지 않았는데도 말이다.

이렇게 듣고 본 것으로 인해 영생에 대한 내 강렬한 욕망이 상당히 줄었다는 사실을 독자는 쉽게 믿을 수 있을 것이다. 내가 했던 유쾌한 상상이 진심으로 부끄러웠다. 그리고 그런 삶을 사느니 폭군이 내리는 사형도 기쁘게 받아들이겠다고 생각했다. 왕은 나와 친구들이 이 문제로 나눈 대화를 모두 전해 듣고 신이 나서 나를 놀려 댔다. 왕은 우리 나라 사람들이 죽음에 대한 공포에 맞서도록 영국으로 스트럴드브럭 한 쌍을 보내면 어떻겠느냐고 제안했다. 물론 그것은 그 나라의 기본법으로 금지된 사항이었다. 그렇지 않았다면 나는 스트럴드브럭을 데려가는 데 드는 수고와 비용을 아끼지 않았을 것이다.

　나는 스트럴드브럭과 관련된 이 나라의 법이 더없는 합리성에 근거한 것이며 어떤 나라든 비슷한 상황이라면 그런 법을 제정했으리라는 점을 수긍하지 않을 수 없었다. 이 법이 없다면 그 불멸의 인간들은 노령에 반드시 뒤따르기 마련인 탐욕으로 곧 나라 전체를 소유하고 사회적 권력을 독차지할 것이다. 그리고 운영 능력이 부족한 탓에 결국 사회를 파멸로 몰고 갔을 것이다.

11장

저자는 럭낵을 떠나 일본으로 간다. 그곳에서 네덜란드 배를 타고 암스
테르담에 들렀다가 영국으로 돌아간다.

이 스트럴드브럭의 이야기가 독자를 제법 즐겁게 해 주었으
리라 생각하는데 흔한 현상이 아니기 때문이다. 적어도 그동안
접한 어느 여행기에서든 이와 비슷한 이야기를 읽은 기억이 없
다. 그리고 설령 내가 착각했더라도 이렇게 변명하고 싶다. 같
은 나라를 묘사하는 여행가들이 동일한 정보를 이야기하다 보면
내용이 겹치기 마련이므로 먼저 여행기를 쓴 작가들의 글을 모
방하거나 베꼈다는 비난을 받을 이유는 없다고 말이다.

실제로 럭낵과 일본 제국 사이에는 교역이 끊이지 않았으므
로 일본 작가들이 스트럴드브럭에 관해 쓴 글이 있을 가능성이
높다. 그러나 내 일본 체류 기간은 무척 짧았고 나는 일본어를

아예 모르기 때문에 그런 글이 있는지 물어볼 수 없었다. 다만 네덜란드 사람들이 이 공지를 읽고 호기심을 느껴 내 부족한 점을 보완해 준다면 좋겠다.

럭낵의 왕은 나에게 궁중에 자리를 마련해 줄 테니 맡아 달라고 몇 번이나 이야기했지만 내가 고국으로 돌아가기로 굳게 결심했다는 사실을 알고는 기꺼이 떠날 허락을 내려 주었다. 그리고 황송하게도 일본의 왕에게 보내는 추천서를 직접 써 주었다. 게다가 커다란 금덩어리 444개와 붉은 다이아몬드 한 개를 선물로 주었다. 그 다이아몬드는 영국에서 1,100파운드에 팔렸다.

1709년 5월 6일, 나는 왕과 다른 친구들에게 엄숙하게 작별을 고했다. 왕은 관대하게도 경비병 하나에게 나를 글랑구엔스탈드까지 안내하라고 명령했는데 그곳은 섬 남서쪽에 있는 항구였다. 엿새 후에 나는 일본으로 데려다 줄 배를 찾아내고 15일 동안 항해했다. 우리는 일본의 남동부에 위치한 사모시라는 작은 항구 도시에 상륙했다. 그 도시는 좁은 해협의 서쪽에 있었고 그 해협을 따라 북쪽으로 만이 길게 뻗어 있었으며 그 만은 수도인 에도(*오늘날의 도쿄.)의 남서부로 이어졌다. 나는 상륙하며 세관원들에게 럭낵의 국왕이 일본의 왕 앞으로 써 준 추천장을 보였다. 세관들은 그 인장을 아주 잘 알고 있었다. 내 손바닥만큼이나 넓적한 인장이었다. 인장에는 '절름발이 거지를 땅에서 일으켜 세우는 왕'이라고 새겨져 있었다.

그 도시의 행정 관리들은 내가 추천장을 가지고 왔다는 소식을 듣고 내가 공적인 임무로 온 대신이라도 되는 듯 맞이했다. 나에게 마차와 하인을 붙여 주고 에도까지 가는 비용을 대 주었다. 에도에 도착한 나는 알현을 허락받고 추천장을 전달했다. 추천장은 성대한 예식과 함께 개봉되었고 그 내용은 통역관을 통해 왕에게 전달되었다. 통역관은 다시 나에게 왕이 지시한 내용을 설명해 주었다. 요청이 있으면 이야기하고 그 요청이 무엇이든 형제와 같은 럭낵의 국왕을 위해 들어주겠다는 내용이었다. 이 통역관은 네덜란드 사람과 교섭하기 위해 고용된 사람이었다. 그는 내 얼굴을 보자 유럽 인임을 금세 파악하고는 왕의 명령을 네덜란드 어로 통역해 주었는데 그의 네덜란드 어는 흠잡을 데가 없었다.

나는(미리 계획한 대로) 내가 네덜란드 상인인데 매우 먼 나라에서 난파를 당했고 그곳에서부터 바다와 육지를 거쳐 럭낵에 갔다가 내 동포들이 일본과 활발히 교역한다는 사실을 알고 배를 타고 일본까지 왔으며 동포들과 함께 유럽으로 돌아갈 기회가 생기면 좋겠다고 대답했다. 그러기 위해서 나를 낭가삭(*오늘날의 나가사키.)으로 안전하게 인도하도록 지시를 내려 주면 더없는 은혜로 알겠다고 말했다. 이 외에 한 가지를 더 간청하며 내가 이 나라에 무역을 하러 온 것이 아니라 재난을 당해 왔으므로 후원자인 럭낵의 국왕을 보아서라도 네덜란드 인이 치러야 하는 십자가를 짓밟는 의식을 면제받는 은총을 내려 달라고 요청했다. 왕은 통역을 통해 이 마지막 간청을 전달받고 약간 놀란 눈치였다. 그는 네덜란드 사람 중에서 이런 거리낌을 표현한 이는 내가 처음이라고 말했다. 그리고 내가 정말 네덜란드 인인지 의심스러우며 기독교인이라는 생각이 든다고 했다. 그러나 내가 내세운 이유도 그럴듯하거니와 그보다는 럭낵 국왕의 심기를 불편하게 만들고 싶지 않으므로 이례적인 은총을 베풀어 내 특이한 농담을 받아주겠다고 했다. 그러나 일을 민첩하게 진행해야 하며 관리들에게는 그 의식을 깜빡 잊은 것처럼 나를 통과시키라는 명령을 내리겠다는 것이었다. 왜냐하면 이 비밀이 다른 네덜란드 인들에게 발각될 경우 그들이 항해 중에 내 목을 자르고 말 것이기 때문이었다. 나는 통역관을 통해 이토록 드문 은총을 베풀어 준 왕에게 감사를 전했다. 마침 일부 부대가 낭가삭으로 행군할 예정이어서 왕은 부대장에게 나를 그곳까지 안전하게 인도하라고 명령했다. 그리고 십자가 의식과 관련해서 몇 가지 상세한 지시를 내렸다.

1709년 6월 9일, 아주 길고 괴로운 여정 끝에 낭가삭에 도착했다. 나는 곧 450톤급 대형 선박인 암스테르담 소속 암보이나 호의 네덜란드 선원들과 안면을 트게 되었다. 나는 레이덴에서 공부하느라 네덜란드에서 오래 머물렀고 네덜란드 말에 능숙했다. 선원들은 곧 내가 마지막으로 들른 곳이 어디인지 알게 되었다. 내 여행과 인생 여정에 호기심을 느끼며 질문을 했다. 나는 짧고 그럴듯한 이야기를 꾸며내되 가장 중요한 부분은 비밀로 했다.

나는 네덜란드에 아는 사람이 많았다. 부모의 이름을 꾸며 내 헬데를란트(*네덜란드 중동부에 있는 주.) 지방에 사는 이름 없는 사람들이라고 둘러댔다. 선장(이름은 테오도루스 방그룰트였다.)이 부르는 값만큼 네덜란드까지의 뱃삯을 낼 생각이었다. 그러나 선장은 내가 의사라는 사실을 알게 되자 일반적인 뱃삯의 절반만 내고 대신 항해 중에 의사로서 책임을 다해 달라고 제안했다. 승선하기 전에 나는 몇몇 선원들로부터 앞에서 말한 십자가 의식을 치렀느냐는 질문을 여러 번 받았다. 나는 모든 점에서 왕과 궁중을 만족시켰다고 얼버무리며 질문을 회피했다. 심술궂은 사환 하나가 나를 가리키며 십자가를 짓밟는 의식을 치르지 않았다고 장교에게 말했다. 그러나 이미 나를 통과시키라는 지시를 받은 그 장교는 대나무로 그 악동의 어깨를 스무 번 내리쳤다. 그 뒤로는 그런 질문에 시달리는 일이 없었다.

이 항해에서 특별히 이야기할 만한 일은 일어나지 않았다. 우리는 순풍을 타고 희망봉으로 가서 신선한 물을 구한 후 금세 떠났다. 4월 6일에는 암스테르담에 안전하게 도착했다. 선원 셋은 항해 중에 병에 걸려 죽었고 한 명은 기니아 해안에서 그다지 멀지 않은 지점에 이르렀을 때 앞돛대에서 바다로 떨어지고 말았다. 나는 얼마 지나지 않아 암스테르담 소속의 작은 배를 타고 영국으로 출항했다.

1710년 4월 10일, 우리는 다운스 항에 도착했다. 나는 다음 날 아침 상륙해 무려 5년 6개월 만에 고국 땅을 다시 보게 되었다. 레드리프로 직행해 같은 날 오후 두 시에 집에 도착했는데 아내와 자녀들은 모두 건강했다.

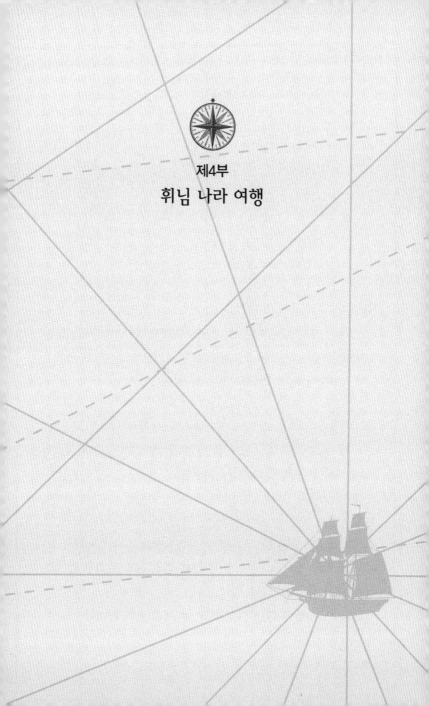

제4부

휘님 나라 여행

1장

저자는 선장이 되어 출항한다. 선원들이 반란을 일으켜 저자를 선실에 오랫동안 감금하다가 이름 모를 땅에 놓아준다. 저자는 그 나라를 돌아다닌다. 기묘한 동물인 야후를 묘사한다. 휘넘 둘을 만난다.

나는 아내와 아이들 곁에 머물며 매우 행복하게 다섯 달을 보냈다. 그게 행복인 줄 알고 정신을 차렸다면 좋았을 것이다. 그러나 나는 임신해서 배가 부른 가여운 아내를 두고 350톤급의 대형 상선인 어드벤처호의 선장이 되어 달라는 유리한 제의를 받아들이고 말았다. 내가 항해술을 잘 알았기 때문에 들어온 제의였다. 나는 가끔 환자를 볼 수는 있겠지만 바다에서 의사 노릇을 하기가 지겨워서 로버트 퓨어포이라는 젊고 뛰어난 의사를 배에 태웠다.

우리는 1710년 9월 7일에 포츠머스에서 출발해 14일에는 테나리프에서 브리스톨 출신인 포콕 선장을 만났다. 그는 로그우드(*콩과의 작은 교목으로 천연 염색이나 의료용 수렴제에 쓰인다.)를 베러 캄페체 만(*멕시코 만 남서쪽에 있는 만.)으로 가는 중이었다. 9월 16일에 폭풍이 일어 우리는 포콕 선장과 헤어졌다. 귀국길에 들기로 그의 배가 물에 잠겨 가라앉았고 사환 하나만 탈출했다고 한다. 그는 정직한 남자이고 훌륭한 뱃사람이었지만 자기 생각을 과신하는 경향이 있었다. 몇몇 사람이 그러듯이 그 때문에 파멸에 이르렀다. 그가 내 조언을 따랐다면 지금쯤 나처럼 건강한 모습으로 집으로 돌아가 가족 곁에 있었을 것이다.

선원 몇 명이 열대성 열병에 걸려 배에서 죽은 탓에 어쩔 수 없이 바베이도스와 리워드 제도에서 새 선원을 뽑아야 했다. 나를 선장으로 고용한 상인들의 지시에 따라 그곳으로 간 것인데 곧 몹시 후회하게 되었다. 나중에 그 상인들 대부분이 해적이었음을 깨달았기 때문이다. 승선한 선원은 50명이었다. 나는 남태평양의 인디언들과 거래하며 가능한 새로운 교역로를 개척하라는 지시를 받았다. 내가 뽑은 악당들은 다른 선원들을 꾀어 다함께 배를 강탈하고 나를 사로잡자는 음모를 꾸몄다.

그들은 어느 날 아침 그 계획을 실행에 옮겼다. 내 선실로 들이닥쳤고 내 손발을 묶더니 움직이면 바다로 던져 버리겠다고 위협했다. 나는 포로의 몸이 되었으니 순순히 따르겠다고 말했다. 그들은 나에게 맹세까지 받아 낸 다음에야 결박을 풀었고 사슬로 다리 한쪽을 침대에 묶었다. 그리고 장전한 총을 든 감시꾼을 선실 입구에 세우고 달아날 낌새가 보이면 쏘아 죽이라고 지시했다. 그들은 나에게 먹을 것과 마실 것을 내려 보내고 배를 장악했다. 해적이 되어 스페인 사람들을 약탈하려는 계획이었는데 사람을 더 모을 때까지는 불가능한 일이었다. 우선 그들은 배에 실린 물건을 팔고 마다가스카르로 가서 선원을 더 모집하기로 했다. 나를 감금한 후 몇 사람이 또 죽었기 때문이었다. 선원들은 몇 주에 걸쳐 항해하며 인디언들과 교역을 했다. 그러나 나는 어떤 항로로 가는지 알지 못한 채 선실에만 갇혀 지냈고 선원들이 가끔 협박한 것처럼 살해당할지도 모른다는 생각밖에 할 수 없었다.

1711년 5월 9일, 제임스 웰치라는 사람이 내 선실로 내려왔다. 나를 해변에 내려 주라는 선장의 지시를 받았다고 했다. 그를 타일러 보았지만 소용이 없었다. 누가 새 선장이 되었는지도 말해 주려 하지 않았다. 선원들은 나에게 새것이나 다름없는 가장 좋은 옷을 입히고 작은 속옷 꾸러미를 준 다음 강제로 대형 보트에 태웠다. 내게 주어진 무기는 단검뿐이었다. 그들이 내 주머니를 뒤지지 않을 정도의 예의는 차렸기에 나는 지니고 있던 돈과 기타 생필품을 조금 가져올 수 있었다.

선원들은 4킬로미터쯤 노를 젓다가 어느 물가에 나를 내려 주었다. 나는 이곳이 어느 나라인지 알려 달라고 했다. 선원들도 다들 모르기는 마찬가지라고 맹세하며 선장(그들의 표현이었다.)이 화물을 팔고 나면 가장 먼저 보이는 땅에 나를 내려놓기로 결정했다고 말했다. 선원들은 밀물에 잠길지도 모르니 서두르라고 충고하면서 즉시 배를 해안에서 떨어뜨리며 작별 인사를 했다.

나는 이렇게 비참한 꼴로 앞을 향해 걸어가다가 곧 단단한 땅에 이르렀다. 둑에 앉아 쉬면서 무엇이 최선의 대책일지 고민했다. 기운이 좀 회복되면 이 나라 안으로 들어가 처음 만나는 야만인에게 몸을 의탁하고 내 목숨 값으로 팔찌와 유리 반지와 다른 노리개를 주기로 마음먹었다. 선원들은 항해를 할 때 대개 그런 물건을 가지고 다녔고 나도 조금 지니고 있었다. 땅은 길게 늘어선 나무들로 경계를 이루고 있었는데 나무들은 일부러 줄을 맞춰 심은 것이 아니라 저절로 그렇게 자란 것 같았다. 풀밭이 넓게 펼쳐졌고 귀리밭도 곳곳에 보였다. 나는 급습을 당하거나 뒤에서 날아온 화살에 맞거나 그 두 가지 봉변을 모두 당할까 봐 매우 조심스럽게 걸었다.

발에 밟혀 단단하게 다져진 길에 들어서게 되었다. 그곳에서 사람 발자국을 많이 발견했고 소 발자국도 좀 보았지만 말 발자국이 가장 많았다. 마침내 들판에 있는 몇 마리의 짐승을 발견했다. 그리고 같은 짐승 한두 마리가 나무에 앉아 있었다. 무척 독특하고 흉측한 모습을 보고 심란해진 나는 짐승들을 좀 더 자세히 관찰하려고 덤불 뒤에 엎드렸다.

내가 엎드린 곳 근처로 몇 마리가 다가온 덕분에 생김새를 분명히 살펴볼 수 있었다. 머리와 가슴은 곱슬곱슬한 털이나 곧고 굵은 털로 뒤덮여 있었다. 염소처럼 수염이 자랐고 등줄기, 다리와 발 앞부분에 긴 털이 돋아 있었다. 그러나 몸의 나머지 부분에는 털이 없어서 피부가 뚜렷이 보였는데 황갈색이었다. 꼬리는 없었고 항문 주위를 빼면 엉덩이에도 털이 전혀 없었다. 항문 주위의 털은 땅에 앉을 때 몸을 보호하라고 자연이 준 것 같앉다. 이 짐승들은 앉거나 누워 있었고 뒷발로 서 있을 때도 많았다. 앞발과 뒷발에서 길게 튀어나온 강하고 뾰족한 갈고리 모양의 발톱을 이용해 다람쥐처럼 재빨리 높은 나무에 올랐다. 가끔 폴짝 뛰거나 껑충껑충 달리거나 민첩하게 도약하곤 했다. 암컷은 수컷보다 작았다. 머리에는 길고 곧은 털이 났고 항문과 외음부 주변을 뺀 나머지 부분은 솜털 같은 것으로 뒤덮여 있었다. 앞발 사이로 늘어진 젖가슴은 걸음을 옮길 때마다 땅에 닿을 듯 말 듯했다. 암컷과 수컷의 머리털은 갈색, 빨간색, 검은색, 노란색 등이었다.

전반적으로 수많은 여행을 하면서도 이렇게 기분 나쁜 동물을 보기는 처음이었고 이토록 강한 혐오감이 저절로 치미는 대상도 처음이었다. 나는 이 정도 관찰했으면 충분하다고 생각했고 경멸감과 혐오감에 사로잡혀 몸을 일으켰다. 그리고 발에 밟혀 다져진 길을 따라 걸으며 원주민의 오두막으로 이어지기를 빌었다. 멀리 가지도 못했는데 그 짐승들 중 한 마리가 내 앞에 떡 나타나더니 똑바로 다가왔다. 그 보기 흉한 짐승은 나를 발견하자 얼굴 여기저기를 일그러뜨리며 처음 보는 물건인 듯 나를 바라보았다. 곧 앞발을 들고 더 가까이 다가왔는데 호기심인지 못된 짓을 하려고 그러는 것인지 알 수 없었다.

나는 칼을 뽑아 칼등으로 짐승을 힘껏 때렸다. 칼날을 들이댈 수는 없었다. 이곳 주민들이 내가 그들의 가축을 죽이거나 상처 입혔다는 사실을 알고 화를 낼까 봐 두려웠기 때문이다. 그 짐승은 통증을 느끼고 물러나 크게 울부짖었다. 근처 들판에서 같은 짐승이 줄잡아 마흔 마리쯤 나타나 나를 둘러싸고는 역겨운 얼굴로 으르렁거렸다. 나는 나무로 달려가 등을 기대고 짐승들이 가까이 오지 못하도록 칼을 휘둘렀다. 이 괘씸한 짐승들 몇 마리가 뒤쪽의 가지를 붙잡고 나무 위로 뛰어오르더니 내 머리 위로 배설물을 떨어뜨리기 시작했다. 나는 나무줄기에 몸을 바짝 붙이고 제법 잘 피했지만 사방에 떨어진 오물의 냄새 때문에 숨이 막히기 직전이었다.

이런 고통을 겪던 중 갑자기 짐승들이 온 힘을 다해 달아나는 모습이 보였다. 나도 과감히 나무를 떠나 짐승들이 무엇 때문에 그렇게 놀랐을까 궁금해 하며 길을 따라갔다. 그런데 왼편으로 들판을 유유히 거니는 말이 보였다. 나를 괴롭히던 짐승들이 그 말을 발견하고 달아난 모양이었다. 나에게 가까이 다가온 말은 조금 놀란 눈치였지만 금세 침착함을 회복했다. 그리고 신기하다는 표정으로 내 얼굴을 똑바로 바라보았다. 말은 내 주위를 몇 바퀴 돌며 내 손과 발을 살폈다.

나는 가던 길을 가려고 했지만 말이 정면으로 앞길을 막고 있었다. 그러나 난폭한 기색은 전혀 없었고 매우 온화한 표정이었다. 우리는 잠시 서로를 응시하며 그렇게 서 있었다. 마침내 내가 용기를 내서 말의 목을 쓰다듬으려고 손을 뻗었다. 기수들이 낯선 말을 다룰 때 흔히 그러듯 휘파람도 불었다. 그러나 이 동물은 내 인사에 모멸감을 느낀 듯 고개를 흔들고 이맛살을 찌푸렸다. 그리고 내 손을 치우려고 왼쪽 앞발을 살며시 들어 올렸다. 그런 다음 서너 번 힘차게 울었다. 그런데 억양이 무척 색달라서 나는 말이 자기만의 언어로 혼잣말을 하고 있다고 생각할 뻔했다.

말과 내가 이런 상태로 있는 동안 다른 말이 다가왔다. 그 말은 상당한 격식을 갖추고 첫 번째 말을 대했다. 두 말은 오른쪽 앞발굽을 가볍게 두드리고 다양한 소리로 번갈아 몇 차례 울었는데 꼭 대화를 나누는 것처럼 보였다. 말들은 상의라도 하려는 듯 몇 발자국 떨어져서는 중대한 문제로 심사숙고하는 사람들처럼 어깨를 나란히 하고 앞뒤로 왔다 갔다 했다. 그리고 내가 달아나지 않도록 감시하는 모양인지 가끔 내가 있는 쪽으로 눈길을 돌렸다.

나는 사람이 아닌 짐승에게서 그런 행동을 보고 무척 놀랐다. 그리고 이 나라 주민들이 이와 비례하는 이성을 갖추었다면 분명 지상에서 가장 현명한 사람들일 거라고 결론을 내렸다. 그렇게 생각하니 마음이 무척 편안해졌다. 그래서 말 두 마리가 실컷 대화를 나누도록 내버려 두고 인가나 마을을 발견하거나 원주민과 마주칠 때까지 계속 걸어가 보기로 했다. 그러나 회색 바탕에 얼룩무늬가 있는 첫 번째 말이 내가 슬그머니 자리를 뜨는 모습을 보고는 의미심장한 음색으로 나를 향해 울부짖었다. 회색 말이 무슨 말을 하려는지 알 것 같았다. 나는 등을 돌리고 그 말이 뭔가 더 전하고 싶은 뜻이 있으리라 생각해 가까이 다가갔다. 그러나 두려움은 가능한 내색하지 않았다. 이 모험이 어떻게 끝날지 몰라 괴로워지기 시작했다. 당시 내가 처한 상황이 썩 달갑지 않았으리란 사실을 독자는 쉽게 짐작할 수 있을 것이다.

두 말은 내 얼굴과 손을 무척 진지하게 바라보며 가까이 다가왔다. 회색 말이 오른쪽 앞발굽으로 내 모자를 여기저기 문

질렀다. 모자가 구겨지는 바람에 나는 모자를 벗어 매만진 다음 머리에 제대로 얹어야 했다. 회색 말과 다른 말(황갈색이었다.)은 무척 놀란 기색이었다. 황갈색 말은 내 외투 자락을 만져 본 후 외투가 내 몸을 헐렁하게 두르고 있다는 사실을 발견했고 두 말 모두 다시 한 번 놀랍다는 표정을 지었다. 황갈색 말은 부드러움과 색깔에 감탄한 듯 내 오른손을 쓰다듬었다. 그러나 발굽과 발목으로 내 손을 너무 세게 쥔 탓에 나는 소리를 지르지 않을 수 없었다. 그 뒤로 두 말은 나를 최대한 부드럽게 만졌다. 말들은 내 신발과 양말에 무척 당황하여 몇 번이고 건드려 보고 서로를 향해 울며 다양한 몸짓을 주고받았다. 마치 철학자가 새로 나타난 어려운 현상을 해석하려 애쓰는 것 같았다.

이 동물들의 전반적인 행동이 무척 단정하고 이성적인 데다 예리하고 신중해서 나는 결국 이 말들이 마법사가 틀림없다고 결론지었다. 어떤 계획 때문에 모습을 바꾸었으며 길에 나타난 이방인을 보자 그를 상대로 기분 전환이나 하기로 결심한 마법사인 것이다. 아니면 이토록 먼 지방의 주민들과 옷차림 및 생김새가 매우 다른 사람을 보고 진심으로 놀란 것일지도 몰랐다. 나는 이러한 추론에 힘입어 다음과 같이 대담하게 이야기했다.

여러분, 제가 나름의 추론을 통해 믿게 되었듯이 여러분이 마법사라면 어느 나라의 언어든지 이해할 수 있을 것입니다. 그래서 감히 두 분께 알려 드리건대 저는 불행에 떠밀려 이 나라의 해안에 이른 가엾고 딱한 영국인입니다. 여러분 중 한 분이 진짜 말인 셈치고 제가 한숨 돌릴 수 있는 인가나 마을로 태워다 주십시오. 그 은혜에 대한 보답으로 이 칼과 팔찌를 선물로 드리겠습니다.

    나는 주머니에서 팔찌를 꺼냈다. 두 짐승은 내가 말을 하는 동안 조용히 서 있었는데 내 말을 주의 깊게 듣는 것 같았다. 내가 이야기를 마치자 말들은 진지한 대화를 나누는 듯이 서로를 향해 수시로 울어 댔다. 말들의 언어에는 감정이 매우 잘 나타나 있었으며 그 단어를 분석해 문자로 옮기기가 중국어보다 쉬우리란 사실을 나는 분명히 알 수 있었다.

    두 말이 여러 번 반복하는 '야후'라는 단어가 자주 귀에 들어왔다. 무슨 뜻인지 추측할 수는 없었지만 두 마리 말이 정신없이 대화하는 동안 나는 그 단어를 내 입으로 발음하려고 연습해 보았다. 말들이 조용해지자마자 나는 말들의 울음소리를 최대한 비슷하게 흉내 내며 큰 목소리로 대담하게 '야후'라고 발음했다. 두 마리 모두 놀란 기색이 역력했다. 회색 말은 정확한 억양을 가르쳐 주려는 듯 그 단어를 두 번 반복해 발음했다. 나는 할 수 있는 한 비슷하게 그 말을 따라 했고 완벽과는 거리가 멀었지만 발음할 때마다 두드러지게 향상된다는 느낌이 들었다. 그 후에는 황갈색 말이 발음하기 훨씬 어려운 다른 단어를 가르쳐 주었다. 영어로 옮기자면 '휘님' 정도가 될 것이다. 먼젓번 단어처럼 잘 발음하지는 못했지만 두세 번 더 연습한 후에는 조금 나아졌다. 두 마리의 말 모두 내 능력에 놀란 표정이었다.

    두 친구는 당시 내가 추측하기로 나에 관해 좀 더 대화를 한 후 아까처럼 서로의 발굽을 두드리며 작별 인사를 나누었다. 회색 말이 나에게 앞장서서 걸으라는 신호를 보냈다. 나는 더 나은 길잡이를 찾을 때까지 순순히 따르는 게 좋겠다고 생각했다. 내가 속도를 늦추자고 하면 회색 말은 '훈, 훈.' 하고 소리치곤 했다. 나는 말의 의도를 짐작하고 내가 지쳤으며 더 빨리 걸을 수 없다는 사실을 능력껏 알려 주었다. 그러면 회색 말은 내가 쉴 수 있도록 잠시 제자리에 서곤 했다.

2장

저자는 휘님의 집으로 따라간다. 집을 묘사한다. 저자가 받은 대접과 휘님의 음식을 설명한다. 고기 부족으로 겪었던 고통에서 마침내 벗어난다. 그 나라에서 음식을 섭취한 방식을 이야기한다.

5킬로미터쯤 걸으니 목재를 땅에 박고 윗가지를 엮어 만든 긴 건물 같은 곳에 도착했다. 지붕은 낮았고 짚으로 덮여 있었다. 드디어 마음이 좀 놓였다. 여행자들이 야만적인 아메리카 인디언들에게 줄 선물로 가지고 다니는 노리개들을 꺼냈다. 이것을 주면 이 집에 사는 사람들이 나를 친절하게 맞이하지 않을까 싶어서였다. 말은 나에게 먼저 들어가라는 몸짓을 했다. 바닥에 매끄러운 진흙이 깔린 커다란 방이었는데 한쪽에는 선반 겸 여물통이 쭉 뻗어 있었다. 조랑말 세 마리와 암말 두 마리가 있었는데 여물을 먹는 중은 아니었다. 그중 엉덩이를 바닥에 붙이고 앉은 말들이 있어 무척 놀라웠다. 그러나 나머지 말들이 집 안일을 하는 모습을 보자 놀라움은 더욱 커졌다.

그 말들은 평범한 가축처럼 보였다. 덕분에 처음에 했던 생각, 즉 억센 짐승을 이 정도까지 계몽할 수 있는 사람들이라면 세상의 그 어떤 민족보다 지혜가 뛰어나리라는 예상에 확신이 생겼다. 회색 말은 곧바로 뒤따라 들어와 다른 말들이 혹시라도 내게 해코지를 하지 않도록 막아 주었다. 회색 말은 권위 있는 모습으로 다른 말들에게 몇 차례 울어 댔고 말들이 대답했다.

이 방 너머에 다른 방 세 개가 건물 끝을 향해 길게 뻗어 있었다. 끝으로 가려면 서로 마주보며 일직선으로 이어진 문 세 개를 지나가야 했다. 우리는 두 번째 방을 지나 세 번째 방 앞으로 갔다. 회색 말은 나에게 기다리라는 몸짓을 하고 먼저 들어갔다. 나는 두 번째 방에서 기다리는 동안 이 집의 주인들에게 줄 선물을 준비했다. 단검 두 개, 모조 진주로 만든 팔찌 세 개, 작은 거울과 구슬 목걸이가 한 개씩이었다. 말이 서너 번 히히힝 울어 댔다. 나는 대답하는 인간의 목소리를 기다렸지만 회색 말보다 더 날카로운 말 울음소리가 한두 번 들릴 뿐 다른 대답은 없었다. 주인을 만나기 전에 이토록 거창한 의식을 치르는 점으로 보아 여기가 지체 높은 사람의 집이라는 생각이 들기 시작했다. 그러나 말들의 시중만 받는 귀족이라니 나로서는 도무지 이해하기 어려웠다.

괴로움과 불행으로 내 머리가 잘못되지는 않았는지 겁이 났다. 나는 정신을 차리고 혼자 남겨진 방을 둘러보았다. 가구는 첫 번째 방과 같았지만 분위기가 좀 더 우아했다. 몇 번이고 눈을 비볐지만 눈앞의 물건들은 사라지지 않고 그대로였다. 혹시 꿈이라면 잠에서 깨기 위해 팔과 옆구리를 꼬집었다. 결국 나는 이 모든 광경이 마법이자 요술이라고 단정 지었다. 그러나 그런 생각에 골몰할 겨를이 없었다. 회색 말이 문으로 다가와 세 번째 방으로 들어오라는 몸짓을 했기 때문이었다. 그곳에서 나는 매우 아름다운 암말을 보았는데 아주 어린 수망아지, 암망아지와 함께 짚으로 만든 깔개에 엉덩이를 대고 앉아 있었다. 정교하게 만들어진 그 깔개는 더할 나위 없이 깔끔했다.

내가 들어가자 암말은 곧 자리에서 일어나 가까이 다가왔다. 내 손과 얼굴을 꼼꼼히 관찰한 후 경멸이 가득 찬 눈으로 나를 쳐다보았다. 암말은 회색 말에게 고개를 돌렸고 나는 두 마리 말이 '야후'라는 단어를 자주 되풀이하는 소리를 들었다. 가장 먼저 발음을 배운 단어였지만 당시에는 뜻을 알지 못했다. 그러나 곧 뜻을 알게 되었을 때의 그 굴욕감이란 영원히 지워지지 않을 것이다. 회색 말은 나에게 고갯짓을 하며 내가 따라오라는 뜻으로 이해한 '훈, 훈.'이라는 단어를 반복했다. 그리고 나를 마당 같은 곳으로 데려갔다. 그 마당에는 집에서 조금 떨어진 거리에 다른 건물이 있었다.

우리는 그곳으로 들어갔다. 나는 섬에 상륙한 뒤 처음 만났던 혐오스러운 짐승 셋을 보았다. 짐승들은 나무뿌리와 어떤 동물의 살을 먹고 있었는데 나중에 알고 보니 주로 당나귀 고기와 개고기였고 사고나 병으로 죽은 소의 고기일 때도 있었다. 짐승들은 모두 버들로 만든 튼튼한 굴레에 목이 묶인 채 기둥에 붙들려 있었다. 앞발의 갈고리 발톱으로 음식을 들고 이빨로 뜯어 먹었다.

집주인인 말은 하인인 밤색 조랑말에게 그 짐승들 중 가장 큰 놈의 굴레를 풀어 마당으로 데려오라고 지시했다. 그리고 그 짐승과 나를 나란히 세웠다. 주인과 하인은 우리의 생김새를 부지런히 비교하며 '야후'라는 단어를 몇 번 되풀이했다. 이 혐오스러운 짐승에게서 완벽한 인간의 생김새를 발견했을 때 내가 느낀 공포와 경악을 말로 표현할 수가 없다. 그 짐승의 얼굴은 넓적했으며 코는 우묵했고 입술은 크고 입은 옆으로 퍼져 있었다. 그러나 이런 특색은 모든 야만족의 공통점이다. 야만족의 아기는 땅을 기어다니거나 등에 업혀 엄마의 어깨에 눌린 탓에 타고난 얼굴 생김새가 뒤틀리고 만다.

야후의 앞발은 손톱이 길고 거친 손바닥은 갈색이며 손등에 털이 많다는 점을 제외하면 내 손과 비슷했다. 우리의 발도 마찬가지로 비슷하면서도 다르다는 사실을 나는 잘 알 수 있었다. 내 신발과 양말 때문에 말들은 몰랐지만 말이다. 내가 이미 설명한 털과 피부색의 차이를 빼면 우리 둘의 몸은 모든 부분이 비슷했다.

두 말이 봉착한 난관은 내 몸의 나머지 부분이 야후와 매우 달라 보인다는 점인 듯했다. 내가 옷을 입고 있었기 때문인데 말들에게는 옷이란 개념이 없었다. 밤색 조랑말이 나에게 발굽과 발목 사이에 끼고 있던(적당한 때가 되면 설명하겠지만 말들이 발을 쓰는 요령이었다.) 나무뿌리를 나에게 내밀었다. 나는 나무뿌리를 받아 냄새를 맡고 최대한 정중하게 돌려주었다. 밤색 조랑말은 야후 우리에서 당나귀 고기를 한 조각 가져왔지만 냄새가 너무 역겨워 나는 질색하며 고개를 돌렸다. 밤색 조랑말이 당나귀 고기를 야후에게 던져 주자 야후는 게걸스럽게 먹어 치웠다. 그 뒤 밤색 조랑말이 나에게 건초 한 움큼과 낟알이 잔뜩 달린 귀리 한 다발을 보여 주었지만 나는 고개를 저으며 어느 쪽도 먹을 수 없다는 뜻을 전했다. 이제는 나와 같은 인간을 만나지 못하면 정말로 굶어 죽을 것만 같아 심각하게 걱정이 되었다. 그리고 그 불결한 야후에 대해 말하자면, 당시의 나는 보기 드물게 인류를 사랑하는 사람이었는데도 모든 면에서 그토록 혐오감을 자극하는 존재를 본 적이 없었다. 그 나라에 머무는 동안 야후에게 가까이 갈수록 혐오감이 더 커졌다.

주인인 말은 내 행동을 보고 그런 심경을 읽었는지 야후를 우리로 돌려보냈다. 주인이 앞발굽을 입에 댔다. 그 동작이 무척 편안하고 더없이 자연스러워 보였는데도 나에게는 무척 놀라웠다. 주인인 말은 내가 무엇을 먹는지 알아내려고 다른 몸짓을 했다. 그러나 나는 말이 이해할 수 있는 대답을 들려줄 수 없었다. 또 내 말을 알아들었다고 해도 내가 먹을 만한 음식을 어떻게 찾아낼지도 알 수 없는 노릇이었다. 우리가 이렇게 대화를 나누려고 애쓰는 동안 암소 한 마리가 지나가는 모습이 보였다. 나는 암소를 가리키며 가서 젖을 짜게 해 달라고 표현했다. 효과가 있었다. 회색 말이 나를 다시 집으로 데려가 하인인 암말에게 방문을 열라고 명령했다. 그곳에는 꽤 많은 우유가 흙그릇과 나무그릇에 담겨 매우 질서정연하고 깔끔하게 배열되어 있었다. 암말이 나에게 큰 그릇에 가득 찬 우유를 주었다. 우유를 양껏 마시니 기력이 회복되었다.

정오 무렵 야후 네 마리가 끄는 썰매 같은 기구가 집으로 다가왔다. 그 속에는 품위 있어 보이는 늙은 준마가 타고 있었다. 그 말은 사고로 왼쪽 앞발을 다쳐 뒷발을 앞으로 내밀며 썰매에서 내렸다. 회색 말과 식사를 하러 온 손님이었는데 주인인 회색 말은 그 말을 매우 정중하게 맞이했다. 말들은 가장 좋은 방에서 식사를 했다. 두 번째 코스로 우유를 넣고 끓인 귀리가 나왔는데 늙은 말은 따뜻한 채로, 나머지 말들은 식혀서 먹었다. 여러 칸으로 나뉜 여물통은 방 가운데에 원형으로 배치되어 있었고 말들은 짚으로 만든 방석에 엉덩이를 대고 여물통 주변에 앉았다. 중앙에 큰 선반이 있고 선반의 각 모서리가 여물통의 각 칸과 이어졌는데 말들은 제 몫의 건초와 귀리죽을 매우 고상하고 질서 있게 먹었다.

어린 망아지들은 무척 얌전하게 굴었고 주인인 수말과 암말은 대단히 쾌활하고 정중한 태도로 손님을 대했다. 회색 말이 나에게 옆에 와서 서라고 명령했다. 손님 말이 나를 힐끔거리고 '야후'라는 단어가 자꾸 들려오는 상황으로 보아 회색 말과 그의 친구는 나를 두고 열띤 대화를 나누는 모양이었다.

그때 나는 장갑을 끼고 있었다. 그것을 본 회색 말은 당황한 표정이었다. 내 앞발에 일어난 변화에 놀란 기색을 드러냈다. 회색 말은 예전으로 되돌리라는 듯이 발굽으로 내 장갑을 서너 번 두드렸고 나는 선뜻 장갑을 벗어 주머니에 넣었다. 이 일로 말들의 대화는 더욱 길어졌다. 나는 그 자리에 모인 말들이 내 행동에 흡족해 한다는 사실을 알았으며 그것은 곧 좋은 결과로 이어졌다. 나는 내가 아는 몇 마디 말을 해 보라는 지시를 받았다. 그리고 말들이 식사를 하는 동안 주인 말이 나에게 귀리, 우유, 불, 물 및 다른 사물의 이름을 가르쳤다. 나는 어릴 때부터 언어를 배우는 재주가 남달랐으므로 쉽게 따라할 수 있었다.

식사가 끝나자 주인 말은 나를 따로 데려가 몸짓과 말로 내가 먹을 것이 없어 걱정스럽다는 뜻을 전했다. 말들의 언어로 귀리는 '흘룬'이었다. 나는 그 단어를 두세 번 발음했다. 처음에는 귀리를 거절했지만 다시 생각하니 그것으로 빵을 만들 수 있을 테고 다른 나라로 탈출하거나 나와 같은 종족을 만날 때까지 그 빵과 우유로 연명할 수 있을 터였다. 회색 말은 즉시 하인인 하얀 암말에게 지시해 나무 쟁반에 귀리를 많이 담아 가져다주라고 했다.

나는 그것을 난롯불 앞에서 충분히 가열한 다음 껍질이 벗겨질 때까지 비벼 알곡만 추려 냈다. 그리고 두 돌멩이 사이에 귀리를 넣어 갈고 부순 다음 물을 붓고 반죽을 만들었다. 그 반죽을 불에 구워 따뜻할 때 우유와 함께 먹었다. 이런 식으로 먹는 나라가 유럽에 많았는데도 처음에는 도무지 입에 맞지 않았다. 그러나 시간이 지나면서 익숙해졌다. 살아오면서 형편없는 식사를 한 적도 많았고 기본적인 욕구를 만족시키기가 얼마나 쉬운지 실험으로 깨달은 게 이번이 처음도 아니었다.

또 이 섬에 머무는 동안 한 번도 병에 걸리지 않았다는 사실을 밝히지 않을 수 없다. 사실 야후의 털로 덫을 만들어 토끼나 새를 잡기도 했다. 종종 몸에 좋은 허브를 모아 삶거나 샐러드 삼아 빵에 곁들여 먹었다. 그리고 드물기는 했지만 이따금씩 버터를 조금 만들고 유청을 마시기도 했다. 처음에는 소금이 없어서 무척 곤혹스러웠다. 그러나 곧 소금 없이 먹는 데 익숙해졌다. 자신 있게 말하지만 잦은 소금 사용은 사치의 결과이며 원래 소금은 술맛을 돋우려는 목적으로만 쓰였다. 물론 장거리 항해 때나 큰 시장과 멀리 떨어진 곳에서 고기를 보관하려면 소금이 필요하다. 인간을 제외하고 소금을 좋아하는 동물은 없다. 그리고 내 경우에는, 이 나라를 떠난 후 음식에서 나는 소금 맛을 견디게 되기까지 오랜 시간이 걸렸다.

내 식생활에 관한 이야기는 이 정도면 충분하다. 다른 여행가들은 우리가 잘 먹는지 못 먹는지 독자가 개인적으로 신경이라도 쓰는 듯 이런 식생활 이야기로 책을 빽빽이 채운다. 나는 그저 사람들이 내가 이런 나라와 주민들 틈에서 3년 동안 먹을거리를 찾아내지 못했을 것이라고 여기지 않도록 이 이야기를 했을 따름이다.

밤이 가까워지자 주인 말은 내가 숙박할 곳을 마련하라고 지시했다. 집에서 6미터도 되지 않은 거리였고 야후의 축사와도 떨어진 곳이었다. 나는 그곳에 짚을 깔고 옷으로 몸을 덮은 후 단잠을 잤다. 그러나 곧 더 좋은 곳에서 지내게 되었는데 그 내용은 나중에 이곳에서 내가 생활한 방식을 좀 더 자세히 다룰 때 알려 주겠다.

3장

저자는 이 나라의 언어를 열심히 배우고 주인 휘님이 저자의 공부를 돕는다. 저자는 이 나라의 언어를 설명한다. 신분이 높은 몇몇 휘님이 호기심 때문에 저자를 보러 찾아온다. 저자는 주인에게 그동안의 여행에 대해 간단히 설명한다.

무엇보다 나는 언어를 배우려고 노력했고, 내 주인(이제부터는 이렇게 부르겠다.)과 자녀들 그리고 그 집의 모든 하인들은 나를 가르치는 데 열성이었다. 야만적인 짐승이 이성적인 존재의 특징을 나타낸다는 사실이 무척 경이롭게 여겼기 때문이었다. 나는 손가락으로 모든 사물을 가리키며 이름을 묻고, 혼자 있을 때 내 일기장에 그 단어를 적었으며, 가족들에게 발음해 달라고 자주 부탁했고 잘못된 내 억양을 바로잡았다. 특히 허드레꾼 중 하나인 밤색 조랑말이 적극 도와주었다.

휘넘들은 말을 할 때 코와 목으로 발음했는데 이들의 언어는 내가 아는 유럽의 언어 중에서 독일어와 가장 비슷했다. 그러나 훨씬 우아하고 의미심장했다. 혹시라도 자신의 말과 대화를 하게 된다면 독일어로 할 것이라고 말한 신성로마제국의 황제 카를 5세도 나와 비슷한 생각을 했던 모양이다.

내 주인은 호기심과 조바심으로 가득 차 있었고 여가 중 많은 시간을 나를 가르치는 데 썼다. 주인은(나중에 나에게 말해 주었듯이) 내가 틀림없이 야후라고 생각하면서도 내 학습 능력과 예의 바른 행동과 청결함에 놀랐다. 모두 야후와는 상반되는 자질이었다. 주인이 가장 당혹스럽게 생각한 것은 내 옷이었는데 주인은 옷이 내 몸의 일부인지 아닌지 혼자서 추리하곤 했다. 내가 가족들이 잠들 때까지 옷을 절대 벗지 않았고 가족들이 아침에 깨기 전에 다시 입었기 때문이었다.

주인은 내가 어디에서 왔는지, 내 모든 행동에서 드러나는 이성을 어떻게 얻었는지 무척 알고 싶어 했다. 또 내 이야기를 직접 듣고 싶어 했다. 내가 이 나라의 단어와 문장을 배우고 발음하는 데 눈부신 진척을 보였기 때문에 곧 그럴 수 있으리라 생각했다. 나는 기억하기 좋도록 배운 모든 내용을 영어 알파벳으로 바꿔 단어와 뜻을 적었다. 얼마 후에는 과감하게 주인 앞에서 그렇게 글을 적어 보았다. 내가 무엇을 하는 중인지 설명하기가 무척 어려웠다. 이 나라에는 책이나 기록이라는 개념이 전혀 없었기 때문이었다.

10주쯤 지나자 주인이 하는 대부분의 질문을 알아들을 수 있었다. 그리고 석 달 후에는 그럭저럭 대답을 할 수 있게 되었다.

주인은 내가 이 나라의 어느 지역에서 왔으며 이성적인 존재를 흉내 내는 법을 어떻게 배웠는지 몹시 궁금해 했다. 왜냐하면(주인이 보기에 겉으로 드러난 내 머리와 손과 얼굴은 야후를 꼭 닮았기 때문이다.) 야후는 겉모습이 교활해 보이고 심술궂은 기질이야 이루 말할 수 없지만 모든 짐승 중에서 가장 가르치기 어렵다고 알려졌기 때문이었다.

나는 바다 건너에 있는 아주 먼 곳, 나와 같은 종족이 많은 곳에서 나무의 몸통으로 만든 크고 우묵한 탈것에 실려 왔다고 대답했다. 동료들이 나를 이 나라의 바닷가에 강제로 내려놓고 살 방도를 알아서 찾으라며 떠나 버렸다고 알려 주었다. 주인에게 내 말을 이해시키려니 수많은 몸짓이 필요했고 어렵기도 했다. 주인은 내가 분명 착각을 했거나 '없는 것을 말했다.'(이들의 언어에는 '거짓'이나 '거짓말'이라는 표현이 없다.)고 대답했다. 주인은 바다 너머에 다른 나라가 있을 리 없고 한낱 짐승들이 나무로 만든 탈것을 물 위에서 마음대로 조종할 수 없다는 사실도 안다고 했다. 주인은 살아 있는 어떤 휘넘도 그런 탈것을 만들 수 없으며 야후가 그런 일을 해낸다고 믿을 휘넘도 없다고 장담했다.

이 나라 언어로 '휘넘'이라는 단어는 '말'을 뜻하며 그 어원은 '완벽한 자연'이라는 뜻이다. 나는 주인에게 어떻게 표현하면 좋을지 모르겠지만 언어 능력을 최대한 빨리 키울 작정이고 조만간 주인에게 신기한 이야기를 들려줄 수 있으면 좋겠다고 했다. 주인이 기뻐하며 아내인 암말과 망아지들과 집의 하인들에게 틈만 나면 나를 가르치라고 지시했다. 그리고 자신도 매일 서너 시간씩 수고에 동참했다. 이웃에 사는 신분 높은 수말과 암말들은 휘넘처럼 말할 수 있고 이성이 어렴풋하게 비치는 언행을 하는 놀라운 야후가 있다는 소문을 듣고 종종 우리 집을 찾아왔다. 이 말들은 나와 대화하며 즐거워했다. 나에게 많은 질문을 던졌고 나는 능력껏 대답했다. 이 모든 상황이 긍정적으로 작용해 내 언어는 눈부시게 발전했으며 도착한 지 다섯 달이 지났을 때는 무슨 말이든 알아들었고 내 생각도 제법 능숙하게 표현할 수 있었다.

나를 만나서 대화하려고 내 주인을 찾아온 휘넘들은 내 몸이 야후에게서 볼 수 없는 것으로 뒤덮여 있어서 내가 정말 야후인지 믿기지 않는다고 했다. 그들은 내 머리와 얼굴과 손을 제외하면 야후 특유의 털이나 피부가 없다는 사실을 보고 놀라워했다. 그러나 약 2주 전에 우연히 일어난 사건 때문에 나는 주인에게 비밀을 밝혀야 했다.

독자에게 이미 말했듯이 매일 밤 가족들이 모두 잠들면 나는 으레 옷을 모두 벗어 이불처럼 덮었다. 그런데 어느 날 아침 일찍 주인이 나를 데려오라며 하인인 밤색 조랑말을 보냈다. 조랑말이 찾아왔을 때 내 겉옷은 한쪽으로 떨어지고 나는 속셔츠가 허리 위로 밀려 올라간 꼴로 깊이 잠들어 있었다. 조랑말의 소리에 잠에서 깬 나는 그가 주인의 이야기를 정신없이 전하는 모습을 보았다. 그 뒤 주인에게 돌아간 조랑말은 깜짝 놀란 상태로 자신이 본 광경을 횡설수설 설명했다. 나는 이내 그 사실을 알게 되었다. 옷을 입고 곧바로 주인에게 문안 인사를 하러 갔더니 주인이 조랑말이 전한 이야기가 무슨 뜻이냐고 물었기 때문이다.

조랑말은 내가 잠잘 때는 다른 모습으로 변한다고 하면서 내 몸의 일부는 하얀색이었고 일부는 노란색이거나 적어도 하얀색은 아니었으며 어떤 부분은 갈색이었노라고 장담했던 것이다.

당시까지 나는 그 저주스러운 족속인 야후와 최대한 다른 존재로 보이기 위해 옷의 비밀을 숨기고 있었다. 그러나 이제 더 숨겨 봤자 소용이 없음을 깨닫게 되었다. 게다가 이미 낡아 버린 옷과 신발이 머지않아 너덜너덜해지면 야후나 다른 짐승의 가죽으로 대체물을 만들어야 할 테니 비밀이 죄다 탄로 날 터였다. 그래서 나는 주인에게 내 나라에서는 나와 같은 족속들이 심한 추위나 더위를 피하고 품위를 유지하기 위해 특정 동물의 털을 인위적으로 손질해 몸에 걸친다고 말했다. 주인이 원한다면 맨몸을 보여 이 자리에서 증명하겠다고 했다. 다만 자연이 감추라고 가르친 부분만큼은 드러내지 않아도 양해해 달라고 부탁했다.

주인은 내가 한 모든 이야기가 이상하기 짝이 없지만 특히 마지막 부분은 더욱 그렇다고 했다. 자연이 한 번 준 것을 다시 감추라고 가르쳤다니 이해할 수 없다는 것이었다. 주인이나 가족들은 모두 몸의 어떤 부분도 부끄럽게 여기지 않았다. 하지만 나더러는 원하는 대로 하라고 했다. 나는 우선 단추를 풀어 외투를 벗었다. 마찬가지로 조끼도 벗었다. 신발과 양말, 반바지를 벗었다. 속셔츠를 허리까지 내리고 아랫단을 접은 후 맨살을 가리려고 허리춤에 띠처럼 붙들어 맸다.

주인은 호기심과 감탄을 고스란히 드러내며 모든 동작을 지켜보았다. 발목으로 내 옷을 하나씩 집어 유심히 관찰했다. 그런 뒤 내 몸을 무척 조심스럽게 쓰다듬고 몇 번 둘러보았다. 마침내 주인은 내가 틀림없이 완전한 야후라고 말했다. 그러나 피부가 희고 부드러우며 신체 몇몇 부분에 털이 없고 앞발과 뒷발의 발톱이 뭉툭하며 늘 뒷다리로 걸어다니기 좋아한다는 점에서 다른 야후들과 무척 다르다고 판단했다. 주인은 더는 보려고 하지 않았다. 그리고 추위에 떠는 내 모습을 보고 다시 옷을 입으라고 지시했다.

나는 주인이 자꾸만 나를 혐오스러운 동물인 야후라고 불러 마음이 불편하다고 고백했다. 야후가 무척 싫고 경멸스러웠기 때문이었다. 나는 주인에게 그 호칭을 쓰지 말아 달라고, 가족과 나를 보러 오는 친구들에게도 그렇게 지시를 내려 달라고 부탁했다. 또 지금 입은 옷이 닳아 빠질 때까지만이라도 내 몸에 가짜 피부가 덮여 있다는 비밀을 다른 말들에게 알리지 말고 혼자만 간직해 달라고 간청했다. 내 모습을 본 밤색 조랑말 하인에게는 입을 다물라고 명령하면 될 터였다.

주인은 관대하게도 내 모든 부탁을 받아들였다. 덕분에 옷이 해어지기 전까지 비밀을 지킬 수 있었다. 옷이 닳자 몇 가지 대체품을 찾아야 했는데 그 이야기는 나중에 하겠다. 그동안 주인은 앞으로도 부지런히 언어를 익히라고 지시했다. 몸에 덮개가 있든 없든 내 신체적 특징보다는 말을 할 줄 알고 논리적으로 생각하는 능력이 훨씬 놀랍기 때문이었다. 주인은 내가 약속한 신기한 이야기를 듣고 싶어 초조하게 기다린다고 덧붙였다.

그 뒤로 주인은 나를 가르치는 데 두 배로 열성을 쏟았다. 이런저런 친구들에게 나를 데리고 가서 정중한 대접을 받게 해 주었다. 주인은 이렇게 해야 내가 기분이 좋아져서 더 큰 재미를 줄 것이라는 이야기를 친구들에게 슬쩍 흘렸다.

내가 주인을 모시는 동안 내내 주인은 나를 열심히 가르치기도 했지만 가끔 내 신상에 대해서 질문했고 나는 정성껏 대답했다. 덕분에 주인은 불완전하기는 해도 여러 일반적인 지식을 얻게 되었다. 내가 어떠한 단계를 거쳐 더욱 완전한 대화에 이르게 되었는지 설명하면 지루하기만 할 것이다. 다만 내가 처음으로 제법 길고 조리 있게 말한 개인적인 이야기는 대략 이런 내용이었다.

나는 이미 설명했던 대로 아주 먼 나라에서 나와 같은 족속 50여 명과 함께 왔다. 우리는 나무로 만든 탈것을 타고 바다 위를 돌아다녔는데 그것은 주인의 집보다 더 크고 우묵했다. 나는 주인에게 내가 아는 가장 적절한 단어를 동원해 배를 묘사했다. 그리고 내 손수건을 꺼내 배가 어떻게 바람을 타고 나아가는지도 설명했다. 배에서 싸움이 벌어져 나는 이 나라의 바닷가에 버려졌고 정처 없이 걷다가 나를 괴롭히던 혐오스러운 야후들에게서 구해 준 주인을 만나게 된 것이었다.

주인은 누가 배를 만들었으며 내 나라의 휘넘들이 어떻게 짐승에게 배 관리를 맡길 수 있느냐고 물었다. 나는 주인에게 명예를 걸고 화를 내지 않겠다는 약속을 하지 않는다면 더 이상 이야기할 수 없다고 말했다. 하지만 약속하면 내가 그동안 해 주겠다던 신기한 이야기를 들려주겠다고 했다. 주인은 동의했다. 나는 나와 같은 존재들이 배를 만들었으며 내가 사는 나라와 내가 돌아다닌 모든 나라에서 사회를 다스리는 이성적인 동물은 그들뿐이라고 밝혔다. 주인과 주인의 친구들이 스스럼없이 야후라고 부르는 동물에게서 이성의 표시를 발견하고 놀랐듯 나도 여기에 도착했을 때 휘넘이 이성적인 존재처럼 행동하는 모습을 보고 무척 놀랐다고 말했다. 야후는 신체의 모든 부분이 나와 닮았지만 어쩌다가 그렇게 야만적으로 퇴화했는지 설명할 수가 없었다.

나는 운 좋게 고국으로 돌아가면 이곳에서 겪은 일을 이야기하기로 마음먹었는데 내 이야기를 들은 사람들은 모두 내가 '없는 것을 말한다.'고 생각할 터였다. 나더러 이야기를 꾸며냈다고 할 게 분명했다. 나는 주인과 주인의 가족 및 친구들에게 한없는 경의를 표하며 화내지 않겠다는 주인의 약속을 믿고 하는 말이지만, 우리 나라 사람들은 휘넘이 나라를 통치하고 야후가 짐승으로 사는 상황이 가능하다고는 생각하지 못할 것이라고 설명했다.

4장

휘넘이 생각하는 진실과 거짓이 무엇인지 이야기한다. 주인이 저자의 말에 반론을 제기한다. 저자는 자기 자신과 여행에서 일어난 사건에 대해 더 자세한 이야기를 들려준다.

주인은 불편한 기색이 역력한 얼굴로 내 이야기를 들었다. 이 나라에서는 '의심'이나 '불신'을 접할 일이 거의 없으므로 이런 상황에서 어떻게 처신해야 하는지 모르기 때문이었다. 세계 다른 나라에 있는 인간의 본성을 주제로 주인과 자주 대화를 나눴던 기억이 떠오른다. 다른 때라면 훨씬 예리한 판단력을 발휘하던 주인이 거짓말과 가식에 관한 이야기가 나왔을 때 내가 하는 말을 이해할 수 없어 힘겨워했다. 주인은 이렇게 주장했다. 언어는 서로를 이해하고 사실과 관련된 정보를 얻기 위해 쓰는 것이다. '없는 것을 말하는' 사람이 있다면 언어의 그런 목적은 실패로 돌아간 셈이다. 내가 상대방을 제대로 이해했다고 할 수도 없고 정보를 얻기는커녕 그 반대이므로 모르는 게 차라리 나은 상황이기 때문이다. 나는 흰 것을 검다고 믿고 긴 것을 짧다고 믿게 될 것이다. 인간들이 완벽하게 파악하고 있으며 어디에서나 해 대는 거짓말의 기능에 대한 주인의 생각은 이랬다.

다시 본론으로 돌아가겠다. 내가 우리 나라에서 사회를 지배하는 동물은 야후뿐이라고 주장하자 주인은 도무지 이해할 수 없다면서 우리 나라에도 휘넘이 있는지, 휘넘들이 하는 일이 무엇인지 알려 달라고 했다. 나는 우리 나라에도 휘넘이 아주 많다고 알려 주었다. 여름에는 들판에서 풀을 뜯고 겨울에는 집 안에 머물며 건초와 귀리를 먹는다고 했다. 하인인 야후들이 휘넘의 피부를 문질러 매끈하게 만들어 주고 갈기를 빗질해 주며 발을 관리하고 음식을 대령하며 잠자리를 준비해 준다고 말했다.

주인이 무슨 말인지 잘 알겠다고 대답했다. 내가 말한 모든 내용으로 미루어 보건대 야후가 제아무리 이성이 있는 척해도 휘넘이 주인이라는 사실은 명백하다는 것이었다. 주인은 이 나라의 야후들도 그렇게 온순하면 정말 좋겠다고 말했다. 나는 앞으로 듣게 될 이야기는 분명 몹시 불쾌한 내용일 것이므로 더는 말하지 않아도 이해해 달라고 부탁했다. 그러나 주인은 최선과 최악을 모두 알려 달라고 고집스럽게 명령했다.

나는 주인의 말에 따르겠다고 대답했다. 우리가 '말'이라고 부르는 휘넘은 사실 우리 중에 있는 동물들 중 가장 관대하고 아름답다. 힘과 민첩함에서 다른 동물을 능가한다. 신분이 높은 사람에게 속해 여행이나 경주에 쓰이거나 전차를 끌게 되면 병에 걸리거나 다리를 다칠 때까지는 따뜻한 보살핌을 받는다. 그러나 병들거나 다친 후에는 다른 곳으로 팔려가 죽을 때까지 온갖 고역에 시달린다. 죽은 뒤에는 가죽이 벗겨지고 그 가죽은 적당한 값에 팔리며 시체는 개나 사나운 새의 먹이가 된다. 그러나 평범한 말들은 그런 행운마저 누리지 못하고 농부나 짐꾼 아니면 다른 비열한 사람들의 손에 길러져 고된 노동을 하고 제대로 먹지도 못한다. 나는 우리가 말을 타는 방식, 즉 말에게 씌우는 굴레의 형태와 용도, 안장, 박차, 채찍, 마구와 마차 바퀴를 최대한 상세히 설명했다. 그리고 자주 돌아다니는 돌투성이 길에서 발굽이 부서지지 않도록 말의 발바닥에 '쇠'라는 단단한 물질로 만든 판을 붙인다고 설명했다.

주인은 무척 화난 표정을 짓다가 어찌 감히 휘넘의 등에 탈 수 있느냐고 물었다. 그런 일이 생기면 그의 집에서 가장 힘이 약한 하인이어도 가장 힘센 야후를 흔들어 떨어뜨릴 것이며 엎드리거나 몸을 뒤집어 그 짐승을 짓눌러 죽일 수도 있다고 단언했다. 나는 우리 나라의 말은 서너 살 무렵부터 필요한 몇 가지 용도에 맞게 훈련을 받는다고 대답했다. 그중에 무척 사나운 말이 있으면 마차 끄는 일을 맡긴다. 어릴 때 못된 장난을 많이 치면 흠씬 두들겨 맞는다. 승마용이나 마차용으로 쓸 수컷은 대개 태어난 뒤 2년쯤 지나면 거세를 당하는데 정력을 억제하고 기질을 좀 더 고분고분하게 만들기 위해서다. 말들은 상과 벌에 무척 민감하다. 그러나 이 말들에게는 이 나라에 사는 야후만큼의 이

성도 없다는 사실을 부디 고려해 달라고, 나는 주인에게 이야기
했다.

　주인에게 내가 말한 내용을 정확히 이해시키려고 별별 완곡
한 표현을 끌어다 쓰느라 몹시 힘이 들었다. 이들은 우리보다 욕
망이나 감정이 약해서 이 나라 언어에 다양한 낱말이 없기 때문
이었다. 휘님 종족을 대하는 우리의 잔인한 처사에 주인이 얼마
나 분개했는지 도무지 표현할 수가 없다. 특히 말을 거세하는 방
법과 목적, 즉 종족 번식을 막고 노예처럼 부리기 위해서라는 사
실을 설명하자 주인은 더더욱 분노했다.

　하지만 주인은 이성이란 결국 야만적인 힘을 이기기 마련이
므로 야후만이 이성을 타고난 나라가 정말 존재한다면 야후가
지배하는 것이 당연하다고 말했다. 그러나 야후의 체격, 특히
내 체격을 고려하면 그 정도 몸집으로 이성을 활용해 일상생활
을 꾸려 나간다는 이야기는 얼토당토않다고 생각했다. 말이 나
온 김에 주인은 내가 사는 곳의 사람들이 나를 닮았는지, 이 나
라의 야후를 더 닮았는지 알고 싶어 했다. 나는 대부분의 동년배
가 나처럼 균형 잡힌 몸을 갖고 있지만 나이가 더 어린 사람들이
나 여자들의 몸은 훨씬 부드럽고 약하다고 알려 주었다. 그리고
여자들의 피부는 대개 우유처럼 뽀얗다고 설명했다.

　주인은 내가 다른 야후들과는 달리 무척 청결하고 생김새도
전혀 흉하지 않다고 했다. 그러나 실용성을 생각하면 그런 차이
가 불리하게 작용할 것이라고도 했다. 내 손톱은 앞발이든 뒷발
이든 전혀 쓸모가 없어 보였다. 앞발의 경우 내가 그것으로 땅
을 짚고 걷는 모습을 본 적이 없으니 앞발이라고 부르기도 애매

했다. 앞발이 너무 부드러워 땅을 짚지 못할 것이며 보통 앞발을 그대로 내놓고 다니던데 가끔 착용하는 덮개를 쓰더라도 뒷발과는 모양도 다르고 그만큼 강하지도 않다는 것이었다. 또 뒷발 중 하나라도 미끄러지면 넘어질 것이 분명하므로 걸음걸이가 불안정하다고 평했다. 주인은 내 신체의 다른 부분에서 드러난 결점도 지적하기 시작했다. 얼굴이 평평하고 코가 튀어나왔으며 눈이 정면에 위치해 있어서 고개를 돌리지 않고서는 양옆을 볼 수 없다는 것이었다. 나는 앞발 하나를 입까지 들지 않는 한 스스로 먹이를 먹지 못했다. 그래서 자연이 그 결함을 메우도록 관절을 준 모양이라고 했다. 주인은 내 뒷발이 몇 부분으로 갈라졌는데 그 용도가 무엇인지 알지 못했다. 발이 너무 부드러워서 다른 짐승의 가죽으로 만든 덮개가 없다면 딱딱하고 날카로운 돌을 견디지 못할 것이라고 했다. 내 몸 어디에도 더위와 추위를 막아줄 보호막이 없으니 매일 귀찮고도 지겹게 덮개를 입었다가 벗어야 한다고 덧붙였다.

그리고 마지막으로 이 나라의 모든 동물은 본능적으로 야후를 싫어했기 때문에 야후보다 약한 동물은 야후를 피하고 더 강한 동물은 야후를 쫓아 버린다고 설명했다. 그러니 야후에게 이성이라는 재능이 있다고 한들 모든 생물이 야후에게 드러내는 타고난 반감을 과연 해결할 수 있을지 모르겠다는 것이었다. 따라서 인간이라는 존재가 다른 동물을 길들이는 것이 과연 가능한 일인지도 알 수 없다고 했다. 그러나 주인은 이 문제로 더는 논쟁하려 하지 않았다. 내 개인사와 내가 태어난 나라 그리고 이곳에 오기 전까지 어떤 일을 겪으며 살았는지가 더 궁금했기 때문이다.

　나는 그를 빈틈없이 만족시켜 주고 싶은 마음으로 간절하다고 말했다. 그러나 이 나라에서 비슷한 것을 본 적이 없으니 주인에게도 개념이 있을 리 없는 몇 가지 내용을 설명할 수 있을지 자신이 없다고 털어놓았다. 그러나 최선을 다하겠으며 적절한 단어를 찾지 못하면 주인의 도움을 받아 비슷하게나마 나 자신을 표현하고자 노력하겠다고 다짐했다.

　나는 정직한 부모 밑에서 태어났다. 태어난 곳은 영국이라는 섬인데 이 나라에서 무척 멀어서 그곳까지 가려면 주인의 가장 강인한 하인들도 1년 동안 달려야 할 만큼 시간이 오래 걸린다. 나는 의사 교육을 받았는데 의사가 하는 일은 사고나 폭행 때문에 몸에 생긴 상처를 치료하는 것이다. 내 나라는 우리가 '여왕'이라고 부르는 여성의 통치를 받는다. 내가 여행을 떠난 이유는 돈을 벌어 귀국하면 그 돈으로 나와 내 가족을 부양할 수 있기 때문이었다.

　마지막 항해 때 나는 배의 선장이었고 내 밑에 야후 쉰 명가량이 있었는데 그중 많은 이들이 바다에서 죽어 어쩔 수 없이 몇몇 나라에서 새로운 사람들을 뽑았다. 우리가 탄 배는 두 번이나 가라앉을 뻔했다. 처음에는 심한 폭풍 때문이고 두 번째는 암초에 부딪힌 탓이었다. 이 대목에서 주인이 끼어들어 나에게 질문했다. 손해를 입고 위험을 겪었는데 어떻게 다른 나라에 사는 낯선 사람들에게 함께 모험을 하자고 설득할 수 있었느냐는 것이었다.

　나는 그 사람들은 가난이나 범죄 때문에 고향에서 어쩔 수

317

없이 도망쳐야 하는 절망적인 운명에 처한 사람들이었다고 말했다. 어떤 이들은 소송에 휘말려 망했다. 어떤 이들은 모든 재산을 술과 매춘과 도박에 탕진했다. 반역죄로 도망 중인 사람도 있었고 많은 이들이 살인과 도둑질, 독살, 강도, 위증, 문서 위조 등의 죄를 저지르거나 가짜 돈을 만든 탓에 도망치는 중이었다. 강간이나 남색을 한 사람, 탈영하거나 적진으로 달아난 사람도 있었다. 그리고 대부분은 탈옥한 경험이 있었다. 이들은 교수형을 당하거나 감옥에서 굶어 죽을까 봐 고국으로 돌아갈 엄두를 내지 못했다. 그러니 다른 나라에서 생계를 꾸려야만 했다.

내가 이렇게 이야기하는 동안 주인이 중간에 불쑥불쑥 끼어들었다. 내 배의 선원들 대부분이 고국에서 달아날 수밖에 없었던 원인인 몇몇 범죄의 특징을 설명하느라고 내가 완곡한 표현을 많이 동원한 탓이었다. 며칠 동안 이런 노력을 기울여 대화를 한 끝에 비로소 주인은 내 말을 이해했다. 그는 대체 어떤 의도로 그런 악행을 저지르는지 도무지 이해하지 못했다. 그 의문을 해결해 주기 위해서 나는 권력과 부를 향한 욕망, 탐욕과 방종과 악의와 질투가 낳는 끔찍한 결과 등의 개념을 주인에게 알려 주려고 노력했다. 실례를 들고 상황을 가정하기도 하면서 개념을 정의하고 설명하는 수밖에 없었다. 내 설명을 들으면서 주인은 결코 본 적도, 들은 적도 없는 장면이 머리에 떠오른 사람처럼 놀라움과 분노로 가득 찬 눈을 들곤 했다.

이 나라의 언어에는 권력, 정부, 전쟁, 법률, 처벌 및 셀 수 없이 많은 것들을 표현할 용어가 없었다. 그래서 주인에게 내 이야기를 이해시키기란 불가능에 가까울 만큼 어려웠다. 그러나 사고력이 뛰어나며 사색과 대화로 이해의 폭이 넓어진 주인은 마침내 내가 사는 곳에서 인간이 본성에 따라 어떤 일을 할 수 있는지 웬만큼 이해하게 되었다. 그리고 나에게 우리가 유럽이라고 부르는 땅, 그중에서도 특히 내 나라에 대해 자세히 설명해 달라고 부탁했다.

5장

저자는 주인의 명령에 따라 영국의 상황을 알려 준다. 유럽의 왕들이 벌이는 전쟁의 원인을 이야기한다. 영국의 법을 설명한다.

다음은 주인과 나눈 여러 대화에서 발췌한 내용으로 2년 이상 여러 차례에 걸쳐 다룬 주요 논점을 요약했음을 알아 두기 바란다. 내가 휘넘 언어를 잘하게 되면서 주인은 종종 더 자세한 이야기를 들려 달라고 했다. 나는 주인에게 유럽의 전반적인 상황을 최대한 상세히 설명했다. 무역과 제조업, 예술과 과학에 대해 알려 주었다. 몇몇 주제와 관련해서 주인이 질문을 했으므로 대화가 끊임없이 이어졌다. 그러나 여기에서는 사실을 그대로 전달하되 내 조국을 주제로 나눈 대화 대부분을 시간이나 여타 조건에 상관없이 최대한 체계적으로 정리하려고 한다. 다만 내 주인의 주장과 표현법을 제대로 옮길 수 없을 듯해 걱정스럽다. 내 능력이 부족할 뿐더러 우리가 쓰는 미개한 언어인 영어 탓이기도 하다.

나는 주인의 명령에 따라 오렌지 공의 혁명(*1688년에 일어난 영국의 명예혁명을 가리킨다. 오렌지 공 윌리엄은 이후 윌리엄 3세로 즉위한다.)과 프랑스를 상대로 오렌지 공이 개시하고 계승자인 현재의 여왕이 다시 일으킨 긴 전쟁(*각각 아우구스부르크 동맹 전쟁과 에스파냐 왕위 계승 전쟁을 가리킨다.)에 대해 설명했다. 기독교 강대국들이 참여한 전쟁으로 여전히 계속되고 있었다. 나는 주인의 질문을 받고 그 전쟁 중에 야후가 100만 명쯤 죽었고 도시 100곳 이상이 함락되었으며 불에 타거나 침몰한 배는 500척이 넘을 것이라고 말했다.

주인은 한 나라가 다른 나라에 대해 전쟁을 일으키는 이유나 동기가 대개 무엇이냐고 물었다. 나는 셀 수 없이 많지만 주된 동기 몇 가지만 설명하겠다고 대답했다. 가끔은 현재 다스리는 땅이나 백성만으로 성이 차지 않는 왕들의 야망 때문이었다. 때로는 부패한 대신들의 타락한 정치에 민중이 요란하게 반대하면 대신들이 민중을 억압하거나 관심을 다른 곳으로 돌리려고 왕에게 전쟁을 부추긴다. 의견 차이로 수백만 명의 목숨이 희생되기도 한다. 예를 들면 사람의 살을 빵이라고 해야 하는가 아니면 빵을 살이라고 해야 하는가? 어떤 열매의 즙은 피인가, 술인가? 휘파람을 부는 행위는 악덕인가, 미덕인가? 나무 기둥에 입을 맞추어야 하는가 아니면 불 속에 던져야 하는가? 외투에 가장 어울리는 색은 검은색인가, 흰색인가, 빨간색인가 아니면 회색인가? 그 외투는 길어야 하는가 아니면 짧아야 하는가? 폭이

좁아야 하는가, 넓어야 하는가? 지저분해야 하는가, 깨끗해야 하는가? 이 외에도 많았다. 의견 차이로 발생한 전쟁만큼 격렬하고 잔혹하며 오래 가는 전쟁은 없었다. 사소한 문제에서 비롯된 경우라면 더더욱 그랬다.

가끔은 양측 모두 아무 권리가 없는 제3국을 누가 차지할지 결정하려고 다툼이 생긴다. 때로는 상대국 왕이 싸움을 걸어올까 봐 먼저 싸움을 걸기도 한다. 적군이 너무 강해서, 혹은 너무 약해서 싸움이 시작되기도 한다. 이웃 나라가 우리가 가진 것을 갖고 싶어 하거나 우리가 원하는 것을 갖고 있기 때문에 전쟁이 일어난다. 그리고 상대편이 우리의 것을 빼앗거나 그들의 것을 우리에게 내줄 때까지 전쟁을 치른다. 국민이 기근으로 쇠약해지거나 역병으로 죽거나 내부적인 당쟁이 발생하면 그것들은 그 나라를 침략해 전쟁을 일으킬 정당한 이유가 된다.

가장 가까운 동맹국에 우리 나라의 영토로 삼기에 편리한 도시나 영토가 있으면 그 동맹국에 전쟁을 일으켜도 된다. 가난하고 무지한 국민들이 사는 어느 나라에 다른 나라의 왕이 병력을 파견할 경우, 그들의 야만적인 생활 방식을 개조하고 문명화하고자 국민 중 절반을 죽이고 나머지 반은 노예로 삼더라도 합법적인 처사로 간주된다. 침략당한 나라의 왕이 다른 나라에 원조를 청했는데 원조국이 침략자를 몰아낸 경우, 원조국의 왕이 그 나라를 장악하고 구조를 청한 원래의 왕을 죽이거나 감금하거나 추방하는 것은 매우 왕답고 명예로우며 흔한 관행이다. 혈연이나 혼인으로 맺은 동맹도 왕들 사이에는 전쟁이 일어나기에 충분한 원인이다. 가까운 혈족일수록 쉽게 갈등이 일어난다. 가난한 나라는 열망이 강하고 부유한 나라는 교만하다. 교만과 열망은 충돌하기 마련이다. 이런 이유 때문에 군인이라는 직업은 가장 명예로운 직업으로 여겨진다. 군인은 개인적으로는 비위를 건드린 적도 없는 동족을 최대한 많이 냉혹하게 죽이도록 고용된 야후이기 때문이다.

또 유럽에는 빈털터리나 다름없어서 스스로는 전쟁을 일으키지 못하고 더 부유한 나라에 자국의 군대를 병사 한 명당 얼마씩 받고 빌려주는 왕도 있으며 많은 북유럽 국가가 그렇듯이 왕의 생활비가 대부분 그런 수입에서 나온다.

내 주인이 말했다.

전쟁을 주제로 네가 들려준 이야기는 너희가 자부하는 이성으로 어떤 결과가 나타나는지 훌륭하게 밝혀내 주었다. 그러나 전쟁이 수치스러운 일이기는 하나 위험은 그만큼 크지 않고 너희가 과도한 악행을 저지르지 못하도록 자연이 철저히 대비해 두었으니 다행이다. 너희의 입은 얼굴에 납작하게 붙어 있어서 상대방이 동의하지 않는 이상 어떤 이유로든 서로를 물어뜯을 수 없기 때문이다. 또 너희의 앞발과 뒷발에 달린 발톱은 너무 짧고 부드러워서 이 나라의 야후 하나가 너희 10여 명을 눈앞에서 쫓아 버릴 수 있을 정도다. 따라서 전쟁에서 수많은 사람이 죽었다는 이야기는 '없는 것을 말한' 것이라고밖에 생각되지 않는다.

나는 주인의 무지에 고개를 저으며 피식 웃지 않을 수 없었다. 주인에게 컬버린 대포를 비롯해 다양한 대포, 머스킷 총, 카

빈 총, 권총, 총알, 화약, 칼, 총검, 포위, 후퇴, 공격, 땅굴, 대적 갱도, 폭격, 해전에 관해 설명했다. 1천 명을 태우고 침몰한 배와 양국에서 발생한 2천 명의 사상자, 죽어 가는 이들의 신음, 허공을 가르는 팔다리, 연기, 소음, 혼란, 말발굽에 짓밟혀 죽는 병사들, 탈주, 추격, 승리, 개와 여우와 맹금의 먹이로 남겨진 시체가 여기저기 흩어진 들판을 묘사했다. 약탈하고 옷을 벗기고 강간하고 불에 태우고 파괴하는 행위에 관해 이야기했다. 그리고 내 동포의 용맹을 피력하기 위해 영국군이 어느 포위 공격에서 한 번에 적군 100명과 군함 100척을 폭파하는 장면을 보았다고 말했다. 자욱한 연기 사이로 조각난 시신들이 떨어지는 광경을 보았는데 대단한 구경거리였다고 말했다.

좀 더 자세히 설명하려 하자 주인은 그만두라고 했다. 야후의 야비한 본성을 잘 아는 이들은 야후가 심술궂은 기질에 버금가는 힘과 교활함만 있다면 내가 말한 그 모든 짓을 저지르리라고 얼마든지 믿을 것이라고 했다. 그러나 내 이야기를 들으면서 야후라는 종족 전체에 대한 혐오감이 강해져 마음이 복잡한데 전에는 느껴 보지 못한 감정이라고 털어놓았다.

주인은 그 불쾌한 단어들을 듣는 데 익숙해져 결국 혐오감마저 제대로 느끼지 못하고 그 단어들을 당연시하게 될지도 모르겠다고 생각했다. 이 나라의 야후를 싫어하지만 그들의 밉살스러운 성질 때문에 기분이 나빠 보았자 '그네이'(맹금)의 잔혹한 행동이나 말굽에 박힌 날카로운 돌을 볼 때와 같은 심정이라는 것이었다. 그러나 이성적인 존재로 자처하는 동물이 그런 잔악한 행위를 저지를 수 있다면 그 행위 자체보다 타락한 이성이 더 심각한 문제가 아닐지 두렵다고 의견을 밝혔다. 이런 까닭에 주인은 우리 인간에게 있는 것이 이성이 아니라 타고난 악덕을 부추기는 소질이라고 확신하는 듯했다. 일렁이는 시냇물에 흉측한 몸을 비추면 더욱 크고 더욱 일그러진 모습이 나타나는 것과 마찬가지로 말이다.

주인은 이번 대화에서도 그렇고 그동안 나눈 대화에서도 전쟁 이야기를 너무 많이 들었다고 덧붙였다. 현재 주인을 심란하게 만드는 문제가 또 있었다. 나는 내 선원들 중 일부가 법을 어겨 고국을 떠났다고 이야기했고 법이라는 단어의 의미도 설명했다. 그러나 주인은 모든 사람을 보호하려고 만든 법이 어떻게 사람을 망가뜨리는지 알 수 없어 당황스러워했다. 그러니 '법'이라는 단어의 뜻과 내 고국에서 현재 법을 시행하는 사람들에 대해 좀 더 납득할 만한 설명을 듣고 싶다고 요청했다. 왜냐하면 주인이 생각하기에, 우리가 자처하듯이 이성적인 동물이라면 자연과 이성이 우리에게 무엇을 해야 하고 하지 말아야 하는지 알려 주고도 남을 것이기 때문이었다.

나는 법이 익숙한 분야가 아니며 부당한 일을 당해 변호사를 고용했다가 실패한 경험만 있을 뿐이라고 알려 주었다. 그러나 주인이 납득할 수 있도록 최대한 설명해 보겠다고 했다.

우리 사회에는 흰 것을 검다고 증명하고 검은 것을 희다고 증명하는 기술을 어릴 때부터 배우며 자라는 집단이 있다. 그들은 돈을 받고서 목적에 따라 말을 다양하게 바꾼다. 이 집단에게 나머지 사람들은 노예나 마찬가지다.

예를 들어 이웃 사람이 내 소를 갖고 싶은 마음이 생기면 그

325

는 내 소를 빼앗아야 한다는 사실을 증명하려고 변호사를 고용한다. 그러면 나는 내 권리를 옹호하기 위해 다른 변호사를 고용해야 한다. 자기 스스로 변호하는 행위는 무조건 위법이기 때문이다. 이 경우에 진짜 주인인 나는 두 가지 면에서 무척 불리하다. 우선 갓난아기 시절부터 거짓을 변호하도록 훈련받은 내 변호사가 정의를 변호하게 되었으니 적응하기 어려운 상황이다. 그에게는 부자연스러운 일이라 악의는 없더라도 변호가 무척 서투르다.

두 번째 불리한 점은 내 변호사가 매우 조심스럽게 일을 진행해야 한다는 사실이다. 그렇지 않으면 법조계의 관행을 무시한다는 이유로 판사의 질책을 받고 동료 변호사들의 미움을 사게 될 것이다. 따라서 내가 소를 지킬 수 있는 방법은 두 가지뿐이다. 첫째는 수임료를 두 배로 주고 상대측 변호사를 내 편으로 만드는 것이다. 그러면 그 변호사는 자기가 옳다는 식으로 교묘하게 말을 흘려 고객을 배신할 것이다. 다른 방법은 내 변호사로 하여금 내가 부당하게 고소했다고 포장하도록 시키는 것이다. 즉 상대편이 소의 주인인 듯 이끌어 나가면 되는 것이다. 이를 능숙하게 진행하면 분명 판사의 마음에 들 것이다.

여기에서 내 주인이 알아야 할 사실은 이 판사라는 사람들이 형사 재판뿐 아니라 소유권 분쟁에서도 판결을 내리도록 지정된 이들이라는 점이다. 능숙능란하되 나이가 많거나 게으른 변호사들 중에서 선출된다. 또 평생 진실과 공정에 대한 편견을 가지고 살아온 탓에 사기와 위증, 억압을 치명적일 만큼 편애한다. 내가 알기로 어떤 판사들은 정의로운 쪽에서 보낸 거액의 뇌물을 거절했다. 자신의 본성이나 직무에 어울리지 않는 행동으로 판사라는 직책에 먹칠하지 않으려는 이유에서였다.

이 변호사들에게는 예전에 했던 일이라면 합법적으로 반복할 수 있다는 지침이 있다. 그래서 보편적 정의와 이성을 거슬러 내려졌던 모든 판결을 특별히 세심하게 기록한다. 그것을 '판례'라는 이름으로 부르며 극도로 부당한 견해를 정당화하는 권위로 내세운다. 그리고 판사는 반드시 그 판례에 따라 판결한다.

변호사들은 변론할 때면 그 소송의 본질을 피하기 위해 주도면밀하게 노력한다. 그러나 본질과 상관없는 정황에 대해서는 목소리를 높여 격렬하고 장황하게 말을 늘어놓는다. 예를 들어 앞에서 말한 소송의 경우 변호사들은 내 적수가 내 소를 두고 어떤 권리를 주장하는지 결코 알려고 들지 않는다. 대신 그 소가 붉은색인지 검은색인지, 뿔이 긴지 짧은지, 내가 소에게 풀을 먹인 들판이 둥근지 네모난지, 소젖을 집에서 짜는지 밖에서 짜는지, 소가 걸릴 가능성이 있는 질병은 무엇인지 등을 알고 싶어 한다. 그 뒤에는 판례를 찾아보고 간간이 재판을 중단하면서 소송을 10년이나 20년 혹은 30년씩 끈다.

게다가 이 변호사 집단에는 다른 사람들은 이해할 수 없는 고유의 은어와 전문 용어가 있다. 법률도 모두 그 용어를 사용하며 용어의 수를 늘리려고 특별히 신경을 쓴다. 그들은 그런 용어로 진실과 거짓, 옳고 그름의 본질을 송두리째 뒤섞어 버리므로 선조들이 6대에 걸쳐 나에게 남겨 준 밭이 내 것인지 아니면 500킬로미터 떨어진 곳에 사는 낯선 사람의 것인지 판가름하는 데 30년이 걸린다.

반역죄로 고발당한 사람을 재판할 때는 훨씬 간단하고 탁월한 방법을 쓴다. 판사는 우선 사람을 보내 권력자들의 기분을 파악한다. 그리고 그 결과에 따라 법적인 형식을 엄격하게 갖추어 죄수를 교수형에 처하든 사면하든 부담 없이 처리하면 된다.

　이 부분에서 주인이 내 말을 잘랐다. 내가 묘사한 내용에 따르면 그 변호사라는 사람들은 분명 비상한 머리를 타고난 이들인데 그 지혜와 지식으로 다른 사람들을 지도하도록 장려하지 않는다니 애석하다고 말했다. 나는 주인에게 변호사들은 담당 업무를 제외하면 대개 모든 면에서 무지하고 어리석기 짝이 없는 부류로서 일상적인 대화를 할 때는 무척 천박하고 모든 지식과 학문을 공공연하게 적대한다고 알려 주었다. 또 그들은 자신의 직업에 대해서든 다른 주제에 관해서든 대화를 나눌 때면 당연한 이치를 왜곡하려는 성향이 있다고 덧붙였다.

6장

앤 여왕이 통치하는 영국의 이야기를 계속 들려준다. 유럽의 궁중에서 일하는 수상의 특징을 알려 준다.

주인은 이 변호사라는 족속이 고작 동족에게 해를 끼치려는 목적으로 공모에 가담해 혼란과 불안과 피로를 자초하는 연유가 무엇인지 도무지 이해하지 못했다. 돈을 받고 그런 일을 한다는 말도 이해하지 못했다. 나는 돈의 용도와 화폐의 재료와 금속의 가치를 설명하느라 무척 애를 먹었다. 나는 야후가 이 값비싼 물질을 많이 가지고 있으면 좋은 옷과 웅장한 집, 드넓은 땅, 비싼 고기와 술 등 원하는 것을 모두 살 수 있다고 설명해 주었다. 무척 아름다운 여자도 얻을 수 있다고 말이다. 돈만 있으면 이 모든 위업을 달성할 수 있기 때문에 사치와 탐욕을 부리는 소질이 뛰어난 우리 나라의 야후들은 소비하거나 저축할 돈이 늘 부족하다고 생각한다. 부자는 가난한 사람이 땀 흘려 맺은 결실을 즐기는데 가난한 사람이 천 명이라면 부자는 한 명이다. 소수의 풍족한 삶을 위해 수많은 사람이 매일 노동을 하고 적은 임금을 받으며 비참하게 살아간다.

　나는 이런 이야기와 비슷한 이야기를 자세히 들려주었다. 그러나 주인은 여전히 이해하지 못했다. 주인은 모든 동물은 땅의 소산물 중에서 자기 몫을 주장할 권리가 있으며 다른 동물을 다스리는 동물이라면 더더욱 그렇다고 생각했다. 그래서 비싼 고기란 무엇이며 그것을 먹지 못하는 사람이 왜 생기는지 알려 달라고 했다. 나는 머릿속에 떠오르는 고기의 종류와 다양한 손질 방식을 하나하나 열거했다. 배에 실어 바다를 통해 세계 곳곳으로 보내는데 술과 소스 및 기타 수많은 잡화도 그렇게 운반한다고 말했다. 나는 주인에게 이런 식으로 지구를 세 바퀴 이상 돌아야만 부유한 여자 야후가 아침을 먹을 수 있다고 단언했다. 주인은 자국민에게 식량을 제공하지 못하다니 매우 비참한 나라가 분명하다고 했다. 그러나 내가 묘사한 그 드넓은 땅에 신선한 물이 전혀 없어 마실 것을 구하러 바다 건너로 사람을 보내야 한다는 사실이 가장 놀랍다는 것이었다. 나는 내 조국인 영국에서는 곡물에서 추출하거나 나무 열매를 압착해 만든 술이 우수한 음료 역할을 하며 국민이 소비할 수 있는 양의 세 배에 이르는 식량이 생산된다고 말했다. 다른 일용 잡화도 마찬가지 비율로 생산된다.

　그러나 남자들의 사치와 무절제, 여자들의 허영심을 충족하기 위해 우리 나라에서 만든 상당량의 필수품을 다른 나라로 보내고 그 대가로 질병과 어리석음과 악덕의 재료를 수입해서 이용한다. 그 결과 수많은 영국인들이 생계를 유지하고자 구걸, 강탈, 도둑질, 사기, 매춘 알선, 위증, 아첨, 매수, 위조, 도박, 거짓말, 아양, 협박, 금권 선거, 졸필, 점성술, 독살, 매춘, 위선, 중상, 자유사상 및 이와 비슷한 짓을 일삼을 수밖에 없다. 이 모든 용어를 주인에게 이해시키느라 나는 무척 애를 먹었다.

나는 외국에서 술을 수입하는 이유가 물이나 다른 음료가 부족해서가 아니라 술이 기분을 즐겁게 해 주기 때문이라고 알려 주었다. 술은 감각을 무디게 만들고 온갖 우울한 생각을 잊게 해 주며 머릿속에 엉뚱하고 터무니없는 상상을 불러일으키고 희망을 품게 하며 두려움을 몰아낸다. 잠시 이성의 모든 활동을 중지시키고 팔다리를 쓰지 못하게 한 후 결국 깊은 잠에 빠뜨린다. 물론 술에서 깼을 때 메스껍고 기운이 없는 것은 사실이다. 술을 마시고 여러 질병에 시달리느라 삶이 불편해지고 짧아진다는 것도 사실이다.

그러나 이와는 달리 부자들에게나 서로에게 생필품이나 일용품을 공급하며 생계를 유지하는 사람들도 많다. 예를 들어 집에 있을 때 나는 옷을 입어야 하는데 내가 몸에 걸치는 옷은 100명쯤 되는 상인들의 손을 거쳐 만들어진다. 내가 사는 건물과 집 안의 가구를 만들려면 더 많은 사람이 필요하다. 그리고 아내가 몸을 치장하는 데는 다섯 배나 더 많은 사람의 작업이 필요하다.

나는 주인에게 내 선원 중 많은 이들이 병 때문에 죽었다고 말했다. 그리고 그런 경우 아픈 사람들을 돌보며 생계를 유지하는 다른 부류의 사람들도 있다고 덧붙였다. 이 부분에서 내 말을 이해시키기란 더없이 어려운 일이었다. 주인은 휘늠 역시 죽기 며칠 전에는 몸이 약해지고 둔해진다는 사실과 사고로 다리를 다치기도 한다는 사실을 쉽게 떠올렸다. 그러나 만물을 완벽하게 관장하는 자연이 우리 몸에 고통을 일으킨다고는 생각할 수가 없었다. 주인은 설명할 수 없는 해악의 원인을 알고 싶어 했다.

나는 우리가 상충 작용을 하는 수많은 음식을 먹는다고 알려주었다. 우리는 배고프지 않을 때 먹고 갈증이 나지 않아도 마신다. 음식을 전혀 입에 대지 않고 독한 술을 밤새 마시기도 하는데 그 탓에 게을러지고 몸이 붉어지며 붓고 소화력이 떨어지거나 배탈이 난다. 매춘부인 여자 야후들이 어떤 병에 걸리면 그들을 품에 안은 사람들의 뼈가 썩는다. 이런 병과 그 밖의 많은 질병이 아버지에게서 아들로 전해진다. 결국 수많은 사람들이 복잡한 병에 걸려 세상에 태어난다. 인간의 몸에 생기기 마련인 모든 병의 이름을 나열하자면 끝이 없을 것이다. 팔다리와 관절에 퍼지는 병만 해도 최소한 오륙백 가지는 되기 때문이다. 간단히 말해 몸 안팎의 각 부분은 걸리는 병이 따로 있다. 그런 병을 치료하기 위해 우리는 아픈 사람을 전문적으로 돌보거나 돌보는 척하는 이들을 양성한다. 나도 그런 기술이 좀 있으므로 주인에게 감사하는 뜻에서 그 분야의 업무상 비밀과 그들이 이용하는 방법을 알려 주겠다고 했다.

그들은 모든 병의 원인이 과식이라고 전제한다. 따라서 자연스러운 통로를 통해서든 위쪽에 달린 입을 통해서든 몸속에 있는 것을 대량 배설해야 한다고 진단한다. 그다음에는 허브와 광물, 고무, 기름, 조개껍데기, 소금, 즙, 해초, 대변, 나무껍질, 뱀, 두꺼비, 개구리, 거미, 시체의 뼈와 살, 새, 짐승, 물고기로 맛과 냄새가 고약하고 역겹고 혐오스러운 혼합물을 능력껏 제조한다. 위장은 그런 혼합물을 질색하며 즉석에서 거부하는데 그들은 그 현상을 '구토'라고 부른다. 혹은 위에서 언급한 재료에 다른 유독성 물질을 혼합해 우리에게(의사의 당시 기분에 따라) 위쪽 구멍으로든 아래쪽 구멍으로든 집어넣으라고 지시한다. 그 약 역시 내장을 괴롭히고 구역질을 일으킨다. 그 결과 배가 긴장을 풀며 모든 것을 아래로 밀어낸다. 의사들은 이 현상을 장 청소, 혹은 관장이라고 부른다.

의사들의 주장에 따르면 더 우수한 앞쪽 구멍으로 고체와 액체를 들여보내고 더 열등한 뒤쪽 구멍으로 배출하는 것이 자연의 섭리다. 이 전문가들은 기발하게도 병에 걸린 상태에서는 자연 작용이 거꾸로 일어난다고 생각한다. 그래서 자연의 작용을 원상태로 돌리려면 몸을 정반대 방식으로 다루어 앞쪽과 뒤쪽 구멍의 용도를 뒤바꿔야 한다. 항문에 고체와 액체를 밀어 넣고 입으로 배출하는 것이다.

그러나 인간은 실질적인 질병 외에도 수많은 가상의 병에 걸리므로 의사들은 가상의 치료법을 고안했다. 가상의 병은 종류가 몇 가지에 이르고 알맞은 약도 몇 가지 있다. 여자 야후들이 주로 이런 병에 시달린다.

의사의 가장 뛰어난 재주는 예견하는 능력으로 실패하는 경우가 거의 없다. 의사들은 실질적인 질병을 대할 때 병이 웬만큼 깊어지면 대개 죽음을 예고하는데 회복과 달리 죽음은 반드시 의사의 손에 좌우된다. 즉 환자에게 사망 선고를 한 후에 뜻밖에도 개선될 기미가 보이면 의사들은 잘못된 예언을 했다고 비난을 받으니 시기적절한 투약으로 세상에 자신의 현명함을 증명하는 쪽을 택한다.

이것은 배우자에게 질린 남편과 아내는 물론이고 장자나 장관, 때로는 왕에게도 쓸 수 있는 특별한 처방이다.

나는 주인에게 정부의 본질을 전반적으로 설명하고 온 세상의 감탄과 선망을 받아 마땅한 영국의 탁월한 헌법을 자세히 설명한 적이 있다. 그때 내가 우연히 '장관'이라는 단어를 입에 올리자 주인은 나에게 특히 어떤 부류의 야후를 그런 이름으로 부르는지 나중에 알려 달라고 했다.

나는 주인에게 내가 설명하고자 하는 가장 높은 장관, 즉 수상은 기쁨과 슬픔, 사랑과 증오, 연민과 분노를 전혀 느끼지 않는 사람이라고 말했다. 그게 아니더라도 부와 권력과 지위에 대한 격렬한 욕망을 제외한 다른 감정을 전혀 활용하지 않는다. 수상은 다양한 용도로 언어를 사용하지만 언어로 자신의 본심을 드러내지는 않는다. 듣는 사람에게 거짓말이라는 인상을 주기 위한 경우가 아니라면 진실을 말하지 않는다. 또 진실이라는 인상을 주기 위해서가 아니라면 거짓말을 하지 않는다. 수상이 당사자가 없는 자리에서 어떤 사람을 심하게 헐뜯었다면 그 사람은 반드시 승진을 한다. 수상이 다른 사람에게나 당사자에게 칭찬을 한다면 그 당사자는 그날로 버림받는다. 가장 불길한 징조는 수상의 약속인데 맹세와 더불어 굳게 약속했다면 더더욱 불길하다. 그런 일이 발생할 경우 현명한 사람이라면 모든 희망을 버리고 자리에서 물러난다.

수상의 자리에 오를 수 있는 방법은 세 가지다. 첫째, 아내나 딸이나 여동생을 신중하게 처분한다. 둘째, 전임자를 배반하거나 서서히 무너뜨린다. 셋째, 공공 집회에서 왕실의 부정부패를 통렬히 비판한다. 그러나 현명한 왕이라면 마지막 방법을 시행한 사람을 수상으로 임명하려 할 것이다. 그런 열성이 있는 사람이야말로 누구보다 비굴하게 굽실대며 왕의 뜻과 기분에 복종하기 때문이다. 이 수상이라는 사람들은 임명권을 자유롭게 행사할 수 있으므로 상원이나 의회 전반을 매수해 권력을 유지한다. 급기야는 면책권(나는 주인에게 그 의미를 설명해 주었다.)이라는 수단을 이용해 훗날 받을 심판을 모면하고 그동안 모은 약탈품을 잔뜩 챙겨 관직에서 물러난다.

수상의 관저는 또 다른 수상들을 양산하는 소굴이다. 심부름꾼, 하인, 문지기는 주인을 흉내 내며 자기 영역에서 '수상'이 되며 세 가지 필수 요건인 거만함과 거짓말과 뇌물수수에서 탁월한 기량을 연마한다. 결국 그들에게 돈을 바치는 최고위층 인사들로 인해 일종의 하위 궁정이 생긴다. 그들은 때로 약삭빠르고 뻔뻔스럽게 움직여 몇 단계를 거친 후 주인인 수상의 후임자가 되기도 한다.

수상은 대개 타락한 계집이나 총애하는 하인의 지배를 받는데 그들은 수상의 모든 은총을 전달하는 비밀 통로로 그 나라의 실권자라 불려도 좋을 것이다.

어느 날 주인은 영국의 귀족에 대한 이야기를 듣고 나에게 분에 넘치는 칭찬을 해 주었다. 내가 힘과 민첩성이 부족해 보이나 다른 짐승들과 생활 방식이 다르기 때문에 그런 것 같고, 겉모습과 피부색과 청결함으로는 이 나라의 모든 야후들을 훨씬 능가하므로 귀족 가문의 일원이 분명하다는 것이었다. 주인은 또 내가 언어 능력뿐 아니라 기초적인 이성까지 타고난 까닭에 주인의 친구들 사이에서는 천재로 통한다고 알려 주었다.

주인은 이 나라에서도 흰색, 밤색, 진회색 휘님과 암갈색, 검은 얼룩무늬가 있는 회색, 검은색 휘님의 모습이 조금 다르다는 사실에 주목하라고 했다. 후자에 속하는 휘님들은 전자와 다르게 지성이나 지성을 계발할 능력을 똑같이 타고나지 않는다. 그래서 늘 하인의 상태이며 다른 혈통의 휘님과 짝을 지을 생각은 꿈에도 하지 않는다. 그런 행위는 이 나라에서 무척 괴이하고 부자연스럽게 여겨진다.

나는 주인에게 나를 그토록 좋게 생각해 주니 얼마나 고마운지 모르겠다고 말했다. 하지만 나는 좀 더 낮은 계층 출신으로 평범하고 정직하며 나에게 웬만큼 교육을 받게 해 줄 수 있는 부모에게서 태어났다고 알려 주었다. 우리 나라에서 귀족은 주인이 생각하는 것과는 딴판이라고 설명했다. 젊은 귀족은 어릴 때부터 나태와 사치 속에서 자라난다. 세월이 흘러 일정한 때가 되면 기력이 바닥나고 음란한 여자들과 어울리다가 혐오스러운 병에 걸린다. 재산을 탕진할 때쯤 태생이 비천하고 성질이 고약하며 건강이 나쁜 여자와 오직 돈 때문에 결혼해서 아내를 미워하고 경멸한다. 그런 결혼으로 태어난 아이들은 대개 연주창이나 구루병에 걸리거나 기형아이다.

이런 까닭에 그 가문은 3대 이상 지속되는 경우가 거의 없다.

아내가 혈통을 개선하고 대를 잇기 위해 이웃 사람이나 머슴 중에서 건강한 아비를 구하려고 신경 쓰지 않는다면 말이다. 허약하고 병든 몸, 여윈 얼굴, 누르스름한 안색은 귀족 혈통의 진정한 표식이다. 귀족에게 건강하고 활기찬 외모는 수치스러운 특징으로 세상 사람들은 그런 사람의 진짜 아버지가 마부나 말을 돌보는 노동자라고 단정한다. 귀족의 신체적 결함에는 우울하고 둔하고 무식하고 변덕스럽고 음탕하고 오만한 기질이 복합된 정신적 결함이 동반된다.

이런 귀하신 몸의 동의 없이는 법을 제정하거나 폐지하거나 수정할 수 없다. 또한 이 귀족들은 우리의 재산에 마음대로 판결을 내릴 수 있는데 항소는 불가능하다.

7장

저자는 깊은 애국심을 드러낸다. 저자가 설명한 영국의 헌법과 행정에 대해 주인이 비슷한 사례와 비유를 들어 논평한다. 주인이 인간의 본성을 비평한다.

휘넘들이 야후와 꼭 닮은 내 모습을 보고 인간이 야비한 존재라는 선입견을 품게 되었을 텐데 그런 휘넘들에게 어떻게 내 동족의 이야기를 그토록 스스럼없이 할 수 있었느냐고 독자가 놀라워할지도 모르겠다. 그러나 솔직히 고백하건대 그 무렵 나는 타락한 인간과 정반대인 이 훌륭한 네발짐승들의 수많은 미덕에 눈뜬 뒤였고 사고력도 확장되어 인간의 행동과 감정을 다른 관점으로 보게 되었다. 그리고 인간의 체면을 굳이 지켜 줄 필요가 있겠느냐는 생각도 들었다. 판단력이 예리한 주인 앞에서는 더더욱 불가능한 일이었다. 주인은 나에게서 이전에 전혀 인식하지 못했으며 인간들 사이에서는 결함으로 여겨지지도 않을 수많은 결점을 찾아내 알려 주었다. 또 나는 주인의 모습을 보며 모든 거짓과 위선을 몹시 싫어하게 되었다. 그리고 진실이 무척 소중하게 느껴져서 진실을 위해서라면 모든 것을 희생하기로 마음먹었다.

그러나 독자에게 숨김없이 말하자면 내가 솔직한 이야기를 할 수 있었던 훨씬 큰 이유가 있었다. 이 나라에서 지낸 지 1년이 채 되기도 전에 나는 이 나라 주민들에게 크나큰 애정과 존경을 품게 되었다. 그래서 다시는 인간 사회로 돌아가지 않고 이 훌륭한 휘넘들 사이에서 모든 미덕을 명상하고 실천하며 여생을 보내기로 굳게 마음먹었던 것이다. 이곳에서는 악행이나 악행의 동기를 전혀 찾아볼 수 없었다. 그러나 내 영원한 원수인 운명은 그런 큰 행복을 나에게 선사할 생각이 없었던 모양이다. 지금 생각하니 내가 동포들에 대해 이야기할 때 그 엄격한 조사관 앞에서 그들의 결함을 최대한 가볍게 설명했고 상황이 허락하는 한 모든 내용을 긍정적인 쪽으로 전했다는 사실이 그나마 위안이다. 사실 모국에 대한 편애로 마음이 흔들리지 않을 사람이 어디 있겠는가?

나는 영광스럽게도 주인을 모신 대부분의 시간을 대화로 보냈고 그렇게 나눈 대화의 핵심을 여기에 기록했다. 그러나 간결성을 위해 기록한 내용보다 훨씬 많은 내용을 생략했다.

나는 주인의 질문에 모두 답했고 주인의 호기심도 완전히 채워진 것 같았다. 그런데 어느 날 아침 일찍 주인이 하인을 통해 나를 불러 좀 더 가까이 다가와 앉으라고 명령했다(그동안 내가 한 번도 누리지 못한 영광이었다.). 주인은 나와 내 나라에 대해 그동안 들은 이야기를 매우 진지하게 곱씹어 보았다고 했다. 자신으로서는 짐작할 없는 어떤 우연으로 인간이라는 동물이 약간의 이성을 얻게 된 것 같지만 인간은 타고난 타락성을 더욱 악화하고 자연이 주지 않은 새로운 타락성을 습득하는 데만 이성을 사용한다는 것이었다. 자연이 우리에게 선물한 몇 가지 능력을 포기해 버리고 원래 결핍된 부분을 더욱 증대시키며 그렇게 생긴 손실을 스스로의 발명품으로 메우기 위해 평생을 헛되이 노력하는 것 같다고 평가했다.

주인이 보기에 나는 보통의 야후에게 있는 힘이나 민첩성이 없었다. 나는 뒷다리로 불안정하게 걸어다니고 발톱은 몸을 방어하지 못할뿐더러 달리 쓸 데가 없으며 햇빛과 바람을 막아 줄 털을 턱에서 깎아 버려 부자연스러웠다. 마지막으로 주인은 내가 이 나라에 사는 형제(주인의 표현이었다.) 야후들처럼 빨리 달리거나 나무에 오르지도 못한다고 했다.

주인은 인간의 이성이 무척 빈약하고 그 결과 덕이 부족해 정부와 법 제도가 만들어진 것이 분명하다고 단정 지었다. 이성적인 동물을 다스리는 데 필요한 것은 이성뿐이기 때문이다. 따라서 내가 동족들에 대해 설명해 준 내용만 들어도 우리는 스스로 생각하듯이 이성적인 동물이 아니다. 그 설명이란 것도 내가 동족을 변호하려고 상세한 부분을 많이 감추었고 가끔 '없는 것을 말하기도' 했음이 분명하지만 말이다.

주인이 이러한 생각을 더욱 확신한 까닭은 내가 힘과 민첩성과 활동성이 떨어지고 짧은 발톱 및 자연이 관여하지 않은 여타 세세한 부분 때문에 불리하다는 점을 제외하면 모든 신체적 특징이 다른 야후들과 비슷하기 때문이었다. 내가 인간의 생활과 풍습과 행동에 관해 들려준 이야기를 통해 주인은 인간과 야후의 공통된 기질을 발견했다. 야후는 다른 종족보다 자기 종족을 더욱 미워한다고 알려졌는데 아마도 스스로의 혐오스러운 겉모습을 보지 못하면서 다른 야후들의 그런 모습은 볼 수 있기 때문일 터였다. 따라서 주인은 우리가 옷으로 몸을 '가리는' 것이 어리석은 처사가 아니라고 생각하게 되었다. 그 발명품 덕분에 가리지 않았다면 도무지 참고 보기 어려웠을 수많은 신체적 결함을 서로의 눈으로부터 숨길 수 있기 때문이다.

그러나 주인은 자신이 착각했다는 사실도 깨달았다고 한다. 내 이야기를 들어 보니 이 나라의 야후들 사이에 벌어지는 싸움은 우리 나라 사람들 사이에 일어나는 싸움과 원인이 같다는 것이었다. 야후 다섯 마리에게 쉰 마리가 먹고도 남을 음식을 던져 주면 야후들은 평화롭게 먹기는커녕 저마다 음식을 독차지하려고 조바심을 내며 멱살을 움켜잡고 싸울 것이다. 그러니 집 밖에서 먹이를 줄 때는 대개 하인을 옆에 세워 두고 집에서 기르는 야후의 경우에는 서로 적당히 떼어 놓아야 한다.

소가 늙어서 죽거나 사고로 죽으면 휘넘이 자기 집 야후들에게 그것을 먹이기도 전에 동네의 야후들이 빼앗으러 몰려올 것이며 그 후에는 내가 설명했던 그런 전쟁이 일어나 양쪽은 발톱으로 서로 심각한 부상을 입힐 것이다. 우리 인간이 발명한 것과 같은 편리한 살인 도구가 없으니 서로를 죽일 가능성은 거의 없지만 말이다. 어느 때는 뚜렷한 이유 없이 동네 야후들끼리 전쟁

비슷한 싸움을 벌인다. 한 구역의 야후들은 옆 구역의 야후가 대비하기 전에 기습하려고 틈틈이 기회를 엿본다. 그러나 계획이 실패하면 집으로 돌아온다. 하지만 마땅한 적이 없기 때문에 자기들끼리 내가 '내란'이라고 부른 것을 일으킨다.

이 나라의 어느 들판에는 오색으로 빛나는 돌이 있는데 야후들이 대단히 좋아한다. 가끔 이 돌의 일부분이 땅에 박혀 있는 것을 야후가 발견하면 며칠이 걸리건 발톱으로 땅을 파서 그 돌을 캐낸 다음 자기 우리 속에 숨긴다. 그 뒤에도 다른 야후들이 그 보물을 발견할까 봐 몹시 경계한다. 주인은 이 비정상적인 욕구의 원인이 무엇인지, 이 돌이 야후에게 어떤 쓸모가 있는지 알지 못한다고 말했다. 그러나 이제는 내가 인간이 타고났다고 말한 '탐욕'이라는 원리에서 비롯된 행동이라고 확신하게 되었다.

주인은 시험 삼아 그 돌무더기를 야후가 숨겨 두었던 곳에서 다른 곳으로 몰래 옮겨 놓은 적이 있었다. 보물을 잃은 이 욕심 많은 짐승은 큰 소리로 슬퍼하며 야후 무리 전체를 그곳으로 불러들이더니 비참하게 울부짖으며 나머지 야후들을 물어뜯었다. 그 야후가 시들시들 야위어 가며 먹지도, 마시지도, 일하지도 않기에 주인은 하인을 시켜 원래 있던 구멍에 돌들을 슬쩍 옮기고 전처럼 숨겨 두었다. 야후는 돌들을 다시 보고는 즉시 기운을 되찾고 기뻐했다. 그러나 돌을 더 안전한 은닉처로 세심하게 옮겼고 그 뒤로는 부리기 편한 짐승이 되었다.

주인이 들려준 다른 이야기는 나 역시 목격한 내용이었다. 그 빛나는 돌이 자주 발견되는 들판에서는 이웃 야후들의 끝없는 습격 때문에 격렬한 싸움이 빈번히 발생했다.

342

주인은 야후 두 마리가 들판에서 돌을 발견하고 서로 가져가 겠다며 다투고 있을 때 다른 야후가 빈틈을 노리고 가져가 버리는 일이 흔하다고 알려 주었다. 주인은 그 상황이 우리의 법정 소송과 닮은 데가 있다고 주장했는데 나는 인간의 명예를 생각해 주인의 생각이 잘못임을 깨우쳐 주지 않았다. 주인이 이야기한 그 판결이 우리 인간들 사이에서 내려지는 판결보다 훨씬 공정하기 때문이었다. 야후의 경우에는 원고든 피고든 다툼의 원인이 된 그 돌 말고는 잃을 것이 없다. 그러나 우리의 공정한 법정은 둘 중 한쪽이 가진 것이 조금이라도 남아 있는 한 소송을 마무리하지 않을 것이다.

주인은 뭐든 닥치는 대로 먹는 야후의 식성만큼 혐오스러운 것이 없다고 말을 이었다. 허브든 나무뿌리든 열매든 썩은 동물의 고기든 아니면 이 모두가 뒤섞였든 보이기만 하면 게걸스레 삼킨다는 것이다. 또 야후는 특이한 성질이 있어서 집에서 받아먹을 수 있는 좋은 음식보다 멀리에서 강탈해 온 음식을 더 좋아했다. 먹이가 떨어지지 않으면 배가 터지도록 먹어 대다가 나중에 자연이 알려 준 어떤 나무뿌리를 먹고 한바탕 배설한다.

즙이 무척 많지만 귀하고 찾기도 어려운 나무뿌리가 있는데 야후들은 열심히 그것을 찾아내서 무척 기뻐하며 빨아 먹는다. 그 나무뿌리는 인간이 술을 마셨을 때와 비슷한 작용을 한다. 그것을 빨아 먹은 야후들은 서로를 껴안거나 공격한다. 울부짖고 히죽거리고 떠들어 대고 비틀거리고 넘어지다가 결국 진흙 속에서 잠들어 버린다.

내가 봐도 이 나라에서 병에 걸리는 동물은 야후뿐이었다. 그러나 우리 나라의 말보다는 병에 걸리는 경우가 훨씬 드물었고 그마저도 학대를 받아서가 아니라 그 지저분한 짐승의 불결함과 탐욕 때문이었다. 이 나라의 언어에는 야후가 걸리는 병을 가리키는 명칭도 하나뿐이었다. 그 짐승의 이름을 따와서 '흐니아 야후', 즉 '야후의 악'이라고 불렀다. 정해진 치료법은 야후의 똥과 오줌을 섞어 목구멍에 강제로 집어넣는 것이다. 나는 이 방법으로 효과를 거두는 장면을 여러 번 보았다. 그리고 공공의 이익을 위해 영국 국민들에게도 과식으로 발생한 모든 병에 작용할 뛰어난 특효약으로 기꺼이 추천하는 바이다.

주인은 학문과 정치, 예술, 제조업 분야에서는 이 나라와 우리 나라 야후들 사이에 닮은 점을 거의 발견하지 못했다고 솔직하게 말했다. 양쪽 야후들의 본성에 어떤 유사점이 있는지에만 주목했기 때문이다. 주인이 호기심 많은 일부 휘넘들에게서 들은 이야기에 따르면 대부분의 야후 무리에 일종의 우두머리가 있는데(우리 나라의 공원에 우두머리 수사슴이 있는 것과 마찬가지다.) 그 우두머리는 반드시 다른 야후들보다 신체가 더 흉측하고 성질이 더 고약했다.

이 우두머리는 대개 자신과 가장 비슷한 야후를 총애하며 그 부하는 주인의 발과 엉덩이를 핥아 주고 여자 야후들을 우두머리의 굴로 데려오는 일을 담당한다. 그리고 대가로 이따금씩 당나귀 고기 조각을 얻는다. 이 부하는 무리 전체의 미움을 받는다. 그래서 몸을 보호하려고 우두머리에게서 멀리 떨어지지 않는다. 대개는 더 흉측한 야후가 나타날 때까지 그 자리를 보전한다. 그러나 버림받는 순간 후임자 야후가 남녀노소를 가리지 않고 그 구역의 모든 야후를 이끌고 쳐들어와 그 야후의 온몸에 똥을 싸 댄다. 그러나 주인은 이 사례가 우리 나라의 궁중과 왕의 총애를 받는 신하 및 장관들의 이야기와 얼마나 비슷한지는 내가 판단할 몫이라고 했다.

나는 이 얄궂은 비유에 뭐라 대답하지 않았다. 인간의 판단력을 흔한 사냥개의 명민함보다 열등하게 취급한 비유였기 때문이다. 사냥개도 무리에서 가장 유능한 개의 소리를 실수 없이 분별하고 따를 정도의 판단력은 있지 않은가.

주인은 야후들에게 몇 가지 주목할 만한 기질이 있는데 내가 인간을 설명할 때 그런 내용을 빠뜨리거나 혹은 무척 가볍게 다루었다고 말했다. 주인은 야후들이 다른 짐승과 마찬가지로 암컷을 공동 소유 한다고 말했다. 그러나 차이점이 있는데 암컷 야후가 임신 중에도 수컷을 받아들인다는 점과 수컷 야후와 암컷 야후가 서로 맹렬히 싸운다는 점이었다. 그 두 가지 모두 다른 섬세한 동물들에게서는 결코 찾아볼 수 없는 지독히 야만적인 행위였다.

주인이 야후를 보고 의아하게 생각한 또 다른 점은 불결함과 오물을 좋아하는 이상한 기질이었다. 반면 다른 동물들은 모두 본능적으로 청결함을 선호하는 것 같다고 했다. 나는 앞서 말한 두 가지 기질에 대해서는 대답하지 않고 넘겼는데 변호할 말이 전혀 없었기 때문이다. 그렇지 않았다면 내 성격상 분명 인간을 옹호했을 것이다. 그러나 마지막에 언급한 기질의 경우에는 그 나라에 돼지가 있었다면(불행히도 돼지는 한 마리도 없었다.) 인간에게 씌워진, 특이하다는 오명을 쉽게 벗길 수 있었을 것이다. 돼지는 야후보다 좀 더 귀여운 동물일지 몰라도 공평하게 말해 더 깨끗하다고는 할 수 없었다. 그러니 지저분하게 먹이를 먹고 걸핏하면 진흙 속에서 뒹굴며 자는 돼지의 모습을 주인이 보았다면 내 말에 수긍했을 것이다.

또한 주인은 하인들이 몇몇 야후에게서 발견한 다른 특성을 거론했다. 자신은 도무지 이해할 수 없는데 가끔 야후가 변덕을 부리며 구석에 처박혀서는 엎드려 울부짖고 신음하며 가까이 오는 모든 것을 거부한다는 것이다. 팔팔하고 뚱뚱한 몸으로 보아 음식이나 물이 부족한 것도 아닌데 말이다. 하인들은 야후가 병들었다고 생각할 수도 없었다. 그들이 찾아낸 유일한 치료법은 고된 노동을 시키는 것으로 그 후에는 틀림없이 원상태를 회복한다고 했다. 그 말을 듣고 나는 인간을 아끼는 마음 때문에 침묵했다. 그러나 그때 게으르고 사치스럽고 부유한 이들만 걸리는 우울증의 진정한 근원을 분명히 발견할 수 있었다. 그들에게도 똑같은 노동을 시킨다면 치료가 가능할 터였다.

주인은 암컷 야후가 가끔 강둑이나 덤불 뒤에 서서 지나가는 젊은 수컷 야후들을 응시하다가 매우 이상한 몸짓과 찡그린 표정을 보여 주고는 다시 숨어 버린다고 말했다. 그럴 때 암컷 야후는 무척 불쾌한 냄새를 풍겼다. 그리고 수컷이 다가오면 가끔 뒤돌아보며 천천히 멀어지는데 짐짓 두렵다는 표정을 지으며 수컷이 따라오기 편한 곳으로 달아났다.

또 낯선 암컷이 나타나면 암컷 야후 서너 마리가 그 야후를 둘러싸고 빤히 바라보며 재잘대고 히죽거리고 그 야후의 몸 곳곳에 코를 대고 냄새를 맡는다. 그런 다음에는 경멸과 무시를 나타내는 듯한 몸짓을 보이며 고개를 돌린다.

　이 일화가 직접 목격한 광경이었든 아니면 전해 들은 이야기든 주인은 표현을 조금 다듬어서 말했을 것이다. 그러나 음탕함과 교태와 비난과 추문이 여성의 본능에 자리하고 있다고 생각하니 놀라우면서도 무척 서글펐다.

　나는 주인의 입에서 자연의 섭리에 어긋나는 암수 야후들의 성욕을 비난하는 말이 금방이라도 나오리라 생각했다. 인간 사회에서는 흔한 일이기 때문이었다. 그러나 자연은 그 정도로 숙련된 교사는 아니었던 모양이다. 좀 더 고차원적인 쾌락은 예술과 이성의 산물로 오직 우리 사회에만 존재하는 듯했다.

8장

저자가 야후의 몇 가지 특이점을 설명한다. 휘넘의 훌륭한 미덕을 이야기한다. 휘넘이 자녀를 교육하고 훈련하는 방식과 휘넘들의 총회에 대해 알려 준다.

주인보다 내가 인간의 본성을 훨씬 잘 파악하고 있었을 것이므로 주인이 말해 준 야후의 특성을 나와 내 동포들에게 적용하기란 쉬운 일이었다. 직접 관찰하면 더 많은 것을 발견할 수 있겠다는 생각도 들었다. 그래서 나는 가끔 주인에게 근방에 있는 야후 떼에 가까이 가게 해 달라고 부탁했다.

주인은 내가 야후에게 품은 증오심 때문에 그 짐승들에게 물들지 않으리라 굳게 믿고 언제나 관대하게 승낙해 주었다. 그리고 하인, 즉 매우 정직하고 마음씨가 착하며 건장한 밤색 조랑말에게 나를 지켜 주라고 지시했다. 그 말의 보호가 없었다면 나는

348

그런 모험을 할 엄두를 내지 못했을 것이다. 독자에게 이미 말했 듯이 그 혐오스러운 짐승들은 내가 처음 이곳에 도착했을 때부터 나를 괴롭혔기 때문이다. 그 뒤에도 칼을 지니지 않고 길을 조금 벗어났다가 그 짐승들의 손아귀에 잡힐 뻔한 적이 서너 번 있었다. 그리고 짐작건대 야후들은 나를 동족으로 여기는 것 같았다. 조랑말이 함께 있을 때 야후들 앞에서 내가 가끔 소매를 걷어 팔과 가슴을 드러낸 탓이기도 했다. 그럴 때 야후들은 용기를 내서 최대한 가까이 다가와 원숭이처럼 내 행동을 흉내 냈지만 늘 증오 어린 표정이었다. 사람에게 길들여져 모자와 양말을 착용한 갈까마귀가 어쩌다 야생 까마귀들과 어울리게 되면 반드시 구박을 받는 것과 마찬가지였다.

야후는 어릴 때부터 대단히 날렵하다. 한 번은 세 살짜리 수컷 야후를 붙잡아 진정시키려고 온갖 부드러운 말로 달래 보았는데 그 조그만 악동이 사납게 울부짖고 할퀴고 물어뜯는 바람에 놓아줄 수밖에 없었다. 시끄러운 소리에 나이 든 야후들이 주변으로 우르르 몰려왔으므로 차라리 잘한 일이었다. 야후들은 새끼 야후의 안전을 확인한 데다(어린 야후는 멀리 달아나 버렸다.) 밤색 조랑말이 내 옆에 서 있었기에 감히 가까이 다가오지는 못했다. 그 어린 동물은 몸에서 심한 악취를 풍겼는데 족제비와 여우를 섞어 놓은 듯한 냄새였으나 훨씬 고약했다. 그때 다른 정황이 어땠는지 생각나지 않는데(그 내용을 아예 생략해도 양해해 주기를 바란다.), 어린 야후를 두 손으로 붙잡고 있는 동안 그 불쾌한 짐승은 지저분한 배설물인 노란 액체를 내 옷에 마구 쏟아 냈다. 그러나 다행히도 매우 가까이에 작은 시내가 있어 최대한 깨끗이 옷을 빨 수 있었다. 냄새를 충분히 제거하기 전에는 주인 앞에 나서지 못했지만 말이다.

내가 발견한 바에 따르면 모든 동물 중에서 야후만큼 교육하기 어려운 동물은 없으며 야후들은 무거운 짐을 끌거나 옮기는 수준 이상의 능력을 발휘하지 못한다. 그러나 내 생각에 그런 결함은 주로 심술궂고 고집 센 기질에서 비롯된다. 야후들은 교활하고 악의적이며 배반하기 쉽고 앙심을 잘 품는다. 강하고 튼튼하지만 겁이 많은 탓에 오만하고 비열하고 잔인하다. 관찰 결과 암컷이든 수컷이든 털이 붉은 야후가 다른 야후들보다 더 음탕하고 짓궂으며 힘과 민첩성도 훨씬 뛰어났다.

휘넘은 당장 필요한 일에 쓸 야후들을 집에서 멀지 않은 오두막에서 기른다. 그러나 나머지 야후들은 들판에서 지내며 나무뿌리를 캐거나 이런저런 풀을 먹거나 짐승의 썩은 고기를 찾아 돌아다니거나 가끔은 족제비와 '루히무'(들쥐의 일종)를 붙잡아 게걸스럽게 먹는다. 자연은 야후에게 높이 솟은 땅의 비탈에 손톱으로 구멍을 파는 법을 가르쳐 주었고 야후들은 그 구멍에 들어가서 쉰다. 다만 암컷이 쓰는 굴은 더 커서 새끼 두세 마리도 함께 지낼 정도다.

야후는 어릴 때부터 개구리처럼 헤엄을 치고 물속에서 오래 버틸 수 있는데 가끔 물에서 고기를 잡으면 암컷 야후들이 그것을 집에 있는 새끼들에게 가져다준다. 말이 나온 김에 독자의 이해를 구하며 내가 겪은 이상한 사건을 이야기하겠다.

어느 날 내 보호자인 밤색 조랑말과 함께 야외로 나갔는데 날씨가 유난히 무더웠다. 나는 조랑말에게 가까운 강에서 목욕을 하게 해 달라고 청했다. 조랑말이 허락하자 나는 즉시 옷을 모두 벗고 물속으로 천천히 들어갔다. 우연히도 강둑 뒤에 서 있던 어느 젊은 암컷 야후가 그 모든 광경을 보았다. 조랑말과 내가 추측하기로 그 야후는 욕정에 불타 전속력으로 달려와서 내가 목욕하던 곳으로부터 5미터도 떨어지지 않은 물속으로 뛰어들었다. 내 평생 그토록 끔찍하게 놀란 적은 처음이었다. 조랑말은 위험한 일은 전혀 없으리라 생각하고 조금 떨어진 곳에서 풀을 뜯고 있었다. 야후는 더없이 역겨운 방식으로 나를 껴안았다. 나는 있는 힘껏 고함을 질렀고 조랑말이 나에게 급히 달려오자 야후는 그야말로 마지못해 팔을 풀고 반대편 강둑으로 뛰어올랐다. 그리고 내가 옷을 입는 동안 내내 이쪽을 빤히 바라보며 으르렁거렸다.

이 일은 주인과 그의 가족에게 재미난 이야깃거리였지만 나에게는 치욕이었다. 암컷이 나를 동족으로 여기고 자연스러운 욕구를 드러낸 이상 팔다리를 비롯한 모든 신체적 특성을 볼 때 내가 진짜 야후라는 사실을 더는 부정할 수 없게 되었기 때문이다. 또 그 야후의 털은 붉은색이 아니라(붉은색이었다면 비정상적인 성욕이었다고 핑계를 댈 수 있었을 것이다.) 야생 자두처럼 검었으며 얼굴도 다른 야후들처럼 그렇게 흉측하지 않았다. 열한 살이 넘지 않았으리라 생각된다.

내가 이 나라에 머문 지 벌써 3년째였으므로 독자는 내가 다른 여행가들처럼 이곳 주민들의 풍습과 관습을 설명해 주기를 기대할 것이다. 나 역시 무엇보다 탐구하고 싶은 분야였다.

이 고귀한 휘넘들은 온갖 미덕을 타고나며 악에 대한 개념 자체가 없는 이성적인 동물이다. 그래서 이성을 개발하고 이성의 온전한 다스림을 받자는 것이 이들의 위대한 좌우명이다. 휘님에게 이성이란 인간이 한 의문에 두 가지 답을 놓고 타당성을 따질 때처럼 논점이 불확실한 것이 아니라 즉각적인 확신을 주는 것이다. 이성이 감정과 이기심 때문에 때 묻거나 흐려지거나 퇴색하지 않는 곳에서는 당연한 현상이다.

주인에게 '견해'라는 단어의 뜻과 한 가지 문제로 논쟁이 발생할 수 있다는 사실을 이해시키려고 몹시 애를 먹었던 기억이 난다. 이성이 인간에게 확신이 있을 때만 긍정하거나 부정하라고 가르친 탓이었다. 우리의 지식을 넘어서는 문제라면 긍정도, 부정도 불가능하다. 그러니 거짓 명제나 의심스러운 명제를 두고 벌어지는 논쟁과 말다툼과 갈등과 자만 같은 악은 휘님에게 생소하다. 비슷한 방식으로 내가 주인에게 자연 철학의 이런저런 체계를 설명하면 주인은 웃곤 했다. 이성을 지녔다고 자부하면서 다른 사람의 추측에서 비롯된 지식으로 자신의 가치를 평가하다니, 그 지식이 확실하다고 해도 무슨 쓸모가 있느냐는 것이었다.

이 점에서 주인의 생각은 플라톤이 전한 소크라테스의 사상과 완벽히 일치했다. 철학의 왕인 소크라테스에게 더없는 경의를 표하는 뜻으로 하는 말이다. 이후 나는 이런 신조가 유럽의 도서관을 파멸로 몰아넣고 학계에서 명성을 얻을 수 있는 수많은 길을 차단해 버릴 것이라는 생각을 종종 하게 되었다.

우정과 박애는 휘님이 지닌 두 가지 주요 미덕이다. 대상을 한정하지 않고 휘님 종족 전체에게 베푼다. 휘님은 먼 곳에서 찾아온 낯선 손님이나 바로 옆에 사는 이웃이나 똑같이 대우하며 어디를 가든지 집에 있는 것처럼 생각한다. 휘넘은 더없는 품격과 예의를 갖추었지만 결코 격식을 따지지 않는다. 자식에게 집착하지 않으며 자식 교육에 쏟는 관심도 전적으로 이성의 명령에 따른 결과다. 또 나는 주인이 자기 자식과 이웃 휘넘의 자식을 똑같은 애정으로 대하는 모습을 보았다. 자연이 휘넘에게 동족 전체를 사랑하라고 가르치기 때문이다. 수준 높은 미덕을 갖춘 탁월한 존재를 만드는 것은 오로지 이성이다.

짝을 지은 휘넘들은 암컷과 수컷을 한 마리씩 낳으면 더는 배우자와 몸을 섞지 않는다. 사고로 자식을 하나 잃었을 때는 예외지만 그런 경우는 거의 없다. 그러나 그런 일이 생기면 다시 결합한다. 그리고 혹시 그런 사고가 일어났는데 암컷 휘넘의 가임기가 지났다면 다른 휘넘 부부가 수망아지 하나를 내주고 다시 결합해 임신을 시도한다. 이렇게 조심하는 이유는 이 나라에 휘넘의 수가 과도하게 늘어나는 것을 방지하기 위해서다. 그러나 신분이 낮아 하인으로 자라는 휘넘들은 이 문제로 엄격한 제한을 받지 않는다. 귀족 집안의 일꾼으로 일할 수 있도록 암수 각각 세 마리씩 낳을 수 있다.

결혼할 때 휘넘은 불쾌한 잡종이 나오지 않도록 무척 까다롭게 배우자의 색깔을 선택한다. 대개 수컷은 힘을, 암컷은 아름다움에 중점을 둔다. 애정 때문이 아니라 종족의 퇴화를 막기 위해서다. 그래서 암컷의 힘이 뛰어날 경우에는 아름다운 수컷을 배우자로 고른다. 구애, 사랑, 선물, 유산, 재산 계약 따위는 안중에도 없다. 이들의 언어에는 그런 개념을 표현할 용어도 없다. 젊은 휘님 부부는 단순히 부모와 친구들이 정해 주는 대로 만나 결혼한다. 늘 일어나는 자연스러운 현상이며 이성적인 존재라면 반드시 그렇게 해야 한다고 생각한다. 결혼을 모독하는 행위나 다른 부정은 생소한 문제다. 결혼한 부부는 다른 휘님들을 대할 때와 똑같이 서로 우정과 친절을 나누며 평생을 살아간다. 질투, 집착, 다툼, 불만은 없다.

망아지를 교육하는 방식은 무척 훌륭해서 우리가 모방해도 좋을 정도다. 망아지들은 열여덟 살이 될 때까지는 정해진 날이 아니면 귀리 알곡을 맛보지 못한다. 우유도 아주 드물게만 먹을 수 있다. 여름에는 아침과 저녁에 두 시간씩 풀을 뜯고 부모도 그렇게 한다. 그러나 하인들은 한 시간 이상 풀을 뜯지 못한다. 대신 풀을 집으로 많이 가져와 일손이 한가한 틈을 타서 가장 편한 시간에 먹는다.

절제, 근면, 훈련, 청결은 성별에 관계없이 모든 망아지가 익혀야 하는 교훈이다. 주인은 집안을 관리하는 데 필요한 몇몇 항목을 제외하고, 여자에게 남자와 다른 교육을 받게 하는 우리의 관습을 무척 괴이하게 여겼다. 우리 나라 사람의 절반은 아이를 낳는 것 외에는 아무 쓸모가 없지 않느냐고 진심으로 이야기했다. 그런 무능한 동물에게 자녀 양육을 맡기다니 그야말로 야만성의 예시라는 것이다.

그러나 휘님은 망아지들이 가파른 언덕을 빠르게 오르내리고 거친 돌밭을 뛰어넘도록 훈련을 시켜서 힘과 속도와 용기를 길러 준다. 온몸이 땀에 젖으면 망아지들은 연못이나 강으로 머리부터 뛰어들라는 명령을 받는다. 1년에 네 차례, 각 지역의 망아지들이 모여 달리기와 높이뛰기 및 힘이나 민첩성이 필요한 다른 묘기로 각자의 실력을 뽐낸다. 우승자는 상으로 자신을 칭송하는 노래를 듣는다. 이 축제 때 하인들은 휘넘들이 먹을 건초와 귀리, 우유를 야후들에게 싣고 들판으로 몰고 간다. 그 뒤에는 대회장에 소란을 일으킬까 봐 즉시 데리고 돌아간다.

4년에 한 번씩 춘분 때 우리 집에서 30킬로미터쯤 떨어진 평원에서 전국 대표자 총회가 열려 5~6일 정도 지속된다. 그곳에서 휘넘들은 각 지역의 상태와 상황을 파악한다. 건초나 귀리, 젖소나 야후가 부족한지 아니면 풍족한지 조사하여(그런 일은 거의 없지만) 혹시라도 부족한 곳이 있으면 만장일치와 추렴을 통해 즉시 보충한다. 자녀도 같은 방식으로 조정한다. 예를 들어 어느 휘넘에게 수컷 자식이 둘이면 암컷 자식이 둘인 다른 휘넘과 한 마리씩 교환한다. 가임기가 지난 어미의 가정에서 사고로 자식을 잃으면 어느 가정에서 자식을 낳아 그 손실을 메울지 결정한다.

9장

휘님의 전국 총회에서 오간 대규모 토론과 결정 방식을 이야기한다. 휘님의 학문, 건축, 장례 방식, 언어적 불완전함을 이야기한다.

내가 머무르는 동안, 그러니까 떠나기 석 달 전쯤에 전국 총회가 열렸고 주인은 우리 지역의 대표자로 참석했다. 이 총회에서 해묵은 논쟁이 재개되었는데 사실 이 나라에서 발생한 유일한 논쟁이었다. 주인은 총회에서 돌아온 후 나에게 무척 자세한 이야기를 들려주었다.

논쟁거리가 된 것은 야후를 지상에서 박멸할 것인가 하는 문제였다. 찬성파의 일원이 힘차고 무게 있게 몇 가지 논점을 제시했다. 그 휘님은 자연이 만든 존재 중 야후는 가장 불결하고 역겹고 흉측한 동물로서 다루기 힘들고 고집이 세며 심술궂고 야비하다고 단언했다. 야후를 끝없이 감시하지 않으면 야후는 휘님의 젖소에서 남몰래 젖을 빨아 먹고 휘님의 고양이를 죽여서 먹어 치우며 휘님의 귀리와 풀을 짓밟고 이 밖에도 터무니없는 짓을 수없이 저지른다는 것이었다. 그 휘님은 이 나라에 원래 야후가 없었다는 전설이 있다고 발표했다. 그러나 오래전에 야후 두 마리가 산 위에 나타났다. 썩은 진흙과 점액에 태양의 열기가 더해져 생겨났는지, 바다의 퇴적물과 거품에서 태어났는지는 알 수 없다.

어쨌든 야후들이 생겼고 얼마 안 돼 엄청나게 번식하여 온 나라에 퍼지고 들끓게 되었다. 휘님들은 이 사악한 존재를 제거하기 위해 대규모 사냥을 벌였고 마침내 야후 떼 전체를 포위했다. 휘님들은 성숙한 야후들을 죽이고 한 휘님당 어린 야후를 두 마리씩 데려가 우리에 넣었다. 그리고 천성이 사나운 동물이 감당할 수 있을 정도로만 길들여서 짐과 탈것을 끄는 데 이용했다. 이 전설은 상당 부분 사실인 듯하며 다른 동물들과 휘님이 똑같이 느끼는 격렬한 증오로 미루어 볼 때 이 짐승들은 '일른니암시'(토착 생물)일 리가 없다고 발언자 휘님이 말했다. 야후가 토착 생물이었다면 악한 기질을 싫어하는 마음이야 당연히 생길 수 있지만 야후를 향한 증오가 이렇게까지 심해졌을 리 없으며 야후가 오래전에 멸종되었을 것이기 때문이다.

이렇게 주장한 휘님은 또한 주민들이 야후의 노동력을 즐겨 활용하느라 무분별하게도 나귀의 번식을 소홀히 했다고 지적했다. 나귀는 다른 동물보다 민첩성이 뒤떨어지기는 하지만 어여쁘고, 기르기 쉽고, 예의 바르게 길들일 수 있으며 불쾌한 냄새를 풍기지 않고, 노동력으로 쓸 만큼 튼튼하다. 또 나귀 울음이 기분 좋은 소리는 아니더라도 끔찍하게 울부짖는 야후의 소리보다는 훨씬 낫다는 것이었다.

몇몇 휘넘들이 동의를 표시했다. 내 주인은 총회에 한 가지 방책을 제시했는데 실은 나를 보고 얻은 착상이었다. 주인은 자기 역시 먼저 발언한 존경스러운 휘넘이 들려준 전설이 사실이라고 생각한다면서 이 나라에 처음 나타난 두 야후는 바다 너머에서 여기까지 밀려온 것이 분명하다고 말했다. 육지에 이르자 동료들의 버림을 받고 산으로 들어갔다가 시간이 흐르며 점차 퇴화해 원래 살았던 나라의 동족들보다 훨씬 야만적인 존재가 된 것이라고 설명했다.

이렇게 주장하는 이유는 현재 자신의 집에 놀라운 야후(나를 뜻하는 말이었다.)가 하나 있는데 여기 모인 휘넘들 대부분이 전해 듣고 많은 이들이 본 야후라고 소개했다. 주인은 휘넘들에게 처음 나를 발견한 경위를 들려주었다. 내 몸이 다른 동물들의 가죽과 털을 섞어 만든 인조물로 뒤덮여 있었다고 했다. 내 나름의 언어가 있고 현재는 휘넘의 언어에 통달했다고 덧붙였다. 주인은 내가 어떤 사고로 여기까지 오게 되었는지 설명했다. 덮개를 벗기고 보니 내 몸은 좀 더 희고 털이 없고 발톱이 짧을 뿐 모든 부분이 야후와 똑같다고 말했다.

주인은 내가 내 나라와 다른 나라에서는 야후들이 이성적인 존재로서 사회를 지배하는 동물이고 휘넘은 노동을 제공한다는 사실을 다른 휘넘들에게 납득시키려 애썼다. 주인이 볼 때 나는 어느 모로 보나 야후이고 다만 이성이 좀 있어서 더 개화되었다고 이야기했다. 그래 보았자 이 나라의 야후와 내가 차이 나듯 내가 지닌 이성도 휘님 종족의 이성에 비하면 훨씬 열등하다고 했다. 내 이야기를 들어 보니 인간이 휘님을 길들이기 위해 어릴 때 쉽고 안전한 방식으로 거세하는 풍습이 있더라고 알려 주었다. 주인은 개미로부터 근면함을 배우고 제비('리한'이라는 단어를 이렇게 번역했는데 사실 그 새는 제비보다 훨씬 크다.)로부터 집 짓는 법을 배우는 것처럼 짐승에게서 지혜를 배우는 게 부끄러운 일이 아니라고 말했다. 그러니 내가 말한 그 거세란 것을 이 나라의 어린 야후들에게 시행하면 온순해지고 다루기도 편할 것이며 굳이 죽이지 않고도 한 세대 안에 모든 야후를 멸종시킬 수 있을 것이라고 했다. 그 사이에 휘님들은 나귀를 열심히 번식시켜야 할 터였다. 나귀는 모든 면에서 훨씬 가치 있는 짐승이고 야후는 열두 살이 되어야 활용할 수 있지만 나귀는 다섯 살만 되면 일을 시킬 수 있기 때문이었다.

주인은 나에게 총회에서 일어난 일 중에서 이 정도만 이야기해 주는 게 좋겠다고 생각했고 나와 개인적으로 관련된 한 가지 사실을 숨겼다. 독자도 적당한 때에 알게 되겠지만 나는 곧 그 일로 불운한 결과를 맞이하게 되며 그 뒤로 내 인생의 모든 불행이 잇따라 일어나게 되었다.

휘님에게는 문자가 없으므로 지식은 모두 구전된다. 그러나 단합이 잘되며 미덕이란 미덕을 모두 타고난 데다 이성의 전적인 지배를 받고 다른 나라와의 교역이 아예 차단된 종족이라 특별히 중요한 사건은 거의 일어나지 않는다. 애써 기억하지 않아도 역사는 쉽게 보존된다. 내가 이미 말했듯이 휘늠들은 병에 걸리지 않으며 따라서 의사가 필요 없다. 그러나 허브로 만든 뛰어난 약이 있다. 날카로운 돌 때문에 발목이나 발바닥의 연골에 멍이 들거나 베었을 때 또 몸 여기저기에 부상을 당하거나 상처를 입었을 때 치료하기 위해서다.

휘늠은 태양과 달의 회전을 기준으로 1년을 계산하지만 주 단위로 세분하지는 않는다. 이들은 빛나는 두 천체의 움직임을 매우 잘 알고 있으며 일식과 월식의 성질도 이해하고 있다. 이것이 휘늠의 천문학이 도달한 최고 수준이었다.

시에 있어서 휘늠이 다른 어떤 피조물보다 우월하다는 사실을 인정해야 할 것이다. 치밀하고 정확한 묘사와 딱 떨어지는 비유는 정말이지 비할 데가 없다. 휘늠의 시는 그런 묘사와 비유를 풍부하게 갖추고 있다. 그리고 대개는 우정과 박애를 칭송하거나 달리기 경주와 그 밖의 다른 운동 경기에서 우승한 이들을 찬미하는 내용이다.

휘늠이 쓰는 건물은 매우 투박하고 단순하지만 불편하지 않으며 오히려 추위와 더위로부터 몸을 보호하도록 잘 만들어져 있다. 이 나라에는 40년쯤 지나면 뿌리에서 힘이 빠져 폭풍이 일자마자 쓰러져 버리는 나무가 있다. 그 나무는 매우 곧게 자라는데 휘늠들은 쇠를 사용할 줄 몰랐으므로 날카로운 돌로 그 나무를 말뚝처럼 뾰족하게 다듬어 약 3센티미터 간격으로 땅에 똑바로 박는다. 그런 다음 귀리 짚이나 윗가지로 말뚝을 얽어맨다. 지붕과 문도 같은 방식으로 만든다. 휘늠은 발목과 앞발 발굽 사이에 움푹 들어간 부분을 인간의 손처럼 쓰는데 그 발놀림은 내가 처음 생각했던 것보다 훨씬 정교하다. 나는 주인집의 흰 암말이 그 관절로 바늘에 실을 꿰는 모습을 본 적이 있다(내가 일부러 바늘을 빌려주었다.). 소젖을 짜고 귀리를 수확하는 등 손이 필요한 모든 일을 그렇게 처리한다.

휘넘에게는 단단한 부싯돌이 있어서 그것으로 다른 돌을 갈아 쐐기와 도끼와 망치를 대신할 연장을 만든다. 이렇게 연장으로 건초를 자르고, 밭에서 저절로 자라는 귀리를 거둬들인다. 야후가 귀리다발을 수레에 실어 집으로 끌고 오면 하인들이 지붕 달린 오두막에서 귀리를 밟아 탈곡한 후 창고에 보관한다. 이들은 흙과 나무로 투박한 그릇을 만드는데 흙그릇은 햇볕에 내놓고 굽힌다.

휘넘은 사고를 당하지 않는 한 제 수명을 누리고 죽는데 가능한 발길이 닿지 않는 곳에 묻히며 친구들과 친척들은 그런 죽음에 기쁨도, 슬픔도 드러내지 않는다. 죽어 가는 휘넘 역시 세상을 떠나게 된 아쉬움을 내색하지 않으며 이웃집에 놀러 갔다가 집으로 돌아갈 때와 같은 모습이다. 주인이 중요한 행사 때문에 어느 친구 가족을 집으로 초대했던 때가 기억난다. 약속한 날에 그 친구의 부인과 두 자녀가 매우 늦게 도착했다. 부인은 두 가지 해명을 했는데 하나는 남편이 그날 아침 '르눈'했다는 것이었다. 그 단어는 휘넘의 언어로는 무척 강렬한 표현이지만 우리 말로 쉽게 옮길 수가 없다. 그 뜻은 '처음의 어머니에게 돌아가다.'이다. 그 부인이 더 빨리 오지 못한 까닭은 남편이 그날 늦은 아침에 세상을 떠나 시신을 묻기 적당한 장소를 하인들과 의논하느라 시간이 걸렸기 때문이었다. 내가 보았을 때 부인은 우리 집에서 나머지 휘넘들만큼이나 유쾌하게 행동했다. 그런데 석 달쯤 지나 그 부인도 죽었다.

휘넘은 대개 일흔 살이나 일흔다섯 살까지 살며 여든 살까지 사는 경우는 몹시 드물다. 휘넘은 죽기 몇 주 전부터 몸이 서서히 쇠약해진다는 사실을 감지하지만 고통은 없다. 그 시간 동안에는 평소처럼 편하고 원만하게 외출을 할 수가 없어서 친구들이 집으로 많이 찾아온다. 그러나 죽기 열흘 전부터는 방문에 대한 답례로 야후가 끄는 안락한 썰매를 타고 가장 가까운 이웃들을 찾아간다. 휘넘이 사용하는 썰매는 이런 경우뿐 아니라 늙어서 장거리 여행을 할 때, 사고로 다리를 절게 되었을 때도 이용하는 것이다. 죽어 가는 휘넘은 답례 방문 때 아주 먼 곳으로 여행을 떠날 것 같은 모습으로 친구들에게 엄숙히 작별 인사를 건넨다.

이 말을 굳이 할 필요가 있는지 모르겠지만 휘넘의 언어에는 야후의 흉측한 모습이나 악한 성질에서 본뜬 표현을 빼고는 '악'을 표현하는 단어가 하나도 없다. 그래서 하인의 어리석은 짓이나 자식의 게으름, 발에 상처를 낸 돌, 궃거나 계절에 맞지 않게 지속되는 날씨에는 각 단어 끝에 '야후'를 형용사처럼 붙인다. 예를 들면 '흐눔 야후', '흐나홀름 야후', '일름나월마 야후' 등이며 형편없이 지어진 집은 '인홀름느므로흘른 야후'라고 부른다.

이 위대한 족속의 풍습과 미덕에 대해서 더 많은 이야기를 할 수 있다면 무척 기쁠 것이다. 그러나 조만간 이 주제를 집중적으로 다룬 책을 출간할 예정이니 독자는 그 책을 참조하기 바

란다. 지금은 내가 당한 서글픈 참사에 관한 이야기로 넘어가려
한다.

10장

저자의 생활 방식과 휘님들 사이에서 보낸 행복한 나날을 이야기한다. 휘님들과 대화를 나누며 저자의 덕성이 크게 향상된다. 저자는 주인에게서 그 나라를 떠나라는 통보를 받는다. 슬픔으로 기절하지만 그 말에 따른다. 동료 하인의 도움으로 카누를 설계하고 완성해 무작정 바다에 띄운다.

나는 살림살이를 적게 꾸려 나름대로 만족스럽게 지냈다. 주인은 집에서 6미터쯤 떨어진 곳에 그 나라 방식대로 내가 지낼 방을 지으라고 지시했다. 나는 벽과 바닥에 진흙을 발랐고 직접 만든 돗자리를 깔았다. 야생에서 자라는 삼을 두드려 이불 비슷하게 만들었다. 야후의 털로 덫을 만들어 새를 몇 마리 잡고 그 깃털을 이불에 채워 넣었다. 그 새는 훌륭한 음식 재료이기도 했다.

나는 칼을 써서 의자 두 개를 만들었는데 거칠고 고된 작업은 밤색 조랑말이 거들어 주었다. 옷이 너덜너덜해지자 토끼 가죽과 토끼와 몸집이 비슷하고 귀엽게 생긴 '누노'라는 동물의 가죽으로 옷을 만들었다. 누노의 몸이 부드러운 털로 뒤덮여 있어서 그 털로 썩 괜찮은 양말을 만들었다. 나무를 잘라 신발 밑창을 만들고 구두 가죽에 붙였는데 구두 가죽이 닳자 햇빛에 말린 야후의 가죽으로 대체했다. 가끔은 속이 빈 나무에서 꿀을 발견해 물에 타 먹거나 빵에 곁들여 먹었다. '인간은 적응하는 동물', '필요는 발명의 어머니'라는 두 격언이 진리임을 나만큼이나 제대로 증명할 수 있는 인간은 없을 것이다.

내 몸은 흠 잡을 데 없이 건강했고 마음은 평온했다. 친구의 배신이나 위선에 마음 상할 일도, 은밀한 적이나 공공연한 적 때문에 상처를 입을 일도 없었다. 세력가나 그 앞잡이의 환심을 사려고 뇌물을 바치거나 아첨하거나 매춘을 알선할 일도 없었다. 사기나 억압을 당할까 봐 방어하지 않아도 되었다. 이곳에는 내 몸을 망가뜨리는 의사도, 나를 파산시키는 변호사도 없었다. 내 언행을 감시하거나 돈을 받고 허위로 고소하는 밀고자도 없었다. 이곳에는 비웃거나 비난하거나 험담하는 사람도, 소매치기나 노상강도나 가택 침입자도, 변호사, 뚜쟁이, 어릿광대, 노름꾼, 정치가, 현인, 심술쟁이, 지루한 수다쟁이, 변론가, 강간범, 살인범, 도둑, 사이비 과학자도 없었다. 정당이나 분파의 지도자나 추종자도 없었다. 유혹하거나 본보기를 보여 악행을 조장하는 사람도 없었다. 지하 감옥이나 도끼, 교수대, 채찍질용 기둥, 형틀도 없었다. 남을 속이는 가게 주인이나 인부도 없었다. 오만도, 허영도, 가장도 없었다. 허세꾼도, 깡패도, 주정

뱅이도, 떠돌아다니는 매춘부도, 매독도 없었다. 폭언을 일삼는 음탕하고 사치스러운 아내도 없었다. 어리석고 교만한 현학자도 없었다. 성가시고 고압적이고 싸움을 좋아하고 시끄럽고 목청이 크고 실속 없고 우쭐대고 욕을 하는 동료들도 없었다. 악행을 거듭해 밑바닥에서 벗어난 악당도, 덕행 때문에 밑바닥으로 떨어진 귀족도 없었다. 군주도, 악사도, 판사도, 춤 선생도 없었다.

나는 주인을 찾아오거나 함께 식사를 하러 온 몇몇 휘님들과 함께하는 특권을 누렸다. 주인은 관대하게도 내가 방에서 시중을 들며 그들의 대화를 들을 수 있도록 해 주었다. 주인과 주인의 친구들은 가끔 소탈하게 나에게 질문을 던지고 내 대답을 들었다. 또 나는 영광스럽게도 다른 휘님들을 방문하는 주인과 동행하기도 했다. 질문에 답할 때를 제외하면 입을 열 생각은 하지 않았다. 말을 할 때면 덕성을 함양할 수 있는 시간이 그만큼 줄어든다는 생각에 내심 안타까웠다. 그러나 미천하지만 휘님들의 대화를 들을 수 있는 신분이라서 한없이 기뻤다.

휘님들의 대화에는 유용한 이야기만 오갔고 가장 간결하고 중요한 단어들만 쓰였다. 이미 말했듯이 격식을 따지지 않았지만 높은 품격이 느껴졌다. 이야기를 하는 당사자도, 듣는 이도 모두 즐거워했다. 말을 가로막거나 장황하게 늘어놓거나 열을 내거나 감정적으로 충돌하지 않았다. 휘님은 여럿이 함께 만날 때면 잠깐 침묵하는 행위로 대화가 더욱 유연해진다고 생각하는데 나는 정말 그렇다는 사실을 깨달았다. 대화가 잠시 끊긴 사이에 휘님의 머릿속에 새로운 착상이 떠올라 대화에 크나큰 생기를 불어넣곤 했다. 대화 주제는 대개 우정과 박애, 질서와 가정생활이었고 가끔은 눈에 보이는 자연의 활동이나 오래된 전통, 미덕의 한계와 범위, 항상 정확한 이성의 원칙 등을 이야기했다. 아니면 다음 총회 때 결의할 문제도 거론했고 가끔은 시의 온갖 탁월성에 관한 이야기도 나누었다.

자랑하려고 덧붙이는 말은 아니지만 내가 그 자리에 있었기 때문에 대화거리가 풍부해지기도 했다. 주인이 친구들에게 나와 내 나라의 역사에 관해 대화할 기회를 주었기 때문이었다. 다른 휘넘들은 그다지 인간에게 유리하지 않은 이야기들을 나누었다. 그러니까 휘넘들의 대화 내용을 여기에 옮기지는 않겠다. 한 가지만 이야기하자면 주인은 무척 존경스럽게도 야후의 본성을 동족인 나보다 훨씬 잘 이해하고 있는 것 같았다. 주인은 우리의 악덕과 어리석음을 열거하고 내가 주인에게 말한 적도 없는 수많은 결함을 지적했다. 이 나라의 야후에게 약간의 이성이 생길 경우 어떤 모습이 될지 추론한 것이었다. 주인은 야후가 불쌍하지만 그만큼 비열한 동물이라고 결론을 내렸는데 정말 맞는 이야기였다.

솔직히 말해서 내 지식 중에 가치 있는 내용이 있다면 모두 주인의 훈계나 주인과 친구들이 나눈 대화를 듣고 얻은 것이다. 유럽에서 가장 위대하고 현명한 이들로 구성된 총회에서 발언하느니 이 휘넘들의 대화를 듣는 편이 훨씬 자랑스러울 것이다. 나는 휘넘의 힘과 아름다움, 민첩함에 탄복했다. 그토록 자상한 성격에 깃든 여러 미덕은 내 속에 깊고 깊은 존경심을 낳았다. 사실 야후와 다른 동물들이 휘넘에게 품은 자연스러운 경외감에 처음부터 동감했던 것은 아니다. 그러나 그 경외감은 내 생각보다 훨씬 빠르게 커져 갔다. 나를 다른 야후들과는 다르게 대해 주는 휘님의 겸허한 행동에 존경 가득한 애정과 감사가 싹텄기 때문에 그 경외감과 어우러졌다.

내 가족과 친구들, 동포들 아니면 인류 전체를 생각하면 그들은 겉모습과 기질에 있어 틀림없이 야후라고 생각되었다. 좀 더 개화되었고 언어 능력을 갖추었을 뿐이다. 그러나 이 나라의 야후들에게는 자연이 분배한 만큼의 악만 있을 뿐이었다. 인간은 이성으로 그런 악을 더욱 늘려가기만 할 뿐 다르게 활용하지 못했다. 우연히 호수나 샘에 비친 내 모습을 보기라도 하면 나는 두려움과 혐오감으로 고개를 돌렸다.

내 자신보다 평범한 야후가 훨씬 바라보기 편했다. 나는 휘님들과 대화하고 그들의 모습을 즐겁게 지켜보며 그들의 걸음걸이와 몸짓을 흉내 내게 되었고 이제는 습관으로 굳어졌다. 친구들은 가끔 내가 '말처럼 종종거린다.'고 못마땅하게 말하지만 나에게는 큰 칭찬이다. 또 나는 말할 때 휘님의 목소리와 어투를 따라 하는 경향이 있음을 부인하지 않겠으며 그 때문에 조롱을 듣기도 하지만 전혀 수치스럽지 않다.

이토록 행복한 나날을 보내며 이곳에 완전히 정착했다고 여기던 어느 날 아침, 주인이 평소보다 조금 이른 시각에 하인을 보내 나를 불렀다. 주인의 얼굴에는 당혹감이 어렸고 할 말이 있는데 어떻게 꺼내야 할지 몰라 고민스러운 듯했다. 주인은 잠시 침묵하다가 이제부터 할 이야기를 내가 어떻게 받아들일지 모르겠다고 말했다. 주인이 한 이야기에 따르면 지난번 총회에서 야후 문제가 거론되었을 때 지역 대표자들은 내 주인이 야후(나를 가리키는 말이었다.)를 야만적인 짐승보다 휘넘에 가깝게 대하며 집에 데리고 있다는 사실을 불쾌하게 여겼다는 것이다. 주인은 나와의 만남으로 이점이나 즐거움을 얻을 수 있다는 듯이 나와 자주 대화를 나눈다고 알려져 있었다. 그것은 이성이나 자연에 합당한 행위가 아니며 휘넘들 사이에서는 전혀 없었던 일이다. 따라서 총회는 다른 야후들처럼 나에게 일을 시키든지 헤엄을 쳐서 원래 있던 곳으로 돌아가도록 명령하라고 주인에게 강력히 권고했다.

첫 번째 방안은 주인의 집이나 자신의 집에서 나를 만나 보았던 휘넘들로 인해 아예 기각되었다. 그 휘넘들은 나에게 기초적인 이성이 있으니 거기에 야후의 타고난 타락성마저 더해지면 내가 야후들을 꾀어 나무가 우거진 숲이나 깊숙한 산으로 데려갈지도 모른다고 염려했다. 그리고 야후는 천성적으로 약탈을 좋아하고 노동을 싫어하니 밤이 되면 야후 떼를 몰고 와 휘넘의 가축을 죽일 수도 있다는 것이었다.

주인은 매일 이웃의 휘넘들로부터 총회의 권고에 따르라는 압력을 받고 있으며 더는 미룰 수가 없다고 덧붙였다. 내가 헤엄을 쳐서 다른 나라로 가기란 불가능한 일이므로 내가 설명했던 대로 바다로 타고 나갈 만한 기구를 만들면 좋겠다고 했다. 주인의 하인과 이웃의 하인들까지 거들어 줄 것이라고 했다. 주인은 마지막으로 내가 살아 있는 한 언제까지나 곁에 두고 싶었다고 덧붙였다. 내 본성은 열등하지만 휘넘을 본받으려고 애쓴 덕에 나쁜 습관과 기질을 조금 고쳤다는 사실을 알기 때문이었다.

여기에서 독자에게 알려 주어야 할 사실이 있다. 이 나라의 총회에서 내린 판결은 '흐늘로아인'이라는 단어로 표현되며 가장 비슷하게 옮겨 보자면 '권고'라는 뜻이다. 휘님은 이성적인 존재에게 강요를 할 수 없으며 다만 조언하고 권고할 따름이라고 생각한다. 이성적인 존재가 되기를 포기하지 않는 이상 이성을 거역할 리 없기 때문이다.

주인의 말을 듣자 엄청난 슬픔과 절망이 밀려들었다. 나는 고통을 이기지 못하고 주인의 발치에 까무러치고 말았다. 정신을 차렸을 때 주인은 내가 죽은 줄만 알았다고 말했다(휘님에게는 이런 허약함이 천성적으로 없기 때문이다.). 나는 희미한 목소리로, 죽었다면 훨씬 행복했을 것이라고 대답했다. 그리고 총회의 권고나 주인을 다그치는 친구들을 비난할 수는 없지만 내 미약하고 타락한 식견으로 생각할 때 이성에 합당하려면 조금 더 관대한 처분을 내려 주어야 하지 않느냐고 물었다.

나는 5킬로미터도 헤엄칠 수 없는데 여기와 가장 가까운 땅도 500킬로미터는 떨어져 있을 터였다. 나를 싣고 갈 작은 배를 만들려면 많은 재료가 필요한데 이 나라에는 하나도 없으며 배를 결코 만들지 못할 테니 나는 이미 죽을 운명이라는 생각이 들었다. 그렇지만 주인에게 복종하고 감사하는 뜻에서 한번 해 보겠다고 말했다. 나는 생죽음을 당하더라도 내가 겪을 가장 작은 불행에 불과하다고 덧붙였다. 기묘한 모험을 겪고 목숨을 구한다한들 덕에 이르는 길에서 벗어나지 않도록 이끌어 줄 모범도 없이 야후들 사이에서 살다가 타락한 상태로 되돌아간다면 그 울분을 어찌 참을 수 있겠느냐고 했다.

나는 현명한 휘님들이 내린 결정이 모두 견고한 이성에 근거하고 있으며 비참한 야후인 내 주장 따위에 흔들리지 않을 것임을 잘 안다고 말했다. 그래서 배 만드는 일을 도울 하인들을 붙여 주겠다는 주인의 제안에 황송한 감사를 표하고 처량한 목숨이나마 보존하도록 노력할 테니 어려운 작업에 필요한 시간을 충분히 달라고 청했다. 그리고 혹시 영국으로 돌아간다면 내 동족에게 유익한 일을 할 수 있다는 희망으로 명망 높은 휘님을 찬미하고 인간이 본받을 미덕을 제시하겠다고 다짐했다.

주인은 몇 마디 말로 매우 관대한 대답을 들려주고는 배를 완성하기까지 두 달을 주겠다고 약속했다. 그리고 동료 하인(지금은 멀리 떨어져 있지만 이렇게 불러도 괜찮을 것이다.)인 밤색 조랑말에게 내 지시에 따르라고 명령했다. 내가 주인에게 밤색 조랑말의 도움이면 충분하다고 말했기 때문이다. 나는 그 조랑말이 나를 아낀다는 사실을 알고 있었다.

나는 조랑말과 함께 우선 반란을 일으킨 선원들이 나에게 내리라고 했던 해안 지대로 갔다. 언덕에 올라 바다 쪽을 샅샅이 살피니 동북쪽으로 작은 섬이 보이는 것 같았다. 휴대용 망원경을 꺼내 다시 보니 섬이 분명했는데 계산이 맞는다면 25킬로미터 이내의 거리였다. 그러나 밤색 조랑말에게는 그 섬이 푸른 구름으로만 보였다. 조랑말은 이곳 외에 다른 나라가 있다는 생각을 전혀 하지 못했기 때문이다. 그런 면에서는 우리 인간과 정반대였고 그래서 바다 멀리 있는 물체를 제대로 분간할 수 없었던 것이다.

그 섬을 발견한 후에는 더 깊이 생각하지 않았다. 가능하다면 결과는 운에 맡기고 추방당한 후 가장 먼저 그곳으로 가기로 결심했다.

나는 집으로 돌아와 밤색 조랑말과 상의하며 조금 떨어진 작은 숲으로 향했다. 그곳에서 칼을 든 나는 이 나라 방식대로 나무 손잡이에 매우 교묘하게 묶은 날카로운 부싯돌을 든 조랑말과 함께 참나무에서 지팡이 굵기의 가지 몇 개와 좀 더 큰 가지를 잘라냈다. 그러나 어떤 과정을 거쳤는지 시시콜콜 설명해 독자를 괴롭히지는 않겠다. 6주가 지났을 때 고된 작업을 대부분 맡아 준 밤색 말의 도움으로 인디언의 카누와 비슷한 배를 완성했다고 설명하면 충분할 것이다. 그 배는 카누보다는 훨씬 컸는데 내가 삼을 이용해 직접 만든 실로 야후의 가죽을 꿰매고 이어붙여 배를 덮었다. 돛도 역시 야후의 가죽으로 만들었다. 그러나 늙은 야후의 가죽은 너무 거칠고 두꺼워서 얻을 수 있는 가장 어린 야후의 가죽을 썼다. 그리고 노를 네 개 준비했다. 나는 토끼 고기와 새 고기를 삶아 비축했고 통 두 개를 준비해 하나에는 우유를, 하나에는 물을 채웠다.

주인집 근처에 있는 큰 연못에 시험 삼아 카누를 띄우고 잘못된 부분을 바로잡았다. 물이 스며들지 않도록 그래서 나와 내 짐을 지탱할 수 있도록 야후의 몸에서 짜낸 기름으로 틈이란 틈을 모두 메웠다. 그리고 최대한 완벽하게 손본 다음 야후들이 끄는 수레에 실어 밤색 조랑말과 다른 하인의 지도 아래 매우 조심스럽게 바닷가로 운반했다.

모든 준비가 끝나고 떠날 날이 되자 나는 주인과 여주인 및 온 가족에게 작별을 고했다. 눈에서 눈물이 넘쳐흘렀고 슬픔으로 가슴이 미어졌다. 그러나 주인은 궁금하기도 하고 어쩌면 약간은 배려하는 뜻에서(자랑할 뜻은 조금도 없이 하는 말이었다.) 카누를 타고 떠나는 내 모습을 지켜보기로 했다. 그리고 가까이 사는 주인의 친구들 몇 명도 함께 나왔다. 나는 밀물이 들기까지 한 시간 이상을 기다렸다. 매우 다행히도 내가 가려는 섬 쪽으로 바람이 부는 모습을 보고는 주인에게 다시 작별 인사를 건넸다. 내가 주인의 발굽에 입을 맞추기 위해 엎드리려고 하자 주인은 영광스럽게도 발굽을 내 입이 있는 곳까지 들어 올려 주었다.

이 마지막 일화를 묘사한 탓에 내가 얼마나 큰 비난을 받았는지 잘 안다. 비난을 일삼는 이들은 그토록 뛰어난 존재가 위신을 떨어뜨리며 나처럼 열등한 동물에게 그 대단한 영예를 베풀어 주었을 리 없다고 생각한다. 나 역시 일부 여행가들이 이례적인 호의를 받았다면서 허풍을 떠는 성향이 있다는 사실을 잊지 않았다. 그러나 그렇게 비난하는 이들도 휘님의 고결하고 정중한 기질을 좀 더 잘 안다면 곧 생각을 바꿀 것이다.

나는 주인과 동행한 나머지 휘님들에게 경의를 표한 다음 카누에 올라타고 노를 저어 바닷가를 떠났다.

11장

저자는 위험한 항해를 한다. 뉴홀랜드에 도착해 그곳에서 살기로 한다. 어느 원주민이 쏜 화살에 맞아 상처를 입는다. 붙잡혀서 포르투갈 배로 끌려간다. 선장은 무척 점잖은 사람이다. 저자가 영국에 도착한다.

1715년 2월 16일 오전 아홉 시에 나는 이 절망적인 항해를 시작했다. 순풍이 불었다. 처음에는 노만 젓다가 곧 기운이 빠질 테고 바람의 방향이 바뀔지도 모른다는 생각에 작은 돛을 올려 보았다. 조류가 협조해 준 덕분에 짐작하건대 배는 시속 7킬로미터 정도로 전진했다. 주인과 주인의 친구들은 내 모습이 거의 보이지 않을 때까지 바닷가에 머물렀고, 나를 늘 아껴 주었던 밤색 조랑말이 '흐누이 일라 니하 마이아 야후', 즉 '몸조심해라, 순한 야후야.'라고 외치는 소리가 간간이 들려왔다.

내 계획은 가능하다면 사람이 살지 않되 생필품을 내 손으로 만들어 쓸 수 있는 작은 섬을 발견하는 것이었다. 유럽에서 가장 고상한 궁중에서 수상으로 사느니 그편이 훨씬 행복할 터였다. 야후가 다스리는 나라와 사회로 되돌아간다는 생각만 해도 무척 끔찍했다. 내 바람대로 고독하게 살 수 있다면 적어도 내 동족의 악행과 부패 속으로 다시 곤두박질칠 가능성은 없을 것이고 생각의 날개를 마음껏 펼치며 비길 데 없는 휘넘들의 미덕을 즐겁게 되새길 수 있을 터였다.

독자는 선원들이 반란을 일으키고 나를 선실에 가두었을 때 내가 했던 이야기를 기억할 것이다. 나는 어느 방향으로 가는지도 모르고 몇 주 동안 그렇게 갇혀 있었다. 대형 보트에 실려 육지에 내렸을 때 선원들은 참말이었는지 거짓말이었는지 그곳이 세상의 어디쯤인지 모른다고 맹세했었다. 그러나 내가 엿들은 선원들의 대화를 대략 종합하니 마다가스카르로 가다가 남동쪽으로 방향을 튼 것 같았다. 나는 우리가 희망봉에서 남쪽으로 10도쯤 떨어진 곳, 즉 남위 45도 부근에 있다고 생각했다. 추측에 불과한 내용이지만 나는 뉴홀랜드의 남서쪽 해안에 도착하거나 혹은 그보다 더 서쪽에 위치한, 내가 바라는 그런 섬에 도착하기를 바라며 동쪽으로 방향을 잡았다.

정서풍이 불어왔고 동쪽으로 약 85킬로미터쯤 이동한 저녁 여섯 시에 2.5킬로미터 앞으로 매우 작은 섬이 보였다. 나는 그곳에 금세 도착했다. 그것은 개울이 하나 딸린 바위로 태풍 때문에 자연스럽게 활 모양으로 휘어져 있었다. 카누를 대고 바위에 오르니 동쪽에 남북으로 뻗은 육지가 뚜렷이 보였다. 나는 카누에 누워 밤을 보냈다. 그리고 아침 일찍 항해를 재개해 일곱 시간 후에는 뉴홀랜드의 남동쪽에 도착했다. 이 일로 나는 오래 품고 있던 생각, 즉 지도와 해도가 뉴홀랜드의 위치를 실제보다 동쪽으로 3도 이상 치우치게 표기하고 있다는 생각을 확신하게 되었다. 오래전에 이러한 추측을 친구 허먼 몰에게 전하며 근거를 제시했으나 그는 결국 다른 저자들의 견해를 따랐다.

내가 상륙한 곳에는 주민들이 보이지 않았다. 무기가 없어서 내륙으로 좀 더 들어가기가 두려웠다. 해변에서 조개를 좀 발견했는데 원주민들에게 발각될까 봐 불을 피울 엄두가 나지 않아 날것으로 먹었다. 가져온 식량을 아끼려고 사흘을 내리 굴과 삿갓조개로 연명했다. 다행히 무척 깨끗한 물이 흐르는 개울을 발견해 마음이 푹 놓였다.

사흘째 되는 날, 아침 일찍 좀 더 멀리 탐험을 하다가 500미터도 떨어지지 않은 언덕에 있는 원주민 이삼십 명을 발견했다. 남자, 여자, 아이들이 발가벗은 몸으로 불 주변에 앉아 있었고 연기가 피어오르고 있었다. 그중 한 명이 나를 발견하고 나머지 사람들에게 알렸다. 원주민 다섯 명이 여자와 아이들을 불가에 남겨 둔 채 나에게 다가왔다. 나는 서둘러 해변으로 돌아가 카누를 타고 떠났다. 내가 달아나는 모습을 본 야만인들이 뒤따라왔다. 야만인들은 내가 먼 바다로 나가기 전에 화살을 쏘았고 그 화살은 내 왼쪽 무릎에 깊이 박혔다(그 상처 자국은 내가 무덤에 갈 때까지 남아 있을 것이다.). 화살에 독이 묻었을까 봐 걱정스러웠고 노를 저어(바람이 없는 날이었다.) 사정거리를 벗어난 후 상처에서 피를 빨아내고 할 수 있는 대로 응급 처치를 했다.

원래 상륙했던 곳으로는 돌아갈 수가 없어서 어떻게 해야 할

지 갈피를 잡지 못하다가 북쪽으로 방향을 정하고 어렵게 노를 저었다. 약하기는 했지만 바람이 나에게 불리한 북서쪽으로 분 탓이었다. 안전한 상륙지를 찾고 있는데 북북동쪽에서 배가 보이더니 순간순간 더 뚜렷하게 모습을 드러내었다. 그 배를 기다릴지 말지 망설여졌다. 그러나 결국 야후에 대한 혐오감이 이겼다. 나는 카누를 돌려 남쪽으로 노를 저어 가다가 아침에 떠났던 만에 도착했다. 유럽의 야후들과 사느니 이 야만인들에게 내 몸을 맡기기로 했다. 나는 카누를 해변에 최대한 가깝게 끌어당기고 작은 개울 옆에 있는 돌 뒤에 몸을 숨겼다. 이미 말했듯이 그 개울에는 무척 깨끗한 물이 흘렀다.

그 배는 이 개울에서 2.5킬로미터 떨어진 곳까지 다가왔다. 신선한 물을 담을 통이 실린 대형 보트를 보냈는데(그곳이 매우 유명한 장소였던 모양이다.) 나는 그 보트가 해변에 거의 다 이르러서야 그 광경을 발견했다. 너무 늦어서 다른 은신처를 찾을 수가 없었다. 해변에 상륙하며 내 카누를 발견한 선원들은 카누를 뒤진 후 카누의 주인이 멀리 가지 못했다는 사실을 쉽사리 짐작했다. 무장한 네 명의 선원이 바위틈과 숨겨진 굴을 샅샅이 뒤지다가 결국 돌 뒤에서 얼굴을 땅에 대고 엎드린 나를 찾아냈다. 선원들은 놀란 눈으로 괴상하고 투박한 내 옷차림, 즉 가죽 외투와 나무로 만든 신발 밑창과 털양말을 잠시 바라보았다. 그러나 곧 옷을 보고 내가 알몸으로 다니는 이곳의 원주민은 아니라고 판단했다. 선원 하나가 포르투갈 어로 나에게 일어나라며 누구냐고 물었다. 나는 포르투갈 어에 능통했다. 자리에서 일어나며 휘넘들로부터 쫓겨난 불쌍한 야후이니 떠나도록 놓아 달라고 말했다. 선원들은 내가 자기 나라 언어로 대답하는 모습에 놀랐고 얼굴로 보아 유럽 인이 분명하다고 여겼다. 그러나 내가 말한 '야후'와 '휘님'이라는 단어가 무슨 뜻이지 몰라 당황하는 한편 말 울음소리와 비슷한 내 이상한 어조에 웃음을 터뜨렸다. 그동안 나는 두려움과 증오가 뒤섞인 감정으로 몸을 떨었다.

나는 다시 놓아 달라고 청하며 카누 쪽으로 조심스럽게 움직이기 시작했다. 하지만 선원들은 나를 붙잡고 어느 나라 사람이고 어디에서 왔는지 등 다른 질문을 퍼부었다. 나는 영국에서 태어났고 약 5년 전에 그곳을 떠났는데 당시에는 포르투갈과 영국이 평화로운 사이였다고 설명했다. 그러니 나를 적으로 대하지 말아 달라고, 나는 해를 끼칠 뜻이 전혀 없으며 불행한 여생을 보낼 외딴 곳을 찾는 가여운 야후일 뿐이라고 말했다.

선원들이 이야기를 하기 시작했을 때 나는 그렇게 부자연스러운 광경은 듣도 보도 못했다고 생각했다. 영국에서 개나 소가 말하는 것처럼, 휘님의 나라에서 야후가 말하는 것처럼 기괴하게 보였다. 정직한 포르투갈 선원들 역시 내 이상한 옷차림과 특이하지만 잘 알아들을 수 있는 내 말투에 놀랐다. 선원들은 인정 깊은 태도로 나에게 말을 건넸다. 선장이 분명 나를 리스본까지 공짜로 태워 줄 테니 그곳에서 고국으로 돌아갈 수 있을 것이라고 했다. 선원 두 사람이 배로 돌아가서 이 상황을 보고하고 지시를 받아오겠다고 나섰다. 그러는 동안 내가 달아나지 않기로 엄숙하게 맹세하지 않으면 억지로라도 붙들어 놓겠다고 으름장을 놓았다. 그 제안에 따르는 것이 최선이라는 생각이 들었다.

선원들은 내 사연이 몹시 궁금했지만 나는 그 호기심을 거의 채워 주지 않았다. 선원들은 모두 내가 불행을 당해 머리에 이상이 생겼다고 추측했다. 두 시간 후, 보트는 물을 담은 통을 싣고 선장의 명령에 따라 나를 배로 데려갔다. 나는 무릎을 꿇고 그냥 놓아 달라고 애원했다. 그러나 전혀 소용이 없었고 선원들은 끈으로 내 몸을 묶어 보트에 실은 다음 다시 배로 향했다. 그리고 선장의 방으로 데려갔다.

선장의 이름은 페드로 데 멘데즈였고 무척 정중하고 관대한 사람이었다. 선장은 내 소개를 간단히 해 달라고 부탁한 다음 먹거나 마시고 싶은 것이 무엇이냐고 물었다. 내가 선장과 다름없이 편하게 지낼 수 있도록 해 주겠다는 등 친절하게 대해 주었는데 야후에게 그런 정중함이 있다는 사실이 놀라웠다. 그러나 나는 침울한 기분으로 아무 말도 하지 않았다. 선장과 선원들의 냄새 때문에 금방이라도 기절할 듯했다. 마침내 나는 내 카누에 있는 식량을 먹고 싶다고 청했다. 그러나 선장은 닭고기와 훌륭한 와인을 가져오라고 지시하고 무척 깨끗한 선실에 내 잠자리를 준비하라고 명령했다.

나는 옷을 벗지 않고 침대보에 누웠다. 30분 후, 선원들이 식사 중이라고 생각되어 방에서 몰래 빠져나와 뱃전으로 갔다. 야후들 틈에서 지내느니 바다에 뛰어들어 죽어라 헤엄을 쳐 볼 작정이었다. 그러나 선원 하나가 나를 저지하고 선장에게 보고했다. 나는 방으로 돌아가 사슬에 묶였다.

식사가 끝난 뒤 페드로 선장이 나를 찾아와 왜 그리 필사적으로 달아나려 하느냐고 물었다. 선장은 내 편의를 최대한 봐주고 싶을 뿐이라고 했다. 선장이 무척 감동적으로 이야기하는 바람에 나는 결국 마음을 고쳐먹고 그를 조금이나마 이성이 있는 동물로 대하기로 마음먹었다. 나는 선장에게 항해 중에 있었던 일을 매우 간단히 설명했다. 선원들이 반란을 일으켰고 어떤 나라의 해변에 나를 내려놓았으며 그곳에서 5년을 살았다고 설명했다. 선장은 내가 들려준 이야기를 꿈이나 환상으로 여겼다. 나는 몹시 화를 냈다. 거짓말하는 능력을 거의 잊어버리고 있었기 때문이다. 거짓말은 야후들이 주도하는 나라에 존재하는 야후들만의 특성으로 결국 서로가 진실을 말하지 않는다고 의심하는 기질이었다.

나는 선장에게 당신의 나라에는 '없는 것을 말하는' 풍습이 있느냐고 물었다. 나는 거짓말이라는 것을 거의 잊어버렸다고 대답했다. 내가 휘님의 나라에서 천 년을 산다한들 가장 심술궂은 하인에게서조차 거짓말을 듣지 못할 것이라고 말해 주었다. 그러나 선장의 호의에 보답하는 뜻으로 그의 타락한 본성을 어느 정도 고려해 이상하다고 여겨지는 부분을 지적해 주면 대답하겠다는 뜻을 밝혔다. 그러면 선장도 금세 진실을 발견하게 될 터였다.

현명한 사람인 선장은 내 이야기에서 허점을 찾으려고 이렇게 저렇게 애쓰다가 마침내 내가 하는 말이 진실일지도 모른다고 생각하게 되었다. 그러나 선장은 내가 그토록 고집스럽게 진실을 사모한다고 공언하는 만큼 선장과 이 항해를 함께 하며 내 생명을 해칠 행동은 하지 않기로 명예를 걸고 약속하라고 덧붙였다. 그러지 않으면 리스본에 도착할 때까지 나를 계속 가둬 둘 수밖에 없다고 했다. 나는 선장의 요구대로 약속했다. 그러나 동시에 다시 야후들 사이에서 살아가느니 큰 시련을 당하는 편이 낫다고 항변했다.

항해는 별다른 사고 없이 지속되었다. 나는 선장에게 감사하는 뜻에서 때로 그의 진지한 질문에 성실히 답변했고 종종 치밀어 오르는 인간에 대한 혐오감을 감추려고 애를 썼다. 선장은 그런 내 상태를 알면서도 눈감아 주었다. 그러나 나는 선원들과 마주치지 않으려고 하루의 대부분을 선실에 틀어박혀 지냈다. 가끔 선장은 나더러 야만스러운 옷을 벗으라고 간곡히 타이르며 자신의 가장 좋은 옷을 빌려 주겠다고 제안했다. 나는 야후의 몸에 닿았던 것으로 내 몸을 덮기가 너무 싫어 그 제안을 받아들이지 않았다. 그저 깨끗한 속셔츠 두 벌만 빌려 달라고 요청했는데 선장이 입은 후 줄곧 세탁했을 것이므로 내 몸을 그다지 더럽히지 않으리라고 여겼다. 나는 속셔츠를 직접 빨아 이틀에 한 번씩 갈아입었다.

우리는 1715년 11월 5일에 리스본에 도착했다. 배가 상륙하자 선장은 사람들이 주변으로 몰려들지 못하도록 자신의 망토로 나를 억지로 감쌌다. 나는 선장의 집으로 인도되었다. 내 진지한 부탁대로 선장은 나를 집 뒤쪽에 있는 꼭대기 방으로 데려갔다. 나는 선장에게 내가 들려준 휘님들의 이야기를 누구에게도 하지 말아 달라고 부탁했다. 그런 이야기가 조금이라도 새어 나가면 수많은 사람들이 나를 보러 몰려들 테고 어쩌면 나를 감옥에 가두거나 종교 재판을 거쳐 화형을 시킬지도 모르기 때문이었다. 선장은 나를 설득해 새 옷을 한 벌 짓기로 했다. 그러나 나는 재단사가 내 몸의 치수를 재도록 허락하지 않았다. 재단사

는 대신 나와 몸집이 비슷한 페드로 선장의 치수를 재었고 옷은
나에게 잘 맞았다. 선장은 다른 생필품을 모두 새것으로 장만해
주었고 나는 물건에 24시간 동안 바람을 쏘인 뒤 사용했다.

선장에게는 아내가 없었고 하인도 셋뿐이라 식사 때 시중드
는 사람도 없었다. 선장의 모든 행동은 배려가 넘쳤고 인간에 대
한 이해심도 넓어서 나는 선장과 함께 지내는 생활을 잘 견딜 수
있게 되었다. 선장의 노력으로 나는 용기를 내 뒤쪽 창문을 내다
볼 정도가 되었다. 차츰 다른 방에도 들어갔다가 거리를 엿보기
도 했지만 섬뜩한 마음에 고개를 돌려 버리곤 했다. 일주일이 지
났을 때 선장은 나를 달래서 문으로 데려갔다. 두려움은 서서히
줄었지만 증오와 경멸은 더 강해진 것 같았다. 마침내 나는 선장
과 함께 거리를 걸을 정도로 대담해졌으나 루(*향신료나 방충제로
쓰이는 허브의 일종.)나 담배로 코를 잘 틀어막아야 했다.

열흘이 지났을 때 내 가정 형편을 들어 알고 있던 페드로 선
장이 나에게 명예와 양심을 지키기 위해 고국으로 돌아가 아내
와 자녀 곁에서 살아야 한다고 말했다. 선장은 항구에 출항 준비
를 마친 영국 배가 있으며 필요한 것은 모두 제공해 주겠다고 제
안했다. 선장이 주장하고 내가 반박한 이야기를 여기에 옮겨 보
았자 지루할 것이다. 선장은 내가 살고 싶다던 외딴 섬을 찾아내
기란 도무지 불가능한 일이라고 설득했다. 그러나 내 집에서는
내가 주인이니 원하는 대로 은둔 생활을 하며 시간을 보낼 수 있
다고 덧붙였다.

마침내 나는 다른 방법이 없다는 생각이 들어 선장의 말을 따
랐다. 12월 24일에 영국 상선을 타고 리스본을 떠났는데 그 배

의 선장이 누구인지 알아보지도 않았다. 페드로 선장은 나를 배까지 데려다주고 20파운드를 빌려 주었다. 내가 떠날 때 선장은 따뜻한 작별 인사를 건네며 안아 주었고 나는 그 접촉을 최대한 참아냈다. 이 마지막 항해 중 나는 선장이나 선원들과 말을 전혀 섞지 않고 아픈 척하며 선실에 틀어박혔다. 1715년 12월 5일 오전 아홉 시경 배는 다운스 항에 정박했고 나는 오후 세 시에 레드리프에 있는 집에 무사히 도착했다.

아내와 자녀들이 무척 놀라고 기뻐하며 나를 맞았다. 내가 틀림없이 죽었다고 생각했기 때문이다. 그러나 솔직히 말해서 가족들의 모습을 보니 증오와 역겨움과 경멸감만 치밀 뿐이었다. 내가 그들과 가까운 관계라는 생각을 하니 그 감정은 더 심해졌다. 휘님의 나라에서 불행히 추방당한 후 어쩔 수 없이 인내하며 야후들의 모습을 보았고 페드로 데 멘데즈 선장과 이야기를 나누었지만, 내 기억과 머릿속은 늘 숭고한 휘님의 미덕과 생각으로 가득했기 때문이다. 이제 내가 야후라는 족속과 결합해 더 많은 야후를 낳았다고 생각하니 더없는 수치와 혼란과 공포가 엄습했다.

내가 집으로 들어가자마자 아내는 나를 껴안고 입을 맞추었다. 몇 년 동안 이 혐오스러운 동물과 접촉하지 않았던 탓에 나는 거의 한 시간 동안이나 정신을 잃었다. 글을 쓰는 지금은 영국으로 돌아온 지 5년이 지난 시점이다. 첫해에는 아내나 아이들을 도저히 곁에 둘 수 없었고 그 고약한 냄새를 참을 수가 없었다. 같은 방에서 식사하기란 더더욱 힘들었다. 지금까지도 가족들은 내 빵에 손을 대거나 나와 같은 컵으로 물을 마시지 못한다. 또 나는 가족들 중 누구도 내 손을 잡지 못하게 했다. 어린 종마 두 마리를 사려고 처음으로 돈을 썼고 말들은 지금 훌륭한 마구간에서 지내고 있다. 그 말들 다음으로 내가 좋아하는 이는 말을 돌보는 사람이다. 그가 풍기는 마구간 냄새를 맡으면 활기가 되살아나기 때문이다. 말들은 내 말을 꽤 잘 알아듣는다. 나는 매일 네 시간 이상 말들과 대화를 나눈다. 이 말들은 고삐나 안장을 알지 못한다. 나와 무척 사이좋게 지내며 말들끼리도 우정이 두텁다.

12장

저자의 진정성과 책 출간 계획을 이야기한다. 사실을 왜곡하는 여행가들을 비난하고 어떤 사악한 목적도 없이 글을 썼다고 주장한다. 예상되는 이의에 답변하고 식민지 개척 방안을 제안하며 조국을 칭송한다. 저자가 묘사한 나라들에 대한 왕의 권리를 옹호하지만 그 나라들을 정복하기 어려울 것이라고 이야기한다. 독자에게 마지막 작별 인사를 한다. 앞으로 어떻게 살아갈지 밝히고 훌륭한 조언과 더불어 글을 마친다.

온화한 독자여, 이렇게 나는 그대에게 16년 7개월이 넘는 기간 동안 여행한 이야기를 성실히 들려주었다. 진실을 장식하려고 애쓰지는 않았다. 다른 사람들처럼 기묘하고 믿기지 않는 이야기로 그대를 놀라게 할 수도 있었을 것이다. 그러나 그보다는 가장 단순한 방식과 문체로 명백한 사실을 이야기하기로 결심했다. 그대에게 즐거움을 주는 것보다는 사실을 전달하는 것이 가장 큰 목적이기 때문이었다.

영국인이나 유럽 인들이 거의 가 보지 않은 나라를 여행한 이들이 놀라운 동물을 묘사하기란 쉬운 일이다. 그러나 여행가의 주된 목적은 인간을 더 현명하고 나은 존재로 만드는 것과 외국에서 목격한 좋은 본보기와 나쁜 본보기를 전해 인간의 정신을 개량하는 것이다.

나는 모든 여행가가 여행기를 출간하려는 허가를 받기 위해서는, 책으로 펴내려는 모든 내용이 자신이 아는 한 절대적으로 사실임을 대법원장 앞에서 맹세해야 한다는 법이 제정되기를 진심으로 바란다. 그러면 경솔한 독자들에게 천박하기 짝이 없는 거짓을 들이대는 일부 작가들에게 순순히 속을 일은 없을 것이다. 나는 젊은 시절에 몇몇 여행기를 무척 즐겁게 탐독했다. 그러나 지구상의 대부분을 돌아다니며 여행기에 실린 엄청난 이야기들을 내가 직접 목격한 내용으로 반박할 수 있게 되니 여행기라는 장르에 지독한 혐오감이 생겼고 쉽게 잘 믿는 인간의 성향을 그토록 뻔뻔하게 악용했다는 사실에 화가 치밀었다.

부족하나마 내 이런 노력이 이 나라에 도움이 될지도 모른다는 지인들의 의견이 있었다. 나는 진실을 엄격하게 전달하고 왜곡하지 말자는 원칙을 개인적으로 고수했다. 또한 고귀한 주인과 또 다른 뛰어난 휘넘들이 영광을 베풀어 준 덕분에 오랜 시간 동안 그들의 이야기를 들으며 깨달은 교훈과 모범이 내 머릿속에 간직되어 있는 한 나는 진실을 채색하려는 유혹에 조금도 흔들리지 않을 것이다.

운명은 시논을 비참하게 만들었으나

제아무리 심술을 부린다한들 시논이 거짓을 행하거나 말하게 하지는 못할 것입니다.

(*베르길리우스의 『아이네이스』 중 시논이 트로이의 왕 앞에서 하는 거짓 맹세. 그리스 군의 첩자인 시논은 트로이 군으로 하여금 목마를 성 안으로 끌고 가도록 만들기 위해 일부러 트로이의 포로가 되어 거짓 정보를 제공한다.)

나는 뛰어난 기억력이나 꼼꼼하게 기록한 일지 없이 천재성이나 학식을 비롯한 다른 재주로만 글을 쓴다면 명성을 얻기가 거의 불가능하다는 사실을 잘 알고 있다. 또 사전을 편찬하는 사람들처럼 여행기를 쓰는 사람들도 나중에 등장해 최고의 자리를 차지하는 작가들의 무게와 크기에 밀려 잊힌 존재가 된다는 사실도 알고 있다. 그러니 앞으로 이 책에서 묘사한 나라를 방문하는 여행자가 나타나 내가 저지른 실수(실수가 있다면 말이다.)를 지적하고, 직접 발견한 여러 내용을 덧붙여 내 인기를 떨어뜨리고, 내 자리를 차지하며 온 세상이 내가 작가라는 사실조차 망각하게 만드는 일도 얼마든지 생길 수 있다.

사실 내가 명성을 얻고자 책을 썼다면 그보다 더한 굴욕은 없을 것이다. 그러나 내 유일한 목적은 공공의 이익이므로 낙담할 일은 없을 것이다. 내가 언급한 영화로운 휘넘들의 미덕에 대해 읽고 난 후 사회를 주관하는 이성적인 동물이라고 자처하던 자신의 악덕에 부끄러움을 느끼지 않을 사람이 있을까? 야후가 다스리는 머나먼 나라들에 대해서는 아무 말 하지 않겠다. 그나마 가장 부패하지 않은 나라는 브롭딩낵으로 우리가 도덕과 정치에 관한 그들의 현명한 지침을 따를 수 있다면 다행일 것이다. 그러나 더는 상세히 설명하지 않고 분별력 있는 독자가 스스로 논평하고 적용하도록 맡겨 두겠다.

이 책을 비난할 사람이 없으리라 생각하니 무척 뿌듯하다. 무역이나 협상으로 우리와 조금도 얽히지 않은 먼 나라에서 일어난 명백한 사실만을 이야기한 작가에게 누가 항의를 하겠는가? 나는 여행기를 쓴 사람들이 너무도 당연하게 저지르는 흔한 잘못을 주의 깊게 피했다. 게다가 나는 어떤 당파와도 관련이 없으며 개인적인 감정이나 편견, 한 사람이나 여러 사람에 대한 원한이 전혀 없는 상태로 글을 쓴다. 사람들에게 정보를 주고 가르치려는 숭고한 목적으로 글을 쓴다.

나는 완벽에 가까운 휘넘들 사이에서 오랜 시간 동안 대화를 나눈 특권을 누렸기에 내가 보통의 인간보다 좀 더 우월한 입장에 있다고 말해도 교만한 이야기는 아닐 것이다. 나는 글을 쓰는데 경제적 이득이나 찬사를 얻을 생각은 전혀 없다. 비판처럼 보이는 단어, 꼬투리를 잡으려고 살피는 사람을 조금이라도 자극할 만한 단어를 결코 그냥 넘기지 않았다. 그러니 내가 저자로서 비난받을 이유가 전혀 없다고 자부해도 괜찮을 듯하다. 반박하고 판단하고 논평하고 헐뜯고 폭로하고 지적하는 부류들이 그들의 재주를 펼칠 구실을 결코 찾지 못할 것이다.

사실 귀국하자마자 영국 국민으로서 국무장관에게 보고서를 제출해야 한다는 귀띔을 받았다. 국민이 발견한 땅은 모두 왕의 것이기 때문이다. 그러나 내가 다룬 그 나라들을 정복하기란 페

388

르디난도 코르테즈가 벌거벗은 아메리카 원주민들을 정복했을 때처럼 쉽지는 않을 것이다. 내 생각에 릴리퍼트는 그곳을 정복하기 위한 함대와 군대를 파견할 가치가 거의 없다. 그리고 브롭딩낵을 공격하는 것이 과연 현명하거나 안전한 일인지, 또 영국군이 머리 위에 떠 있는 섬을 공략하기가 과연 쉬운 일일지 의문이다. 휘넘들은 사실 아예 생소한 분야인 전쟁, 특히 대포 같은 무기에는 제대로 대비되어 있지 않은 것 같다.

그러나 내가 국무장관이라면 그 나라를 침략하라는 지시를 내리지 않을 것이다. 휘넘들의 현명함, 만장일치에서 나오는 단결력, 두려움을 모르는 용맹, 조국에 대한 사랑이 용병술에서 드러날 모든 결함을 메우고도 남을 테니 말이다. 2만에 이르는 휘넘들이 유럽군의 한복판으로 돌진해 대열을 무너뜨리고 마차를 뒤엎고 무시무시한 뒷발굽으로 병사들의 얼굴을 반죽처럼 짓이겨 버리는 광경을 상상해 보라.

휘넘들은 아우구스투스와 같은 기개로 칭송받을 만하다. '사방으로 경계를 늦추지 않고 발길질을 할 것이다.'(*호라티우스 『풍자시』 제2권 중.) 그러니까 나라면 그 호방한 민족을 정복할 계획을 세우기보다는 휘넘들을 충분히 파견해 명예와 정의, 진실, 절제, 공공심, 인내, 절개, 우정, 박애, 신의라는 가장 중요한 원리를 가르쳐 유럽을 교화해 달라고 청할 것이다. 이 모든 덕목은 우리가 쓰는 대부분의 언어에 남아 있으며 고대와 현대의 저서에서도 찾아볼 수 있다. 빈약하지만 내 독서 경험에 비추어 단언할 수 있다.

그러나 내가 발견한 나라들을 통해 왕의 영토를 확장하자는 의견에 찬동할 수 없는 이유는 또 있다. 솔직히 말해서 나는 이런 경우 왕이 분배 정의를 실현하는지 늘 의심스러웠다. 예를 들어 해적들이 폭풍에 정처 없이 밀려간다. 큰 돛대에서 망을 보던 아이가 마침내 육지를 발견한다. 해적들은 그 육지를 약탈하려고 상륙한다. 그들은 순진무구한 사람들을 만나 친절한 대접을 받은 후 그 나라에 이름을 붙여 왕의 영토임을 공식 선언하고 썩은 판자나 돌을 기념비 삼아 세운다. 원주민 이삼십 명을 죽이고 본보기가 될 원주민 둘을 억지로 끌고 고국으로 돌아가 그동안의 소행을 용서받는다.

그때부터 그곳은 신권 통치라는 미명으로 왕의 새 영토가 된다. 준비가 되면 곧바로 배를 보낸다. 원주민들은 쫓겨나거나 말살되며 원주민의 왕은 금을 내놓을 때까지 고문을 당한다. 잔혹하고 탐욕스러운 온갖 행위가 스스럼없이 자행된다. 땅은 원주민들의 피로 뒤덮인다. 그리고 이 경건한 원정에 동원된 혐오스러운 학살자들은 현대적인 식민지촌을 이루고 우상을 숭배하는 야만인들을 개종시키고 개화한다.

그러나 나의 이런 묘사가 영국에는 어떤 악영향도 미치지 않으리라 생각한다. 지혜와 배려, 정의로 식민지를 건설하는 영국은 온 세계의 귀감이 될 것이다. 영국은 종교와 학문을 발달시키기 위해 기부금을 쾌척하고, 기독교를 보급하기 위해 독실하고 유능한 목사들을 선발하고, 모국에서 분별력 있는 언행을 실천하는 사람들을 선별해 그 사람들로 식민지를 채운다. 모든 식민지에 능력이 출중하고 부정부패와는 무관한 관리들을 보내 민정을 맡김으로써 분배 정의를 엄격하게 실현한다. 그리고 결국에는 자신이 다스리는 민족의 행복과 주인인 국왕의 명예를 추구하는 것 외에는 전혀 관심이 없는 신중하고 고결한 총독들을 파견한다.

그러나 내가 묘사한 나라들은 정복을 당하고 노예가 되거나 학살당하거나 식민지 때문에 추방당할 의사가 없는 듯하다. 금이나 은, 설탕, 담배가 풍부하지도 않다. 감히 추측건대 그들은 우리의 열의나 용맹이나 관심을 쏟을 적절한 대상이 아니다. 그러나 그 나라들을 나보다 좀 더 잘 안다고 자처하는 사람들이 나타나 내 의견에 반대한다면, 나는 법정에 나가 나보다 먼저 그곳을 방문한 유럽 인이 없었다는 사실을 얼마든지 증언하겠다. 그러니까 내가 방문한 나라의 주민들을 믿는다는 전제하에서 말이다.

어쨌든 내가 여행하게 된 나라가 왕의 영토임을 공식 선언해야 한다는 생각은 당시로서는 머릿속에 떠오르지 않았다. 그런 생각이 떠올랐더라도 내가 처한 상황에서는 신중함이 필요한 데다 내 목숨을 보존하는 문제도 걸려 있어서 아마 더 좋은 기회가 생길 때까지 미루었을 것이다.

지금까지 여행가로서 나에게 제기될 수도 있는 유일한 이의에 대해 답변했다. 이제는 친절한 독자에게 마지막 작별 인사를 건네고 레드리프에 있는 내 작은 정원에서 나만의 사색을 즐기러 돌아갈 것이다. 이제 나는 휘넘들의 미덕에서 배운 훌륭한 교훈을 실천하고 온순한 기질이 보이는 한 내 가족인 야후들을 교육할 것이다. 가능하면 내 모습에 점차 익숙해져 다른 인간들을 참고 바라볼 수 있도록 가끔 거울에 비친 나를 보며 내 모습에 점차 익숙해질 것이다. 이 나라에 있는 휘님들의 야만성에 가슴이 무척 아프지만 내 고귀한 주인과 그의 가족과 친구들 그리고 휘님 종족 전체를 생각하며 우리 나라의 휘님들을 늘 존경으로 대할 것이다. 그들은 영광스럽게도 외형만큼은 휘님 나라의 동족을 닮았지만 지능은 퇴화해 버렸다.

지난주에 나는 아내가 긴 식탁의 가장 먼 자리에 앉아 나와 함께 저녁을 먹도록 허락했다. 내가 던진 몇 가지 질문에(아주 짧게) 대답하는 것도 허락했다. 그러나 야후의 냄새가 여전히 역겹게 느껴져서 루나 라벤더나 담뱃잎으로 코를 잘 막았다. 만년에 접어든 사람이 오랜 습관을 버리기란 어려운 일이다. 하지만 나는 야후의 이빨과 발톱에 물어뜯길까 봐 걱정하지 않고 이웃의 야후와 어울릴 때가 곧 오리란 희망을 어느 정도 품고 있다.

야후들이 자연에게서 받은 악덕과 어리석음으로만 만족해도 내가 야후 족속 전체와 화해하기란 그다지 어렵지 않을 것이다. 나는 변호사, 소매치기, 대령, 바보, 귀족, 노름꾼, 정치인, 뚜쟁이, 의사, 목격자, 위증을 사주한 사람, 법률문제 대리인, 반역자 등을 보아도 화가 전혀 나지 않는다. 자연의 섭리에 따라 타고난 모습이기 때문이다. 그러나 몸과 마음이 추하고 병든 사람이 자만심에 사로잡힌 모습을 보면 내 인내심은 즉시 산산조각나 버린다. 그런 동물과 그런 악이 어찌 결합될 수 있는지 도무지 이해가 되지 않는다.

현명하고 덕망 높은 휘님들, 이성적인 동물을 돋보이게 해 주는 탁월함으로 충만한 휘님들에게는 그런 악덕을 가리키는 단어가 없고 악한 것을 표현하는 용어도 아예 없다. 다만 야후의 혐오스러운 성질을 묘사할 때 쓰는 단어들뿐인데 휘님들은 야후에게서 자만심을 보지 못했다. 야후들이 지배하는 다른 나라에서 드러나는 인간의 본성을 속속들이 알지 못하기 때문이다. 그러나 경험이 더 많은 나는 야생의 야후들에게서도 자만심의 싹을 분명히 발견할 수 있었다.

그러나 이성의 다스림을 받으며 사는 휘님들은 자신의 훌륭한 자질을 자랑하지 않는다. 내가 팔이나 다리가 없다고 자랑하지 않는 것과 마찬가지다. 분별력 있는 사람이라면 팔다리가 없어서 절망할 수는 있어도 팔다리가 있다고 해서 자랑하지는 않을 것이다. 영국 야후의 사회가 어떻게 해서든 무너지지 않도록 돕고 싶은 마음에서 이런 이야기를 장황하게 늘어놓는 것이다. 그러니 이 부조리한 악덕에 조금이라도 물든 사람은 내 눈앞에 나타나지 말기를 이렇게 간청한다.

『걸리버 여행기』를 읽는 색다른 방법
–재미있게 그러나 불편하게 읽기

여기, 본교회의 사제

조너선 스위프트의 유해가

묻혀 있다.

이제 분노가 그의 심장을 찢지 못하리라.

나그네여, 가라.

그리고 할 수 있다면

당당하게 자유를 주장한

이 용사를 본받으라.

이 글은 영국 풍자 문학의 대가이자 국교회 사제였던 조너선 스위프트의 묘비에 새겨진 문구이다. 스위프트가 생전에 라틴어로 직접 작성한 이 묘비명은 평생 치열하게 살아간 스위프트의 심경을 고스란히 전달한다. 아일랜드의 문예 부흥 운동을 주도한 시인 윌리엄 예이츠는 훗날 존경하는 마음을 담아 이 라틴

어 묘비명을 다음과 같이 번역한다.

"스위프트가 안식에 들어갔도다. / 이제 잔인한 분노가/ 그의 심장을 찢지 못하리라. / 세상에 취한 나그네여, / 할 수만 있다면 그를 본받으라. / 인간의 자유를 위해 몸 바친 그를!"

가톨릭이 대다수인 아일랜드에서 영국 국교회 사제로 살았던 스위프트는 후대 작가들에게 최고의 풍자 문학가로 칭송받는 위대한 작가이기도 하다. 그는 어떤 생애를 살았기에 또한 그가 살았던 18세기 영국은 어떤 사회였기에 풍자 문학의 걸작으로 손꼽히는 『걸리버 여행기』가 탄생할 수 있었을까?

풍자 문학의 훌륭한 밑거름이 된 18세기 영국의 시대상

18세기 영국은 정치·종교·문학·철학이 긴밀하게 연관된 사회였다. 이 시기의 영국 사회를 이해하려면 이전에 일어난 청교도 혁명부터 차근히 살펴봐야 한다.

1642년에 청교도 혁명이 일어나 영국은 왕정을 폐지하고 공화정을 택했으나 청교도 혁명의 지도자인 올리버 크롬웰이 사망한 뒤 정치적으로 혼란 상태에 빠진다. 크롬웰의 독재와 엄격한 청교도 금욕주의에 질려 왕정으로 돌아가기를 바라는 국민 정서가 만연해 결국 1660년 스튜어트 왕정이 복고되며 찰스 2세가 왕위에 등극한다. 이후 1685년에 제임스 2세가 뒤를 이었고, 1688년에는 명예혁명을 통해 윌리엄 3세가 부인 메리 2세와 공동 통치를 선언하며 입헌 군주제를 도입했다. 1702년에는 메리의 동생인 앤 여왕이 왕위에 올랐지만 앤 여왕의 사망으로 스튜어트 왕조는 막을 내린다. 그 후 1714년에는 독일에서 자란 조지 1세가 왕이 되며 하노버 왕조 시대가 열리고 왕이 '군림은 하되 통치하지는 않는' 내각 책임제가 시작되었다. 그 뒤를 이어 1727년에는 조지 2세가 왕이 되었으니, 1667년에 태어나 1745년에 사망한 스위프트의 일생 동안에 영국의 왕위는 다섯 차례나 바뀐 것이다.

왕위 변화는 종교와도 밀접한 관련이 있었는데 특히 주목할 만한 정치적 현상은 속칭 휘그당(Whig)과 토리당(Tory)의 대립이다. 완전한 정당이라기보다는 상징적인 당파로서 정치적, 종교적 갈등이 맞물린 두 당의 대립은 찰스 2세 때부터 시작되었다. 왕정복고로 왕위에 오른 찰스 2세에게는 적자가 한 명도 없어 동생 제임스가 왕위 계승 후보였다. 그러나 성공회가 국교이며 반가톨릭 정서가 만연한 영국에서 가톨릭인 제임스의 왕위 계승을 막기 위해 가톨릭교도의 왕위 계승을 막는 법안이 마련되고 영국 의회는 이를 두고 찬반이 갈린다. 이때 제임스의 즉위를 반대하는 사람들이 찬성하는 사람을 '토리'라고 불렀다. 이는 원래 아일랜드 어에서 유래한 말로 '도적'이라는 뜻이다. 제임스의 즉위를 옹호하는 사람들은 반대하는 이들을, 말 도둑을 가리키는 스코틀랜드의 단어인 '휘그'라는 말로 부르며 토리와 휘그는 각 파를 대표하는 용어가 되었다(이 두 파의 대립은 영국 정당 정치의 시초가 되어 훗날 휘그는 자유당, 토리는 보수당으로 자리 잡는다.).

결국 요크 공작 제임스는 1685년에 제임스 2세로 즉위하고 휘그당과 토리당은 각자의 신조를 주장하기 위해 당대에 활동한 작가들을 내세워 열띤 토론을 벌였다. 덕분에 민권과 상인 계층을 대표하는 휘그당이나 왕권 복권 및 대다수 귀족을 대표하는 토리당을 대변하는 내용의 소책자들이 마구 쏟아져 나왔다.

또한 이 시기에 두드러지는 사회 현상은 '부르주아'라고 불리는 중산층의 출현이다. 17세기 후반에서 18세기 전반에 걸쳐 형성된 부르주아는 영국 의회의 지지 세력이었는데 이들의 정서적 욕구는 문학에도 큰 영향을 미쳤다. 이전 세기인 왕정복고 시대의 문학에서는 주인공이 대개 귀족이었지만 변화하는 경제 상황 속에서 신분 상승을 꿈꾸는 중산층이 그 자리를 대신하게 되었다. 이런 중산층의 욕구와 당대 유행한 경험론·사실주의·인쇄

술의 발달로 인한 독서층의 확산으로 자연스럽게 소설이 탄생했다.

　이런 정치적, 사회적 상황에서 풍자 문학이 한껏 꽃핀 것은 당연한 현상이었다. 풍자의 목적은 견해가 다른 상대측을 공격하고 궁극적으로 사회를 개혁하는 것이다. 이 시기에 활약한 대표적인 풍자 문학가들로는 장편 풍자시 「우인열전(Dunciad)」을 쓴 시인 알렉산더 포프, 시인 겸 극작가로서 〈거지 오페라(The Beggar's Opera)〉로 유명해진 존 게이 그리고 무엇보다도 산문 분야에서 풍자 문학의 진수를 보여 준 조너선 스위프트가 꼽힌다.

'죽는 날까지 명랑했던' 아일랜드의 애국자

　스위프트의 부모는 영국인이었지만 스위프트는 아일랜드의 더블린에서 태어났다. 아버지는 스위프트가 태어나기 전에 세상을 떠났고 어머니마저 어린 스위프트를 두고 영국으로 돌아가 버린 탓에 그는 삼촌의 손에서 자랐다. 더블린의 트리니티 대학에서 학사 학위를 취득하고 석사 과정을 밟던 중 1688년에 명예혁명이 일어났다. 그 여파로 더블린에서 가톨릭교도들의 폭동이 일어나자 스위프트는 영국으로 떠난다. 그리고 영국에서 만난

>>>

어머니의 주선으로 휘그당 정치가이자 학자였던 윌리엄 템플 경의 개인 비서로 들어간다. 회고록을 준비하던 템플 경을 도우며 그는 중도 포기했던 학업을 계속해 영국 옥스퍼드 대학에서 석사 학위를 받는다.

1694년에는 아일랜드로 돌아가 이듬해에 킬루트 지역의 목사로 부임하지만 국교회에 적대적인 장로교인들 사이에서 힘들게 지냈다. 결국 1696년에 다시 템플 경 곁으로 돌아온다. 이후 종교와 학문의 타락 및 부패를 풍자한 『통 이야기(A Tale of a Tub)』와 고대 학문과 현대 학문의 우열 논쟁을 우화 형식으로 표현하며 고대 학문의 우월성을 옹호한 『책들의 전쟁(The Battle of the Books)』등을 집필한다. 그리고 1699년에 템플 경이 죽자 아일랜드로 돌아간다.

스위프트는 정치적 신조로는 휘그당에 가까워 템플 경의 곁에 머무는 동안 휘그당을 옹호하는 소책자를 다수 펴냈다. 그러나 토리당이 영국 국교회 보호 정책을 펼쳤으므로 결국 토리당의 대표적인 작가로 크게 활약하게 된다. 1702년에 토리당인 앤 여왕이 왕위에 올랐지만 스위프트는 기대했던 사제직을 얻지 못했고, 1714년에 앤 여왕의 서거와 더불어 토리당이 몰락의 길을 걷게 되자 어쩔 수 없이 아일랜드의 더블린으로 돌아가 성 패트릭 성당의 주임 사제로서 목회 활동에 전념한다.

　영국 본토에서 성공하고픈 꿈을 이루지 못한 스위프트는 이후 몇 년간 실의에 빠져 지냈지만 아일랜드에서의 삶은 작가 스위프트로서 의미 있는 행보를 촉진한다. 1720년대에 그는 영국 식민지인 아일랜드의 열악한 실태를 고발하는 글을 써 오다가 1724년에 그 유명한 「드래피어의 편지(The Drapier's Letters)」를 발표해 영국과 아일랜드에 큰 파장을 불러일으킨다. 소박한 포목상 드래피어를 화자로 내세워 익명으로 발표했지만 저자가 스위프트라는 사실은 공공연한 비밀이었다. 이 글로 스위프트는 아일랜드의 영웅으로 떠오르며 애국자 칭호를 받는다. 1726년에는 오래전부터 써 온 『걸리버 여행기』를 탈고하고 런던에서 출판을 하게 된다. 1729년에는 「겸손한 제안(A Modest Proposal)」을 통해 아일랜드를 수탈하는 영국 정부의 무역 실태를 날카롭게 고발한다.

　스위프트는 영국계 아일랜드 인으로, 가톨릭교도들 사이의 국교회 사제로 경계인의 삶을 살았다. 이에 더해 내면에서 충돌하는 정치적 입장과 종교적 신념 때문에 겪었을 갈등까지 헤아려 보면 풍자야말로 스위프트에게 가장 자연스럽고 적합한 문학 형태였음을 짐작할 수 있다. 그는 1731년에 쓰고 1739년에 발표한 「스위프트 박사의 죽음에 부치는 시(Verses on the Death of Dr. Swift)」에서 "(그는) 죽는 날까지 명랑했다."고 쓰는데, 죽는 날까지 끝없는 갈등 속에서 치열하게 살아간 삶을 역설적으로 대변해 주는 시구가 아닐 수 없다.

풍자, 그 이상의 가치

스위프트에게 최고의 풍자 문학가라는 명성을 안겨 준『걸리버 여행기』는 1726년 출간 당시부터 뜨거운 관심을 받으며 논쟁을 불러일으켰다. 스위프트는 1726년 3월에 런던을 방문해 출판업자 벤저민 모트에게 비밀리에 원고를 전했다. 모트는 문제가 될 만한 부분들을 삭제하거나 축약하고 당시 통치자인 앤 여왕에게 호의적인 문구를 삽입해 익명으로 책을 출간했다. 이 불완전한 책은 3주 만에 1만 부가 팔려 나갈 만큼 큰 인기를 끌었다. 그러나『걸리버 여행기』의 초판이라고 하면 보통 1735년에 아일랜드 출판업자인 조지 포크너가 펴낸 책을 일컫는다. 이 판에는 스위프트가 쓴 '걸리버 선장이 사촌 심슨에게 보내는 편지'가 추가되었는데 원래의 원고를 각색해 버린 벤저민 모트에 대한 스위프트의 불만을 읽을 수 있다.

스위프트가『걸리버 여행기』를 집필하는 데 걸린 시간은 약

5년이지만 첫 구상 단계까지 고려하면 10년 정도이다. 원래 이 책의 아이디어는 스위프트와 함께 당대 풍자 문학의 위인으로 꼽히는 알렉산더 포프와 존 게이를 비롯한 문인들의 친목 모임인 '스크리블레루스 클럽(Scriblerus Club)'에서 싹텄다. 1714년 시작되어 구성원들이 사망하면서 자연스럽게 해체된 이 모임에서, 스크리블레루스라는 가상의 인물이 먼 나라를 여행하는 내용을 통해 현재의 세태를 풍자하자는 이야기가 나왔다. 그리고 스위프트가 이 발상을 발전시키고 '걸리버'라는 주인공을 내세워 책을 쓰게 된 것이다. 스위프트는 1720년에 1부와 2부를 쓰기 시작했고 1723년에는 4부를, 1724년에는 3부를 썼으며 수정을 거듭해 1725년에 완성했다.

『걸리버 여행기』에 담긴 풍자는 무궁무진하지만 이 글에서는 독자에게 도움이 될 길잡이 수준의 정보를 제공하고자 한다. 『걸리버 여행기』는 총 네 개의 부로 구성되는데 흥미롭게도 각 부가 대비되면서도 유기적으로 연결되는 두 쌍을 이룬다. 우선 1부와 2부는 '몸집'이라는 소재를 중심으로 대비된다. 1부에 등장하는 릴리푸트 사람들은 자국에 대한 자부심이 대단하지만 걸리버가 보기에는 우물 속 개구리와도 같다. '달걀을 어느 쪽으로 깨느냐'와 같은 사소한 문제로 국가의 안보를 위협

»»

할 만한 갈등에 오래 시달려 온 릴리푸트의 정국은 거인 걸리버의 눈으로 보면 어리석기 짝이 없다. 사소해서 우습기까지 한 문제로 당파 싸움을 벌이는 릴리푸트의 두 정당은 영국의 휘그당과 토리당을 빗댄 것이 분명하다. 이웃 나라인 블레푸스쿠와의 관계는 프랑스와의 관계를 풍자한 것이라고 볼 수 있다.

1부에서 거인의 모습으로 괴력과 존재감을 자랑하던 걸리버는 2부에서 오히려 소인이 되어 진귀한 구경거리로 전락한다. 걸리버는 브롭딩낵의 왕에게 유럽 정세를 설명하며 고국을 옹호하지만 브롭딩낵의 왕이 보이는 반응은 예상 밖이다. 그는 걸리버의 이야기를 들은 뒤 이렇게 결론을 내린다.

"그대의 이야기와 내가 그대에게 강청해 얻어낸 답을 종합한 결과, 그대가 속한 나라의 사람들은 대부분 자연의 수고로 이 세상의 표면에 기어다니게 된 작고 혐오스러운 해충들 중에서 가장 유해한 족속이라고 결론내릴 수밖에 없다."

브롭딩낵의 현명한 왕과 농업 중심 사회, 단순명료한 법률 등은 당대 영국이 갖추지 못한 것을 부각한다.

한편 3부와 4부는 '이성'이라는 주제를 중심으로 짝을 이룬다. 3부에서 걸리버는 추상적 사고에만 심취해 실생활 능력은 거의 전무한 라푸타 사람들의 모습을 묘사한다. 이것은 이른바 '이성의 시대'로서 맹신에 가깝게 이성을 신봉한 당대의 분위기를 비판하는 것으로 볼 수 있다. 또한 라푸타의 지배를 받는 발니바비는 영국 식민지인 아일랜드로, 발니바비의 황량한 풍경은 영국의 수탈에 시달리는 아일랜드의 모습이다. 또한 터무니없는 연구가 성행하는 발니바비의 연구 학술원은 당시의 영국 왕립 학회를 풍자한 것이다.

4부에서도 역시 감정보다는 이성을 중요시하는 '휘넘'이 등장하지만 휘넘은 인간보다 우월하고 완벽에 가까운 존재로 그려진다. 이성과 더불어 도덕성까지 갖춘 고결한 휘넘 때문에 야후들의 야만적인 기질이 도드라진다.

독자가 이 책을 읽으며 던져 볼 만한 질문은 과연 걸리버가 스위프트를 대변하는 화자인가 하는 것이다. 걸리버의 출신으로 볼 때 스위프트와 유사한 점이 있는 것은 분명하지만 스위프트는 걸리버마저도 풍자의 대상으로 삼았을 가능성이 크다. '걸리버(Gulliver)'라는 이름은 '아둔하고 속기 쉽다'는 뜻의 영어 단어 'gullible'에서 나온 것이다. 1부에서 소인들의 오만함을 비웃었으나 2부에서는 오히려 작아진 몸집으로 허세를 부리는 걸리버, 3부에서 추상적 사고에 몰두한 라푸타 사람들을 비웃지만 4부에서는 자신의 동족인 야후를 혐오하게 되는 걸리버의 모습에 초점을 맞추어 책을 읽어 나가도 흥미로울 것이다.

재미있게 읽고 불편하게 다시 읽기

『걸리버 여행기』는 재미있다. 우리는 소인국과 거인국, 날아다니는 섬, 말들이 다스리는 나라의 이야기를 읽으며 상상력을 마음껏 펼칠 수 있다. 『걸리버 여행기』가 동화로 각색되어 어린이들에게 사랑을 받아 온 이유 중 하나도 그런 재미와 짜릿한 상상력 때문이다. 그러나 사실 『걸리버 여행기』는 당대 독자들이라면 쉽게 감지할 수 있는 예리하고 신랄한 풍자 때문에 위험하고 불편한 책이기도 했다. 특히 4부는 인간의 야만성과 타락성을 적나라하게 표현해 후대 평론가들에게 냉담한 반응을 얻었다. 그래서 대개 1부와 2부가 이 책의 전부인 것처럼 출간될 때가 많았다.

스위프트는 친구인 알렉산더 포프에게 보낸 편지에서 '세상을 즐겁게 하기보다는 괴롭히기 위해' 『걸리버 여행기』를 썼다고 말했다. 오늘날의 독자들도 이 책을 읽으며 웃음에 뒤따르는 불편한 마음을 외면할 수 없을 것이다. 독자에게 그런 불편함을 감수해 보라고 권하고 싶다. 고전의 매력은 다시 읽을 만한 가치가 있다는 사실이다. 어릴 적에 축소되고 각색된 동화로 읽었다면 이제는 완역본을 통해 작가의 숨은 뜻을 캐내며 읽을 좋은 기회가 온 것이다. 이 해설을 길잡이로 삼아 스위프트의 생애와 그가 개혁하고자 했던 당대의 정황을 조금이라도 의식하며 읽는다면 좀 더 풍요로운 경험이 될 것이다.

또한 여기에서 그치지 않고 이 해설에 다 담지 못한『걸리버 여행기』의 숨은 뜻을 직접 찾아 나선다면 훨씬 깊이 있는 통찰력을 갖게 될 것이다. 그리고 이 작품이 탄생했던 시대의 정치 세태나 어리석은 군상들이 오늘날과 놀라울 만큼 닮았다는 사실을 깨닫게 될 것이다. 인간 개개인은 사랑했지만 집단으로서의 인간을 비판하며 사회를 개혁하고자 했던 스위프트, 그의 묘비에 새겨진 글귀에 고개를 끄덕이게 될 것이다.

−옮긴이 김율희

《조너선 스위프트 연보》

1667년 11월 30일 아일랜드 더블린에서 태어남. 스위프트가 태어나기 전인 봄에 아버지가 세상을 떠남. 스위프트는 삼촌의 집에서 유년 시절을 보냈음.

1671년 당시 아일랜드 최고의 명문 학교로 손꼽히는 킬케니 스쿨에 입학하여 공부함.

1682년 트리니티 대학에 들어감. 스위프트는 그곳에서 두각을 나타내지는 못했고 평균적인 성적을 받았음.

1688년 명예혁명 이후 아일랜드 사회가 무질서해지자 스위프트는 잠시 아일랜드를 떠나 영국으로 건너감. 어머니의 소개로 학자이자 휘그당 정치인이었던 윌리엄 템플 경의 집에서 비서로 일하며 지내게 됨.

1694년 템플 경의 곁을 떠나 아일랜드로 돌아감.

1695년 영국 국교회 사제로 임명되어 벨파스트 근처 킬루트 교구의 신부가 됨.

1696년 템플 경의 집에서 다시 지내게 됨.

1699년 윌리엄 템플 경이 세상을 떠나면서 스위프트도 아일랜드 더블린으로 돌아가 목회 활동을 함.

1704년 정치와 종교계의 타락을 풍자한 『통 이야기』, 고대 문학과 현대 학문의 우열 경쟁을 우화로 그린 『책들의 전쟁』을 출간함.

1713년 더블린의 세인트패트릭 대성당의 참사회장으로 임명됨.

1724년 아일랜드를 착취하기 위한 영국의 계획을 비판하는 「드래피어의 편지」를 발표하여 영국과 아일랜드 사회에 큰 파장을 불러일으킴. 스위프트는 이 글을 통해 아일랜드의 영웅이자 애국자 칭호를 받음.

1726년 런던의 출판업자 벤저민 모트를 통해 『걸리버 여행기』를 출간함. 출간 즉시 독자들의 선풍적인 인기를 얻었으나, 모트가 정치적·사회적으로 문제가 될 만한 내용과 구절을 축약하고 삭제한 바람에 스위프트는 불만을 품음.

1729년 가난한 가정의 아이들을 부자들의 양식으로 활용하여 경제를 살리자는 섬뜩한 내용의 수필 「겸손한 제안」을 발표함. 아일랜드를 수탈하는 영국 정부의 무역 실태를 풍자한 내용임.

1735년 아일랜드의 출판업자 조지 포크너를 통해 스위프트 본인이 직접 원고 교정을 본 『걸리버 여행기』를 출간함.

1739년 스위프트의 문학·정치·사회적 공적을 기리기 위해 아일랜드에서 성대한 행사가 열림. 하지만 스위프트는 건강이 악화되어 부분 마비 증상과 실어증이 발생함.

1745년 오랜 투병 생활 끝에 숨을 거둠. 세인트패트릭 성당에 묻힘.

조너선 스위프트 1667년 아일랜드 더블린에서 태어났다. 당시 아일랜드 최고의 명문 학교였던 킬케니 스쿨을 거쳐 트리니티 대학에 입학하여 공부했지만 성적은 평범했다. 1688년 영국으로 건너가 학자이자 정치인이었던 윌리엄 템플 경의 비서로 일하기 시작했다. 이때 스위프트는 많은 책을 읽고 정치와 문학에 대해 깊이 사유하면서 풍자가로서의 재능을 꽃피웠다. 『통 이야기』와 『책들의 전쟁』을 펴내고, 「드래피어의 편지」와 「겸손한 제안」을 발표하면서 풍자 문학의 대가로 명성을 쌓았다. 1726년 영국 런던의 출판업자를 통해 『걸리버 여행기』를 출간했으나 정치적·사회적으로 문제가 될 만한 부분이 본인의 의도와 다르게 축약·삭제되었다. 1735년에 스위프트는 직접 교정을 본 원고를 아일랜드의 출판업자를 통해 새로이 출간했다. 『걸리버 여행기』는 출간 직후 유럽 전역에서 큰 호응을 얻었다. 오늘날 이 작품은 인간과 사회를 통렬히 고찰하고 시대와 지역을 뛰어넘는 아이러니를 담은 풍자 문학의 최고봉으로 꼽히고 있다.

김율희 고려대학교 영어영문학과를 졸업한 뒤, 동 대학원 영문과에서 근대영문학으로 석사 학위를 받았다. 옮긴 책으로 『달콤쌉싸름한 첫사랑』, 『크리스마스 캐럴』, 『두근두근 첫사랑』, 『말괄량이와 철학자들』, 『벤자민 버튼의 시간은 거꾸로 간다』, 『걸리버 여행기』 등이 있다.

클래식 보물창고에는
오랜 세월의 침식을 견뎌 낸
위대한 세계 문학 고전들이 총망라되어 있습니다.
세대와 시대를 초월하여 평생을 동반할 '내 인생의 책'을
〈클래식 보물창고〉에서 만나 보세요.

1. 이상한 나라의 앨리스 루이스 캐럴 지음 | 황윤영 옮김

특유의 유쾌한 상상력과 말놀이, 시적인 묘사와 개성적인 캐릭터, 재치 넘치는 패러디와 날카로운 사회 풍자로 아동청소년문학사와 영문학사에 큰 획을 그은 루이스 캐럴의 환상동화.

★ BBC 선정 영국인 애독서 100선   ★ 학교도서관사서협의회 추천도서

2. 키다리 아저씨 진 웹스터 지음 | 원지인 옮김

서간문이라는 독특한 형식과 소녀적 감성이 결합된 성장기이자 로맨스 소설! 20세기 초 사회의 모순을 고발하고 개혁을 주장했던 진보적인 사상은 페미니즘 문학으로서의 의미를 더한다.

★ 학교도서관사서협의회 추천도서

3. 보물섬 로버트 루이스 스티븐슨 지음 | 민예령 옮김

인간이 가진 절대적인 선과 악을 그린 세계 최초의 해양모험소설. 영국 빅토리아 시대의 흥미진진한 꿈과 낭만을 대변하는 동시에 선악의 경계를 아슬아슬하게 줄타기하는 인간의 욕망을 고찰한다.

★ BBC 선정 영국인 애독서 100선

4. 노인과 바다 어니스트 헤밍웨이 지음 | 민예령 옮김

헤밍웨이 문학의 총 결산이자 미국 현대문학의 중추로 일컬어지는 걸작. 생애의 모든 역경을 불굴의 투지로 부딪쳐 이겨 내는 인간의 모습을 하드보일드한 서사 기법과 절제미가 돋보이는 문체로 형상화했다.

★ 노벨 문학상 수상작가   ★ 퓰리처상 수상작   ★ 노벨연구소 선정 세계문학 100선
★ 대학수학능력시험 출제 작품

5. 하늘과 바람과 별과 시 윤동주 지음 | 신형건 엮음

우리나라 사람들이 가장 많이 애송하는 '민족 시인' 윤동주의 문학 세계를 엿볼 수 있는 시와 산문을 한데 모았다. 시대의 아픔을 성찰하며 정면으로 돌파하려 한 저항 정신은 물론이고 인간 윤동주의 맨얼굴을 만날 수 있다.

★ 연세대 필독도서 200선

6. 봄봄 동백꽃 김유정 지음

어려운 현실을 풍자와 해학으로 극복한 한국 근대소설의 정수, 김유정의 대표작을 모았다. 원전을 충실하게 살려 아름다운 우리말을 풍요롭게 담고, 토속적 어휘는 풀이말을 달아 이해를 도왔다.

7. 거울 나라의 앨리스 루이스 캐럴 지음 | 황윤영 옮김

『이상한 나라의 앨리스』보다 한층 탄탄해진 구성과 논리적인 비유를 통해 보다 깊고 넓어진 재미와 감동을 선사하는 후속작. 현실 속의 정상과 비정상, 논리와 비논리, 의미와 무의미의 경계를 고찰한다.

★ BBC 선정 영국인 애독서 100선   ★ 명사 101명이 추천한 파워클래식   ★ 학교도서관사서협의회 추천도서

8. 변신 프란츠 카프카 지음 | 이옥용 옮김

현대인의 고독과 불안을 그림으로써 20세기 실존주의 문학의 발전에 커다란 영향을 끼친, 20세기 문학계에서 가장 난해한 '문제작가'로 꼽히는 프란츠 카프카의 대표작을 모았다. 원전에 충실한 번역으로 특유의 문체가 지닌 묘미를 만끽할 수 있다.

★ 서울대 권장도서 100선   ★ 연세대 필독도서 200선   ★ 미국대학위원회 SAT 권장도서

9. 오즈의 마법사 L. 프랭크 바움 지음 | 최지현 옮김

영화, 뮤지컬, 온라인 게임 등 다양한 장르로 재생산되어 지구촌 대중문화를 견인함으로써 문화 콘텐츠가 가지는 파급력의 정도를 생생하게 보여 주는 세기의 고전. 짜릿한 모험담 속에 담긴 치유의 기운이 마법 같은 순간을 선물한다.

★ 학교도서관사서협의회 추천도서

10. 위대한 개츠비 F. 스콧 피츠제럴드 지음 | 민예령 옮김

미국 현대 문학의 거장으로 꼽히는 F. 스콧 피츠제럴드의 대표작. 미국에서만 한 해 30만 부 이상 팔리는 스테디셀러로, 재즈 시대를 살았던 젊은이들의 욕망과 물질문명의 싸늘한 이면을 담아 낸 명실공히 미국 현대 문학의 최고작.

★ 〈타임〉지 선정 100대 영문 소설 ★ 미국대학위원회 SAT 권장도서
★ 〈뉴스위크〉지 선정 100대 명저 ★ BBC 선정 꼭 읽어야 할 책

11. 오 헨리 단편선 오 헨리 지음 | 전하림 옮김

평범한 소시민의 일상과 삶의 애환을 따뜻한 시선으로 그린 오 헨리 문학의 정수로 손꼽히는 작품을 모았다. 인도주의적 가치관 위에 부조된 작가적 개성의 특출함을 만끽할 수 있다.

12. 셜록 홈즈 걸작선 아서 코난 도일 지음 | 민예령 옮김

세기의 캐릭터와 함께 펼치는 짜릿한 두뇌 게임. 치밀한 구성과 개연성 있는 전개, 호기심을 자극하는 독특한 설정이 포진되어 있음은 물론, 추리의 과정부터 카타르시스가 느껴지는 결말이 펼쳐져 있는 매력적인 소설.

13. 소공자 프랜시스 호즈슨 버넷 지음 | 원지인 옮김

사랑의 입자를 뭉쳐 만들어 놓은 것 같은 캐릭터를 통해 사랑의 선순환을 형상화한 소설. 순수한 직관과 무한한 잠재력을 지닌 동심의 세계를 느낄 수 있다.

14. 왕자와 거지 마크 트웨인 지음 | 황윤영 옮김

대중성과 작품성을 겸비해 '미국 현대문학의 아버지'로 평가받는 마크 트웨인의 대표작으로 '뒤바뀐 신분'이라는 숱한 드라마의 원조 격인 소설. 부조리하고 불합리한 사회상에 대한 날카로운 비판과 통쾌한 풍자 속에 역사적 지식과 상상력을 담아 냈다.

15. 데미안 헤르만 헤세 지음 | 이옥용 옮김

자신의 내면세계를 향해 고집스럽게 걸음을 옮긴 주인공 싱클레어의 성장을 그린 영원한 청춘의 성서. 철학, 종교, 인간을 끊임없이 탐구했던 작가의 깊이 있는 시선과 인간 내면의 양면성에 대한 치밀한 묘사가 시선을 사로잡는다.

★ 노벨 문학상 수상작가

16. 말괄량이와 철학자들 F. 스콧 피츠제럴드 지음 | 김율희 옮김

재즈 시대의 자유분방한 젊은이들의 풍속도를 그린 F. 스콧 피츠제럴드의 소설집. 1920년대 고동치는 젊은이의 맥박을 생생하게 전달했다는 평가를 받는 작품들을 모았다.

17. 벤자민 버튼의 시간은 거꾸로 간다 F. 스콧 피츠제럴드 지음 | 김율희 옮김

70세의 노인으로 태어나 결국 태아 상태가 되어 삶을 마감하는 벤자민 버튼의 일생을 그린 환상소설을 비롯해 『위대한 개츠비』의 전신이라고 할 수 있는 F. 스콧 피츠제럴드의 작품들을 모았다. 실험적이고 혁신적인 화법으로 생생하게 형상화한 재즈 시대를 만끽할 수 있다.

18. 이방인 알베르 카뮈 지음 | 이효숙 옮김

출간과 동시에 하나의 사회적 사건으로까지 이야기된 알베르 카뮈의 대표작. 부조리하고 기계적인 시스템 속에서 인간이 부딪치게 되는 절망적 상황을 짧고 거친 문장 속에 상징적으로 담아낸, 작품 자체가 '이방인'인 소설.

★ 노벨 문학상 수상작가 ★ 노벨연구소 선정 세계문학 100선

19. 크리스마스 캐럴 찰스 디킨스 지음 | 김율희 옮김

영국의 대문호 찰스 디킨스의 작가 정신과 개성이 고스란히 담겨 있는 대표작. 19세기 영국 사회의 구조적 모순과 크리스마스 정신, 인간성의 회복을 그린 영원한 고전이자 크리스마스의 상징이 되어 버린 소설.

★ BBC 선정 영국인 애독서 100선 ★ 학교도서관사서협의회 추천도서

20. 이솝 우화 이솝 지음 | 민예령 옮김

2,500년 동안 이어져 온 삶의 지혜와 철학을 담은 인생 지침서이자 최고(最古)의 고전! 오랜 세월 인류가 축적해 온 지식과 철학이 함축되어 있으며 남녀노소 누구나 읽을 수 있는 인류의 고전이라 할 수 있다.

21. 수레바퀴 아래서 헤르만 헤세 지음 | 함미라 옮김

작가의 자전적 경험이 녹아들어 있는 헤르만 헤세의 대표적인 성장소설. 총명한 한 소년이 개인의 자유와 개성을 억압하는 딱딱한 교육 제도와 권위적인 기성 사회의 벽에 부딪혀 비극으로 치닫는 이야기를 섬세하게 그리고 있다.

★ 노벨 문학상 수상작가 ★ 서울대 선정 고전 200선 ★ 국립중앙도서관 청소년 권장도서

22. 너새니얼 호손 단편선 너새니얼 호손 지음 | 한지윤 옮김

『주홍 글자』로 유명한 호손은 에드거 앨런 포, 허먼 멜빌과 더불어 미국 낭만주의 문학의 3대 거장으로 꼽힌다. 이 책은 45년간 우리나라 교과서에 실리기도 했던 「큰 바위 얼굴」을 비롯해 호손 문학의 대표 단편소설 11편을 실었다.

23. 에드거 앨런 포 단편선 에드거 앨런 포 지음 | 황윤영 옮김

「검은 고양이」, 「모르그 거리의 살인 사건」 등으로 유명한 에드거 앨런 포는 미국 낭만주의 문학의 거장이자 단편문학의 시조이며 추리 소설의 창시자이기도 하다. 기괴하고 환상적인 소재를 통해 인간 내면의 광기와 복잡한 심리를 치밀하게 형상화했다.

★ 미국대학위원회 SAT 권장도서 ★ 노벨연구소 선정 세계문학 100선

24. 필경사 바틀비 허먼 멜빌 지음 | 한지윤 옮김

장편소설 『모비 딕』의 작가 허먼 멜빌은 에드거 앨런 포, 너새니얼 호손과 함께 미국 낭만주의 문학의 3대 거장으로 꼽힌다. 정체불명의 필경사 바틀비의 '선호하지 않는' 태도와 철학은 갑갑한 현실 속에서 우리에게 깊은 공감과 위로를 이끌어 낸다.

25. 1984 조지 오웰 지음 | 전희림 옮김

『멋진 신세계』, 『우리들』과 더불어 세계 3대 디스토피아 소설로 불리는 걸작으로, 가공의 국가 오세아니아의 전체주의 지배하에서 인간의 존엄을 지키고자 했던 한 인물이 파멸되어 가는 과정을 그렸다. 오늘날에도 여전히 유효한 이 작품 속 경고는 시간이 지날수록 그 힘이 더욱 강력해지고 있다.

★ 뉴스위크 선정 세계 100대 명저 ★ 〈타임〉 선정 '20세기 최고의 책 100선'
★ 노벨연구소 선정 세계문학 100선 ★ 〈모던 라이브러리〉 선정 '20세기 100대 영문학'

26. 걸리버 여행기 조너선 스위프트 지음 | 김율희 옮김

풍자 문학의 거장 조너선 스위프트의 『걸리버 여행기』는 결코 온순하지 않다. 이 작품의 원문은 18세기 영국의 정치와 사회뿐만 아니라 인간의 본성을 신랄하게 풍자하고 있기 때문이다. 이 완역본에는 스위프트가 고찰한 인간과 사회를 관통하는 통렬한 아이러니가 고스란히 담겨 있다.

★ 서울대 선정 고전 200선   ★ 미국대학위원회 SAT 권장도서
★ 〈뉴스위크〉지 선정 100대 명저   ★ 노벨연구소 선정 세계문학 100선

＊'클래식 보물창고'는 끝없이 이어집니다.